rororo

Patricia Amber

KOSAKENSKLAVIN

Erotischer Roman

Rowohlt Taschenbuch Verlag

2. Auflage Dezember 2011

Veröffentlicht im Rowohlt Taschenbuch Verlag,
Reinbek bei Hamburg, September 2009
Copyright © 2007 by Plaisir d'Amour Verlag, Lautertal
Umschlaggestaltung any.way, Cathrin Günther
(Foto: neuebildanstalt/Jordan)
Satz aus der Sabon PostScript, InDesign,
bei Pinkuin Satz und Datentechnik, Berlin
Druck und Bindung CPI – Clausen & Bosse, Leck
Printed in Germany
ISBN 978 499 25202 0

Das für dieses Buch verwendete FSC®-zertifizierte Papier
Lux Cream liefert Stora Enso, Finnland.

Es war zum Ersticken heiß in der geschlossenen Kutsche, denn man hatte wegen des Staubs die Fenster geschlossen gehalten. Dennoch wagte es Sonja nicht, das seidene Schultertuch herunterzunehmen – aus Furcht vor Baranows lüsternen Blicken. Seit dem Morgen, als sie in St. Petersburg in die Kutsche gestiegen waren, saß er ihr gegenüber, begaffte sie, verfolgte jede ihrer Bewegungen und hatte die ganze Zeit über ein seltsames Lächeln in den Mundwinkeln, das sie erzittern ließ. Einige Male, als die Kutsche auf holprigen Wegen hin und her schaukelte, hatten seine dicken Knie ihre Beine berührt, und sie war hastig auf dem engen Sitz zur Seite gerutscht. Es war lächerlich genug, sich so anzustellen. Ihr Bruder Sergej, der neben Baranow saß und in der neuen grünen Gardeuniform so steif und unnahbar aussah, hatte sie mehrfach strafend angesehen.

Als die kleine Reisegesellschaft an einem Bachufer Rast machte, auch um die Pferde zu tränken, hatte Sergej sie beiseitegenommen.

«Hör zu, Sonja», sagte er ärgerlich. «Der Fürst schätzt es gewiss, dass du eine strenge Erziehung genossen hast und unberührt in die Ehe gehst. Trotzdem solltest du dich nicht benehmen wie eine prüde alte Jungfer. Lächle ihn an und zeige ihm, dass du stolz und glücklich bist, seine Braut zu sein.»

«Natürlich, Sergej», sagte sie tapfer und versuchte ihre Verzweiflung zu verbergen. «Ich werde mich bemühen, ganz bestimmt werde ich das.»

«Es sind noch zwei Tage bis zur Hochzeit, Sonja», fügte er mahnend hinzu. «Du willst doch wohl nicht, dass wir so kurz vor dem Ziel noch scheitern?»

«Nein, das will ich nicht», flüsterte sie gepresst. «Ich weiß sehr gut, wie wichtig diese Heirat für uns alle ist. Vor allem für dich, Sergej, weil du durch Baranows Protektion Gardist der Zarin geworden bist.»

«Für uns alle», betonte er verdrossen.

Sergej hörte nicht gern, dass er seine neue Position am Zarenhof dem Fürsten Baranow verdankte, obgleich es die Wahrheit war. Er öffnete schon den Mund, um seine kleine Schwester zurechtzuweisen, doch dann setzte er rasch eine heitere Miene auf, denn Ossip Arkadjewitsch Baranow stapfte durch das Ufergras zu ihnen.

«Es ist immer das Gleiche mit diesen Dummköpfen», schimpfte der Fürst wütend. «Wir sind einen Umweg von mindestens fünf Werst gefahren, weil der Kutscher ein Schwachkopf ist und sich nicht an meine Befehle gehalten hat. Jetzt werden wir nicht vor dem Abend auf Gut Pereschkowo ankommen.»

Baranow war groß, kräftig und furchteinflößend. Auch wenn er reich gekleidet und mit Orden dekoriert am Zarenhof auftrat, war er alles andere als eine höfische Erscheinung. Jetzt hatte er wegen der Hitze die Jacke und die Weste ausgezogen, sodass das seidene Spitzenhemd sichtbar aus dem engen Hosenbund herausquoll. Schweißtropfen glänzten auf seiner Stirn und rannen in die markanten Augenbrauen hinein. Baranow hatte die vierzig schon überschritten, was ihn nicht davon abgehalten hatte, um die knapp zwanzigjährige Sonja Woronina anzuhalten. Er wusste, dass man ihm diese bezaubernde Unschuld trotz des Altersunterschiedes nicht verweigern würde, denn die Woronins waren finanziell restlos ruiniert, und alle ihre Hoffnungen ruhten auf Sonja. Das hübsche junge Mädchen hatte das Wohlwollen der Zarin Katharina gewonnen und war als Hofdame an den Zarenhof berufen worden – die denkbar besten Voraussetzungen für eine gute Partie.

«Besser spät ankommen als gar nicht», meinte Sonja schüchtern und zwang sich zu einem Lächeln.

Tatsächlich wäre sie viel lieber überhaupt nicht auf Gut Pereschkowo angekommen, geschweige denn auf dem Landsitz der Baranows, wo übermorgen die Hochzeit stattfinden sollte.

Was sie in jener Nacht der Nächte erwartete, davon hatte sie nur undeutliche Vorstellungen, doch sie ahnte, dass es etwas Peinliches und sehr Unschickliches sein würde.

«Es ist nur meine Ungeduld, mein Täubchen, die mich so zornig macht», gab Baranow zurück und packte ihre Hand, um sie an seine Lippen zu ziehen. «Ich kann es gar nicht erwarten, dich auf meinem Besitz zu begrüßen und zu wissen, dass du ganz und gar mir angehören wirst.»

Sonja spürte die strengen Augen ihres Bruders und erstarrte zu vollkommener Unbeweglichkeit, während der Fürst einen Kuss auf ihren Handrücken drückte.

«Dann sollten wir die Reise so rasch wie möglich fortsetzen», sagte sie leise, um wenigstens Baranows Lippen nicht mehr spüren zu müssen.

«Nichts lieber als das, meine kleine Sonne!»

Er ließ es sich nicht nehmen, sie zur Kutsche zu geleiten und ihr beim Einsteigen behilflich zu sein. Seine Hand berührte ihr langes rotblondes Haar, das offen über ihre Schultern hing, und griff um ihre Taille. Als Sonja sich rasch und erschrocken umdrehte, spürte sie, wie das schützende Tuch von ihren Schultern glitt. Er hatte es ihr mit einem Ruck herabgezogen.

«Es ist wirklich zu heiß, meine Liebe, um sich in so etwas einzuwickeln», meinte er in väterlich vorwurfsvollem Ton.

«Es ... es ist nur wegen des Staubs», begehrte sie auf.

«Wir halten die Fenster geschlossen, mein Kätzchen.»

Es gab keine Möglichkeit, zu protestieren oder sich gar zu wehren. Ihr Bruder wäre der Letzte gewesen, der ihr beigestanden hätte. Fürst Baranow war ihr Bräutigam und nahm sich schon jetzt das Recht heraus, über sie zu verfügen. Er würde von nun an auf ihr Dekolleté starren, das nach höfischer Mode offenherzig war und durch die zarten Spitze den Ansatz ihrer Brüste offenbarte. Wie merkwürdig – bei Hofe war es ihr niemals unangenehm gewesen, sich in tief ausgeschnittenen Roben zu zeigen. Im Gegenteil, sie genoss es, wenn man ihr Komplimente machte. Die Blicke der jungen Gardeoffiziere hatten sie zwar erröten lassen, doch die Gefühle, die sich dabei einstellten, waren angenehm gewesen. Jetzt aber spürte sie nichts als eisigen Schrecken, während Baranows Augen abschätzend über ihren Körper glitten.

Eintönig zog die flache, unendlich weite Landschaft an den Fenstern der Kutsche vorüber. Gelblicher Staub wurde von den Pferdehufen aufgewirbelt, hüllte alles in ockerfarbigen Nebel und ließ die wenigen Gehöfte und Dörfchen nur wie durch einen Schleier erkennen. Immer noch brannte die Sonne unbarmherzig vom Himmel herab, und die Hitze in der Kutsche ließ jedes Gespräch ersterben. Bleierne Müdigkeit senkte sich auf die Insassen. Sonja stellte erleichtert fest, dass Baranows Kinn in die Spitzen des seidenen Hemdes herabsank und seine Augenlider sich langsam schlossen. Gleich darauf war trotz des Knarrens der Kutsche und des Geräusches der Pferdehufe ein kräftiges Schnarchen zu hören.

Sonja lehnte den Kopf an das Polster und versuchte ebenfalls einzuschlummern, doch die Furcht vor dem, was sie in den kommenden Tagen erwartete, ließ sie keinen Schlaf finden. Was würde er mit ihr tun, wenn sie ganz allein mit ihm im Zimmer war? Ihre Eltern hatten sie streng erzogen, und ihrer Meinung nach hatte eine junge Frau unberührt in die Ehe zu gehen, ihrem Mann Nachkommen zu schenken und ein Leben lang treu an seiner Seite auszuharren. Über das, was zwischen Mann und Frau im Bett geschah, hatte sie nur sehr verschwommene Vorstellungen, und auch ihr Bruder hatte dieses Thema niemals angesprochen. Würde Baranow von ihr verlangen, dass sie ihre Kleider auszog? Aber nein, Eheleute taten so etwas nicht. Er würde sich ihr nähern, sie berühren, vielleicht sogar küssen – diese Vorstellung war widerlich genug, doch sie hatte es klaglos hinzunehmen. Und Baranow würde dafür sorgen, dass sie ihm einen Sohn gebar. Sonja schauderte, denn ihr war nicht ganz klar, wie das genau geschehen würde. Auf jeden Fall stellte sie es sich schrecklich vor – aber es dauerte sicher nicht sehr lange und ging vorüber. Sie würde es schon aushalten, schließlich war sie nicht die erste junge Frau, die verheiratet wurde.

Nachdenklich sah sie aus dem Fenster. Draußen waren jetzt rechts und links des Weges breite Kornfelder zu sehen, Bäuerinnen mit bunten Kopftüchern standen gebückt und banden die Ähren zu Garben, junge Männer mit nacktem Oberkörper luden die Bündel auf Pferdewagen. Sonja ertappte sich dabei, dass sie die Männer voller Neugier betrachtete. Wie gewandt die jungen Kerle waren, wie kräftig ihre nackten Arme schienen. Einer war mit wenigen Sprüngen auf den hochbeladenen Wagen geklettert und winkte der vorüberfahrenden Kutsche zu. Natürlich durfte sie nicht zurückwinken, aber sie lächelte. Sie hatte ihre Kindheit auf dem Landgut der Eltern verbracht und konnte sich noch gut an diese Erntearbeiten erinnern. Das kleine Gut ihrer Eltern war schon vor einigen Jahren verkauft worden, um Sergej, der als Offizier in die Truppen der Zarin eintreten wollte, standesgemäß auszustatten.

Am späten Nachmittag erreichte die kleine Reisegruppe endlich den Gutshof Pereschkowo, der bereits zum Besitz des Fürsten gehörte. Hunde liefen kläffend um die Kutsche, als sie durch das hohe, geschnitzte Holztor rollte, Bedienstete sprangen herbei, Mägde liefen aus den niedrigen Nebengebäuden, um die junge Braut des Fürsten zu sehen, von der so viel erzählt worden war. Haar wie rotes Gold sollte sie haben, schön wie ein Engel sei sie und zart wie eine Elfe, die der Herr sich in St. Petersburg am prächtigen Hof von Mütterchen Zarin eingefangen hatte. Die Mägde bedauerten die junge Braut, denn alle wussten, dass der Herr nicht gut zu seinen Frauen war. Drei hatte er bereits gehabt, eine hatte er davongejagt, die anderen beiden waren vor Kummer gestorben. Der Herr tat rücksichtslos, was er wollte. Er ließ auch unter den Mägden und Bäuerinnen keine ungeschoren davonkommen, wenn sie ihm gefiel.

Igor Borisowitsch Sarogin, der Gutsverwalter, stürzte aus dem Haus und lief der Kutsche entgegen, um mit untertäniger Verbeugung den Schlag zu öffnen. Baranow quälte sich aus der Kutsche, fluchte gotteslästerlich über die Hitze und den Dummkopf von einem Kutscher und bot dann Sonja seine Hand, um ihr beim Aussteigen zu helfen. Die Hand glühte vor Wärme, sodass Sonja sich mit dem Aussteigen beeilte, um so rasch wie möglich wieder von ihm loszukommen. Sergej stieg zuletzt aus, reckte die eingeschlafenen Glieder und strich seine Uniform glatt. Er musste jedoch feststellen, dass die Augen der Bediensteten und auch die des dürren, schwarzbärtigen Verwalters keineswegs auf seine glänzende Erscheinung gerichtet waren. Nein, Sonja war es, die die allgemeine Aufmerksamkeit auf sich zog.

Ja, sie war so, wie man gesagt hatte: Schön wie eine Zarentochter, mehr noch, wie ein Zauberwesen aus den Märchen, die abends neben dem Ofen erzählt wurden. Rötlich schimmerte das lange seidige Haar in der Abendsonne, blass und zart war ihr Gesicht, und die blauen Augen blickten ernst. Ach, und erst das kostbar schimmernde hellgrüne Kleid mit den feinen Spitzen an Ärmeln und Dekolleté! Die Mägde flüsterten leise miteinander, und die jungen Knechte starrten mit verzückten Augen auf die junge Braut.

«Was glotzt ihr, verdammtes Gesindel!», brüllte Baranow wütend. «Ladet das Gepäck ab! Und wehe, es geht dabei etwas zu Bruch!»

Der Verwalter Sarogin überschlug sich fast dabei, die Knechte umherzuscheuchen und schlimmste Strafen anzudrohen, falls auch nur ein einziges Gepäckstück beschädigt würde.

«Es ist alles bereit für Eure Ankunft», sagte er untertänig und verbeugte sich immer wieder. «Wir sind glücklich über die hohe Ehre des Besuchs und haben keine Mühen gescheut, die hohen

Herrschaften zufriedenzustellen. Das Essen ist bereits fertig, die Betten sind gemacht und die Kissen geschüttelt ...»

«Schon gut, geh voraus», knurrte Baranow, dem das Geschwätz zu viel wurde. «Und lass ein Bad für die Herrin richten. Wir sind staubig von der Reise.»

Der Verwalter trieb die Mägde in die Küche und stolperte im Übereifer über die Stufen der überdachten, kunstvoll geschnitzten Veranda.

«Ein Bad», murmelte eine der Mägde und stieß eine andere in die Seite. «Kann's nicht erwarten, seine Lust auszutoben. Armes Vöglein, scheint noch nicht zu wissen, was ihr blüht.»

«Halt's Maul», zischte die andere. «Soll er sich mit ihr vergnügen – die Hauptsache ist, er lässt uns in Ruhe!»

Geschäftige Betriebsamkeit erfüllte das Gutshaus. Bedienstete trugen Kisten und Pakete die engen Stiegen hinauf, Mägde schleppten hölzerne Wassereimer, Speisen wurden vorübergetragen, in der Wohnstube brodelte trotz der Hitze der kunstvoll verzierte Samowar zur Bereitung von Teewasser. Baranow hatte im oberen Stockwerk rasch die unbequemen Stiefel von sich geworfen, die Kleidung gewechselt und sich den Staub von Gesicht und Händen gewaschen. Dann ließ er sich auf einem Stuhl nieder und lauschte. Ein schwerer Gegenstand wurde durch den Flur geschleppt, er hörte die Bediensteten keuchen, eine Frauenstimme schalt, weil man die hölzerne Schnitzerei des Treppengeländers gestreift hatte – der Badezuber wurde hinaufgetragen.

Baranow lehnte sich im Stuhl zurück und spürte genüsslich, wie das Verlangen in ihm anstieg. Sonja war unschuldig wie ein kleines Mädchen und vollkommen ahnungslos – gerade das war der Reiz, der ihn so fesselte. Er war überrascht gewesen, an dem lasterhaften Zarenhof solch ein bezaubernd naives Wesen zu entdecken. Katharina war eine kluge, gebildete Herrscherin, gleichzeitig jedoch eine unersättliche, liebeshungrige Frau. Jedermann wusste, dass die Zarin am Abend ihren neuen Liebhaber Potjomkin empfing, einen heißblütigen Kraftmenschen, der glühende Leidenschaft in ihr entfachte. Auch die Hofdamen hatten ihre heimlichen oder öffentlichen Amouren – es war fast ein Wunder, dass Sonja von alldem völlig unberührt geblieben war. Baranow hatte sie oft genug betrachtet und war Frauenkenner genug, um sich ihren unbekleideten Körper vorstellen zu können. Sie hatte eine schlanke, biegsame Taille und weichgeschwungene Hüften, wie er es an den Frauen liebte. Auch waren ihre Brüste sicher voller, als es unter dem enggeschnürten Korsett den Anschein hatte.

Er spürte, wie sein Glied langsam anschwoll, und strich wohlig mit der Hand darüber, tastete über die dicke Eichel und stieß die Luft mit leisem Stöhnen durch die Zähne. Er würde es ganz sicher nicht bis übermorgen aushalten, dazu war die Gelegenheit viel zu verlockend. Er hatte befohlen, Sonja in einem Zimmer einzuquartieren, das direkt neben seinem eigenen lag. Es gab eine schmale Verbindungstür, sodass er ganz nach Belieben zu ihr hineinschleichen konnte. Wieder wurde im Nebenzimmer die Türklinke betätigt, und er hörte die schweren Schritte einer Magd, die einen Wassereimer trug. Die Wanne wurde gefüllt.

Zu seinem Ärger klopfte es jetzt. Er richtete sich im Stuhl auf, blieb breitbeinig sitzen und knurrte:

«Was ist?»

Mit leisem Knarren öffnete sich seine Zimmertür, und der Verwalter Sarogin schob seine spitze Nase herein.

«Verzeiht, wenn ich Euch störe. Aber es gibt eine Kleinigkeit, die ich Euch noch berichten muss», sagte er mit dünner Stimme und betrat zögernd, in leicht gebückter Haltung den Raum.

«Was gibt's denn? Tust ja so geheimnisvoll, Kerl.»

Sarogins Miene war voller Schuldbewusstsein, so als bitte er schon von vornherein um Gnade. Baranow ahnte, dass es keine gute Nachricht sein würde, die Sarogin ihm überbrachte.

«Ich habe geschwiegen, um das gnädige Fräulein Braut nicht zu erschrecken. Deshalb komme ich erst jetzt, um Euch die Sache in aller Ruhe zu melden. Es ist so, dass wir einen Gefangenen im Keller haben.»

Baranow zog die Augenbrauen zusammen und starrte seinen Verwalter an, als wollte er ihn auffressen.

«Einen Gefangenen? Bist du besoffen, Igor Borisowitsch Sarogin? Was für einen Gefangenen?»

Der Verwalter trat von einem Fuß auf den anderen und hätte viel darum gegeben, jetzt davonlaufen zu können, denn Baranow war für seinen Jähzorn bekannt.

«Was hätte ich denn tun sollen? Heute früh kam ein Trupp Soldaten durchs Hoftor geritten, in ihrer Mitte ein hölzerner Käfig und darin ein gefangener Kosak. Waren Soldaten von Mütterchen Zarin, große Kerle in schönen Uniformen ... Und was für Pferdchen die geritten haben! Eine Freude war's zu sehen, Herr ...»

«Schweif nicht ab», knurrte Baranow. «Sie haben also einen verfluchten Kosaken gefangen. Warum haben sie ihm nicht gleich die Kehle durchgeschnitten, he? Wozu in einen Käfig gesteckt?»

«Es ist ein wichtiger Gefangener», erklärte Sarogin. «Andrej Bereschkoff – der Anführer der aufrührerischen Dnjepr-Kosaken. Sie werden ihn nach Petersburg bringen und ihm dort den Kopf abschlagen. Damit das Volk sieht, dass Mütterchen Zarin mit allen kurzen Prozess macht, die gegen sie aufbegehren.»

Baranow schnaufte vor sich hin. Die Sache schien ärgerlich zu sein, vielleicht sogar gefährlich. Er hatte von Bereschkoff gehört – ein junger Draufgänger, der wie viele andere davon überzeugt war, dass Zar Peter noch lebte, und bereit, sein Volk zum Aufstand gegen Katharina zu führen. Baranow wusste es besser: Katharina hatte ihren Ehemann Peter in einem raschen Militärputsch entmachtet, und der Unglückliche war längst in seinem Gefängnis zu Tode gekommen. Der falsche Zar Peter war niemand anderer als der dreckige Donkosak Pugatschoff.

«Was tut der Kerl dann bei uns?»

«Die Soldaten mussten weiterreiten, Herr», erklärte Sarogin und machte einen Kratzfuß. «Weil Nachricht kam, dass es ein Scharmützel gegen die Aufständischen gleich in der Nähe gab und sie die Truppen unterstützen sollten. Da haben sie ihren Gefangenen bei uns im Keller gelassen und wollen ihn morgen wieder holen. Mit unserem Kopf haften wir dafür, dass er nicht entkommt. So haben sie mir gesagt, die Herren Offiziere.»

«Verflucht!», brummte Baranow, den inzwischen weniger der Gefangene beunruhigte als die Tatsache, dass sich der Kosakenaufstand dieses elenden Schwindlers Pugatschoff bereits bis in die Nähe seines Besitzes gezogen hatte. Es war kaum zu glauben, aber die aufständischen Kosaken wuchsen wie die Pilze aus dem Boden und schienen überall zu sein.

«Wird der Kerl gut bewacht?»

«Er ist im Keller so sicher wie im tiefsten Verlies der Peter-und-Paul-Festung. Drei Männer stehen Wache, zudem ist er ja noch in seinem Käfig eingesperrt. Er müsste der Teufel selber sein, um sich aus diesem Gefängnis herauszuschleichen.»

Es war eine lästige Angelegenheit, besonders jetzt, da er eigentlich andere Dinge vorgehabt hatte. Gerade wurde drüben ein weiterer Eimer hineingetragen, und er konnte hören, wie die Magd das Wasser in die Wanne goss. Lange konnte es nicht mehr dauern, bis Sonja in ihr Bad stieg. Nackt, wie Gott sie geschaffen hatte. Sein Glied regte sich schon wieder, was ihn trotz der Anwesenheit seines Verwalters keineswegs störte.

«Geh voran – ich will mich überzeugen, dass im Keller alles in Ordnung ist.»

Sarogin huschte auf den Flur hinaus und stieß dort fast mit der Magd zusammen, die mit dem leeren Wassereimer wieder die Stiege hinabsteigen wollte.

«Mach die Augen auf, dumme Kuh», keifte er sie an, sodass sie sich erschrocken in eine Ecke drückte.

Unten im Keller war flackernder Lichtschein zu sehen. Die drei Wächter hatten eine Fackel in eine Wandhalterung geklemmt und starrten Sarogin, der mit Baranow im Gefolge auftauchte, ängstlich entgegen. Es waren drei junge Leibeigene, die sonst stets bei der Erntearbeit auf den Feldern gebraucht wurden, jetzt aber schon den ganzen Tag über hier unten im Keller hockten, um einen gefangenen Kosaken zu bewachen. Sie waren nur mit Messern und Knüppeln bewaffnet – selbst wenn man den einfältigen Burschen eine Büchse in die Hände gegeben hätte, so hätten sie doch nichts damit anzufangen gewusst. Baranow war klar, dass die drei jungen Kerle kaum Widerstand leisten würden, falls eine Gruppe Kosaken auf die Idee käme, ihren Kameraden zu befreien.

«Halte die Fackel dichter heran, damit ich ihn sehen kann.»

Der Gefangene war jung und kräftig, er saß ruhig in seinem hölzernen Käfig, den Rücken an die Stäbe gelehnt, den Blick voller Verachtung auf die beiden Männer gerichtet, die ihn bei erhobener Fackel beäugten. Das dichte schwarze Haar hing ihm in die Stirn. Sein Hemd war zerfetzt, und am Arm schien er eine Verwundung zu haben. Man hatte ihn nicht einmal gefesselt.

Baranow spürte einen instinktiven Hass beim Anblick dieses Kosaken. Der Bursche mit seinem Dreitagebart sprühte trotz seiner schlimmen Lage vor Kraft und Energie. Ganz offensichtlich war er kein Dummkopf, sondern einer, der gewohnt war, Pläne auszuhecken und andere anzuführen. Hol's der Teufel, die zaristischen Offiziere hatten ihm da ein höchst gefährliches Ei ins Nest gelegt. Seine einzige Hoffnung war, dass man den Kerl recht bald wieder abholen würde, bevor seine Kameraden von seinem Aufenthaltsort erfuhren. Einem Kosakenüberfall würde er mit den paar Bediensteten auf Pereschkowo nicht lange Widerstand leisten können.

«Lass die Wachen gut versorgen und tausche sie gegen Mitternacht gegen drei andere aus – aber keinen Tropfen Wodka, verstanden?»

«Natürlich nicht. Das wäre ja glatter Selbstmord, wenn die sich jetzt um ihren Verstand saufen.»

Sarogin nickte den drei Aufpassern zu, die wichtige Mienen machten und sich vermutlich eine gute Belohnung erhofften, falls sie ihren Auftrag zur Zufriedenheit ihres Herrn erfüllten. Baranow befahl Sarogin, zwei Leute am Tor zu postieren und aufmerksam zu sein, falls die Hunde anschlugen. Mehr konnte er nicht tun. Dann stapfte er die Treppe hinauf und blieb einen kurzen Moment vor Sonjas Zimmertür stehen, um zu lauschen. Es war nichts zu hören, doch er bildete sich ein, den feinen Duft von Rosenwasser zu riechen, der in der Kutsche ihrem Kleid entströmt war. Die Lust überkam ihn mit solcher Macht, dass ihm das Blut in den Ohren rauschte.

D as stickige Zimmer, das mit alten, düsteren Möbeln eingerichtet war, gefiel Sonja nicht. Doch sie war unendlich froh, wenigstens für kurze Zeit vor Baranows lästigen Blicken und seinen plumpen Annäherungen sicher zu sein. Erschöpft ließ sie sich auf dem breiten, geschnitzten Bett nieder, schrak zusammen, weil es fürchterlich knarrte, und versuchte sich dann zu entspannen. Es gelang ihr nur schlecht, denn der Raum schien eher ein Gefängnis als ein Schlafzimmer zu sein.

Man hatte die schweren dunkelroten Vorhänge zugezogen, um die sommerliche Hitze abzuhalten. Der Stoff war alt und roch muffig – vermutlich wurde dieser Raum nur selten benutzt, da Baranow hauptsächlich auf auf Gut Welikowo residierte, das eine Tagesreise entfernt lag und – so hatte er ihr berichtet – sehr viel größer und prächtiger sei als Pereschkowo. Ein großes Herrenhaus würde sie dort vorfinden, aus Stein erbaut und aufs Teuerste eingerichtet. Nicht einmal die Zarin selbst besäße solch kostbare Möbel und Tapeten, denn Baranow habe sie eigens aus Frankreich kommen lassen.

Sonja hatte ihm damals mit kindlicher Begeisterung zugehört, ja, sie war sogar ein wenig stolz auf ihren reichen Bräutigam gewesen, um den sie nicht wenige ihrer Freundinnen bei Hofe beneideten.

«Das große Los hast du gezogen, mein Täubchen», hatte die Wolkonskaja mit säuerlicher Miene gesagt. Artemisia Wolkonskaja war nicht mehr ganz jung, wenn auch noch immer schön und verführerisch, und man sagte von ihr, dass sie eine Weile gehofft habe, Fürstin Baranskaja zu werden. Sonja wäre jetzt ohne weiteres bereit gewesen, ihr dieses Glück zu schenken. Immer klarer sah sie, was für ein Mensch Baranow war. Wie untertänig und furchtsam seine Bediensteten sich ihm gegenüber verhielten, wie der Verwalter ihm schmeichelte und vor ihm buckelte – das alles widerte sie an. Das ganze Gut atmete den düsteren Dunst dieses Mannes, und sie spürte nur allzu deutlich, dass es Dinge gab, die man bisher vor ihr geheim hielt. Wären da nicht ihre Eltern gewesen, die den letzten Rubel zusammengerafft hatten, um sie als Hofdame standesgemäß auszustatten – und die nun förmlich im Glück schwelgten, weil die Tochter die erhoffte reiche Partie gemacht hatte –, Sonja wäre gern davongelaufen.

Sie fuhr zusammen, als es draußen im Flur rumpelte und jemand an die Tür klopfte.

«Das Bad, Euer Gnaden.»

Es war eine der jungen Mägde, eine schmale Person mit großen hellblauen Augen und feinem blondem Haar, das unter einer merkwürdig geformten Haube hervorquoll. Sie lächelte

Sonja schüchtern zu, und Sonja spürte zum ersten Mal an diesem Tag, dass ihr jemand ein wenig menschliche Wärme entgegenbrachte.

«Es ist recht», sagte sie freundlich und nickte der jungen Frau zu. Dann beobachtete sie neugierig, wie der oval geformte hölzerne Badezuber von zwei Bediensteten in den Raum getragen und vorsichtig neben dem Bett abgestellt wurde.

«Wünscht Ihr das Wasser recht heiß?», erkundigte sich die Magd.

«Nicht gar so heiß», meinte Sonja lächelnd. «Schließlich hatten wir auf der Reise genügend unter der Hitze zu leiden.»

Die Magd versuchte ungeschickt, einen Knicks zu machen, und lief geschäftig aus dem Zimmer. Sonja erhob sich von dem Bett und ging zum Fenster, um den Vorhang zur Seite zu schieben.

Man konnte von hier aus den staubigen Hof des Anwesens überblicken, der mit einer hölzernen Palisade umgeben war, an die sich einige niedrige Nebengebäude lehnten. Es begann schon zu dämmern. Ein hochbeladenes Pferdefuhrwerk mit reifen Garben passierte das Tor. Sonja beobachtete, wie die jungen Burschen, die nur mit einer weiten Hose bekleidet waren, vom Wagen heruntersprangen und die Ernte in die Scheune zu tragen begannen. Wieder bewunderte sie die kräftigen, muskulösen Körper der Bauernburschen. Als sie hörte, dass die Zimmertür wieder geöffnet wurde, wandte sie sich um. Die junge Magd schleppte zwei schwere Eimer herein, stellte sie neben der Wanne ab und goss das heiße Wasser in den Zuber. Feiner Dampf stieg auf, den Sonja begierig einatmete. Ja, ein erfrischendes Bad würde eine Wohltat sein nach all den Anstrengungen und Unwegsamkeiten dieser Reise.

Die Magd schwitzte von der Anstrengung, fuhr sich mit der Hand über die Stirn, um die kitzelnden Härchen aus ihrem Gesicht zu streichen, und sah dabei neugierig zu Sonja hinüber.

«Was schaust du mich an?», fragte Sonja schmunzelnd.

Die Magd errötete und griff rasch nach den Eimern.

«Ihr seid schön», murmelte sie mit abgewandtem Gesicht. «Ich bete zu Gott, dass er Euch schützen möge.»

Sonja hielt das für eine fromme Formel, die aus Freundlichkeit gesagt wurde. In ihrem Inneren war sie jedoch beunruhigt. Wovor sollte Gott sie schützen? Gab es denn eine Gefahr, die auf sie lauerte?

«Auch du bist schön», gab sie zurück. «Das ist mir gleich aufgefallen.»

Die Magd schüttelte energisch den Kopf und trat ein paar Schritte zurück, als sei sie erschrocken.

«Ich? O nein, Euer Gnaden. Ich bin nicht schön. Es wäre auch nicht gut für mich, eine Schönheit zu sein.»

«Warum denn nicht?», wunderte sich Sonja. «Es gibt doch sicher dort unten einen jungen Burschen, dem du gefallen möchtest, oder nicht?»

Über das Gesicht der jungen Magd huschte ein kurzes Lächeln, doch sie war gleich wieder ernst.

«Schönheit ist ein Fluch», sagte sie leise und verließ mit den leeren Eimern das Zimmer.

Sonja blieb ein wenig fassungslos am Fenster stehen, dann zuckte sie mit den Schultern und sagte sich, dass diese junge Person recht altklug und seltsam daherredete. Sie begann im Raum umherzugehen, schaute neugierig in eine Kommodenschublade und wunderte sich über die feinen Spitzenunterröcke, die dort gestapelt waren. Dann öffnete sie den großen Schrank, in dem altmodische Frauenkleider hingen. Sie verströmten einen seltsam süßlichen Geruch, der ihr unangenehm war, und sie drückte die Schranktür rasch wieder zu. Neben dem Schrank sah sie einen geblümten Vorhang aus einem glänzenden Seidenstoff, und dahinter entdeckte sie eine kleine Tür, die weder Klinke noch Schloss hatte und sich nicht bewegen ließ. Ein Wandschrank?

Aber wieso konnte man ihn nicht öffnen? Sie ließ den Vorhang ratlos wieder vor die Tür gleiten und wollte sich schon umwenden, als sie einen dunklen Gegenstand dicht neben dem Vorhang an der Wand hängen sah. Es war eine Peitsche aus geflochtenem Leder – ein Kantschu, wie man ihn verwendete, um die Leibeigenen zu bestrafen.

Verunsichert ging sie wieder zum Bett zurück, um sich darauf niederzulassen. Es war inzwischen sehr dämmrig im Zimmer, und sie war froh, dass die junge Magd, die mit zwei weiteren Wassereimern eintrat, eine Kerze anzündete.

«Wünschen Euer Gnaden, dass ich Euch helfe?»

«Nein, ich komme schon allein zurecht.»

Ein seltsames Schamgefühl hielt sie davon ab, sich der jungen Frau nackt zu zeigen. Das Bad war gerichtet, es gab einen dicken Badeschwamm und eine Schale mit leicht nach Rosen duftender Seife, dazu ein großes weißes Badetuch. Sonja prüfte vorsichtig die Wassertemperatur und empfand sie als genau richtig – nicht zu heiß und nicht zu kühl. Sie wartete, bis die Magd das Zimmer verlassen hatte, versicherte sich, dass die Vorhänge am Fenster sorgfältig geschlossen waren, und stieg dann aus den bestickten Schuhen.

Langsam begann sie ihr Kleid aufzuhaken, hielt immer wieder inne und lauschte in den Flur, doch es war niemand zu hören. Vorsichtig streifte sie die spitzenbesetzten, halblangen Ärmel herab und schlüpfte aus dem Kleid heraus. Es war angenehm, von dem schweren Stoff befreit zu sein. Sie rieb sich die Oberarme und zog die Schleife der Korsettschnur auf. Obgleich sie sich niemals allzu fest schnüren ließ, fühlte sie sich doch erlöst, als der Druck auf Brüste und Oberkörper sich lockerte und sie wieder frei atmen konnte.

Sie zog die Unterröcke aus und streifte gerade das dünne Hemd ab, als sie plötzlich ein scharrendes Geräusch im Flur vernahm und erschrak. War es die junge Magd, die ihr noch irgendetwas bringen wollte? Oder einer der Bediensteten? Plötzlich bekam sie panische Angst, legte die Hände über den halbentblößten Busen und lauschte voller Furcht auf weitere Geräusche. Doch es blieb alles still, und sie schalt sich eine Närrin. Warum sollte sie es stören, wenn die junge Magd ins Zimmer kam? Schließlich war sie eine Bedienstete und hatte den Auftrag, ihr beim An- und Auskleiden zu helfen. Sie würde jetzt ein kurzes Bad nehmen und sich dann von ihr rasch wieder ankleiden lassen.

Hastig zog sie das Hemd und die Strümpfe aus, stieg nackt in den Zuber, spürte die angenehme Wärme des Wassers und setzte sich. Der Zuber war nicht sehr lang, sie musste mit angezogenen Knien sitzen. Das Wasser ging ihr gerade bis zur Taille, umspielte sacht ihren Nabel, und wenn es sich kräuselte, entstanden im Schein der Kerze flimmernde Lichtpünktchen auf der Wasseroberfläche. Sie schöpfte sich mit den Händen kleine Kaskaden auf Schultern und Brüste, genoss das Gefühl, den scheußlichen Reisestaub endlich loszuwerden, und griff nach dem Schwamm.

Plötzlich hörte sie wieder das Scharren. Dieses Mal kam es nicht vom Flur her, sondern von der Wand zu ihrer Rechten. Sonja erstarrte. Ihr wurde plötzlich klar, dass die Tür hinter dem Vorhang kein Wandschrank, sondern eine Verbindungstür sein musste. Jemand hatte sie geöffnet. Noch bevor sie den Kopf wandte, wusste sie instinktiv, dass es nicht die junge Magd war. Es waren die schweren Schritte eines Mannes.

«Du bist süß und verlockend, kleine Wassernixe!»

Sie stieß einen Schrei aus, als Baranow neben den Zuber trat und genüsslich grinsend auf sie herabsah. Er trug nur das weite Hemd und die Kniehosen, die sich eng um seine Hüften spannten. Etwas Dickes, Längliches wölbte sich unter dem straffen Stoff.

«Was erlaubt Ihr Euch», rief sie wütend und versuchte, ihre nackten Brüste vor seinen Blicken zu verbergen. «Verlasst das Zimmer! Ich ersuche Euch, das Zimmer sofort zu verlassen!»

Sein Gesicht glühte. Ohne auf ihre Empörung zu reagieren, fasste er ihr langes Haar im Nacken und zwang sie, zu ihm hochzusehen.

«Hör zu, meine süße Braut. Du wirst in zwei Tagen eine der reichsten Frauen Russlands sein. Dafür verlange ich, dass du dich meinen Wünschen fügst. Und zwar allen – ohne Ausnahme.»

«Ich denke nicht daran!», rief sie zornig.

Niemals in ihrem ganzen Leben hatte ein Mensch sie so erniedrigend und grob behandelt. Sie fasste ihr Haar mit einer Hand und versuchte, sich aus seinem Griff zu befreien.

«Lasst mich los oder ich schreie um Hilfe!», drohte sie und versuchte sich loszureißen. Doch der Griff von Baranows dicker Faust war eisern.

Er lachte tief und dröhnend, ihr Widerstand schien ihm Vergnügen zu bereiten.

«Fauche nur, mein Kätzchen», sagte er und hielt sie nur umso fester. «Wie hübsch deine bloßen Brüste tanzen, wenn du so herumzappelst. Schrei nur, es wird niemand kommen – denn ich bin der Herr und tue, was mir gefällt.»

Entsetzt begriff sie, dass sie ihm vollkommen ausgeliefert war. Nackt, ohne die schützende Hülle der Kleidung, viel zu schwach, um sich gegen den kräftigen Mann zu wehren, und ohne jegliche Hoffnung, dass jemand es wagen würde, ihr zu Hilfe zu eilen.

«Macht mit mir, was Ihr wollt», sagte sie, und ihre Unterlippe zitterte. «Aber ich werde Euch nicht gehorchen – niemals!»

Sonja spürte, wie er ihr Haar fester fasste und daran zog. Das Gezerre tat ihr schrecklich weh, doch sie widerstand dem Schmerz und biss die Zähne zusammen.

«Weißt du, was man hierzulande mit ungehorsamen Frauen macht?», zischte Baranow. «Man treibt sie mit der Peitsche nackt durchs Dorf, bis sie sich besinnen und vor ihrem Herrn in den Staub sinken. Willst du das?»

Sie erbebte. Von solch grausamen Bestrafungen hatte sie gehört, doch da hatte es sich um Ehebrecherinnen gehandelt, die von ihrem Mann auf diese Weise gezüchtigt wurden. Niemals jedoch mutete man solch eine Prozedur einer Frau von Stand und Adel zu.

«Ihr seid ein Teufel! Glaubt nicht, dass ich jemals Eure Frau werde. Lieber sterbe ich!»

Wieder lachte er, und sie spürte erschaudernd, dass er sich an ihrer Verzweiflung und Scham weidete.

«Raus aus der Wanne, meine Schöne. Ich will dich anschauen.»

Sie krallte sich mit den Fingern an den Wänden des hölzernen Badezubers fest.

«Nein!»

«Soll ich dich an den Haaren herauszerren? Das kannst du haben!»

Ein stechender Schmerz ließ sie fast besinnungslos werden. Mit beiden Händen griff sie nach ihrem Haar und versuchte es festzuhalten. Doch da hatte er sie schon aus dem Zuber herausgerissen und gegen die Wand gewirbelt. Im Fallen griffen ihre Hände instinktiv nach einem Halt, fassten den schweren Samt des Fenstervorhangs und rissen ihn herab, als sie zu Boden stürzte.

Einen Moment lag sie wie betäubt, ihr Kopf schmerzte, Tausende von Nadeln schienen in ihre Kopfhaut zu stechen. Dann bemerkte sie, dass Baranow über ihr stand. In seiner Rechten hielt er die Peitsche, die sie an der Wand gesehen hatte.

«Steh auf!»

Sie kauerte sich zusammen und versuchte, ihren nackten Körper mit dem Vorhang zu bedecken.

«Nein!»

«Du hast zu gehorchen. Steh auf, ich bin dein Herr und will dich begutachten.»

«Ihr seid nicht mein Herr und werdet es niemals sein!»

Sein rotes Gesicht verzog sich zu einer Grimasse. Er hob den Arm, und ein Peitschenhieb sauste auf Sonjas bloße Schulter. Es war, als habe jemand einen glühenden Feuerhaken über ihre Haut gezogen – sie schrie leise auf, doch sie rührte sich nicht aus ihrer kauernden Stellung. Stattdessen zog sie den Stoff enger um ihren Körper und verbarg sich zitternd darunter.

«Weg mit dem Lappen! Soll ich ihn dir vom Leibe peitschen?»

Wieder schlug er zu, traf jedoch nur den Vorhangstoff und ihren rechten Fuß, der daraus hervorlugte. Er sah ein, dass er auf diese Weise nichts ausrichten würde. Die Kleine war zäher, als er geglaubt hatte.

«Nicht meine Frau werden?», höhnte er. «Das wirst du dir gut überlegen, meine Schöne. Ein Wort von mir, und die Zarin wird deinen Bruder degradieren, ja, ins Gefängnis werfen lassen. Ein Wink von mir, und deine Eltern ziehen in Lumpen und am Bettelstab durchs Land. Willst du das wirklich, Sonjeschka?»

Sie spürte, wie ihr die Tränen der Verzweiflung über die Wangen rannen. Seine Drohung war ernst zu nehmen. Er konnte ihre Familie vernichten, wenn er nur wollte. O Himmel, mit welch einem Menschen hatten sie sich eingelassen!

«Ihr seid ein Tier, Ossip Arkadjewitsch. Ein Teufel in Menschengestalt. Der Herr wird Euch richten, dessen bin ich gewiss!»

Er lachte grob, bückte sich plötzlich und riss an dem Vorhang, der sie vor ihm verbarg. Sie hielt mit aller Kraft an dem Stoff fest, wurde jedoch ein Stück weit zu ihm herangezerrt.

«Steh jetzt auf und zeige dich mir, so wie ich es haben will.»

«Niemals werde ich das freiwillig tun!»

«Dann willst du also, dass ich deine Familie vernichte?»

Nein, das konnte sie denen, die sie liebte, nicht antun. Lieber wollte sie sterben, als der Anlass für das Unglück ihrer Eltern zu sein. Sie raffte das Tuch enger um sich zusammen und stand langsam auf. Baranow sah ihr mit zufriedenem Grinsen dabei zu. Hatte er es doch gewusst, dass sie so zu packen war!

«Dort an die Wand, meine kostbare Braut. Lass das Tuch ganz langsam heruntersinken, damit ich deine Reize genießen kann. Und vergiss nicht, dass ich den Kantschu zu gebrauchen weiß.»

Zitternd stand sie, presste den Rücken an die Wand und sah sich verloren. Sein gieriger Blick schien sie förmlich zu verschlingen, wollüstig hatte er den Mund halb geöffnet, seine feisten Lippen waren feucht. Sie schloss die Augen, um ihn nicht sehen zu müssen, hatte das Gefühl, auf eine Richtstätte gehen zu müssen, um dort ihr Leben zu lassen.

«Los, du Hure. Oder soll ich nachhelfen?»

Die Hand, mit der er die Peitsche hielt, zuckte, doch er schlug nicht zu. Stattdessen trat er einige Schritte zurück, um sie besser betrachten zu können, stieß dabei jedoch mit einem Fuß heftig gegen den hölzernen Zuber und kam ins Straucheln.

Sonja hörte ein klatschendes Geräusch, öffnete die Augen und sah, dass Baranow hinterrücks in den Badezuber gestürzt war. Blitzartig erfasste sie die Lage. Nur fort von hier! Hastig flüchtete sie zur Tür und eilte – das Tuch fest um den Körper gewickelt – durch den engen Flur die Stiege hinab.

Sie war kaum unten angelangt, da hörte sie schon Baranows wütende Schreie, und sie konnte sich gerade noch in eine dunkle Ecke drücken, als die Bediensteten schon an ihr vorbei die Stiege hinaufrannten, um nachzusehen, was mit ihrem Herrn geschehen war.

Mit wild klopfendem Herzen stand sie da und lehnte den Kopf an die hölzerne Wand. Panik beherrschte sie. Nur fort, sich verbergen, niemals wieder in die Hände dieses Menschen fallen! Lieber sich in den Fluss stürzen oder sich im tiefsten Loch verkriechen! Sie spürte eine Stufe unter ihrem nackten Fuß und folgte der Treppe nach unten, bis ein flackernder, rötlicher Schein vor ihr auftauchte. O Gott – dort unten waren Leute, man würde sie entdecken. Schon wollte sie sich umwenden, um die Treppe wieder hinaufzuflüchten, da vernahm sie Baranows heiseres Gebrüll.

«Sucht sie überall, sie muss im Haus sein. Schleppt sie an den Haaren herbei. Soll ich euch noch Beine machen, faules Pack?»

Gepolter ertönte über ihr, die Bediensteten beeilten sich, den Befehl auszuführen. Verzweifelt lief sie die Treppe hinunter. Es gab keine Rettung, sie war verloren. Ein Kellergewölbe tat sich vor ihr auf, von einer Fackel beleuchtet. Drei Männer erhoben sich vom Fußboden, starrten sie ungläubig mit verschlafenen Augen an.

«Was ... wer bist du?», fragte einer.

Ihr Blick irrte verzweifelt durch den Raum und erfasste einen seltsamen hölzernen Käfig, in dem sich eine dunkle Gestalt regte. Die unheimliche Erscheinung steigerte ihre Angst noch mehr, zitternd stand sie da und erwartete jeden Augenblick, dass man sich auf sie stürzen würde, um sie zu töten. Da hörte sie schon Baranows raue Stimme hinter sich.

«Raus hier!», brüllte er die drei Männer an. «Verschwindet, bis ich euch rufe. Nun macht schon!»

Die drei Burschen gehorchten ohne eine einzige Frage, zogen die Köpfe ein und liefen an ihr vorbei die Treppe hinauf. Baranow stellte sich ihr in den Weg und ging langsam und schwer atmend auf sie zu. Hemd und Hose waren nass, nur die weiten Ärmel waren trocken geblieben. Sein Gesicht war dunkelrot und von unbändiger Wut verzerrt. Noch niemals hatte er eine solch lächerliche Niederlage hinnehmen müssen. Dafür sollte sie büßen, diese widerspenstige Person.

Sie wich vor ihm zurück, wohl wissend, dass sie keine Chance hatte. Er würde sie schlagen und quälen, so wie er Lust hatte. Sollte er sie doch töten, dann hatte alles Leiden ein Ende. Als sie die kalte Steinwand des Kellers im Rücken spürte, wusste sie, dass das Ende gekommen war.

Baranow, der eben noch vor Wut geschäumt hatte, begann jetzt die Lage zu genießen. Wie sie zitterte! Wie ängstlich sie vor ihm zurückwich! Er spürte die Blicke des Gefangenen in seinem Rücken und hatte doppelten Spaß daran, seine junge Braut vor den Augen dieses Mannes zu nehmen.

Sie konnte nicht weiter zurückweichen. Er griff triumphierend nach dem Tuch und riss es ihr mit einem harten Ruck vom Körper. Nackt stand sie vor ihm, versuchte Brüste und Scham zu verbergen, und er weidete sich an diesem Anblick. Dann drängte er sich an sie, umfasste ihren Körper fest mit den Händen, massierte ihre Brüste und zwang ihre Schenkel mit dem Knie auseinander. Hastig riss er an seinem Hosenbund, um sein steifes Glied zu befreien, da hörte er hinter sich ein lautes Knacken – Holz splitterte.

Bevor er herumfahren konnte, traf ihn ein kräftiger Schlag auf den Schädel, und er sank besinnungslos zu Boden.

Halb betäubt starrte Sonja auf den großen Mann, der noch immer die Holzlatte in den Händen hielt, mit der er Baranow zu Boden geschlagen hatte. Ihr Verstand stand still, sie war unfähig zu begreifen, was geschehen war. War diese Gestalt ein Teufel oder ein Geist? Träumte sie, oder hatte Wahnsinn von ihr Besitz ergriffen? Der Mann trat einige Schritte näher, strich sich das dunkle Haar aus der Stirn und sah sich um. Schwarze Augen glitten über ihren entblößten Körper, dann bückte er sich und hob das Tuch auf, das Baranow zur Seite geworfen hatte.

«Das gehört Euch, glaube ich», sagte er mit tiefer, warmer Stimme.

Sie konnte kein Glied rühren, war nicht einmal in der Lage, nach dem Tuch zu greifen, das er ihr reichte. Undeutlich nahm sie wahr, wie er näher trat und ihr den Stoff um die Schultern legte, dann begann der rötliche Schein der Fackel vor ihren Augen zu verschwimmen, ein schrecklicher Lärm dröhnte in ihren Ohren, der ihr die Besinnung raubte.

Sonja? Bist du wach?»

Die Stimme schien aus weiter Ferne zu kommen. Sie blinzelte und sah gleißende Sonnenstreifen, die sich durch die Ritzen zwischen den dicken Vorhängen ins Zimmer stahlen. Ermüdet schloss sie wieder die Augen. Warum konnte man sie nicht in Ruhe lassen? Es war schön, in der kühlen, sanften Dunkelheit zu schweben, ohne Ängste, ohne Qualen, frei und leicht im unendlich weiten Raum wie auf dem Grund des Meeres.

«Sonjeschka, du musst jetzt aufwachen. Es ist Zeit abzureisen.»

Die Stimme ihres Bruders war ungewohnt freundlich, sogar ein wenig besorgt. Sie öffnete die Augen und sah sein schmales Gesicht, das sich über sie beugte. Sergej zeigte seine Gefühle fast nie, jetzt aber blickten seine Augen mit leiser Anteilnahme auf sie herab.

«Du hast Schlimmes durchgemacht, Sonja. Aber du wirst darüber hinwegkommen. Steh jetzt auf und iss etwas – wir müssen gleich aufbrechen.»

Mit einem Schlag wurde ihr wieder bewusst, was geschehen war. Sie richtete sich hastig auf und sah sich um. Sie befand sich im gleichen Zimmer, in dem Baranow sie überfallen hatte, lag völlig angezogen auf dem Bett, halb zugedeckt mit einer bestickten Leinendecke. Ein Schüttelfrost befiel sie so stark, dass ihre Zähne aufeinanderschlugen.

«Aufbrechen?», stammelte sie. «Wohin?»

Sergej zog sich einen Stuhl herbei und setzte sich neben ihr Bett. Vorsichtig nahm er ihre Hand, und als er spürte, wie sie zitterte, war er aufrichtig besorgt.

«Beruhige dich, Sonja. Was geschehen ist, wird sich nicht wiederholen. Auf der Reise nach Welikowo werden wir von zaristischen Soldaten eskortiert werden, die uns beschützen. Es wird dir nichts mehr geschehen.»

Verwirrt sah sie ihn an. Was redete er da?

«Nach Welikowo?», murmelte sie. «Nein, Sergej. Ich werde nicht dorthin reisen. Niemals. Lass uns zurück nach St. Petersburg fahren, ich bitte dich.»

Er drückte ihre Hand und lächelte beruhigend wie zu einem Kind.

«Ich verstehe deine Angst, Sonja. Aber wenn du erst Ossip Arkadjewitsch Baranows Frau bist ...»

Sie zuckte so heftig zusammen, dass er erschrak.

«Ich werde niemals seine Frau werden. Lieber sterbe ich», stieß sie hervor.

Auf der Stirn ihres Bruders erschienen zwei tiefe Furchen des Unmuts.

«Du bist ja völlig durcheinander, Sonja. Natürlich wirst du seine Frau werden. Du weißt, was davon abhängt. Außerdem hat er dich gestern Abend heldenmütig vor Tod und Schande bewahrt. Jede Frau wäre stolz, einen solchen Mann heiraten zu dürfen.»

Sie starrte ihn an und begriff nicht, was er redete.

«Baranow hat mich vor Schande bewahrt?», rief sie aufgeregt. «Er hat mich hier in diesem Zimmer überfallen, als ich im Bad saß. Er hat mich an den Haaren gerissen und mit der Peitsche geschlagen und ... und ... er wollte ...»

Tränen der Scham und der Verzweiflung überwältigten sie, die schrecklichen Dinge, die Baranow von ihr verlangt hatte, wollten ihr nicht über die Lippen, und sie brach in Schluchzen aus. Sergej saß kopfschüttelnd auf seinem Stuhl und betrachtete seine Schwester unzufrieden. Anscheinend hatte sie den Schock noch nicht überwunden.

«Du redest ja völligen Unsinn, Sonja», sagte er lehrerhaft. «Nicht Baranow hat dich hier überfallen, sondern dieser verfluchte Kosak. Irgendwie ist es ihm gelungen, aus dem Käfig zu entkommen, er ist die Treppe hinaufgeschlichen und in dein

Zimmer eingedrungen. Dort hat er offensichtlich versucht, dich als Geisel zu nehmen. Du kannst Baranow dankbar sein, dass er dich vor dem Schicksal bewahrt hat, von den aufständischen Kosaken verschleppt zu werden. Er hat sein Leben für dich eingesetzt. Der Verbrecher hat ihn zu Boden geschlagen, bevor es ihm gelang zu flüchten.»

Sonja starrte ihren Bruder an und begriff, dass Baranow die Wahrheit verdreht hatte. Oh, dieser gemeine, niederträchtige Lügner! «Aber nein, Sergej», sagte sie verzweifelt und schüttelte den Kopf. «Baranow lügt. Er selbst hat mich mit der Peitsche geschlagen, ich habe mich am Vorhang festgehalten und ihn herabgerissen ...»

«Aber Sonja. Ist hier etwa ein Vorhang abgerissen?»

Er hatte recht. Der dunkelrote Vorhang war wieder an Ort und Stelle, auch der hölzerne Zuber war verschwunden. Sie sah hinüber zur Wand und stellte fest, dass die Lederpeitsche fehlte.

Sergej erhob sich und sah mit strenger Miene auf sie herab.

«Nimm dich jetzt bitte zusammen, Sonja, schließlich bist du kein Kind mehr. Steh auf und komm hinunter ins Wohnzimmer. Dort wirst du ein Frühstück einnehmen, und dann reisen wir ab. Und hüte dich, irgendwelche dummen, unsinnigen Lügengeschichten zu erzählen. Hast du mich verstanden?»

«Sergej – ich flehe dich an! Liefere mich nicht an diesen Menschen aus, es ist mein Tod!»

«Ich will nichts mehr hören!»

Sie wischte sich die Tränen von den Wangen und schwieg. Es war nur natürlich, dass Sergej Baranow Glauben schenkte. Man glaubt immer gerne das, was für die eigenen Hoffnungen und Pläne passend ist. Ihr Bruder würde ihr nicht helfen, seine eigene Karriere als Gardist der Zarin war ihm viel zu wichtig.

Als er das Zimmer verlassen hatte, warf sie die Decke von sich und stand auf. Was konnte sie tun? Ihre Eltern waren weit von hier entfernt in St. Petersburg. Wie sollte sie zu ihnen gelangen?

Ohne Pferd, ohne Kutsche, ohne männlichen Schutz. Eine Frau allein in diesem weiten, unwegsamen Land. Wo würde sie Zuflucht finden? Die leibeigenen Bauern würden sie ohne Zweifel an ihren Herrn ausliefern, wenn sie ihrer habhaft wurden.

Ach, sie war sich nicht einmal sicher, ob ihre Eltern ihr glauben würden. Es wäre durchaus möglich, dass sie sie an ihren Bräutigam zurückschickten. Vor allem dann, wenn Baranow ihnen damit drohte, sie durch ein einziges Wort bei Hofe ins Unglück zu stürzen.

Unschlüssig schob sie den Vorhang zur Seite und sah in den Hof hinunter. Es musste schon fast Mittag sein, denn die Sonne stand hoch am Himmel. Eine Reisekutsche wartete mit Gepäck beladen vor dem Eingang, und ein Stallknecht führte gerade die Pferde herbei. Weitere Reittiere standen gesattelt neben dem breiten Wassertrog. Auf der Veranda und am Brunnen lungerten Soldaten herum, rauchten, tranken und schwatzten. Woher sie gekommen waren, wusste Sonja nicht. Aber es war offensichtlich die Eskorte, von der Sergej gesprochen hatte, denn sie entdeckte auf der Veranda auch Baranow, der mit einem Offizier im Gespräch war.

Es klopfte an der Tür, und die junge Magd trat ein. Sie vermied es, Sonja anzusehen. Stattdessen blickte sie zu Boden und legte ein Bündel Kleider auf einen der Stühle.

«Das sind die Sachen, die Ihr anziehen sollt», sagte sie mit ernster Miene. «Wegen der Kosaken, die noch in der Nähe sind.»

Sonja schwieg. Diese junge Person musste schon gestern genau gewusst haben, was Baranow vorhatte. Sie hatte geschwiegen – aber warum sollte sie auch ihr Leben riskieren, um eine völlig unbekannte Frau vor ihrem Unglück zu warnen? Ganz sicher trieb Baranow seine niederträchtigen Spiele auch mit dem Gesinde, und niemand kümmerte sich darum, ob ein Leibeigener gequält oder zu Tode geschlagen wurde. «Schönheit ist ein Fluch», hatte sie gesagt. Jetzt begriff Sonja den Sinn dieser Worte.

«Der Herr hat befohlen, dass Ihr gleich nach dem Umkleiden hinunterkommen sollt. Die Soldaten sind schon ungeduldig.»

«Es ist gut, du kannst gehen.»

Der Herr hatte befohlen, und sie hatte zu gehorchen! War er denn schon ihr Herr? Noch war sie nicht mit ihm verheiratet. Doch tatsächlich gab es kaum eine Möglichkeit, sich seinem Willen zu widersetzen.

Was hatte er sich jetzt wieder ausgedacht? Sie untersuchte das Kleiderbündel und stellte verblüfft fest, dass es Männerkleider waren. Sogar eine gepuderte Perücke war dabei, unter der sie ihr Haar verstecken konnte. Erneute Panik erfasste sie. Was hatte die Magd gesagt? Wegen der Kosaken? Also würde man Gefahr laufen, ihnen in die Hände zu fallen. Sie erinnerte sich an den großen Mann, der gestern so plötzlich vor ihr aufgetaucht war – war das ein Kosak gewesen? Wie wild er ausgesehen hatte mit seinem schwarzen wirren Haar und dem dichten Bart. Mit einem einzigen Schlag hatte er Baranow zu Boden gestreckt. Dunkel, sehr dunkel erinnerte sie sich, dass er auf sie zuging und etwas zu ihr sagte. Seine Stimme war tief und warm gewesen – wie seltsam.

Sie zögerte einen Augenblick, lief rasch zum Fenster und war erleichtert, dass Baranow immer noch auf der Veranda stand und mit dem Offizier redete. Sie würde also Männerkleider tragen – und vielleicht kam ihr das sogar ganz gelegen.

Rasch öffnete sie ihr Kleid, streifte es ab, schlüpfte aus den Röcken und zog die engen Kniehosen über. Sie mussten für einen sehr jungen, schlanken Mann gearbeitet worden sein, denn sie saßen eng an ihrem Körper. Sie behielt das Korsett an und zog das weite, mit Spitzen besetzte Hemd über, steckte es in die Hose und hakte den Bund zu. Die silbern schimmernde Weste reichte bis an die Oberschenkel und hatte unzählige winzige Knöpfchen. Darüber kam die lange weiße Jacke, die an den Knopfleisten und am Bündchen dunkelrot abgesetzt war. Weiße Strümpfe, die unterm Knie von engen Bändern gehalten wurden, und schwarze Schuhe mit kleinen Absätzen vervollständigten ihren Aufzug. Diese Männerkleidung war ungehörig genug, denn die engsitzenden Hosen und Strümpfe ließen die Form ihrer Beine deutlich hervortreten. Sie knöpfte die Jacke zu, um wenigstens die Oberschenkel vor den Blicken der Männer zu verbergen. Doch sie stellte fest, dass sie sich in diesen Kleidern seltsamerweise wohler fühlte als in der tief ausgeschnittenen Robe, die sie gestern getragen hatte.

Mühsam war es, das lange dichte Haar zu bändigen und so festzustecken, dass es unter der Perücke nicht hervorsah. Doch sie war diese Prozedur gewöhnt, denn sie hatte auch bei Hofe schon Perücken getragen. Als sie fertig angekleidet war, ging sie einige Male im Zimmer auf und ab, versuchte die Füße fest aufzusetzen und weite Schritte wie ein Mann zu machen. Es kam ihr eigenartig vor, sehr ungewohnt, und doch gefiel ihr dieses neue Gehabe. Was war gut daran, eine Frau zu sein? Ein hilfloses, schwaches Wesen, der Willkür eines Mannes ausgeliefert, der widerliche Dinge von ihr verlangte. Ja, sie wäre lieber ein Mann gewesen. War es nicht tausendmal besser, kämpfen und sterben zu dürfen, als sich erniedrigen zu lassen?

Langsam ging sie die Stiege hinab, horchte auf das harte Geräusch ihrer genagelten Schuhe und versuchte, den Gedanken an ihre gestrige Flucht in den Keller zu verdrängen. Unten stand ein junger Bediensteter, starrte sie mit offenem Mund an und vergaß fast, sich vor ihr zu verneigen.

«Die Herren warten im Wohnzimmer», sagte er und sah dabei irritiert auf ihre Beine.

Sergej, Baranow und ein bärtiger Offizier saßen bequem bei Tisch und hatten ein üppiges Frühstück vor sich stehen. Gekochtes Fleisch, in Fett schwimmende Plinsen, Würste, dicke Kascha mit Honig und verschiedene Früchte türmten sich auf den Tellern, dazu gab es frischen Kwass und Wein. Als Sonja eintrat, blieb Sergej vor Verblüffung fast der Bissen im Hals stecken, während Baranow sich erhob und mit einem Lächeln, das galant wirken sollte, auf sie zuging. Es war nichts davon zu bemerken, dass er gestern Abend einen gehörigen Schlag auf den Kopf bekommen hatte, denn er trug eine Perücke.

«Wir sind sehr froh, Euch zu sehen, meine liebe Sonja Alexejewna», sagte er mit höfischem Mienenspiel. «Wie ich sehe, seid Ihr vollständig wiederhergestellt und bezaubernder denn je. Macht uns die Freude und setzt Euch zu uns an den Tisch.»

Er stellte ihr einen Stuhl zurecht und Sonja, die vor Angst und Widerwillen am liebsten davongelaufen wäre, blieb nichts anderes übrig, als ihm zu gehorchen. Voller Abscheu spürte sie seine neugierigen Blicke, die die Form ihrer Beine erkundeten, und sie erschauerte. Was glotzte er noch? Er hatte ihren Körper völlig nackt gesehen, was wollte er mehr?

«Gestattet mir die Bemerkung», meldete sich nun der Offizier zu Wort, der sie lächelnd betrachtet hatte. «Diese Kleidung steht Euch ausgezeichnet. Wüsste ich nicht, dass es nur eine Tarnung ist, so würde ich Euch vorschlagen, sich bei der Garde zu melden.»

Sonja war wenig glücklich über diesen Scherz, doch Baranow fand ihn so großartig, dass er sich vor Lachen auf die Schenkel klopfte. Sergej zog eine säuerliche Miene – Baranow hatte ihm nichts von dieser Verkleidung gesagt, und das ärgerte ihn.

«Auf jeden Fall können Sie sich von nun an vollkommen sicher fühlen», fuhr der Offizier fort, der von Sonjas jugendlicher Erscheinung, trotz – oder vielleicht sogar gerade wegen – der Verkleidung gefesselt war.

Sonja zwang sich, sich ihre Aufregung nicht anmerken zu lassen. Baranows hinterhältige Lügen, seine plötzliche Galanterie, die – wie sie sehr gut wusste – nichts als eine Maske war, ließen sie vor Zorn erröten. Zugleich spürte sie eine schreckliche Furcht vor der langen Fahrt in der engen Kutsche, wo sie seinen heißen Atem spüren würde und seinen lüsternen Blicken ausgeliefert war. Ihr war inzwischen klar, dass er längst in der Kutsche über sie hergefallen wäre, wenn nicht ihr Bruder sie auf der Reise begleitet hätte.

«Diese verdammten Kosaken treiben sich leider in der Gegend herum», plauderte der Offizier und betastete mit einer Hand seinen Kinnbart, um ihn zu glätten. «Bilden sich ein, gegen Mütterchen Zarin eine Revolte machen zu können. Aber sie werden staunen, die Söhnchen, wenn Mütterchen Zarin erst mit ihnen Ernst macht. Wir werden sie hinüber nach Sibirien jagen, dort können sie bleiben und zu Eis gefrieren.»

Sonja nahm die Nachricht mit gemischten Gefühlen auf. Man hatte am Hof der Zarin nur hinter vorgehaltener Hand von solch scheußlichen Dingen wie Aufständen, Bauern oder wilden Kosaken geredet. Sie ritten wie hundert Teufel und fochten wie die Berserker, hatte man erzählt. Krummbeinig seien sie wie die Tataren, die schon auf dem Rücken ihrer Pferde zur Welt kamen, und genauso furchtlos und grausam. Sie lebten in Dörfern zusammen, ließen sich von Mütterchen Zarin nicht regieren und raubten sich Frauen, wo immer sie ihrer habhaft werden konnten. Das Schicksal einer Frau, die in ihre Hände fiel, war schlimmer als der Tod.

Dennoch – der Mann, der ihr gestern Abend für wenige Sekunden gegenüberstand, hatte sie vor Baranows Willkür gerettet. Sicher hatte er das nicht um ihretwillen getan – er hatte sich selbst aus einer fast aussichtslosen Lage befreit und war geflohen. «Wir sollten jetzt aufbrechen, Ossip Arkadjewitsch», meinte der Offizier. «Es wäre mir nicht recht, wenn wir auf unserer Fahrt in die Dunkelheit gerieten.»

Sonja hatte nur einen Schluck Wein getrunken, essen konnte sie nichts. Sie erhob sich steif und ungeschickt und fand es merkwürdig, dass der Offizier ihr seinen Arm bot. Einen Augenblick lang fragte sie sich, ob sie sich ihm vielleicht anvertrauen, ihn um Hilfe bitten könnte. Doch sie verwarf den Gedanken. Warum hätte er ihr glauben sollen? Und selbst wenn er ihren Worten vertraut hätte – Baranows Einfluss bei Hofe war so groß, dass er auch diesen Mann ohne größere Mühe vernichten konnte. Sie war ganz und gar auf sich allein gestellt.

Im Hof draußen herrschte ein wildes Durcheinander. Hunde kläfften, der Verwalter Sarogin eilte hierhin und dorthin, um die Angestellten anzutreiben, Soldaten bestiegen ihre Pferde, und der Kutscher überwachte das Aufladen der letzten Kisten, die auf das Dach der geschlossenen Kutsche gehoben wurden. Dienstfertig hielt Sarogin den Reisenden den Schlag der Kutsche auf, verbeugte sich unzählige Male und vermittelte dabei den Eindruck, dass er heilfroh war, seinen Herrn wieder los zu sein. Baranow gab ihm zum Abschied einen festen Stoß, sodass er gegen einen Pfosten der Veranda taumelte, worauf Baranow dröhnend lachte. Das war seine Art, mit seinen Bediensteten Scherze zu treiben.

Es war schwül und heiß in der Kutsche, der Himmel hatte sich mit einem dünnen Wolkennetz bedeckt, kein Lüftchen regte sich. Während die Kutsche, die von etwa dreißig Soldaten begleitet wurde, über den staubigen Feldweg rumpelte, fühlte Sonja sich hilflos und ausgeliefert. Nichts würde Baranow daran hindern, sie zur Frau zu nehmen und endlosen Erniedrigungen auszusetzen. Das Blut schoss ihr ins Gesicht, wenn sie sich vorstellte, was er von ihr verlangen könnte und welche Strafen ihr bevorstünden, wenn sie es wagen würde, sich ihm zu widersetzen. Hatte er nicht gedroht, sie nackt mit der Peitsche durch ein Dorf zu treiben? Vorbei an den grinsenden, gaffenden Gesichtern der Männer? Sie zweifelte nicht daran, dass er es tun würde.

Wenn sie sich aber weigerte, ihn zu heiraten, dann würde er nicht zögern, ihrem Bruder und ihren Eltern Leid zuzufügen.

Sonja war dazu erzogen worden, ihre Eltern zu achten und zu lieben, und sie war ihnen dankbar für alles, was sie für sie getan hatten. Nein, sie würde alles daransetzen, ihre Familie vor Schaden zu bewahren.

Während die weite, flache Landschaft am Fenster der Kutsche vorüberzog und das Sonnenlicht immer diffuser wurde, fasste sie einen Entschluss. Sie würde diesen Teufel in Menschengestalt heiraten, das war sie ihren Eltern schuldig. Doch sie war nicht bereit, die Qualen und Erniedrigungen zu ertragen, die sie ohne Zweifel erwarteten. Noch vor der Hochzeitsnacht würde sie den Freitod wählen.

Der Entschluss erleichterte sie, und sie war jetzt besser in der Lage, Baranows gierige Blicke zu ertragen. Sie hatte die Jacke aufgeknöpft, um bequemer sitzen zu können, und der dünne, enge Hosenstoff zeichnete die Form ihrer Oberschenkel ab bis hinauf zum Bauch. Baranows Augen schienen sich zwischen ihren Beinen förmlich festsaugen zu wollen, ein ums andere Mal sah sie ihn lächeln, und seine Zunge bewegte sich dabei hinter den Zähnen hin und her.

«Es wird ein Unwetter geben, Herr», hörte sie den Kutscher rufen. «Gott schütze uns.»

Der Himmel verdunkelte sich, Schwärze lag über dem Horizont wie eine drohende Felswand, ein böiger Wind kam auf, zerrte an Mützen und Uniformen der Soldaten und rüttelte an den Scheiben der Kutschenfenster. Ängstlich scheuten die Pferde. Sonja hörte, wie der Kutscher auf die Tiere einredete und dazwischen leise Flüche ausstieß. Dann zuckte plötzlich ein gewaltiger Blitz über den dunklen Himmel wie ein riesiges feuriges Omen. Eines der Reitpferde neben der Kutsche stieg, und der Soldat konnte sich nur mit Mühe auf seinem Reittier halten.

«Der Teufel hol's», knurrte Baranow. «Es ist weit und breit kein Unterschlupf zu sehen. Hoffentlich gehen uns die Pferde nicht ...»

Der Rest des Satzes wurde von einem mächtigen Donnerschlag übertönt, bei dem Sonja unwillkürlich zusammenzuckte und sich rasch die Hände auf die Ohren legte. Kaum war der Donner verhallt, da ertönte draußen die aufgeregte Stimme des Offiziers.

«Da kommen Kosaken! Aufgepasst, Leute! Sie reiten direkt auf uns zu.»

Baranow erbleichte, riss eine Tasche auf, die neben ihm stand, und entnahm ihr eine Pistole, Sergej umfasste den Griff seines Degens. Der Kutscher peitschte auf die Pferde ein, um die Herrschaft aus der Gefahrenzone zu bringen, während die Soldaten sich mit gezückter Waffe dem Feind entgegenwarfen. Sonja starrte voller Entsetzen aus dem Kutschenfenster, doch in dem aufgewirbelten Staub war außer vorüberjagenden Pferdebeinen und zuckenden Blitzen kaum etwas zu erkennen.

«Fahr zu, Iwan!», brüllte Baranow, der den Schlag geöffnet hatte und sich aus der Kutsche beugte, um bessere Sicht zu haben. «Lass die Pferde rennen. Verflucht, du elender Kerl! Wenn sie uns erwischen, haue ich dich in Stücke!»

Die Kutsche preschte in rasender Fahrt über die Steppe, im Hintergrund konnte man die Schreie der kämpfenden Soldaten hören, die sich den Kosaken entgegenstellten. Sonja klammerte sich, so fest sie konnte, an den gepolsterten Sitz, denn das Gefährt schlingerte bei der hohen Geschwindigkeit auf dem holprigen Weg und schleuderte die Insassen hin und her. Gepäckstücke lösten sich vom Kutschendach und fielen herab. Auch Sergej hatte jetzt den Kutschenschlag geöffnet und sich nach draußen gebeugt. Sonja war von ihrem Sitz gegen die Seitenwand geworfen worden und versuchte mühevoll, auf den Sitz zu klettern, um aus dem erhöhten Rückfenster hinaussehen zu können.

Was sie sah, ließ ihr das Blut in den Adern erstarren: Eine Horde dunkelgekleideter, bärtiger Reiter stürmte hinter der

Kutsche her und hatte das Gefährt fast schon erreicht. Sie sah die lachenden Gesichter der Kosaken, ihre blitzenden Zähne, die gezogenen kurzen Säbel, die sie in den Händen schwangen, und sie sank entsetzt auf den Sitz zurück. Schüsse knallten – Baranow versuchte die reitenden Feinde zu treffen. Doch gleich darauf erschütterte ein Schlag die Kutsche: Einer der Kosaken war in vollem Galopp vom Rücken seines Pferdes auf das Kutschendach gesprungen. Schreie waren zu hören, die Kutsche schlingerte, verlangsamte ihre Fahrt, blieb stehen, und ein wildes Handgemenge begann zu beiden Seiten des Wagens. Sonja sah, wie sich ihr Bruder, der inzwischen mit Baranow aus dem Wagen gesprungen war, gegen mehrere Männer verteidigte, dann drang ein grinsender Kosak in das Innere der Kutsche ein, packte sie grob am Arm und zerrte sie aus dem Wagen.

«Was für ein hübsches Jüngelchen haben wir denn da?», höhnte der Fremde und riss ihr die Jacke herunter. «Her mit den feinen Kleidern, sollst ohne Hemd laufen, Bursche, und meinen Kantschu auf dem Rücken spüren.»

Sonja wehrte sich mit der Kraft der Verzweiflung, als er ihr die Weste vom Körper reißen wollte, doch ihr Angreifer lachte nur und schien seinen Spaß dabei zu haben. Die Knöpfe sprangen auf, gleich darauf hielt er das Kleidungsstück in der Faust und griff nach der weiten seidenen Bluse. Sie trat mit den Füßen, spürte, wie der Stoff an der Schulter riss, und sah sich verloren. Doch unerwartet ließ der wilde Kerl von ihr ab.

«Die Soldaten! Auf die Pferde!»

Jemand packte sie um die Taille und hob sie auf ein Pferd, hielt sie mit eisernem Griff, so sehr sie auch zappelte und um sich trat. Dann ging es in wildem Ritt mitten durch den wirbelnden Staub in die Steppe hinein.

«Halt still, wenn dir dein Leben lieb ist», brüllte der Kosak ihr ins Ohr, und sie spürte eine Messerklinge an ihrer Kehle.

Ein Blitz fuhr über den schwarzen Himmel, der Donner

krachte ohrenbetäubend direkt über ihnen, und die ersten dicken Regentropfen klatschten ihr ins Gesicht.

Mühelos trug das kleine drahtige Kosakenpferd seine beiden Reiter durch das tosende Unwetter. Das Tier schien nur aus Muskeln und Sehnen zu bestehen, seine Hufe hämmerten mit rasendem Tempo auf den ausgetrockneten Boden, und Sonja spürte die Bewegung des Tieres unter sich wie harte Vibrationen. Immer noch hielt der Mann den Arm mit eisernem Griff um ihre Taille, sie konnte seinen Bart an ihrer Wange spüren, wenn er sich nach vorn neigte, und sie dachte voller Entsetzen daran, was geschähe, wenn sie jetzt ihre Perücke verlöre. Aber da sie das Haarteil mit Nadeln gut festgesteckt hatte, hielt es vorläufig Wind und Wetter stand. Als jedoch der Regen stärker wurde und sie völlig durchnässte, begann sie vor Furcht zu zittern. Sie war verloren, früher oder später würde man erkennen, dass sie unter der Bluse ein Korsett trug und dann – o Gott! Seit der vergangenen Nacht wusste sie, dass man einer Frau Schlimmeres antun konnte, als ihr das Leben zu nehmen.

Das Gewitter verzog sich so rasch, wie es gekommen war. Bald ließ der Regen nach, der Himmel klarte auf, und erste zaghafte Sonnenstrahlen ließen die Wassertropfen an Gräsern und Birkenzweigen glitzern. Das Pferd fiel in einen raschen Trab, und Sonja war gezwungen, den Reitbewegungen ihres Entführers zu folgen. Das nasse Tier dampfte in der Sonne. Sie verspürte bebend den Geruch des Mannes, der sie umklammert hielt. Er stank nach Schweiß und Wodka, nach Schmutz und Leder und nach irgendeinem widerlichen, billigen Tabak.

«Jetzt hast du einen Kosakenritt erlebt, Kleiner», brummte er ihr ins Ohr. «Das ist was anderes als auf einem englischen

Reitpferd, was? Du wirst noch mehr davon bekommen, mein Söhnchen. Mehr als dir lieb ist!»

Er lachte dröhnend auf, und Sonja erschrak. Was hatte er mit dieser Andeutung gemeint?

«Ich bin der Sohn eines reichen Adeligen», log sie. «Wenn Ihr mich mit Respekt behandelt, wird mein Vater viel Geld für mich zahlen.»

Er packte sie blitzschnell am rechten Ohr und zog ihren Kopf zur Seite, sodass sie vor Schmerz aufschrie.

«Merk dir eines, Hosenscheißer», zischte er sie wütend an. «Wir sind freie Kosaken und haben vor niemandem Respekt. Lass dein adeliges Väterchen kommen – wir werden ihm mit Vergnügen die Kehle durchschneiden.»

Sonja wagte darauf nichts mehr zu sagen. Inzwischen waren rechts und links weitere Reiter aufgetaucht, einige trugen hohe Kosakenmützen, andere hatten Kapuzen über ihre Köpfe gezogen, wieder andere hatten kahlrasierte Schädel, auf denen nur eine einzige dünne Haarsträhne flatterte. Einer dieser Männer hatte eine Frau vor sich im Sattel sitzen. Sonja konnte deutlich sehen, wie sie sich gegen den Mann wehrte, ihr rechter Arm war bloß, denn er hatte ihr den weiten Blusenärmel abgerissen.

Die Reiter hielten auf ein Birkenwäldchen zu, das regenfeucht und hell in der Sonne glänzte, schwarze Baumschatten malten scharfe Konturen auf den Grasboden. Sonja begriff, dass die versprengten Reiter sich an diesem Ort sammeln würden, und sie spürte, wie die Angst ihr die Kehle zuschnürte. Heimlich zupfte sie an ihrer Bluse herum, die eng an ihrer Haut klebte. Das Korsett darunter war ebenfalls völlig durchweicht, sie musste schon viel Glück haben, um nicht als Frau erkannt zu werden.

Ihr Entführer zügelte sein Pferd so hart, dass das Tier sich für einen Moment auf die Hinterhufe erhob und schnaubte.

«Runter!»

Sie spürte einen festen Stoß gegen die Schulter, der Griff um ihre Taille löste sich, und sie fiel ins Gras. Für einen Moment war sie benommen, sah die tänzelnden Pferdehufen dicht neben ihrem Gesicht, dann packten sie grobe Hände und rissen sie hoch.

«Binde ihn an den Stamm. Sonst läuft uns das Söhnchen noch davon!»

Einer der glatzköpfigen Männer stieß sie gegen eine junge Birke, riss ihr die Arme nach hinten, und gleich darauf spürte sie, dass sich grobe Stricke um ihre Handgelenke legten. Sie stöhnte, als die Fesseln angezogen wurden.

«Ein junges Herrchen – hol's der Teufel, was du für schöne weiche Stiefel hast!»

Sie roch zitternd den Schweißgeruch des vor Nässe dampfenden Mannes, der sich nun bückte und ihr die Stiefel von den Füßen zog. Grinsend betrachtete er seine Beute, dann warf er die Stiefel beiseite, und seine Hände tasteten über ihre Hüften. Zu seiner Enttäuschung fand sich keine einzige Münze in den Taschen ihrer Hose. Zur Sicherheit befühlte er noch ihre Schenkel, glitt sorgfältig an den Innen- und Außenseiten der Hosenbeine entlang, doch kein verborgener Geldbeutel ließ sich finden. Mit finsterer Miene erhob er sich, und seine Hand packte den Stoff ihrer weiten Bluse, um ihn ihr vom Körper zu reißen – doch in diesem Augenblick ertönte ein schriller Schrei, und der Kosak wandte sich neugierig um.

Man hatte die Frau ebenfalls vom Pferd gestoßen, doch schienen die schwarzgekleideten Männer an ihr sehr viel mehr Interesse zu haben als an Sonja, die man für einen jungen Mann hielt. Ein Wortgefecht hatte sich erhoben, zwei der Kosaken standen sich gegenüber, hatten die Fäuste geballt und beschimpften sich, während die anderen grinsend und einander zuzwinkernd einen Kreis um die Streitenden bildeten.

«Will das Täubchen für sich allein haben!»

«Da wird's Schläge geben, Rasim lässt sich seine Beute nicht gern nehmen.»

«Was soll das werden, Brüderchen? Gehört die Beute nicht uns allen?»

«Er hat recht. Lass uns alle Spaß haben – nachher kannst du mit ihr machen, was du willst, Rasim.»

Einer der beiden Streithähne fing plötzlich an zu lachen, schlug seinem Widersacher freundschaftlich auf die Schulter, und der Streit war beigelegt. Die Männer brachen Birkenzweige von den Bäumen. Einer stieg auf eine junge Birke und bog einen der Äste hinab, zwei andere standen mit hochgereckten Armen, um das Ende des Astes zu packen.

Sonja starrte mit weitaufgerissenen Augen auf das Geschehen. Was hatten sie vor? Wollten sie die arme junge Frau gar an diesem Ast aufhängen? Warum half ihr niemand? Gott im Himmel, wo waren die Soldaten? Die Armee der großen Zarin Katharina? War denn weit und breit niemand, der dieses Verbrechen verhindern konnte?

Sie hörte das Mädchen schreien, als man sie aus dem Gras hochzerrte. Es war eine junge Bedienstete, die man in irgendeinem Gutshof erbeutet hatte. Ein kräftiges blondes Geschöpf, das sich wohl energisch gegen ihren Entführer gewehrt hatte, denn er hatte ihr nicht nur den Ärmel der Bluse abgerissen, sondern auch den weiten dunkelblauen Rock zerfetzt, sodass ihre Beine bis hinauf zu den Oberschenkeln sichtbar waren.

«Nein!», kreischte sie, als man ihr die Hände vor dem Körper zusammenband. «Das macht ihr nicht mit mir! Ihr elenden Schweine! Rasim – so hilf mir doch!»

Sonja glaubte zu träumen. Was geschah da vor ihren Augen? Wieso rief sie ausgerechnet ihren Entführer zu Hilfe? Verblüfft sah sie, wie die Kosaken einander angrinsten und ihre Gesichter vor Vergnügen geradezu glänzten. War das eine Posse? Oder war es bitterer Ernst?

Es war Ernst. Zwei Männer hielten die zappelnde und um sich tretende Frau fest, zogen ihr die gefesselten Arme über den

Kopf und banden sie an dem gebogenen Birkenzweig fest. Die Spannung des jungen Astes genügte, dass ihre Arme oben blieben. Alle Versuche, sich loszureißen, scheiterten und wurden mit höhnischem Gelächter der Männer quittiert.

«Du entkommst uns nicht, mein Vöglein. Jetzt wollen wir dir das Gefieder ein wenig rupfen und dich singen hören.»

Sie versuchte Rasim mit den Füßen zu treten, als er sich näherte, doch er sprang geschickt zur Seite und lachte. Mit einem leichten Ruck riss er ihr die Bluse vom Leib und entblößte ihre runden schweren Brüste vor allen umstehenden Männern.

«Du dreckiger Kosak», kreischte sie. «Du lüsterner Hengst, du Vieh!»

Die Männer lachten nicht mehr, sondern starrten sie mit gierigen Blicken an. Rasim hatte einen der abgerissenen Birkenzweige ergriffen, wog ihn leicht in der Hand, schlug dann damit gegen einen der Birkenstämme und trat wieder näher an die Gefesselte heran. Spielerisch ließ er das Ästchen ein paarmal vor ihren Augen vorüberpfeifen, dann berührte er damit ihre Achseln und glitt hinunter zu ihren Brüsten. Die Augen der Männer leuchteten, wohliges Grinsen machte sich breit, gar mancher hätte jetzt gern Rasims Stelle eingenommen. Der Kosak umkreiste jetzt mehrmals ihre nackten Brüste, und alle konnten sehen, wie die weichen Spitzen sich zusammenzogen. Dann holte er ein wenig aus und schlug leicht auf ihre linke Brust, wobei er sie genau auf die Brustspitze traf. Das Mädchen stieß einen spitzen Schrei aus und bog den Kopf zurück. Sonja konnte sehen, dass ihre Augen geschlossen waren, ihr Mund dabei halb geöffnet. Sie hätte jedoch nicht sagen können, ob der Gesichtsausdruck des Mädchens Schmerz oder Glück bedeutete. Aber es konnte ja doch nur höchster Schmerz sein und gleichzeitig die entsetzliche Scham, so entblößt vor all diesen Männern stehen zu müssen.

Sonja gebot sich, ebenfalls die Augen zu schließen, um nicht

Zeugin dieser scheußlichen Szene zu werden. Doch unwillkürlich öffnete sie wieder die Augen, zumal neue Schläge mit dem Birkenzweig auf die Unglückliche einprasselten. Rote Striemen zeigten sich auf ihrer Haut. Sie wehrte sich nicht mehr, sondern bot sich tief atmend und ohne Bewegung ihrem Peiniger dar. Immer wieder trafen kurze Peitschenschläge ihre bloßen Brüste, ließen sie auf und nieder wippen, und Sonja konnte hören, wie sie dabei heftig den Atem einsog.

«Gefällt dir meine Liebkosung, Pelageja?», fragte Rasim in schmeichelndem Ton. «Lass sehen, ob du bald für mich singen wirst.»

Er packte die Reglose bei den Armen und drehte ihren Körper herum, sodass jetzt der bloße Rücken zu sehen war, über den das lange, aufgelöste Haar hing. Mit geschicktem Griff packte er ihren Rockbund und riss ihn entzwei. Dann streifte er die Röcke einen nach dem anderen herunter, bis sie völlig nackt war. Ihr Hintern glich einem gerundeten Mond, und die zitternde, entsetzte Sonja konnte die Männer leise mit den Zungen schnalzen hören.

«Was für ein Ärschlein. Zum Hineinfahren schön!»

Rasim griff nun einen der stärkeren Birkenzweige und strich damit langsam ihren Rücken hinab, drang ein wenig in die Spalte ihres Gesäßes ein und glitt an ihrem rechten Oberschenkel hinunter. Sonja sah, wie sich die Rücken- und Gesäßmuskeln des Mädchens spannten, und ihr wurde schwindelig.

Was geschah hier? Welche Teufeleien dachten diese Unholde sich aus, um eine Frau zu quälen? Sie erbebte bei dem Gedanken, dass man auch sie nackt, allen Blicken preisgegeben, an diesen Baum binden könnte, um sie dieser merkwürdigen Bestrafung auszusetzen. Und doch spürte sie zugleich ein erregendes Kribbeln, das sie völlig verwirrte, denn sie hatte noch nie zuvor Ähnliches gefühlt.

Mit hämmerndem Herzen sah sie zu, wie Rasims Birkenrute

wieder und wieder über den Rücken des Mädchens strich, ihr Gesäß berührte und für einen Moment zwischen ihren Schenkeln verschwand, wobei sie jedes Mal einen spitzen, hellen Schrei ausstieß. Die Männer standen jetzt so dicht um die Magd, dass Sonja sie kaum noch sehen konnte. Doch sie konnte das Klatschen der Rute auf das Gesäß der Frau hören, die mit lautem Stöhnen und Keuchen antwortete.

«Hat ihren Spaß, das Hürchen! Schlag zu, Rasim. Lass sie vor Wonne stöhnen!»

Dann – als einer der Männer ein wenig beiseitetrat – sah sie, dass die Gefolterte jetzt breitbeinig vor Rasim stand, und – o Himmel, das arme Wesen wusste schon nicht mehr, was es tat – sie streckte ihm wippend ihr Gesäß entgegen, während er sie mit der Birkenrute immer heftiger und schneller zwischen den Schenkeln kitzelte.

Sonja spürte voller Entsetzen, wie die Schreie des Mädchens schriller und lauter wurden, es klang, als litte sie schreckliche Schmerzen, sei kurz davor, ihre Seele aufzugeben und dem Tod anheim zu fallen, dann stieß sie einen langgezogenen, stöhnenden Ton aus. Im gleichen Moment warf Rasim den Birkenzweig zur Seite, packte den nackten, keuchenden Frauenkörper und umfasste ihn mit beiden Armen. Für einen Augenblick standen die beiden fest aneinandergepresst, sich vor- und zurückwiegend, und die Kosaken brüllten und lachten dabei, als wären sie allesamt toll geworden.

Sonja hatte nichts von dem begriffen, was dort geschehen war. Voller Angst fragte sie sich, ob die arme junge Frau jetzt tot war, ob man sie zu Tode gekitzelt hatte und ob man das Gleiche jetzt mit ihr, Sonja, tun würde.

Tatsächlich löste sich jetzt die Gruppe um Pelageja auf, Rasim hatte ihre Fesseln durchgeschnitten, und sie war wie leblos ins Gras gesunken. Die Männer hatten leuchtende Augen und breite Münder, als sie sich nun Sonja zuwandten.

«Hat ein feines Lied gesungen, das Mädel, wie?», hörte sie einen der Männer feixen. «Schauen wir mal, ob das Bürschlein auch so schön singen mag.»

Es wurde ihr plötzlich am ganzen Körper eiskalt. Die Blicke der bärtigen Kosaken nahmen Maß, sie sah ihre Münder grinsen, ein Mann mit rasiertem Schädel und breitem Schnurrbart packte den spitzenbesetzten Ärmel ihrer Bluse und riss daran.

«Mach das Hemd nicht kaputt», schalt ein anderer. «Zieh's ihm vorsichtig aus!»

«Hast recht – bind ihn los. Wär schade um die schönen Kleider, die kämen zu Schaden, wenn wir ihn an den Schwanz der Stute binden.»

Sie spürte, wie der Knoten um ihre Handfesseln gelöst wurde, und der Schmerz war heftig, als man ihr die taub gewordenen Arme vor den Körper bog.

«He, Rasim! Mach deine Stute fertig. Jetzt wird das adelige Bürschlein die Erde mit dem nackten Hintern pflügen! Helft mir, ihn festzubinden.»

Die Verzweiflung gab Sonja plötzlich ungeahnte Kräfte. Sie drehte sich blitzschnell um sich selbst, streifte damit die gierigen Hände ab, die ihr die Kleider vom Körper ziehen wollten, und stolperte einige Schritte nach vorn. Gleich darauf ergriffen sie jedoch schon wieder zwei kräftige Arme, und so sehr sie auch um sich trat, es gelang ihr nicht, dem harten Griff zu entkommen. Da ertönte plötzlich eine laute Männerstimme.

«He! Nicht so eilig! Was habt ihr mit dem Bürschlein vor?»

Wo hatte sie diese Stimme schon einmal gehört? Die Kosaken ließen von ihr ab, laute Freudenrufe ertönten, um einen Reiter zu begrüßen, der soeben angekommen war.

«Andrej ist wieder da! Heil und unversehrt aus dem Käfig gekrochen! Haben ihm nichts anhaben können, die elenden Zaristen!»

Der Mann, der jetzt vom Pferd sprang und auf sie zukam, war

ihr völlig unbekannt. Dunkles lockiges Haar fiel ihm in die Stirn, sein Körper war groß und kräftig, sein Gang dennoch gewandt und leicht. Nur seine Augen, die fast schwarz erschienen, kamen ihr merkwürdig vertraut vor.

«Lasst den Knaben ungeschoren, Brüderchen», sagte der Mann. «Ich will ihn für mich.»

Für dich?»
Rasim trat dem angekommenen Kosaken entgegen und maß ihn mit zusammengezogenen Brauen.

«Wieso willst du diesen Hänfling für dich, Andrej? Er ist nicht deine Beute. Kolja hat ihn gefangen.»

Der mit Andrej Angeredete blieb gelassen, ließ jedoch Rasim nicht aus den Augen.

«Was sagst du, Kolja?», rief er in die Runde. «Mein Großmütterchen ist alt geworden und könnte einen Diener brauchen. Ich gebe dir dafür eine Pistole.»

Der grobe, schwarzbärtige Kolja spürte die Blicke seiner Kameraden auf sich gerichtet und war verunsichert. Erfüllte er Andrejs Willen, dann zog er sich Rasims Zorn zu, entschied er sich jedoch dafür, zu Rasim zu halten, dann würde er mit Andrej Ärger bekommen. Der aber war immerhin der Sohn des Atamans.

«Eine deiner Pistolen, die mit Silber und Elfenbein eingelegt ist», verlangte er. «Darunter mache ich es nicht. Der Bursche hat reiche Eltern, die vielleicht für ihn bezahlen werden.»

«Reiche Eltern?», rief Rasim laut. «Oho, so ist das also. Dann gehört es sich, dass über den Knaben verhandelt und das Geld unter uns allen aufgeteilt wird!»

Beifälliges Gemurmel erhob sich. Rasim hatte recht – alle mussten von dem Geld profitieren können.

Sonja verfolgte atemlos den Streit, der um sie ausgebrochen war. Ach, ihre Eltern würden nichts für sie bezahlen können. Dafür würde ihr Bräutigam Baranow ganz sicher alles daransetzen, sie zurückzukaufen. Doch in seine Hände zu fallen war nicht weniger schlimm als im Besitz der Kosaken zu bleiben. Was für ein Schicksal hatte der Herr für sie bestimmt! Noch vor wenigen Tagen war sie am Hof der Zarin um ihr Glück beneidet worden. Jetzt schienen nur Elend und Tod auf sie zu warten.

«Das lasse ich gelten», meinte Andrej ruhig. «Wenn seine Eltern ihn zurückkaufen, soll das Geld allen gehören. So lange bleibt er aber bei mir.»

Rasims breites Gesicht war von dem dunklen Bart fast zugewachsen, doch seine Augen blitzten streitsüchtig unter den dicken Brauen hervor. Er konnte Andrej, den Sohn des Atamans, nicht ausstehen. Der Bursche spielte sich auf, kommandierte die anderen herum und bildete sich ein, jung wie er war, klüger als die alten Kämpfer zu sein. Gut, er hatte sie in den Kampf gegen die Zarin geführt, und fast alle waren ihm gefolgt. Aber er war dumm genug gewesen, sich von den Zaristen fangen und in einen Käfig sperren zu lassen.

«Wieso gerade bei dir, Andrej?», beharrte er, während einige andere sich schon abwandten, in der Annahme, der Streit sei damit beendet. «Ich hätte den feinen Knaben auch gern zum Diener. Mein Väterchen hat steife Knie, und ich habe keine Schwester, die ihn bedienen könnte.»

Andrejs schwarze Augen zogen sich zusammen. Er wusste, dass Rasim nicht nachgeben würde, doch auch er selbst war nicht bereit einzulenken. Dazu war ihm die Sache aus mancherlei Gründen zu wichtig.

«Lass meine Schwester aus dem Spiel!»

Über Rasims bärtiges Gesicht glitt ein höhnisches Grinsen. Er würde Andrej heute einen Denkzettel verpassen.

«Die schöne Tanja hat freilich nicht viel Zeit, die Babuschka zu versorgen», stichelte er. «Jeder weiß, dass sie Tag und Nacht mit anderen Dingen beschäftigt ist.»

«Ich sage es dir nicht noch einmal», warnte Andrej, während der Zorn in ihm hochflammte. «Lass Tanja aus dem Spiel. Es ist nicht meine Schuld, dass du ihr nicht gefällst!»

Die Kosaken hatten die beiden jetzt wieder umringt, und man versuchte den Streit zu schlichten.

«He, Brüderchen! Versöhnt euch. Es ist eine Schande, wenn zwei Männer wegen eines Weibes streiten.»

Doch Rasim schüttelte die Arme ab, die sich wohlmeinend um seine Schultern legten, und trat auf Andrej zu.

«Wenn du den Knaben haben willst, dann kämpfe um ihn!»

Andrej zuckte mit keiner Miene.

«Wie du willst, Rasim. Schlag vor, wie du den Kampf austragen willst.»

Rasim, der zwar gedrungen, doch fast einen Kopf kleiner war als der hochgewachsene Andrej, zog den geflochtenen Kantschu aus seinem Gürtel und fuhr damit durch die Luft. Der laute Knall ging Sonja durch Mark und Bein.

«Damit!», sagte er. «Aber zu Pferd.»

Andrej nickte zustimmend. Die beiden Kämpfer zogen sich die weiten dunklen Blusen aus, und Sonja starrte mit ebenso viel Schrecken wie Bewunderung auf die kräftigen Muskeln an den Armen und am Rücken des jungen Andrej. Als er sich zur Seite wandte, um einen Kameraden um seinen Kantschu zu bitten, erblickte Sonja eine breite, kaum geschlossene Wunde, die sich über seinen rechten Oberarm zog.

Auch die Kosaken hatten die Verletzung gesehen, und Unmut machte sich breit. Was für ein Unsinn, mit solch einer Wunde, noch dazu am rechten Arm, in einen Kampf zu gehen! Man redete auf Rasim ein, doch der schüttelte wild den Kopf. Hatte Andrej nicht seine Herausforderung angenommen? Hatten es nicht alle gehört? Nun – er war ein Mann und musste wissen, was er tat.

Auch Rasims Arme waren mit Muskeln bepackt, doch war sein Bauch schon herausgewölbt, und an den Hüften hatten sich erste Speckwülste gebildet. Dafür war sein Oberkörper dicht mit schwarzem, lockigem Haar bedeckt, das wie ein dunkler Flaum aussah und ihm schon den Spitznamen «Schwarzer Teufel» eingetragen hatte.

Bevor Andrej auf sein Pferd stieg, sah er für einen Augenblick zu Sonja hinüber. Sein Blick war nicht der eines beutegierigen Kosaken, sondern er schaute ernst, und zugleich schienen seine Augen ihr zu versichern: Sei unbesorgt – ich werde siegen.

Sonja erschrak bis ins Innerste, denn plötzlich erinnerte sie sich, dass diese schwarzen Augen schon einmal auf sie gerichtet gewesen waren. Jener unheimliche Mann fiel ihr wieder ein, der ihr gestern Nacht im Keller so unvermutet gegenübergestanden hatte, als sie sich nackt und schutzlos gegen die Kellerwand drückte. Er hatte etwas zu ihr gesagt, und er hatte – jetzt fiel es ihr wieder ein – den Vorhang um ihre Schultern gelegt.

Diese Erinnerung traf sie wie ein Stich in die Brust. Er hatte sie wiedererkannt! Er wusste ganz genau, dass sie nur als Knabe verkleidet, in Wirklichkeit aber eine Frau war. So genau, wie ein Mann es nur wissen konnte, denn er hatte sie ohne Kleider gesehen.

Sie schloss die Augen, sah nicht, wie die Reiter ihre Pferde antrieben und ein Stück in die Steppe hineinritten, um mehr Raum für ihren lebensgefährlichen Kampf zu haben. Heilige Mutter Maria – jetzt begriff sie auch, weshalb dieser Mann sie unbedingt für sich haben wollte.

Die aufgeregten Rufe der Kosaken brachten sie jedoch bald dazu, die Augen wieder zu öffnen. Angestrengt starrte sie auf die beiden Reiter, die jetzt in rasendem Tempo aufeinanderzuritten. Beide saßen so sicher zu Pferde, als seien sie mit den wendigen Tieren verwachsen, schienen sich nur sacht in den Sätteln zu wiegen, während die Pferde in wildem Galopp über die Steppe fegten. Sie begriff, dass die lange Peitschenschnur einen Mann vom Pferd reißen konnte, wenn sie sich um Arm oder Bein schlang. Wer die Schnur um den Hals bekam, war des Todes. Aber wollten die beiden sich gegenseitig töten?

Die Reiter stürmten aneinander vorbei. Sie sah, wie Rasim den Arm mit der Peitsche hob und zuschlug, und Blut floss über Andrejs Brust. Beide blieben im Sattel, zügelten jetzt die Pferde und wendeten sie. Der nächste Angriff verlief ergebnislos, denn Andrej wich der Peitsche geschickt aus. Wieder ritt jeder Kämpfer einen Halbkreis, um sein Pferd aufs Neue gegen den Widersacher zu treiben.

Sonja spürte plötzlich, dass sie Angst um Andrej hatte. Er war im Nachteil, war verwundet, und doch hatte er tapfer diesen Kampf angenommen. Warum? Um sie zu besitzen? Ach, wenn es denn schon so sein musste, dass sie zum Besitztum eines dieser schrecklichen Männer wurde, dann wollte sie lieber Andrej gehören und nicht dem widerlichen Lüstling Rasim.

Wieder stürmten die beiden Reiter aufeinander zu, angefeuert vom lauten Gebrüll ihrer Kameraden, die sich jetzt für den wilden Kampf begeisterten. Rufe wurden rings um Sonja laut.

«Gib's ihm, Bruder! Schlag zu!»

«Keine Gnade! Runter vom Pferd mit ihm ins Gras!»

«So ist's recht!»

Sonja schrie unwillkürlich hell auf. Bei dem letzten Zusammentreffen hatte sich Rasims Peitsche um Andrejs verletzten Arm gewickelt, sodass er vom Pferd gerissen wurde. Doch er lag nur kurz am Boden, raffte sich auf und erwartete stehend seinen Gegner. Rasim zügelte sein Pferd und schien wenig Lust zu einem Ringkampf zu haben, doch die Rufe seiner Kameraden bewiesen ihm, dass er ein Feigling wäre, wenn er sich jetzt nicht stellen würde. Langsam stieg er ab und ging auf Andrej zu, den Kantschu in der Hand.

Sonja hielt den Atem an. Fast vergaß sie, in welch schlimmer

Lage sie war, so aufgeregt verfolgte sie das Geschehen. Andrej wartete ruhig, bis Rasim auf wenige Schritte herangekommen war. Er hatte seine Peitsche bei dem Sturz verloren und musste Rasim ohne Waffe begegnen. Blut rann von seinem Arm, und quer über seine Brust lief ein breiter roter Striemen.

Rasim hob die Peitsche und schlug zu. Zischend traf das Leder Andrejs rechten Arm, doch der junge Kämpfer hatte blitzschnell mit der Linken zugegriffen und den geflochtenen Riemen gefasst. Langsam und unerbittlich zog er seinen Gegner zu sich heran, bis dieser dicht vor ihm stand. Einen Augenblick blieben beide unbeweglich und starrten sich in die Augen. Dann bückte sich Andrej plötzlich, packte seinen Gegner um die Hüften, stemmte den Überraschten mit Riesenkräften empor und warf ihn zu Boden. Rasim fiel schwer auf den Rücken, wollte sich aufraffen, doch da spürte er schon den Fuß seines Gegners, der sich auf seine Kehle setzte.

Sonja konnte nicht hören, was Andrej zu ihm sagte, denn die Entfernung war zu groß, zudem brüllten die Kosaken vor Begeisterung, versicherten einander, sie hätten es ja gleich gewusst, und klopften sich lachend auf die Schultern. Niemand kümmerte sich jetzt mehr um die beiden Männer, die ihre Pferde einfingen und langsam zum Lagerplatz zurückkehrten. Das Duell war entschieden, Andrej war der Sieger – nun konnte man endlich in Ruhe essen. Die Kosaken packten ihre Vorräte aus, suchten trockene Äste, um ein Feuer zu entzünden, und die Wodkaflasche ging im Kreis umher.

Mit finsterer Miene streifte Rasim seine Bluse wieder über und stopfte sie unter den breiten Ledergürtel. Als einer der Kameraden ihm tröstend auf die Schulter schlug, knurrte er ihn an und stieß ihn beiseite. Der Kampf war beendet, die Feindschaft nicht.

Andrej nahm seinen zerrissenen Kittel und begab sich damit an den nahen Bach, um seine Verwundungen zu waschen. Sonja schaute ihm nach. Zwischen den hellen Birkenstämmen konnte sie erkennen, wie er am Boden kniete und den Kittel in Streifen riss, um seinen Arm damit zu verbinden. Für einen kurzen Moment geriet sie in Versuchung, ihm nachzulaufen und ihre Hilfe anzubieten. Doch es wäre töricht gewesen, denn die Kosaken hätten daraus nur entnehmen können, dass sie eine Frau war. Nur Frauen liefen herbei, um verwundete Kämpfer zu versorgen.

Niemand kümmerte sich um sie – die Männer hockten am Boden, aßen Brot und Zwiebeln, Fleischbrocken wurden in einem Topf gebraten und verströmten einen ranzigen Geruch, die Bissen wurden mit Wodka hinuntergespült.

Als Andrej sich endlich erhob, um zum Lager zurückzukehren, zitterte sie vor Furcht. Die Männer waren betrunken. Einige hatten sich um das Mädchen geschart, die – ohne sich zu zieren – aus der Flasche trank, die man ihr reichte. Was würde Andrej jetzt tun? Würde er allen offenbaren, dass er keinen Diener, sondern ein Liebchen gewonnen hatte? Würde er ihr vor all diesen Männern die Kleider ausziehen und ein ähnlich grausames Spiel mit ihr treiben, wie Rasim es vorhin getan hatte?

Andrej bewegte sich langsam. Seine Wunden schienen ihm Schmerzen zu bereiten, obgleich er versuchte, sich nichts anmerken zu lassen. Schweigend durchquerte er den Kreis der lachenden und schmatzenden Kameraden, nickte nur kurz, wenn man ihm einige anerkennende Worte zuwarf, dann trat er zu Sonja, die sich ängstlich gegen den Stamm der Birke drückte.

«Ich werde dich nicht fesseln», sagte er leise. «Wenn du aber versuchst zu fliehen, töte ich dich.»

Sie antwortete nicht. Seine schwarzen Augen schienen durch sie hindurchzudringen, und sie verging fast vor Angst.

«Du gehörst mir, Bursche», sagte er so laut, dass alle es hören konnten. «Von jetzt an hast du mir zu gehorchen.»

Baranow hatte eine unbändige Wut im Bauch. Diese dreckigen Kosaken hatten ihn wie einen räudigen Hund abgefertigt. Die Pistole hatte man ihm mit einem einzigen Peitschenhieb aus der Hand geschlagen, und als er dann den Degen zog, waren die Kosaken wie die Berserker auf ihn eingestürmt, hatten ihn mit ihren Krummsäbeln attackiert und ihn nach kurzem Kampf überwältigt. Wie die Hornissen waren sie von allen Seiten über ihn hergefallen – keine Rede von ehrlichem Kampf Mann gegen Mann. Schließlich hatte er am Boden gelegen, und man hatte ihm die Kleider vom Leib gezerrt. Nackt wie ein Säugling fand er sich mit zusammengebundenen Händen vor seinen Peinigern, die ihm Fußtritte in den Hintern verpassten und von ihm verlangten, er solle niederknien und um sein Leben bitten. Dabei hatte einer von ihnen mit dem Krummsäbel an seinem Geschlecht herumgespielt, und Baranow hatte eine scheußliche Angst, sie könnten ihm den Schwanz und die Hoden abschneiden und ihn anschließend verbluten lassen. Deshalb war er tatsächlich vor ihnen auf die Knie gefallen und hatte sie mit erhobenen gefesselten Händen um Gnade angefleht. Auch versprach er ihnen viel Geld, wenn sie ihn und Sergej ungeschoren ließen.

Sergej, dieser sture Kerl, hatte ebenso nackt und gefesselt dagestanden, doch er hatte sich geweigert, vor seinen Peinigern niederzuknien, lieber wollte er sterben. Baranow hatte das zuerst für Dummheit gehalten, später musste er sich eingestehen, dass Sergej sich immerhin besser aus der Affäre gezogen hatte als er selbst. Denn gerade in dem Moment, als einer der Kosaken Sergejs Schwanz packte und schon das Messer aufblitzte, waren die verfluchten Zaristen über die Kosaken hergefallen, und man befreite Sergej und ihn aus den Klauen ihrer Peiniger.

Baranow war auf die Soldaten des Zaren fast ebenso wütend wie auf die Kosaken. Sie waren Idioten, die sich von den Banditen übertölpeln ließen wie dumme Kinder! Wieso hatte keiner von ihnen die Kutsche samt Insassen verteidigt? Stattdessen ließen sie sich von den anstürmenden Feinden täuschen, hatten sich in Kämpfe verstrickt und nicht gemerkt, dass die schlauen Banditen sie nur von der Kutsche weglocken wollten, um ungehindert über die Reisenden herzufallen.

Er hatte den Offizier – obwohl er ihm und Sergej Leib und Leben gerettet hatte – deshalb auch nur wütend angebrüllt, was einige der Soldaten angesichts der Tatsache, dass Baranow schlammverschmiert und völlig unbekleidet dastand, auch noch komisch gefunden hatten. Dann allerdings hatten zwei ihre Hosen und zwei andere ihre Jacken hergeben müssen, man stellte ihnen Pferde zur Verfügung, damit sie zum Gutshof zurückreiten konnten.

Mehr als alles andere jedoch brachte ihn die Tatsache auf, dass Sonja in die Hände dieser Halunken gefallen war. Er hatte die Soldaten hinter den Kosaken hergeschickt und ihnen viel Geld versprochen, wenn es ihnen gelänge, Sonja zu befreien. Doch viel Hoffnung hatte er nicht. Die Kosaken kannten jeden Stein und jeden Baum in der Umgebung, und es war leicht für sie, sich für einen Trupp Soldaten unsichtbar zu machen.

Baranow war in übelster Laune auf Gut Pereschkowo angekommen, hatte sich unterwegs noch mit Sergej verzankt, diesem blöden Kerl, der sich lieber abschlachten ließ, als eine Demütigung hinzunehmen. Aber er würde dafür sorgen, dass Sergej seinen peinlichen Kniefall vor den Kosaken für sich behielt und nicht etwa am Zarenhof darüber plauderte. Es wäre ein gefundenes Fressen für einige seiner Feinde, von Zarin Katharina ganz abgesehen, die leider viel zu viel Sinn für derart pikante Histörchen hatte.

Baranows stürmische Ankunft hatte die Dienerschaft aufgescheucht, und der alte Kriecher Sarogin hatte sich vor Wehklagen und Mitgefühl fast überschlagen und alle Strafen der Hölle über die elenden Verbrecher heraufbeschworen. Baranow wusste nur zu gut, dass dieser schleimige Speichellecker insgeheim über ihn lachte und ihm die Erniedrigung von Herzen gönnte. Er hatte ihm einige Fußtritte in den Hintern verabreicht, eine kurze Mahlzeit zu sich genommen und war dann ins Badehaus gegangen, um sich von Dreck und beschämenden Erinnerungen rein zu waschen.

Er zog sich aus, stieg in den Weiher hinein und tat ein paar Schwimmzüge, die ihn ausgezeichnet abkühlten. Langsam fand er sein Selbstbewusstsein wieder, drehte sich auf den Rücken und ließ sich treiben, während die Nachmittagssonne seinen Bauch beschien. Wohlig blinzelte er in den wolkenlosen Himmel, sinnierte darüber, wie rasch ein Unwetter am Himmel als auch im Leben eines Menschen aufziehen konnte, und spürte, wie schon wieder der Saft in seine Lenden schoss. Sein Schwanz, der vorhin noch träge im Wasser gependelt hatte, begann sich zu dehnen und strebte nach oben, ragte jetzt schon ein wenig über den Wasserspiegel hinaus und grüßte die Sonne. Baranow grunzte wohlig und fasste sein Glied mit einer Hand, um es zu reiben, während er wie ein Frosch die Beine zum Schwimmzug spreizte. Die Spitze des Schwanzes war schon dunkelrot und dick. Er massierte weiter, bis sich die Vorhaut zurückzog und die dunkle, glänzende Eichel sich zeigte. Dann sah er, wie eine Gestalt in Rock und Bluse am Ufer entlang zum Badehaus lief und Hose, Gürtel und Jacke über dem Arm trug.

Marfa, dachte er und ließ die erregte Eichel unter Wasser tauchen. *Sarogin hat sie geschickt, mir die Kleider zu bringen. Er mag ein Speichellecker sein, aber er kennt mich und er hat gute Einfälle.*

Baranow drehte sich auf den Bauch und schwamm mit wenigen Zügen zum Ufer. Marfa war schon im Badehaus verschwunden und hatte seine Kleider schön ordentlich auf die Steine verteilt. Als er, triefend vor Nässe wie ein Flussmolch, hinter ihr auftauchte, wandte sie sich zu ihm um und versank in eine Verbeugung.

«Zu Diensten, gnädiger Herr. Ich habe Euch ein Tuch und frische Kleider gebracht. Wünscht Ihr, dass ich Euch abtrockne?»

Er grinste und schloss die Tür, damit sie nicht fortlaufen konnte. Marfa hatte volle Brüste, groß wie reife Melonen. Das Beste an ihr war jedoch der üppige Hintern, in den er bereits mehrfach voller Vergnügen hineingestoßen hatte, wenn er sie zwischendurch in der Küche oder im Keller erwischt hatte. Sie hatte immer gezappelt und getan, als wehre sie sich, doch er war sicher, dass sie es genoss, wenn er ihre Röcke hochschob und sie an die Wand drängte, um sie von hinten zu nehmen. Heute kam sie ihm gerade recht, denn er brauchte etwas, um sein Mütchen zu kühlen.

«Komm her, du Luder!», befahl er. «Runter mit den Kleidern. Willst du angezogen dastehen, wenn dein Herr vor dir nackt ist?»

Er riss ihr das weiße Kopftuch herunter und löste ihr honiggelbes Haar. Sie wollte schamhaft das Gesicht verhüllen, doch er hatte längst das lüsterne Glitzern in ihren Augen bemerkt. Ungeduldig riss er den Träger ihres Rocks ab, und sie lief erschrocken in eine Ecke, als wollte sie sich vor ihm verstecken. Er liebte dieses Spiel. Langsam näherte er sich ihr. Sie atmete heftig und hielt die Arme wie zum Schutz vor den Oberkörper.

«Nein, Herr! Was denkt Ihr? Ich muss in die Küche ...»

«Du tust, was ich dir befehle, Hure!»

Er fasste ihre Arme und rang ein wenig mit ihr. Sie war kräftig und konnte Widerstand leisten, doch ihr lustvolles Keuchen zeigte ihm, wie sehr sie es genoss, sich ihm zu unterwerfen. Schließlich drückte er ihr die Arme hinter den Rücken, hielt sie dort mit einer Hand fest und riss ihr die Bluse in Fetzen. Ihre schweren nackten Brüste waren hell, durchzogen von feinen lilafarbigen Adern, die Spitzen rosig. Gierig griff er mit beiden

Händen zu und knetete ihren Busen, schob ihn auf und ab, ließ ihn auf seinen Handflächen aufklatschen und genoss das wollüstige Seufzen, das dabei aus ihrer Kehle drang. Sein Schwanz war schon wieder dick und stand hoch aufgerichtet. Er drückte ihn in ihren Rock, spürte ihre Schenkel und musste sich zurückhalten, um das Vergnügen nicht frühzeitig zu beenden.

«Weg mit dem Rock!»

Sie trug nur noch den weißen Unterrock, gehorchte dieses Mal und öffnete den Bund. Langsam ließ sie den Stoff herabsinken, zeigte ihren Bauch, die runden Hüften und ließ ihn endlich ihre Scham besehen, die mit honigfarbenem Flaum bedeckt war. Er war so fein, dass Baranow den dunklen Spalt hindurchschimmern sah, und er grunzte vor Lust.

«Dort hinüber mit dir!»

Er stieß sie auf die andere Seite der Hütte, an der eine Leiter aufgestellt war, die unters Dach führte. Sie ging gehorsam mit aufreizend wippenden Brüsten zur Leiter, während sie mit den Händen die Scham bedeckte. Er genoss einen Augenblick den Anblick ihrer Brüste, die sie mit beiden Armen einklemmte, sodass sie noch aufreizender aussahen. Dann packte er sie von hinten, drängte ihren Körper gegen die Leiter und fasste den ledernen Gürtel, den sie neben seine Hose gelegt hatte. Mit einer raschen Bewegung legte er ihn ihr um die Taille und zurrte ihren Körper an der Leiter fest.

«Was tut Ihr mit mir, Herr?», stöhnte sie. «Wenn mich jemand so sieht, sterbe ich vor Scham!»

«Vielleicht rufe ich nachher die Knechte herein – vorerst will ich selber mit dir meinen Spaß haben, du geiler Teufelsbraten!»

Er massierte das weiße Fleisch ihres prallen Hinterns so heftig, dass die Leiter bebte. Genüsslich fuhr er mit der Hand in die Spalte zwischen den Backen und spürte die Feuchtigkeit darin. Mit zwei Fingern strich er über ihren Damm und glitt dann in ihre Öffnung hinein, zog die Hand jedoch gleich wieder zurück, als sie laut zu keuchen begann und ihm ihr Gesäß entgegenstreckte.

«Nicht so schnell. Kannst es wohl nicht erwarten, wie?»

Er löste sich und ging auf die andere Seite der Leiter. Sein hochstehendes Glied schwankte hin und her, die Eichel war hart und purpurfarben angeschwollen. Die Leiter hatte genau die richtige Größe – ihre vollen Brüste schauten zwischen zwei Sprossen hervor, auch ihr Schamhügel lag offen vor ihm. Er packte die Brüste, quetschte sie zusammen, um sie ganz und gar durch den Zwischenraum zu drängen und genoss den Anblick der prallen, fest aneinandergedrängten Rundungen. Wie rosige Kügelchen standen die Nippel auf den harten, glänzenden Brüsten und luden dazu ein, sie zwischen die Finger zu nehmen und daran zu reiben. Marfa wimmerte leise, als er ihren Busen mit seinen Händen bearbeitete, dann den rechten Nippel in den Mund nahm, um daran zu lutschen und darauf zu beißen. Sie warf den Kopf zurück und stöhnte mit geschlossenen Augen, konnte jedoch ihre Brüste nicht zwischen den Sprossen hervorziehen. Ihre Hilflosigkeit reizte ihn noch mehr, er knetete ihren Busen, versetzte ihm leichte Schläge mit den Händen und ließ ihn vor seinen Augen tanzen. Dann umfasste er mit beiden Händen ihren Hintern und zwang ihre Scham dicht an die Leiter heran, sodass er sie mit seinem weit vorstehenden Glied erreichen konnte.

«Spreize die Schenkel. Ich will dich stoßen.»

Sie tat bereitwillig, fast gierig, was Baranow von ihr verlangte, und er stieß mit dem harten Glied zwischen ihre Beine. Sie war so feucht, dass ihr der Saft schon die Schenkel herablief. Wollüstig streifte er mit seinem steifen Schwanz über ihre erregten, dicken Schamlippen, fuhr ein paarmal hin und her, um sie weiter zu reizen, und hörte sie heisere Schreie ausstoßen. Er packte sein Glied mit einer Hand, um es besser führen zu können, und stieß so fest in ihre Öffnung, dass er fast ganz darin versank. Gierig begann er vor und zurück zu stoßen, spürte, wie die Leiter erzitterte, und hörte ihre keuchenden, japsenden Atemstöße. Vor seinen Augen wogten ihre prallen Brüste auf und nieder, und er stieß so heftig zu, dass die Leiter wackelte und das Holz gefährlich knarrte. Dann hörte er ihren lauten Schrei und fühlte das Zucken, das ihren ganzen Körper durchlief, und er spritzte seinen Samen in sie hinein, während er wie ein Stier brüllte.

Erst nachdem er sich ein wenig ausgeruht und im Wasser gewaschen hatte, band er sie von der Leiter los und sah zu, wie sie die Fetzen ihrer Kleidung überstreifte. Sie musste den Unterrock über die Brüste ziehen, sonst hätte sie halbnackt zum Gutshaus laufen müssen.

Seine Erschöpfung verflog rasch, er fühlte sich großartig und war wieder er selbst. Lustvoll dachte er daran, was er mit Sonja tun würde – wenn er sie nur erst wieder in seiner Gewalt hatte.

Als er ins Gutshaus eintreten wollte, erblickte er in der Ferne einen Trupp Soldaten, die auf das Gut zuritten. In ihrer Mitte war ein Gefangener, die Hände an den Sattel gebunden.

Er hatte doch gewusst, dass sich das Glück jetzt wenden würde!

Andrej war aufgestanden, ohne sich weiter um Sonja zu kümmern, und setzte sich zu seinen Kameraden ans Feuer. Willig teilten sie ihre Vorräte mit ihm, während er über seine abenteuerliche Flucht berichtete. Lachend schilderte er, dass seine Wächter eingeschlafen seien, und wie er vorsichtig mit der Hand durch die Gitterstäbe gegriffen hatte, um einem dieser Dummköpfe das Messer aus dem Gürtel zu ziehen. Mit dem Messer habe er dann die hölzernen Stäbe bearbeitet, bis er sie mit wenigen Fußtritten zerbrechen konnte. Auf seiner Flucht habe er drei Bauern und auch den fetten Gutsbesitzer überwältigt, sich dann auf eines der Pferde geschwungen, und niemand habe ihn einholen können.

Sonja hatte sich abseits unter einen Baum gesetzt und staunte über Andrejs Erzählfreude, die nicht ohne Übertreibungen war. Er war nicht nur ein gewandter und schlauer Kämpfer, er wusste sich auch vor seinen Kameraden ins rechte Licht zu setzen. Die Männer verschluckten sich fast vor Gelächter, schlugen Andrej immer wieder anerkennend auf die Schulter, nannten ihn einen Teufelskerl und gerissenen Hund, und bald kramten auch die anderen Kämpfer Erlebnisse aus, bei denen sie ihren Mut und ihre Schlauheit bewiesen hatten. Nur Rasim hockte mit düsterer, feindseliger Miene neben dem Feuer, aß Brot und Zwiebeln in sich hinein und setzte ein ums andere Mal die Wodkaflasche an den Mund.

Nach einer Weile erhob sich Andrej und ging zu Sonja hinüber.

«Iss!»

Er legte ihr ein Stück Brot und eine Zwiebel in den Schoß. Auf dem Brot lagen einige der angebrannten Fleischstücke. Sonja hatte den ganzen Tag über noch nichts gegessen, dennoch wurde ihr allein schon beim Geruch des Fleisches übel.

«Ich hab keinen Hunger.»

Sie konnte an seinem Gesicht ablesen, was er jetzt dachte. *Die verwöhnte Dame ist Besseres gewöhnt – Kuchen, Braten, die feine französische Küche.*

Doch Andrej schwieg und ging in die Hocke, um mit ihr auf gleicher Höhe zu sein.

«Es ist besser, wenn du isst», sagte er leise. «Wir haben noch einen langen Weg, und bis zum Abend wirst du nichts mehr bekommen.»

Sein Oberkörper war nackt bis auf die schmale Binde, die er um die Brust geschlungen hatte, um die Wunde zu schützen. Er war so nahe, dass sie den Geruch seines Körpers wahrnahm. Er roch nach Leder, nach Pferd und nach Schweiß – und da war noch etwas, ein seltsam strenger Duft, der sie so irritierte, dass sich die feinen Härchen in ihrem Nacken sträubten. Etwas Erregendes ging von diesem Geruch aus, und sie spürte, wie ihre Nasenflügel zitterten, als sie ihn einatmete.

Sie griff nach dem Brot und knabberte daran. Es war hart und knackte unter ihren Zähnen, doch sie kaute darauf herum und schluckte. Als der erste Bissen unten war, merkte sie, dass sie tatsächlich sehr hungrig war, und aß weiter.

«Brav», lobte er und grinste zufrieden. «Du wirst dich schon an die Küche der Kosaken gewöhnen.»

Sein Grinsen schien ihr allzu selbstzufrieden, und sie ärgerte sich, so rasch nachgegeben zu haben. Er hatte gesagt, dass sie ihm gehörte. Was auch immer er mit ihr tun wollte – sie nahm sich vor, ihre Würde nicht zu verlieren. Das war sie sich und ihrer Familie schuldig. Lieber würde sie sterben, als sich von ihm demütigen zu lassen.

Aber lohnte es sich, für seine Würde freiwillig zu verhungern? Vermutlich nicht. Als Andrej sich wieder aufgerichtet hatte und – ohne sie weiter zu beachten – zu seinen Kameraden zurückgekehrt war, machte sie sich sogar über das Fleisch her. Es war ungewürzt und schmeckte nicht gut, doch der Hunger hatte sie überwältigt.

Sie hatte geglaubt, dass die Männer nach dem ausgiebigen Wodkagenuss jetzt ganz sicher einschlafen würden, doch sie täuschte sich. Andrej rief einige kurze Worte in die Runde, und man packte zusammen, um aufzubrechen. Keiner der Männer schwankte oder zeigte sonstige Anzeichen von Trunkenheit – sie schienen das Trinken gewohnt zu sein.

Andrej führte sein Pferd zu ihr und nickte ihr auffordernd zu.

«Steig auf!»

Fast war sie gerührt. Er wollte sie reiten lassen und selbst zu

Fuß gehen! Das war für einen Kosaken doch sehr anständig, geradezu ritterlich.

Sie setzte den Fuß in den Steigbügel und schwang sich auf das Tier, rückte sich im Sattel zurecht und war froh, dass sie als kleines Mädchen schon reiten gelernt hatte. Allerdings war es ungewohnt, wie ein Mann zu sitzen, denn seit sie vierzehn Jahre alt war, hatten ihre Eltern streng darauf geachtet, dass sie mit einem Damensattel ritt.

Andrej reichte ihr die Zügel, die sie huldvoll entgegennahm. Sie wollte das Tier schon antreiben, als Andrej ihren Fuß ergriff und ihn aus dem Steigbügel zog.

«Rück hinter den Sattel. Nun mach schon!»

Sonja war verwirrt. «Aber ... was soll das werden?»

«Tu, was ich sage, ich habe nicht den ganzen Tag Zeit!»

Sein Ton war ungeduldig und herrisch. Er wartete nicht, bis sie sich bequemte, seinen Befehl auszuführen, sondern schwang sich auf den Pferderücken, sodass sie kaum Zeit hatte, ihm Platz zu machen.

«Es wird ein langer Ritt – halte dich gut an mir fest, damit du nicht vom Pferd fällst!»

Es klang boshaft und spöttisch in ihren Ohren. Oh, wie hatte sie nur glauben können, dass dieser ungehobelte Kosak ihr ritterlich sein Pferd überlassen würde! Und sich an ihm gar festhalten! Er wusste anscheinend nicht, dass sie reiten konnte.

Die Gruppe setzte sich in Bewegung. Man ritt südwärts, bald tauchten immer häufiger Waldstücke auf, die die Männer ohne Rücksicht auf das Dickicht der Zweige durchritten. Die kleinen Pferde schienen keine Müdigkeit zu kennen. Mal ritt man im Trab, dann wieder ein kurzes Stück im raschen Galopp, um danach für eine Weile eine ruhigere Gangart anzuschlagen. Sonja merkte bald, dass es keineswegs einfach war, sich auf dem ungewohnten Sitz zu halten. Immer wieder warf eine Bewegung des Pferdes sie gegen den vor ihr sitzenden Reiter, und sie erschrak bei der Berührung. Andrejs nackter Rücken war von breiten Muskeln überzogen, deren Spiel sie beängstigend dicht vor ihren Augen hatte. Wie stark er war. Wie leicht es ihm fallen würde, ihr Gewalt anzutun. Und doch war seine Haut zart und weich, der feine Schweißfilm glänzte in der Sonne. Sie ertappte sich bei dem irrwitzigen Wunsch, diese Haut berühren zu dürfen, mit ihren Händen über diese schwellenden Muskelpartien zu gleiten und zu fühlen, wie sie sich bewegten. Ja, sie spürte sogar das seltsame Verlangen, ihren Mund auf diese seidenglatte, schimmernde Haut zu drücken, mit der Zunge zu lecken, um den salzigen Geschmack zu schmecken, seine helle, ungeschützte Haut zwischen den Zähnen zu spüren.

Ich muss verrückt sein, dachte sie und biss sich auf die Lippen. *Er ist ein schmutziger Kosak, ein Verbrecher und Aufrührer, ein Feind Ihrer Majestät der Zarin. Er ist widerlich, und ich verachte ihn zutiefst.*

Es wurde keine Rast eingelegt. Die Männer schienen gewohnt, sich während des Ritts auf dem Rücken ihrer Pferde auszuruhen. Pelageja saß vor Rasim auf dem Pferd, hatte den Kopf an seine Brust gelehnt und schien zu schlafen. Sonjas Beine schmerzten, ebenso ihr Po und der Rücken. Sie hätte viel dafür gegeben, wenn die Männer wenigstens für einen Moment vom Pferd gestiegen wären.

Stattdessen führte der Weg nun bergan, und sie rutschte gefährlich weit nach hinten und konnte sich kaum noch auf dem Pferd halten. Verzweifelt versuchte sie sich an den Sattel zu klammern, doch dort fand sie nur wenig Halt.

«Was ist los?», knurrte Andrej verärgert. «Halt dich fest oder du fällst auf deinen vornehmen Hintern. Und denke nicht, dass ich anhalte, um dich aufzusammeln!»

Oh, wie gemein er war! Zaghaft fasste sie seinen breiten Ledergürtel und klammerte sich daran fest. Sie hörte ihn lachen und biss die Zähne zusammen. Was sollte sie tun? Ihre Würde retten und vom Pferd fallen? Das schien ihr wenig sinnvoll und außerdem sehr lächerlich.

Gleich darauf rutschten ihre Hände von dem glatten harten Leder ab, und sie wäre fast gestürzt. Gesteinsbrocken lagen im Weg, der Ritt wurde immer unruhiger, und sie war nun gezwungen, ihre Arme um seine Taille zu schlingen.

«Das fühlt sich gut an», sagte er zufrieden. «Ich wusste doch, dass du ein kluges Kerlchen bist.»

Sie schmiegte sich an seinen Rücken und schloss für einen Moment die Augen. Seine Haut war weich und wundervoll glatt, sie spürte deutlich, wie seine breiten Muskeln sich dehnten und anschwollen, sie roch seinen Körper, seine Haut, seinen Schweiß, und das alles war so verwirrend, dass ihr fast der Atem stockte. Ihre Hände spürten seinen harten festen Bauch, fühlten die wellenförmigen Erhebungen, wenn er die Muskeln anspannte, die weichen Härchen, die dort auf seiner Haut wuchsen und zum Gürtel hin immer dichter wurden. Es war erschreckend und faszinierend zugleich, diesen männlichen Körper zu berühren, und Sonja merkte kaum noch, wie anstrengend der Ritt war. Ihre Finger wühlten sich tiefer unter den ledernen Gürtel, so als müsste sie dort festen Halt suchen, und sie fühlte, wie sich seine Bauchmuskeln zusammenzogen, um ihren Händen mehr Raum zu geben. Sie ertastete die dichten Löckchen, weich wie das Haar eines Kindes. Dann stießen ihre neugierigen Finger an etwas Glattes, Festes, das sich in ihre forschende Hand schob und sich immer drängender zwischen ihre Finger schmiegte.

«Das gefällt dir, wie?»

Seine Frage riss sie aus ihrer Versunkenheit und machte ihr klar, dass sie dabei war, etwas ganz und gar Ungebührliches zu tun. Sein Ton war heiter gewesen, er schien großen Spaß daran zu haben, sie zu solch peinlichem Verhalten angestiftet zu haben. Warum hatte sie sich nicht mehr in der Gewalt? Warum hatte sie sich dazu hinreißen lassen, sich seinem Willen zu fügen?

Sie ballte die Hände zu Fäusten, um ihnen weitere Entdeckungsfahrten zu verbieten, hielt jedoch notgedrungen immer noch ihre Arme um seine Hüften geschlossen. Er lachte, dieser Mistkerl! Sie konnte sein Gesicht nicht sehen, doch sie spürte die leisen Erschütterungen, die seinen Körper durchfuhren. Er lachte sie aus und wollte gar nicht mehr damit aufhören.

Bald war die Kuppe des Hügels erreicht. Die Gruppe ritt an einem schmalen Flusslauf entlang, dichtes Gestrüpp behinderte die Reiter, und Sonja musste sich immer wieder an Andrejs Rücken pressen, um von den vorbeipeitschenden Zweigen nicht verletzt zu werden. Er selbst wehrte die Äste nur selten ab, und trotz seiner Verletzung schien ihn das Gezweig, das seinen Körper traf, nur wenig zu stören.

Der Fluss strömte rasch und unruhig talwärts, dicke Gesteinsbrocken unterbrachen seinen Lauf, schufen Stromschnellen und Strudel, und bald übertönte das Rauschen des wilden Gewässers sogar das Geklapper der Pferdehufe. Es war Abend geworden, rötliche Lichtbahnen schimmerten durch die Zweige und trieben ein bizarres Farbspiel auf den rasch dahineilenden Wellen des Flusses. An einer kleinen sandigen Bucht, in der das Wasser ruhiger floss, zügelte Andrej sein Pferd und hob den Arm. Es war das Zeichen, dass man hier das Nachtlager aufschlagen würde.

Sonja war so erschöpft, dass sie große Mühe hatte, vom Pferd zu kommen, und zulassen musste, dass Andrej sie dabei auffing. Für einen Augenblick hielt er sie mit einem Arm umschlungen, unsicher, ob sie in der Lage war, auf eigenen Füßen zu stehen. Dann, als er ihren Widerstand spürte, ließ er sie los.

Mühsam ging sie ein paar Schritte und setzte sich rasch in den weichen Sand, als ihr klarwurde, dass sie tatsächlich ziemlich wackelig auf den Beinen war. Er schien es nicht zu bemerken, führte sein Pferd zum Wasser und schwatzte dort munter mit seinen Kameraden, die ebenfalls mit ihren Tieren beschäftigt waren. Als er zu ihr zurückkehrte, hielt er eine lederne Trinkflasche in der Hand und reichte sie ihr.

«Was ist das?»

«Kein Wodka – Wasser. Du kannst beruhigt trinken.»

Er kniete neben ihr, öffnete den Verschluss der Flasche und sah sie dabei an. Misstrauisch blinzelte sie zurück – nein, er lachte jetzt nicht mehr, seine schwarzen Augen blickten ernst und fast besorgt. Aber es konnte auch sein, dass das schräge, rötliche Abendlicht und die Schatten der Zweige sie täuschten.

«Bleib hier sitzen und verhalte dich ruhig», ordnete er an. «Die Kerle werden jetzt Lust auf ein kühles Bad kriegen und eine Weile ihren Spaß haben. Danach werde ich dir etwas zu essen bringen.»

Sie erschrak. Sie würden im Fluss baden – es würde doch wohl hoffentlich keiner auf die Idee kommen, sie dazu einzuladen!

«Wirst ... wirst du auch baden?», fragte sie errötend, denn sie hätte es plötzlich lieber gesehen, wenn Andrej in ihrer Nähe geblieben wäre.

«Natürlich», gab er grinsend zurück. «Das stört dich doch hoffentlich nicht? Wir sind hier doch unter uns Männern.»

«Nein, nein ...», stammelte sie und biss sich verlegen auf die Lippen. «Viel ... Vergnügen dabei.»

Andrej erhob sich, klopfte den Sand von seiner Hose und ging zum Wasser. Die anderen waren bereits dabei, ihre Kleider abzulegen. Sonja starrte auf die Männer, die direkt vor ihren Augen völlig nackt herumhüpften, mit großem Behagen in das kalte Wasser stiegen, sich gegenseitig bespritzten wie die Kinder, sich bückten, um Brust und Gesicht zu waschen, und ihr dabei ihre bloßen Hintern zuwandten. Sie merkte, wie ihr Atem rascher ging, Furcht und Faszination mischten sich miteinander.

Nie zuvor hatte sie einen Mann ohne Kleider gesehen – hatte ihre Mutter nicht immer behauptet, der Körper eines Mannes sei hässlich und abstoßend? Ihrer Erziehung nach hätte sie jetzt eigentlich die Augen schließen müssen, um sich diese Scheußlichkeiten zu ersparen. Doch gerade das hätte vielleicht das Misstrauen der Kosaken erregt, deshalb bemühte sie sich, ein möglichst gleichmütiges Gesicht zu machen, während sie die Badenden betrachtete. Einige von ihnen hatten dicke Bäuche und gedrungene Körper, andere jedoch waren gut gewachsen, schmalhüftig und breitschultrig, und ihre prallen, muskulösen Hinterteile glänzten rosig in der Abendsonne. Dunkles Haar wuchs zwischen ihren Beinen, und darin verborgen hing etwas, das hin und her schwang, wenn sie hüpften. Und wenn einer der Männer sich bückte und ihr dabei seinen Hintern entgegenstreckte, sah sie das Ding sogar zwischen seinen gespreizten Beinen baumeln.

Das konnte doch auf keinen Fall jenes harte Gebilde sein, das sich vorhin in Andrejs Hose erhoben hatte?

Auch Andrej hatte sich inzwischen ausgezogen, war jedoch ein Stück weit fortgegangen und ließ sich auf einem Stein nieder, um den Verband von seiner Armwunde zu lösen. Ihre scharfen Augen hatten dennoch seinen Körper erfasst und die dunkle behaarte Stelle zwischen seinen Beinen ausgemacht. Doch auch dort war nur dieses seltsame Ding zu sehen – nicht besonders lang, auch nicht schlangenartig und schon gar nicht emporstrebend. Welches Geheimnis verbarg sich dahinter? Was war das für ein Zauberding, das sich groß und klein machen konnte und sich so vor den Blicken der Menschen versteckte?

Dann erinnerte sie sich plötzlich an die harte Verdickung, die sie in Baranows Hose gesehen hatte, als er in ihrem Zimmer vor ihr stand, und sie spürte einen eisigen Schrecken. Es war ohne Zweifel etwas Schreckliches und sehr Gefährliches, was ein Mann da mit sich herumtrug.

Die Kosaken hatten inzwischen auch Pelageja zum Fluss gezogen. Sie zierte sich erst, doch als die Männer mit ihren Händen dicke Wasserschwaden in ihre Richtung schaufelten, zog sie bereitwillig Bluse und Rock aus und stieg ins seichte Wasser. Voller Staunen und mit aufsteigender Empörung beobachtete Sonja, dass das Mädchen ganz ohne Scham die groben Rufe der Männer beantwortete und scheinbar Vergnügen daran fand, ein Objekt der allgemeinen Begierde zu sein. Rasim, der dicht bei ihr blieb, umfasste sie immer wieder von hinten, grub die Hände in ihren Bauch und ihre Brüste und massierte sie voller Hingabe, während er gleichzeitig seinen nackten Wanst dicht an ihren Hintern drängte. Doch auch andere Männer wollten an dem Vergnügen teilhaben. Während Rasim Pelageja von hinten umklammert hielt und ihren Busen knetete, kniete ein dickbäuchiger Glatzkopf vor ihr im niedrigen Wasser und wusch hingebungsvoll ihre Beine, fuhr an den Innenseiten der Schenkel langsam auf und ab, wobei er immer wieder zwischen ihre Beine glitt und dort verweilte. Mit zwei Fingern rieb er in dem Spalt hin und her, zuckte und kreiste, als müsste er sie an dieser Stelle ganz besonders gründlich reinigen. Wenn er das tat, warf sie den Kopf zurück, streckte ihm ihr Becken entgegen und stieß ein dunkles Stöhnen aus, das die umstehenden Männer mit Lachen und wohligem Grunzen quittierten und das Sonja eine Gänsehaut über Arme und Rücken trieb. Als Pelageja sich von Rasim losriss und scheinbar davonlaufen wollte, fingen zwei junge Kerle sie ein, bogen ihr die Arme auf den Rücken und begannen ihre runden Brüste in Besitz zu nehmen. Der eine – ein fettleibiger, glatzköpfiger Tatar – schob sich die dunkelrote Brustspitze in den offenen Mund und saugte daran wie ein Kleinkind, ließ die Perle wieder fahren und schnappte sie erneut. Der andere – ein junger Kerl mit schmalem Gesicht und schrägen Augen – spielte mit der Brust, ließ sie kreisen und hüpfen und neckte die kleine dunkle Spitze mit wirbelndem Finger. Sie quietschte, als weitere zwei Kerle ihren Körper ein wenig nach vorn bogen und ihren runden Hintern mit groben Händen bearbeiteten, in ihr weiches, elastisches Fleisch grapschten, klatschende Schläge daraufprasseln ließen und immer wieder mit dicken Fingern in die klaffende Spalte drangen und dort irgendetwas taten, was die Frau zum Keuchen und Kreischen brachte.

Sonja zitterte vor Scham und Ekel, doch auch jetzt gelang es ihr nicht, die Augen abzuwenden. Sie starrte wie gebannt auf das Schauspiel, während gleichzeitig das Blut in ihren Adern kochte und sie ein seltsam brennendes, prickelndes Gefühl zwischen den Beinen verspürte.

Erst nach einer ganzen Weile schienen die Kosaken des Spiels überdrüssig geworden zu sein. Man ließ sich in dem weichen Sand nieder, trocknete sich mit den dort liegengebliebenen Kleidern ab, doch nur wenige streiften die Sachen über. Nackt legten sich die Männer um ein Feuer, und der Sonja bereits bekannte Fleischgeruch durchzog die Abendluft, Mücken umschwärmten sie, und das Licht wurde fahler. Pelageja war mit Rasim für eine Weile im Gebüsch verschwunden. Nun kehrte sie zurück, streifte Bluse und Rock über und schlenderte zwischen den Männern umher. Hie und da wurde sie am Fuß oder am Rock gepackt, doch riss sie sich immer wieder lachend von dem aufdringlichen Bewerber los, um andere Kerle in Augenschein zu nehmen. Sonja staunte – war es tatsächlich so, dass diese junge Frau den Spieß umgedreht hatte und sich das Recht nahm, denjenigen auszuwählen, der ihr gefiel? Und was würde Rasim dazu sagen? Doch der hockte längst wieder vergnügt in der Runde seiner Kameraden, hatte die Wodkaflasche angesetzt und schien Pelageja nicht mehr zu beachten.

Sonja verspürte jetzt ebenfalls das Verlangen, sich zu waschen oder wenigstens Gesicht und Hände vom Staub zu reinigen. Sie sah sich nach Andrej um, aber sie konnte ihn nirgendwo entdecken. Badete er etwa noch? Doch im seichten Ufergewässer war niemand mehr zu sehen, und weiter draußen gab es gefährliche Stromschnellen, in die sich kein Schwimmer wagen würde.

Mühsam stand sie auf, ihr ganzer Körper tat weh – besonders aber die Beine, die die ungewohnte Spreizhaltung nicht gewohnt waren. Sie sah noch einmal prüfend zum Feuer hinüber – die Männer hatten jetzt ihre Satteltaschen geleert, und die mitgebrachten Vorräte wurden verteilt. Trotz aller Verachtung für die sittenlosen, aufrührerischen Kerle musste sie sich eingestehen, dass sie gute Kameraden waren. Wer etwas besaß – seien es Lebensmittel, Wodka oder eine erbeutete Frau –, der teilte es mit den anderen. Nur mit Waffen und Pferden schienen sie heikel zu sein, da achtete jeder genau darauf, dass niemand sich an seinem Besitz vergriff.

Die Männer schienen sie vergessen zu haben, und so ging Sonja langsam zum Ufer, kniete nieder und tauchte die Hände in das kalte Flusswasser. Es war eine Wohltat, das klare, kühle Nass zu spüren, Arme und Gesicht damit zu benetzen und davon zu trinken. Noch nie hatte sie sich in einem Fluss gewaschen. Früher hatte ihr eine Dienerin das Waschwasser ins Schlafzimmer gebracht und es aus dem Krug in eine breite Schüssel aus bemaltem Porzellan gegossen. Wie schade, dass sie nicht wenigstens die lästige Perücke abnehmen durfte, um sich Stirn und Hals kühlen zu können.

«Na, junger Herr? Keine Lust zu baden?»

Sie hielt erschrocken in ihrer Bewegung inne und wandte sich um. Hinter ihr stand Pelageja, lächelte sie an und bewegte anzüglich die Hüften.

«Nein», gab sie zurück, wobei sie sich bemühte, ihrer Stimme einen tieferen, ruppigen Klang zu geben.

Dem Mädchen schien das zu gefallen. Sie kam ein wenig näher, berührte Sonjas Knie mit ihrem nackten Fuß und strich mit dem großen Zeh über ihren Oberschenkel bis hinauf zur

Hüfte. Sonja zuckte zusammen, als habe ein glühendes Messer sie berührt, und wehrte Pelagejas Fuß mit der Hand ab.

«Hast du etwa Angst vor mir, du Knirps?»

Die Frage hatte etwas Provozierendes und zugleich Zudringliches, das Sonja wütend machte. Was wollte diese Person von ihr?

«Wieso sollte ich Angst haben?»

Pelageja lachte kurz auf und beugte sich zu Sonja hinunter. Ihre Bluse stand weit offen, sodass Sonja die großen, hängenden Brüste sehen konnte.

«Hast du's schon mal mit einer Frau getrieben, mein kleiner Sperling?», raunte sie ihr zu.

«Nein», gab Sonja wahrheitsgemäß zu.

Die junge Leibeigene ließ ein Kichern hören und streckte die Hand aus, um Sonjas Wange zu tätscheln. Sonja fuhr rasch zur Seite, denn sie hatte Sorge, sie könnte ihre Perücke verschieben.

«Wie schmal du bist, mein Kleiner», flüsterte Pelageja und strich ihr sanft über die Schulter. «Bist noch ein richtiger Bub, aber ganz sicher weißt du schon, wie es geht. Hast dein Schwänzchen bestimmt schon im Bett gestreichelt und hast dich geschämt, wenn es dann nass auf dem Laken wurde. Hab ich recht?»

Sonja begriff nicht, wovon das Mädchen redete, und schwieg verwirrt. Sie war tief empört von der Frechheit, mit der diese lasterhafte Person einen adeligen Herrn – für den sie sie ja hielt – anredete.

«Komm mit mir ins Gebüsch, Bube», lockte die junge Frau. «Ich will dein Dingelchen ein wenig verwöhnen, damit du siehst, wie viel Spaß du damit haben kannst.»

Zwischen ihren vollen Lippen war jetzt ihre Zunge zu sehen, die sich hin und her bewegte.

«Lass mich in Ruhe!», rief Sonja wütend und stieß das Mädchen zurück, sodass es taumelte und fast gefallen wäre. «Ich will nichts mit dir zu tun haben, du liederliches Stück!»

«Hochnäsiger Kerl», keifte Pelageja. «Wartest wohl auf ein adeliges Fräulein? Sei froh, wenn sie dir deinen Schwanz nicht abschneiden – wärst nicht der Erste, dem das passiert!»

Inzwischen hatten auch die Kosaken den Streit bemerkt, sahen grinsend herüber, stießen sich in die Seite und riefen sich scherzhaft derbe Kommentare zu: Schau an, jetzt wollte die tatsächlich den Knaben verführen, dieses Luder. Als ob es hier nicht Männer genug gäbe, die heiß auf sie wären.

Rasim aber erhob sich und packte Pelageja ärgerlich am Arm.

«Hast dir einen Liebhaber gesucht, geile Hure? Denkst du, du kannst tun und lassen, was du willst?»

Sie wehrte sich gegen seinen Griff und stampfte mit dem Fuß auf.

«Er hat mich beleidigt! Bestrafe ihn.»

Rasim grinste – es schien ihn wenig zu stören, dass jemand Pelageja beschimpfte. Doch ihre Forderung nach einer Strafe schien ihm Vergnügen zu bereiten.

«Kommt her», winkte er seine Kameraden heran, «der Junge braucht eine Lektion.»

Einige erhoben sich, andere warnten.

«Das wird Ärger mit Andrej geben, Rasim.»

«Der Knabe gehört ihm, es wird ihm nicht gefallen, wenn du ihn verprügelst.»

Doch Rasim wehrte ab. Er wollte beweisen, dass er keine Furcht vor Andrej hatte.

«Ist fortgeritten, das Söhnchen des Atamans. Soll er sich besser um seinen Burschen kümmern.»

Es fanden sich einige, die den Spaß mitmachen wollten. Sie stapften zu Rasim hinüber, der grinsend dastand, die Arme in die Seiten gestemmt.

Sonja sah sich verzweifelt nach Andrej um – er war der Einzige, der ihr hätte helfen können, doch er war nicht da. Warum hatte er sie nur allein gelassen?

Sie hörte Rasim leise mit den Männern flüstern, dann erklang Gelächter, man umringte sie, und im Nu hatten die Männer sie an Händen und Füßen gepackt.

«Nein!», kreischte sie. «Lasst mich los! Lasst mich los, ihr verdammten Kerle! Ich habe nichts getan!»

Sie zappelte verzweifelt, doch gegen die vielen kräftigen Kerle hatte sie nicht den Hauch einer Chance. Die Männer schleppten sie zum Fluss, schwangen sie ein paarmal hin und her wie einen Mehlsack und warfen sie in die Flut. Sie hörte noch das kreischende, hämische Lachen des Mädchens und das Johlen der Kosaken, dann schlugen die Wellen über ihr zusammen. Ein eisiger, starker Strom riss sie mit sich fort, schleuderte sie gegen vorstehende Felsen, ließ sie in Strudeln kreisen, drückte sie unter die Wasseroberfläche und spülte sie wieder empor. Sie war zu Anfang wie betäubt, dann versuchte sie, gegen den reißenden Strom anzuschwimmen, griff nach Felsvorsprüngen und Klippen, hielt sich für einen Augenblick an einem überhängenden Ast fest, glaubte sich schon gerettet, doch da brach das dürre Holz, und die Strömung erfasste sie erneut. Die Ufer rechts und links schienen mit unglaublicher Geschwindigkeit an ihr vorüberzugleiten, immer wieder erhoben sich zischende, tobende Wasserstrudel und packten sie, als wäre sie nur ein Stück Treibholz. Ihre Kraft erlahmte, sie schluckte Wasser, spürte, wie die Strömung sie hinabzog und sah plötzlich den steinigen Grund des Flusses unter sich vorübergleiten. Dann, zu Tode erschöpft, überließ sie sich der Dunkelheit, die sie umfing.

Als sie erwachte, lag sie bäuchlings über einem niedrigen Felsblock, ihr Kopf hing nach unten, es war ihr zum Sterben elend.

«Nun komm schon», hörte sie eine dunkle Stimme. «Raus damit.»

Sie schnappte nach Luft, hustete, spuckte, Wasser rann ihr aus Mund und Nase, so viel, dass sie kaum zum Atmen kam. Jemand massierte ihren Rücken, presste ihren Bauch gegen den harten Steinblock. Sie jammerte, es wurde ihr noch schlechter davon. Sie erbrach immer neues Wasser.

«So ist's gut. Gleich haben wir's. Braves Mädchen.»

«Aufhören», stöhnte sie. «Mir ist übel.»

«Das will ich gern glauben.»

Jemand fasste sie sanft unter den Armen, hob sie empor und legte sie ins Gras. Sie zitterte vor Kälte und krümmte sich zusammen. Immer noch hob sich ihr Magen, und sie würgte Wasser heraus. Jemand rubbelte mit einem weichen Lappen über ihre Schultern und ihre Arme, trocknete ihr Gesicht und ihren Hals, fuhr vorsichtig durch ihr Haar ...

Ihr Haar! Sie blinzelte erschrocken und erkannte Andrejs Gesicht. Er grinste sie an und rieb sie weiter ab. Sonja griff in ihr Haar und stellte fest, dass es nass und offen war. Sie hatte die Perücke verloren.

«Du warst eine wirklich verführerische Rusalka, mein edles Fräulein», brummte er und rubbelte weiter. «Fast hätten die Wasserfrauen dich in ihr Reich geholt.»

Sie überließ sich erschöpft seiner Behandlung und spürte, wie ihr Blut wieder zu fließen begann. Wohlig, mit geschlossenen Augen, genoss sie das Reiben am ganzen Körper, nur hin und wieder zuckte sie zusammen, wenn er gar zu fest rubbelte.

«Wie geht's?», fragte er nach einer Weile, als ihm schon der Arm wehtat.

«Gut», gab sie leise zurück.

«Dann solltest du jetzt diese Sachen anziehen, die ich für dich besorgt habe.»

Sie fuhr erschrocken hoch und stellte fest, dass sie fast nackt war. Von der Bluse war ihr nichts geblieben, auch eines der Hosenbeine war abgerissen, das andere vollkommen zerfetzt. Nur das Korsett hatte Widerstand geleistet. Jemand hatte jedoch die Schnur gelöst, sodass es vorn weit auseinanderklaffte und ihre Brüste fast ganz zu sehen waren. Sie kauerte sich zusammen, zog die Knie eng an den Körper und umschloss sie mit den Armen.

«Welche ... welche Sachen?»

«Ich bin in ein Dorf geritten, um Kleider für dich zu besorgen.»

Neben ihr lagen eine Hose mit weiten Beinen und ein breiter Ledergürtel. Dazu eine runde Kappe aus Filz, wie die Bauern sie trugen. Die helle Bluse dazu hielt er in der Hand, er hatte sie damit trocken gerieben. Sonja war nicht gerade begeistert, aber die Kleidung war immer noch besser, als halbnackt zu sein.

«Dreh dich um», befahl sie. «Ich will nicht, dass du mir zusiehst.»

Er verzog das Gesicht, als wollte er sagen, sie sollte sich nicht so anstellen. Doch er tat, was sie verlangte, ging einige Schritte beiseite und sah nach seinem Pferd.

Rasch löste sie die feuchte Schnur aus dem Korsett und zog es sich samt dem dünnen Hemdchen vom Leibe. Es war angenehm, das nasse, steife Ding los zu sein. Langsam hörte ihr Magen auf zu rebellieren, und es ging ihr besser. Sie streifte die Reste der Hose ab und zog sich den Kittel über. Er roch nach Talg und stickigem Rauch. Auch die Hose, die sie nur mit Mühe festbinden konnte, müffelte widerlich. Der Gürtel war zu weit, sodass er ihr fast über die Hüften rutschte, als sie ihn zu schließen versuchte.

«Warte ...»

Andrej zog sein Messer, kürzte den Gürtel, legte ihn ihr dann zum Maßnehmen um die Taille, setzte sich auf den Boden und stach mit der Messerspitze ein Loch in das Leder. Erst jetzt bemerkte Sonja, dass seine Kleider völlig durchweicht waren – er musste ins Wasser gesprungen sein, um sie zu retten.

«Sag mir deinen Namen», forderte er.

«Sonja ...»

«Sonja», wiederholte er lächelnd. «Und wie weiter?»

«Sonja Borisowna Woronina.»

«Adelig?»

Sie presste die Lippen zusammen und nickte. Warum wollte er das wissen? Doch nur, weil er daran dachte, von ihrer Verwandtschaft Geld zu fordern.

«Und wer war der Kerl, der damals im Keller über dich herfiel?»

Sie umschloss ihre Brust mit den Armen und sah zu Boden. Es war nicht gerade angenehm, sich an diese schreckliche Szene zu erinnern.

«Fürst Baranow», murmelte sie, «mein Bräutigam.»

Andrej hätte sich vor Überraschung fast in den Finger gestochen.

«Dein Bräutigam? Meinen Glückwunsch», meinte er sarkastisch. «Ich nehme an, du kannst es nicht erwarten, wieder in seine Arme zu sinken.»

Während Sonja vor sich hin starrte und schwieg, bohrte Andrej weiter in dem Leder und dachte nach. Vermutlich hatte sie diesem dreckigen Lustmolch nicht freiwillig die Ehe versprochen. Geld spielte eine Rolle, Verbindungen, ehrgeizige Eltern, was auch immer. Er dachte weiter nach. Sie war also eines dieser streng religiös erzogenen, überanständigen Dämchen, die selbstverständlich unberührt in die Ehe gehen mussten. Wenn der alte Sack sein Ziel in dieser Nacht nicht erreicht hatte – und daran hatte er selbst ihn ja erfolgreich gehindert –, dann war das Mädchen noch Jungfrau. Vielleicht hatte er sie ganz falsch eingeschätzt. Nach dem, was sie auf dem Ritt mit ihren Händen in seiner Hose getan hatte, hätte er schwören können, dass sie ganz durchtrieben war. Aber vielleicht täuschte das ja und sie war einfach nur vollkommen ahnungslos und naiv wie ein Kind?

Ihr langes rotblondes Haar war noch nass, doch es war jetzt

Zeit aufzubrechen. Die Sonne war längst untergegangen, nur ein fahler Lichtschein erhellte noch den Weg. Er musste ja nur ein Stück flussaufwärts mit ihr reiten, um das Lager wieder zu erreichen.

Er reichte ihr den Gürtel, sah zufrieden zu, wie sie ihn anlegte und anschließend ihre Haarflut unter die Kappe stopfte. Sie gefiel ihm, mehr noch, sie erregte ihn. Er hatte ihren schlanken, biegsamen Körper ausgiebig betrachtet, die festen, ein wenig spitzen Brüste, den rötlichen Flaum, der ihre Scham einhüllte. Sie hatte ein paar Sommersprossen auf ihrer hellen Haut. Wenn sie länger in der Sonne war, würden die hübschen Dinger überall an ihrem Körper sprießen. Unbändige Lust überkam ihn, sie an allen Stellen mit seiner Zunge zu berühren. Aber leider würde sie ihm das freiwillig nicht gestatten. Noch nicht ...

«Steig auf!»

Sein Ton war jetzt wieder barsch, wie sie es von ihm gewohnt war. Sonja setzte den nackten Fuß in den Steigbügel, zog sich mühsam hoch und erwartete, dass er sich vor sie setzen würde. Doch sie irrte sich. Dieses Mal ging er tatsächlich zu Fuß vor ihr her und führte das Pferd am Zügel.

S ie folgten dem Flussufer, während die Dunkelheit nun rasch einfiel und zahllose kleine und größere Sterne am Nachthimmel erschienen. Über dem Wald stand eine schlanke Mondsichel, ihr Licht zauberte schwache Baumschatten in den hellen Ufersand und ließ die Wirbel und Wellen des Flusses silbrig aufblitzen. Schweigend betrachtete Sonja die nächtliche Landschaft und war von ihrer Schönheit berührt. War das der gleiche Fluss, der sie gerade noch fast verschlungen hatte? Jetzt schwebten wirbelnde Lichter auf seiner dunklen Oberfläche wie eine Schar tanzender Elfen oder eine Hundertschaft gefallener Sterne, und die überhängenden Zweige, die ins Wasser eintauchten, wirkten wie die Arme seltsamer, bizarrer Zaubergestalten. Nur das laute Rauschen erinnerte noch daran, welch mörderische Gewalt in den Fluten dieses schönen Ungeheuers lauerte.

Es dauerte eine ganze Weile, bis in der Ferne der rötliche Schein des Lagerfeuers zu sehen war, das immer noch glimmte. Andrej führte sein Pferd dicht an das Lager heran, ließ Sonja absteigen und warf ihr eine Decke in den Sand.

«Schlaf jetzt. Wir werden früh aufbrechen.»

Er hatte leise gesprochen, dennoch klang es kurz angebunden und ruppig. Müde wickelte sie sich in die Decke ein und versuchte, auf dem Sandboden eine einigermaßen bequeme Schlafposition zu finden. Ach, wenn sie doch wenigstens ein Kissen oder ein Polster gehabt hätte – oder ein weiches, bequemes Bett, wie sie es gewohnt war. Überall an ihrem Körper hatte sie blaue Flecke, einige Stellen waren von der unfreiwilligen Flussfahrt aufgeschürft und wund – es war wirklich sehr unbequem, nun auch noch auf dem harten Boden schlafen zu müssen. Vermutlich würde sie in dieser Nacht kein Auge zutun.

Doch noch während sie darüber nachdachte, hatte der Schlaf sie schon fast übermannt. Undeutlich nur nahm sie wahr, dass Andrej die nassen Kleider ausgezogen und sich dicht neben sie gelagert hatte.

Er wird doch frieren, dachte sie noch, sicher hat er keine zweite Decke. Dann nahmen dunkle Wellen Besitz von ihr und trugen sie hinüber in das Reich der Träume.

Wasser umspülte sie, sanfte Ströme umstrichen ihren Körper, massierten ihren Rücken bis hinunter zum Gesäß, umflossen zärtlich ihre Brüste, kreisten wirbelnd über ihrem Bauch. Es war ein angenehmes, entspannendes Gefühl, dem sie sich vollkommen hingab. Biegsame Wasserpflanzen schienen mit zarten, feuchten Ranken über ihre Haut zu streicheln, ringelten sich um ihre Brustspitzen, kräuselten sich weich über ihrem Nabel, krochen bis hinunter zum Schamhügel. Sie spürte, wie ihre Brüste sich emporreckten, den zarten, kitzelnden Ranken entgegenstrebten, die jetzt die Nippel fest umschlungen hielten, an ihnen zogen, mit feuchten Zungen darüber leckten, sie mit zahllosen winzigen Blättchen kitzelten. Ein wohliges Zucken schoss durch ihren Leib, sie wölbte den Oberkörper empor, bewegte sehnsüchtig die Brüste, schob sie den zärtlichen Ranken entgegen, um mehr dieser erregenden Berührungen zu erhalten. Warme, kräftige Ströme massierten jetzt ihren Busen, wirbelten kreisförmig um jede ihrer Brüste, ließen ihre Haut glühen und die Spitzen vor Begierde brennen. Etwas Feuchtes, Rundes heftete sich an den linken Nippel wie das Maul eines kleinen Fisches und begann in rhythmischen Abständen daran zu ziehen und zu saugen, sodass sie sich leise vor Wonne stöhnen hörte.

Das Zucken in ihrem Inneren wurde zu einem heißen Strom, der sich in ihrem Bauch sammelte und von dort aus hinab in ihren Unterleib brandete. Immer noch hielt sie ihre Schenkel fest zusammengepresst, obgleich der glühende Strom zwischen ihren Beinen wirbelte und sie glaubte, vor Hitze beinahe zu verglühen. Eine weiche Welle leckte über ihren Bauch, breitete sich kitzelnd aus bis über ihren Nabel und drang bis zu ihrem Hügel vor, der in Flammen zu stehen schien. Zähe, biegsame Pflanzenstängel schoben sich langsam zwischen ihr Schamhaar, berührten einen winzigen Moment lang den zuckenden Spalt, zogen sich wieder zurück, um die Wölbung des Hügels sanft zu kraulen. Die Feuchte des Flusses schien zwischen ihren Schenkeln zu entspringen, hatte – einer warmen, brodelnden Quelle gleich – die Öffnung zwischen ihren Beinen gefüllt, quoll über und nässte schaumig die weichen angeschwollenen Lippen ihrer glitzernden Spalte, sickerte durch das krause rötliche Schamhaar und netzte die Innenseiten ihrer Schenkel.

Sie spürte, wie ihr ganzer Körper bebte, ihre Schamlippen sich härteten und prall wurden, zitternd eine Berührung erwarteten und ihre Schenkel, ohne dass sie es wollte, auseinanderstrebten, um sich den streichelnden Ranken zu öffnen. Langsam, unendlich langsam krochen die biegsamen Wasserzweige durch das Gewirr ihrer Schamhärchen, stießen gierig in die feuchte Spalte vor und streiften dort die harte Perle. Heiße, nie gekannte Lust durchzuckte ihren ganzen Körper bis hinauf zu den Haarspitzen, sie bäumte sich auf, spürte, wie eine starke Welle sie niederzwang, ihren Kopf nach hinten drückte, ihren Mund füllte. Sie hörte sich leise wimmern und flehen, immer noch lag der harte Stängel in ihrer nassen, bebenden Spalte, strich jetzt behutsam über die festen, heißen Schamlippen und ließ sie keuchen vor Sehnsucht, kehrte zurück, um die rosige Perle zärtlich zu necken und zu stupsen.

Sie spürte feste Stöße in ihrem Inneren, spürte die Öffnung zwischen den Beinen beben und zucken und spreizte lustvoll die Schenkel. Ein großer Fisch glitt mit weit geöffnetem rundem Maul über sie hinweg, senkte sich herab und berührte ihren Mund, saugte zärtlich an ihren Lippen, löste sich, um ihre Brüste zu schnappen, zerrte eine Weile an ihren harten brennenden Spitzen, küsste kitzelnd ihren Nabel und tauchte dann in den schaumigen Wirbel zwischen ihren offenen Schenkeln. Weich und fest zugleich leckte das Fischmaul die Nässe von ihren Beinen, zupfte an den lockigen Haaren ihres Hügels, spreizte den dunklen Spalt, um an der prallen Beere zu lutschen, ließ sie wieder los, kurz bevor die tosende Woge sich über sie stürzen wollte, und umschloss dann gierig mit weichen Lippen die ringförmige Öffnung ihrer Lustquelle. Sie spürte einen Sog, der brennend und reibend den Rand der Öffnung umwirbelte, an ihr saugte und leckte und in kurzen, heißen Stößen versuchte, in sie einzudringen. Eine feurige Lohe erfasste ihren Körper, riss ihn empor, stürzte ihn in einen gleißenden Wasserwirbel, legte sich in dunkler, heißer Woge über sie, um sie am Boden zu halten, und verschloss ihr den Mund. Dann sank sie wie betäubt auf den kühlen, ruhig fließenden Grund des Flusses und wurde in ein unbekanntes, stilles Land hinübergeschwemmt.

Sie erwachte davon, dass sie jemand rau an der Schulter rüttelte. Erschrocken blinzelte sie in die helle Sonne – wo war sie? Warum lag sie nicht in ihrem Bett im Zarenpalast, und wer war dieser Mann, der sich über sie beugte und sie mit schwarzen Augen finster ansah?

«Was ist los?», knurrte er sie an und gab ihr einen leichten Schlag gegen die Schulter. «Steh auf und roll die Decke zusammen, verdammter Faulpelz! Oder soll ich dir Beine machen?»

Erschrocken setzte sie sich auf und begriff, dass sie in der Gewalt der Kosaken war. Andrej hatte seine noch klammen Kleider wieder angezogen und schien ausgesprochen schlechter Laune zu sein. Ein Stück hartes Brot fiel vor ihr in den Sand, anscheinend sollte das das Frühstück sein. Er hatte sich längst wieder abgewandt und war zu seinen Kameraden gegangen, die ihre Pferde bereits sattelten. Während sie unlustig an der sandigen Kruste herumknabberte, beobachtete sie, dass es einen kurzen, aber unfreundlichen Wortwechsel zwischen Andrej und Rasim gab, doch der aufflammende Streit wurde von einigen anderen rasch geschlichtet. Als Andrej mit zorniger Miene wieder zu ihr zurückkam, stand sie rasch auf, schob das Brot in den Mund und begann die Decke umständlich zusammenzulegen.

«Gib her!», fuhr er sie an und entriss ihr das Tuch.

Gleich darauf stand sie in einer Wolke aus Sand, denn er schüttelte die Decke kräftig aus, bevor er sie geschickt zusammenrollte und einen Riemen darumband.

«Rein gar nichts bringst du zustande! Sattle die Stute!»

Beleidigt machte sie sich an dem Sattel zu schaffen. Nie hatte sie ein Pferd selbst gesattelt – dazu hatte es Stallburschen gegeben. Mühsam hob sie den schweren Sattel in die Höhe und versuchte ihn über den Rücken des Pferdes zu werfen. Doch das Tier schnaubte und lief einige Schritte nach vorn, der Sattel rutschte von seinem Rücken herab und fiel in den Sand.

«Du Schafskopf! Willst du den Sattel ruinieren?»

«Ich kann doch nichts dafür, wenn sie wegläuft.»

Ein winziges Grinsen blitzte über sein Gesicht, dann herrschte er sie an: «Halt die Stute fest, dummer Kerl!»

Während sie das Tier am Zaumzeug hielt, warf er den Sattel mit leichtem Schwung auf den Pferderücken, zog die Schnallen fest und band die Decke hinter den Sattel. Jeder seiner Handgriffe war rasch und geschickt, und Sonja kam sich schrecklich dumm vor.

Kein Wunder, dachte sie verärgert. *Schließlich macht er sein Leben lang nichts anderes. Vermutlich gäbe er einen guten Stallburschen ab.*

«Hoch mit dir! Rutsch vor den Sattel.»

Er machte es sich im Sattel bequem, während sie vor ihm auf dem Rist des Pferdes sitzen musste. Das war äußerst unbequem, vor allem weil ihr der Hintern immer noch scheußlich wehtat und auch andere Körperteile sie noch schmerzten. Es schien Andrej jedoch wenig zu stören. Er hatte die Arme eng um sie gelegt und nahm sich die Freiheit, seine Hände auf ihren Schenkeln auszuruhen.

Die Kosaken folgten weiter dem Lauf des Flusses, der immer wilder dahinbrauste und in zahlreichen Wasserfällen von den Felsen stürzte. Erst nach Stunden verbreiterte sich das Flussbett, und der Strom wurde gemächlicher. Seitenarme öffneten sich, das Wasser umschloss kleine und größere Inseln, die mit undurchdringlichem Gestrüpp bedeckt waren, hie und da war das Dach einer Behausung zu sehen, ein verfallener Zaun, dann wieder Buschwerk, das alles überwucherte. Der Boden wurde morastig, bleiche, tote Baumstämme – von Überschwemmungen und Stürmen entwurzelt – lagen von Farnen überwachsen im Weg. Mückenschwärme belästigten Reiter und Pferde, immer wieder ritt man im Galopp durch das seichte Uferwasser, um die Plagegeister wenigstens für kurze Zeit loszuwerden. Wenn einer der größeren Seitenarme des Flusses überquert werden musste, versanken die Pferde bis zu den Bäuchen in der Flut, und die Beine der Reiter wurden nass.

Sonja saß steif zu Pferd, bemüht, sich keinesfalls an den hinter ihr sitzenden Mann anzulehnen. Immer wieder drückte sie seine warmen Hände mit ihren Ellenbogen zur Seite, denn seine Berührung erinnerte sie an jenen verwirrenden, erregenden Traum, dessen sie sich unendlich schämte. Wie war es nur möglich, dass sie sich – wenn auch unbewusst – solch schrecklichen, in höchstem Grade peinlichen Gefühlen hingegeben hatte? Ein Satz fiel ihr ein, den sie einmal heimlich aufgeschnappt hatte, als ihre Mutter mit einer Freundin Tee trank und die Damen sie in der Obhut der Kinderfrau glaubten. «Nur eine schmutzige Hure kann daran Vergnügen haben, meine Liebe», hatte die Mutter gesagt. «Eine Ehefrau lässt diese Dinge geschehen und bemüht sich, nichts dabei zu empfinden.» Sie hatte damals lange gerätselt, was ihre Mutter wohl gemeint haben könnte, doch jetzt ahnte Sonja, wovon die Rede gewesen war. Es war niederschmetternd: Sie war nicht nur im Begriff, ihre Würde zu verlieren – sie hatte auch Empfindungen zugelassen, die zutiefst verachtenswert waren, denn nur ganz und gar verkommene Frauenzimmer gaben sich ihnen hin.

Andrej spürte ihre Abwehr und dachte sich seinen Teil. Es war nicht gerade einfach, dieses verführerische Wesen so dicht vor sich zu spüren und dabei doch gleichmütig dreinzuschauen, denn er hatte nicht die Absicht, den anderen Kosaken das Geheimnis seines Gefangenen mitzuteilen. Nein, diese süße Beute würde er ganz für sich allein behalten. Es würde unendliches Vergnügen machen, den Panzer ihrer steifen Wohlerzogenheit zu durchdringen und das Feuer der Leidenschaft zu entfachen, das dahinter unweigerlich glimmte. Wie heftig sie auf seine Liebkosungen reagiert hatte, als er in der Nacht zu ihr unter die Decke gekrochen war und ihr ganz vorsichtig die Kleider gelöst hatte. Am Ende war sie bis auf den ledernen Gürtel um ihre Taille völlig nackt unter seinen Händen gewesen, und er hatte sie so heftig erregt, dass er sich über sie werfen und ihr den Mund zuhalten musste, damit nicht die schlafenden Kameraden von ihrem Stöhnen geweckt wurden. Es war ihm verflucht schwergefallen, nicht ganz und gar in sie einzudringen, denn ihre Sinnlichkeit hatte ihn so aufgepeitscht, dass er sich anschließend selbst befriedigen musste. Auch jetzt stand sein Glied hart wie ein Prügel in seiner Hose, und jede ihrer zufälligen Berührungen während des Rittes brachte ihn in Schwierigkeiten. Es war nur gut, dass sie sich krampfhaft bemühte, so steif und kerzengerade wie möglich vor ihm zu sitzen.

Die Mittagshitze lag mit drückender Schwüle auf der feuchten Flusslandschaft, sodass sogar die zähen Kosakenpferde die Köpfe hängen ließen und nur missmutig vorantrabten. Ihre dunklen Leiber glänzten, auch den Reitern lief der Schweiß vom Körper, und Sonja verfluchte ein ums andere Mal die elende dicke Filzkappe, unter der sie ihr Haar verbergen musste. Kein Lüftchen bot Erleichterung, träge und gelblich floss das Wasser des breiten Flusses dahin, grünliche Libellen schwebten über den sumpfigen Ufern, leuchtende Käfer eilten über den Boden, graue und braune Vögel flatterten schreiend auf, wenn die Reiterschar sich näherte.

Gegen Nachmittag blieb Andrej ein wenig hinter den anderen zurück, ließ die Stute ins sumpfige Wasser hineinreiten und gestattete dem Tier zu trinken.

«Hör zu», raunte er ihr ins Ohr. «Ich werde dich Grigorij nennen. Du wirst heute Abend die Stute absatteln und mein Lager bereiten. Und hüte dich, den anderen zu nahe zu kommen.»

Sie gab keine Antwort und biss sich zornig auf die Lippen: Einen Knecht wollte er aus ihr machen. Wären nicht diese vielen

Männer gewesen und die beständige Angst, man könnte sie wie Pelageja behandeln – sie hätte ihm schon ihre Meinung gesagt. Aber er war der Einzige, der ihr Geheimnis kannte, und damit hatte er sie ganz und gar in der Hand.

«Wohin reiten wir?»

«Das wirst du schon noch sehen.»

Sein Ton war barsch wie der eines Herrn, der einem Leibeigenen Befehle erteilt. Sie spürte die Erniedrigung tief in ihrem Innern, und Tränen schossen ihr in die Augen. Wieso hatte sie geglaubt, Andrej sei anders als die übrigen Kerle? Gut – er hatte um sie gekämpft, war in den tosenden Fluss gesprungen, um sie zu retten. Aber das hatte er ohne Zweifel nur getan, weil er hoffte, Geld für sie zu bekommen. Sie war seine Beute, die er zu versilbern gedachte, sonst nichts.

«Wie lange wird es dauern, bis wir am Ziel sind?»

«Frag nicht so viel und gehorche!», gab er kurz angebunden zurück und trieb die Stute mit den Fersen an.

Seine Anweisung klang ruppiger, als er beabsichtigt hatte, doch er musste sich gegen sich selbst schützen. Seit Stunden schon starrte er auf die feinen roten Löckchen, die in ihrem Nacken unter der Kappe hervorquollen, und die Erinnerung an den krausen Flaum zwischen ihren Beinen peinigte ihn. Er hatte die Tränen in ihren Augen sehr wohl gesehen. Sie hatten eine teuflische Wirkung auf ihn, denn er hätte sie unglaublich gern in seine Arme genommen, um sie an sich zu drücken und zärtlich zu trösten. Bloß keine Schwäche – er würde hart mit sich sein müssen. Mit sich und mit ihr, dieser sommersprossigen Versuchung.

Erst als die Sonne wie eine rote Kugel über dem Wald stand, führte Andrej seine Kameraden auf eine Waldlichtung, auf der das Nachtlager aufgeschlagen werden sollte. Müde stiegen die Männer von ihren Pferden, nahmen den Tieren das Sattelzeug ab und begannen Holz für ein Feuer zu sammeln.

Sonja war so erschöpft, dass sie kaum stehen konnte, doch Andrej zeigte sich unerbittlich. Sie musste den fest angezogenen Sattelgurt lösen – was ihr erst gelang, als er ihr half –, dann hob sie den schweren Sattel von dem schweißnassen Pferderücken und legte ihn ins Gras. Andrej gab ihr ein Büschel Gras in die Hand – damit hatte sie die Stute abzurubbeln. Was nützte es, dass er ihr dabei half – sie war so müde, dass sie sich an dem Tier abstützen musste und glaubte, die Arbeit würde nie zu Ende gehen.

Als ihr schon schwarz vor Augen zu werden drohte, breitete er die Decke im Gras aus. Sie hatte das Gefühl, schwer wie ein Sack Steine zu sein, als sie daraufsank. Den ganzen Tag über hatte es nichts zu essen gegeben, und auch jetzt drückte er ihr nur ein Stück Brot und eine kleine, halbvertrocknete Gurke in die Hand. Dazu gab es Wasser aus der ledernen Trinkflasche, das sie gierig in sich hineinschüttete.

«Ein jämmerlicher Faulenzer bist du!»

Sie war zu matt, um zu antworten, und schob nur stumm die Brotkante in den Mund. Ach, die ärmste Magd auf dem Gutshof ihrer Eltern hatte es besser als sie. An die Herrlichkeiten und den Luxus des prächtigen Zarenhofes durfte sie gar nicht erst denken.

Andrej hatte sich abgewandt, um den Kameraden beim Anzünden des Feuers zu helfen. Die Kosaken schienen inzwischen wieder gut erholt, man hatte sich um das Feuer gelagert, die Vorräte herausgenommen und war damit beschäftigt, sie unter den Kameraden aufzuteilen. Auch die unvermeidlichen Wodkaflaschen wurden wieder herumgereicht, man lachte und johlte, streckte die Beine von sich und verfluchte die Mücken. Einige der Kosaken suchten selbst geschnitzte Pfeifen in ihren Säckchen, ein Tabaksbeutel ging herum, und stinkiger Rauch erhob sich, der zusätzlich zum Qualm des Feuers gegen die Mückenplage helfen sollte.

Pelageja schien den langen Ritt ebenfalls gut überstanden zu haben. Sie ließ sich von den Männern mit Brot und Zwiebeln vollstopfen, trank lange Züge aus der Wodkaflasche, erhob sich dann und tanzte um das Feuer. Sonja starrte auf die Frau, die mit hocherhobenen Armen lockend den Oberkörper bewegte, um ihre Brüste unter der halbgeöffneten Bluse wogen zu lassen. Wenn sie sprang, hob sie den Rock so weit die üppigen Schenkel hinauf, dass ein Stück ihres Hinterns sichtbar wurde. Man griff nach ihr, erwischte einen Arm, einen Zipfel des Rockes, einer sprang auf und fasste ihr derb zwischen die Beine, doch sie riss sich wieder los und tanzte weiter. Sonja begriff, dass sie sich ihren Liebhaber auswählte und dass es nicht Rasim sein würde, der ihren Tanz mit gierig funkelnden Augen und halboffenem Mund verfolgte. Pelageja bewegte sich zielgerecht auf den am Boden sitzenden Andrej zu, blieb vor ihm stehen und raffte den Rock bis an ihre Scham hinauf. Ein heißer Stich durchfuhr Sonja, und ihr Herz krampfte sich zusammen.

Andrej erhob sich lässig und ohne Hast, griff Pelageja um die Taille und fuhr gleichzeitig mit der anderen Hand unter ihre Bluse. Sie warf genussvoll den Kopf zurück, als er ihre weiche Brust fasste und ihr dann lachend die Bluse von den Schultern zog. Sonja sah nicht mehr, was danach geschah, denn heiße Tränen ließen alles verschwimmen. Sie bedeckte das Gesicht mit den Händen und schluchzte. Es war klar, was er jetzt tat. Die Männer brüllten und grölten vor Vergnügen, anfeuernde Rufe und grobes Lachen erfüllte den Wald. Hinter ihr löste sich ein großer Vogel aus dem Dickicht, streifte ihre Schulter mit seinen Schwingen und flatterte ungeschickt durch die dichten Baumzweige davon. Doch selbst das erschreckte sie jetzt nicht – so sehr erschütterte das Schluchzen ihren Körper.

Andrej stieß Pelageja grob zwischen die Büsche, fasste sie um die Hüften und warf sie auf den Boden. Keuchend lag sie vor ihm auf dem Rücken, die nackten weißen Brüste schimmerten wie große, helle Hügel, die auf und nieder wogten. Er genoss den Anblick und spürte, wie auch ihn jetzt die Lust überkam. Als er sich über sie kniete, hörte er sie aufstöhnen, und er griff mit beiden Händen in den lockenden Busen, knetete ihn und ließ die dunklen Spitzen unter seinen Fingern hart werden. Prall standen ihm ihre Brüste jetzt entgegen, er fasste die Nippel abwechselnd mit dem Mund und saugte daran, hielt sie zwischen den Zähnen, um ihr aufreizendes Keuchen zu hören. Er machte sich nicht die Mühe, ihren Rockbund zu lösen, sondern schlug einfach die Röcke hoch und legte ihre glitzernde Spalte frei. Sie hob wollüstig den Hintern, winkelte die Knie an, schob sich ihm entgegen, und er betrachtete mit wachsender Lust, wie das behaarte Dreieck ihrer Scham sich ihm entgegenwölbte. Mit beiden Händen fasste er ihre Schenkel und zog sie langsam auseinander, bis sie weit genug gespreizt waren und ihre feuchte Muschel völlig offen vor ihm lag. Sie wimmerte leise und genoss seine Blicke, die gierig über ihre bloße Scham glitten, als würde er sie berühren. Dann fasste er eine leere Wodkaflasche, die neben ihm lag, und ließ den kühlen Flaschenhals über ihren erregten Schamhügel gleiten. Sie zitterte vor Lust. Langsam bewegte er den glatten Flaschenhals durch ihre nasse Spalte, stieß gegen ihren Kitzler und neckte ihn, sodass Pelageja leise, gurrende Laute von sich gab. Andrej umschloss die Perle mit der Flaschenöffnung und ließ sie leicht kreisen, zog dann weiter zu ihrem saftigen Pfläumchen und schob den Flaschenhals ein Stück hinein. Sie stöhnte und hob den Unterleib, um ihm entgegenzukommen. Er zog die Flasche wieder ein Stückchen zurück, schob sie erneut in sie hinein, dieses Mal tiefer, und reizte sie, indem er die Flasche hin und her schob. Nässe quoll ihm entgegen, die prallen Schamlippen schienen zu pulsieren, und Pelagejas Schreie wurden lauter und tiefer.

«Nimm mich jetzt, du Mistkerl!», keuchte sie. «Nimm mich, ich kann mich nicht mehr halten!»

Er löste den Gürtel und befreite sein hartes Glied. Genüsslich zog er die Flasche aus ihrer Muschel und stieß dafür seinen dick geschwollenen Penis in ihre Öffnung. Er hatte kaum Zeit, sich der Lust hinzugeben, da spürte er schon, wie ihre Muskeln zuckten, wie sie sich wand – und er kam gleichzeitig mit ihr.

«Du Hengst», stöhnte sie zufrieden. «Kannst mich jeden Tag haben, so oft du magst.»

Er grinste, schlug ihr die Röcke über die Beine und schloss seinen Gürtel wieder. Dann ging er seiner Wege.

Als er zurück zu Sonja kam, lag sie zusammengekrümmt wie ein Säugling auf der Decke und schien zu schlafen. Er setzte sich neben sie, zog das Hemd aus und sah nach seiner Wunde. Sie verheilte gut. Das Moos, das er aufgelegt hatte – ein altes Heilmittel der Kosaken – wirkte ausgezeichnet. Zufrieden erneuerte er den Belag, wickelte die Binden wieder um den Arm und legte sich an Sonjas Seite. Seltsamerweise fand er keinen Schlaf, obgleich er eigentlich müde sein musste. Er hatte dieser Bauerndirne gegeben, was sie haben wollte – ohne großen Spaß dabei zu empfinden. Diese zur Schau gestellte Männlichkeit war nötig gewesen, um den Respekt seiner Kameraden nicht zu verlieren. Er hatte die Kosaken in den Kampf geführt im festen Glauben, dass Zar Peter noch am Leben sei. Doch inzwischen hatte sich das Blatt gewendet. Man war einer Lüge aufgesessen: Zar Peter war längst tot, und Pugatschoff, der Betrüger, kämpfte drüben im Ural auf verlorenem Posten. Andrej hatte beschlossen, mit seinen Kosaken zurück in die Heimat zu reiten und seinen Frieden mit der Zarin zu machen. Mit der Zarin und mit seinem Vater.

Er drehte sich auf die Seite und sah zu Sonja hinüber. Sie hatte die Augen fest geschlossen, ihre Wangen waren gerötet, eine

Haarlocke lugte unter der Kappe hervor. War das eine Träne, die im Mondlicht an ihrer Wimper glitzerte? Er begriff plötzlich, warum er nicht einschlafen konnte: Das schlechte Gewissen plagte ihn. Was mochte sie gedacht haben, als er eben gerade sein Spiel mit Pelageja trieb? Diese wohlerzogene Dame hatte das ganz sicher abstoßend gefunden. In ihren Augen hatte er sich wie ein wilder Hengst aufgeführt, ein Stier, der sich brünstig über eine Kuh hermacht und in sie hineinstößt. Es gefiel ihm nicht, dass sie Derartiges von ihm dachte, und er merkte plötzlich, dass es ihm wichtig war, von ihr geachtet zu werden.

Verflucht, dachte er und drehte sich ärgerlich wieder auf den Rücken. *Was ist los mit mir? Sie ist nichts weiter als ein Weib, wenn auch bezaubernd und verführerisch. Ein adeliges Frauenzimmer, das sich einbildet, auf mich herabsehen zu dürfen. Ich werde ihr die Zicken schon austreiben – hat sie nicht gestern Nacht noch in meinen Armen wollüstig gestöhnt und konnte nicht genug bekommen? Nun, davon kann sie noch mehr haben, aber nicht auf ihre, sondern auf meine Weise. Soll sie doch Tränen vergießen, soll sie sich doch zieren und die vornehme Dame spielen – ich werde nicht nach ihrer Pfeife tanzen. Ich bin ihr Herr, und sie hat zu tun, was ich will.*

Er drehte ihr den Rücken zu und fühlte erleichtert, wie sein Gewissen sich beruhigte und der Schlaf sich langsam einstellen wollte. Während seine Gedanken schon verschwammen und die Träume Macht über ihn bekamen, hörte er noch das langgezogene Heulen der Wölfe, die jetzt auf Jagd gingen.

Sonja schlief nicht. Mit Schaudern lauschte sie auf die unheimlichen Töne, die sie noch aus ihrer Kindheit kannte und die sie immer wieder in Angst versetzt hatten. Im Sommer waren diese grauen Jäger den Menschen nicht gefährlich, da fanden sie genügend Beute in den Wäldern. Nur im Winter brachen sie häufig in die Ställe und Gehege ein, um Schafe zu reißen. Es gab Geschichten von jungen Bauern, die sich den hungrigen Bestien entgegengestellt hatten und dabei übel zugerichtet worden waren.

Sie hatte sich schlafend gestellt, um nicht von Andrej angeredet zu werden. Er sollte auf keinen Fall bemerken, wie groß ihre Verwirrung und Verzweiflung war. Als er sich neben ihr ausstreckte, wäre sie am liebsten aufgesprungen und davongelaufen, so sehr fürchtete und hasste sie ihn. Zusammengekrümmt hatte sie sich davor geängstigt, er könnte die Hand ausstrecken, um sie zu berühren. Hätte er das getan – sie wäre ganz sicher wie eine Furie über ihn hergefallen, hätte ihm mit ihren Fingernägeln das Gesicht zerkratzt und ihm das Haar ausgerissen. Vielleicht hätte sie ihn sogar angespuckt, diesen dreckigen Kosaken, diesen stinkenden Bock, der eben noch seine Lust an Pelageja befriedigt hatte.

Doch er hatte sich einfach hingelegt, sich ein paarmal hin und her gewendet und lag nun ruhig. Sein Atem ging gleichmäßig. Auch das gefiel ihr nicht. Langsam und vorsichtig löste sie sich aus der unbequemen, zusammengekauerten Lage, streckte sich leise auf dem Rücken aus und sah hinauf zum Himmel. Schwarze Wolken strichen vor der hellen Mondsichel vorbei, verbargen sie hin und wieder ganz und ließen sie dann wieder leuchtend hervortreten.

Was war nur los mit ihr? Sie war in der Gewalt der Kosaken und wurde von ihnen verschleppt. Das war schlimm genug. Dennoch hätte sie trotz aller Schrecken und Ängste ihren kühlen Verstand bewahren müssen. Haltung in jeder Lebenslage – hatte das nicht ihre Mutter immer gepredigt? Aber die Lebensweisheiten ihrer Mutter hatten sich während der vergangenen Tage als ziemlich untauglich erwiesen, und sie begann darüber nachzudenken, ob ihre Mutter das wirkliche Leben überhaupt kannte.

Nein, sie spürte es ganz deutlich: Nicht die Gefangenschaft, in die sie geraten war, war die Ursache ihrer Verwirrung. Es waren vielmehr jene erschreckenden und beschämenden Dinge, die sie gesehen hatte, und die ihre Gefühle vollkommen durcheinandergebracht hatten. Süße Pein befiel sie, wenn sie sich daran erinnerte, wie sehr sie den Körper dieses Mannes begehrt hatte, als sie hinter ihm auf dem Pferd saß. Vor allem aber war es dieser schreckliche und zugleich wundervoll erregende Traum, der sie in der letzten Nacht befallen hatte und für den sie sich immer noch schämte. War sie vielleicht gar auf dem Weg, eine Hure zu werden? Ihre Mutter wäre ganz sicher dieser Meinung gewesen, wenn sie von diesen Gefühlen gewusst hätte.

Leise setzte sie sich auf. Die Männer lagen in tiefem Schlaf, auch das Feuer war jetzt heruntergebrannt, nur einige Äste glühten noch. Tiefes Schnarchen war zu hören, leises Schmatzen, manchmal hustete jemand. Ein dunkler Nachtvogel schwebte über die Lichtung und verschwand im Gesträuch, gleich darauf ertönte das Piepsen einer Maus und verstummte wieder. Sonja bekam eine Gänsehaut.

Es gab nur eine Hoffnung für sie: ihre Ehre zu retten und nicht zur Hure zu werden. Sie musste diesen Männern entkommen, vor allem diesem einen, den sie hasste und der sie doch gleichzeitig fesselte und verwirrte.

Sie zog die Beine an und stand leise auf. Ihre Aussichten auf eine erfolgreiche Flucht waren nicht groß, doch sie würde es wagen. Vielleicht würde sie sich in den Wäldern verirren und verhungern. Vielleicht aber stieß sie auch auf ein Fischerdorf oder wenigstens auf einen Meiler, in dem man ihr weiterhelfen würde. Hier am Fluss musste ganz sicher irgendwo eine Siedlung sein – hatte sie nicht vorhin auch einige kleine Boote auf dem Wasser entdeckt?

Der Mond stieß wieder durch die Wolken, sein Licht fiel auf das Messer, das neben Andrej auf dem Lager lag. Ja, eine Waffe könnte ihr nützlich sein. Leise beugte sie sich zu dem Schlafenden hinab, horchte auf seinen gleichmäßigen Atem, während ihre Finger sich um den Griff des Messers schlossen. Als sie es in den Gürtel steckte, beschien das Mondlicht Andrejs Gesicht, das seltsam blass und friedlich wirkte. Das feuchte, lockige Haar klebte an seiner Stirn, hart zeichneten sich die geschwungenen Bögen seiner dunklen Augenbrauen ab, die Nase war schmal und ein wenig gebogen, Kinn und Wangen bedeckte ein kurzer dunkler Bart.

Er schien ihr so schutzlos in seinem tiefen Schlaf, und sie spürte das Verlangen, sein Gesicht zu berühren, mit dem Finger über seine Lippen zu streichen, die sicher angenehm weich und ein wenig feucht waren.

Hure, dachte sie. *Nur eine Hure kann solche Gedanken haben. Eben noch hat dieser lasterhafte Kerl mit Pelageja Abscheuliches getrieben.*

Der eifersüchtige Zorn half ihr über den Abschied hinweg. Leise bewegte sie sich durch das hohe Gras, blieb erschrocken stehen, wenn ihr Fuß einen dürren Zweig zerknackte oder eines der Pferde schnaubte. Bald hatte sie die ersten Baumstämme erreicht, und sie atmete auf, denn nun konnte sie sich leichter verbergen.

Dafür war es viel schwieriger, durch das Dickicht des Unterholzes zu schlüpfen. Je weiter sie sich von der Lichtung entfernte, desto dunkler wurde es um sie herum. Das dichte Laubdach des Waldes ließ nur wenige blasse Mondstrahlen bis auf den Waldboden eindringen. Wenn der Mond gar von Wolken verdeckt wurde, stand sie vollkommen im Finstern und konnte sich nur tastend fortbewegen. Immer wieder stießen ihre vorgestreckten Hände an die knotigen Stämme, ihre nackten Füße versanken im feuchten Waldboden, verletzten sich an spitzen Pflanzen und vorstehenden Wurzeln. Dazu umgaben sie die unheimlichen Geräusche des nächtlichen Waldes, das Ächzen der hohen Bäume, das Huschen kleiner Tiere im Gebüsch, das leise Vorüberstreichen unbekannter Wesen, die sie sehen und riechen konnten, ihr jedoch auswichen. Sie dachte daran, dass es Bären im Wald gab, und sie erschauerte bei dem Gedanken, dass dicht vor ihr solch ein Ungeheuer stehen und auf ihre Bewegungen lauern könnte. Wenn die Wolkendecke aufriss und das bläuliche Mondlicht den Wald erhellte, sah sie die düsteren Umrisse der Stämme, das schwarze Gespinst der Büsche und dazwischen immer wieder dunkle, unförmige Gebilde, die sowohl Steine oder tote Baumstämme sein konnten – genauso gut aber auch am Boden kauernde Tiere.

Ihr Herz raste. Bei jedem fremden Geräusch glaubte sie, vor Schrecken sterben zu müssen. Doch es war längst zu spät, zurück zum Lager zu gehen, denn der Wald umschloss sie, und sie hatte keine Orientierung mehr, in welcher Richtung sich das Lager befand.

Plötzlich erkannte sie dicht vor sich eine vorbeiziehende Masse dunkler Leiber, es knackte im Gezweig, Hufe trafen auf Steine und Baumwurzeln, dann war der Spuk vorbei. Halb ohnmächtig vor Entsetzen hatte sie sich gegen den Stamm einer Eiche gedrückt, dann begriff sie, dass sie ein Rudel Rehe aufgeschreckt hatte.

Haltung! Sie hätte gern gewusst, wie ihre Mutter in einer solchen Lage Haltung bewahrt hätte.

Kurz danach vernahm sie ein seltsam schleichendes Geräusch, und sie spürte, dass etwas an ihr vorüberstrich. Für einen Augenblick erblickte sie im Mondlicht einen grauen Rücken, der sich auf und nieder bewegte, um gleich darauf im Gebüsch zu verschwinden. Ein eisiger Schreck durchfuhr sie: ein Wolf. Die Herde war nicht etwa ihretwegen geflüchtet – die Rehe hatten Wölfe gewittert und versuchten sich durch Flucht zu retten.

Gerade in diesem Augenblick schob sich eine Wolke vor den Mond, und der Wald versank wieder in Dunkelheit. Ein Knurren erklang hinter ihr, leise und drohend wie ein Hund, der sich zum Angriff duckt. Sie erstarrte. Es knackte im Gezweig, schleifende Geräusche waren zu vernehmen, so als bewegten sich hinter ihr große Tiere durchs Gebüsch. Plötzlich schoss etwas an ihr vorüber, so dicht, dass es ihr Knie streifte, sie spürte Fell und roch einen scharfen Wildgeruch.

«Hilfe!», schrie sie. «Wölfe! Zu Hilfe!»

In wilder Panik stürzte sie voran, ganz gleich wohin, nur fort. Ein niedriger Ast streifte ihr die Kappe vom Kopf, ihr langes Haar verfing sich im Gezweig, doch sie achtete kaum darauf und wühlte sich weiter durchs Unterholz. Ein rötlicher Lichtschein ließ Monster im Gebüsch erwachsen, sie schrie wie am Spieß, fasste einen der Stämme und versuchte verzweifelt, den untersten Ast zu erklimmen. Zweimal rutschte sie ab, fiel dumpf auf den Waldboden, dann fand ihr nackter Fuß Halt in der schrundigen Baumrinde, und es gelang ihr, den überhängenden Ast zu fassen. Mit beiden Armen klammerte sie sich daran fest, hörte ihn gefährlich knacken und zog die Füße in panischer Angst hoch, denn der Wolf könnte hochspringen und sie beißen.

Rotes Licht flackerte am Boden um den Baumstamm herum, etwas packte ihre Beine und zog daran. Sie schrie und zappelte, klammerte sich mit letzter Verzweiflung an ihren Ast und versetzte dem Angreifer einen festen Tritt mit dem nackten Fuß.

«Verdammt nochmal! Jetzt habe ich aber genug!», brüllte eine wohlbekannte, zornige Stimme.

Vor Überraschung und Erleichterung ließ sie los und plumpste vor Andrej auf den Boden wie eine reife Frucht. Er ließ ihr Zeit, sich aufzusetzen, blieb ruhig vor ihr stehen, die brennende Fackel in der Hand, und funkelte sie aus schwarzen Augen wütend an. Sie zitterte, als sie zu ihm aufsah. Jegliche Erleichterung war verschwunden, sie spürte nur noch schreckliche Angst, denn sie erinnerte sich daran, was er ihr gesagt hatte.

Wenn du versuchst zu fliehen, werde ich dich töten.

«Ich ... ich wollte ...», stammelte sie und wusste nicht weiter, wagte auch nicht, sich zu erheben.

Breitbeinig stand er vor ihr. Riesengroß wie ein Dämon, die Bluse vorn zerrissen, sodass seine dunkelbehaarte Brust hindurchschimmerte. Der Schein seiner Fackel spielte in seinem Gesicht, und es schien ihr, als sprühten seine schwarzen Augen rötliche Funken auf sie herab.

«Ich habe es satt, ständig hinter dir herzulaufen, feine Dame», herrschte er sie an. «Was glaubst du, wer du bist?»

Ihre Lippen bebten. Sie wollte erwidern, dass sie die Tochter einer angesehenen Adelsfamilie war und dass er ihr Respekt zu zollen hatte. Sie brachte jedoch vor Angst kein einziges Wort über die Lippen.

Er schien auch nicht auf eine Antwort gewartet zu haben.

«Jetzt ist Schluss, edles Fräulein», knurrte er und steckte die Fackel in den Waldboden, um die Hände frei zu haben. «Weißt du, was ein Kosak mit einer ungehorsamen Frau macht?»

Die Frage ließ sie bis ins Innerste erzittern. Baranows Drohung schoss ihr durch den Sinn. Ja, natürlich wusste sie das: Dieser schreckliche Kosak würde sie nackt ausziehen und mit Rutenschlägen bis zum Lager treiben, damit seine Kameraden sie begaffen konnten. Das war die Strafe für eine Gefangene, die zu fliehen versucht hatte. Nein – dieses Vergnügen würde sie ihm nicht gönnen.

Blitzschnell fuhr sie zurück, als er sie packen wollte, riss ihm das Messer aus dem Gürtel und setzte es an ihre Brust.

«Lieber sterbe ich!»

Verblüfft starrte er auf sein eigenes Messer in Sonjas Hand, das im Fackelschein aufblitzte. Verdammt, er hatte sie unterschätzt. Was für eine lächerliche, leere Drohung! Wollte sie ihm Theater vorspielen, diese aristokratische Dame?

Sonja spürte die Spitze der Messerklinge, die durch den Stoff ihrer Bluse drang und ihre Haut ritzte. Es musste rasch geschehen, sonst würde er sie daran hindern. Mit dem Mut der Verzweiflung warf sie sich mit dem Messer vor der Brust nach vorn, um es sich im Niederfallen in den Körper zu rammen.

«Verflucht, du dummes Mädchen!»

Er hatte nicht geglaubt, dass sie es tatsächlich tun würde. Gerade noch rechtzeitig konnte er sie bei den Schultern packen, rang ihr das Messer ab und stieß sie zurück, sodass sie mit dem Rücken gegen den Stamm fiel. Auf ihrer hellen Bluse erschien dicht unter der Brust in der Magengegend ein dunkelroter Fleck. Hastig steckte er sich das Messer in den Gürtel und beugte sich zu ihr herab. Sie schluchzte, ihr ganzer Körper bebte, als er ihr die Bluse aus dem Gürtel zog und ihre Brust entblößte, um die Wunde anzusehen. Sie wehrte sich mit keiner Bewegung.

Es war nur ein kleiner Ritz in der Haut, der schnell verheilen würde. Erleichtert richtete er sich auf, und aufs Neue überkam ihn der Zorn. Sie hatte sich tatsächlich umbringen wollen, dieses sture Persönchen. Lieber ein ehrenvoller Tod als in der Hand eines dreckigen Kosaken sterben. So dachte sie doch ganz sicher über ihn. Nun, sie sollte nicht enttäuscht werden.

«Her mit dir!»

Er fasste Sonja am Arm und zog sie zu sich heran. Sie schien allen Widerstand aufgegeben zu haben, kippte wie eine Gliederpuppe bäuchlings vor ihm ins Gras und blieb dort bewegungslos liegen. Erwartete sie jetzt den Tod? Er grinste und hockte sich neben sie, fasste sie beim Gürtel, zog ihren Körper ein Stück empor und schob eines seiner angewinkelten Knie unter ihren Bauch.

«Zehn auf den blanken Hintern – wie es bei uns Brauch ist, meine Gnädigste!»

Sie war auf alles gefasst gewesen, nur darauf nicht. Folterqualen, Peinigung und Demütigung – alles wollte sie stumm ertragen. Aber dass er etwas so Lächerliches mit ihr tun würde, darauf war sie nicht gekommen.

«Nein!», kreischte sie. «Das wagst du nicht, elender Kosak!»

Sie zappelte verzweifelt, wollte sich aus seinem Griff herauswinden, doch er hatte den linken Arm um ihren Oberkörper geschlungen, während seine rechte Hand den Bund ihrer Hose öffnete.

«Du Satan! Hurenbock! Schamloser, dreckiger Kosak!»

«Nur weiter so», grinste er fröhlich und zog ihr die Hose herunter. Ihr hübscher runder Hintern glänzte verlockend im Licht der Fackel, fast war es schade, solch eine Strafe daran zu vollziehen. Ein derart bezauberndes Ärschlein war zu besseren Dingen gemacht.

Indes hob er den rechten Arm und ließ die Hand fest auf ihre bloße Kehrseite klatschen. Sie zuckte zusammen, schrie aber nicht. Quer über ihr helles Gesäß entstand eine Rötung in Form seiner Hand.

«Eins!»

Wieder hob er den Arm und beugte gleichzeitig den Oberkörper über sie, um sie daran zu hindern, sich aufzubäumen. Ein erregender Duft stieg von ihr auf, der Duft ihrer Haut, ihres Haares, ihres dampfenden Körpers.

«Zwei!»

Er spürte lustvoll, wie seine Hand auf ihre elastischen Pobacken traf, und ließ sie dort ein wenig ruhen. Sie hatte sich um keinen Millimeter bewegt, das dichte Haar war über ihr Gesicht gefallen und breitete sich auf dem Boden aus wie ein rötlich schimmerndes Tuch. Hatte sie die Zähne zusammengebissen, um sich keinen Schmerzenslaut entschlüpfen zu lassen?

«Drei!»

Er klatschte halbherzig auf ihre linke Pobacke und spürte gleichzeitig mit der anderen Hand die harten Spitzen ihrer Brüste unter dem Blusenstoff. Er musste sich fast zwingen, die Prozedur nicht abzubrechen, doch er ermannte sich und bedachte ihre rechte Pobacke ebenfalls mit einem leichten Schlag. Sie reagierte nicht, lag stocksteif über seinem Knie – die Beine ein wenig gespreizt – nur ihr heftiges Atmen war am ganzen Körper spürbar.

Er rieb kreisförmig über die rechte Backe, glitt weiter hinunter und bearbeitete die elastische Wölbung, an der ihr Po in den Oberschenkel überging. Sein Daumen glitt ein wenig in die Spalte zwischen ihren Schenkeln hinein, und als er ihn herauszog, spürte er warme Feuchte.

Sie hält mich zum Narren, dachte er wütend und hatte Lust, wieder zuzuschlagen. Doch die Lust auf etwas anderes war stärker. Behutsam streichelte er ihre beiden Schenkel, massierte sie bis hinauf zu den Pobacken und griff wohlig fest in ihr Gesäß. Er spürte, wie die Lust ihn überkam, wie sein Glied sich dehnte, prall wurde und in der Hose emporwuchs. Leise stöhnend beugte er sich über ihren lockenden, bloßen Hintern, zog die Spalte mit zwei Fingern ein wenig auseinander und strich hindurch. Er hörte einen kurzen wimmernden Laut wie ein sehnsüchtiges Flehen, sie spannte die Muskeln an, doch seine Finger hielten ihren Spalt geöffnet. Er spürte zarte, lockige Härchen an seinen Fingerspitzen und zog die Finger weiter hinauf, dorthin, wo der Spalt tiefer wurde. Er umkreiste ihre Öffnung spielerisch und spürte die zunehmende Nässe. Sie konnte sich nicht verstellen, diese Rothaarige – sie bebte vor Wonne und genoss jede seiner Bewegungen.

Er tauchte mit den Fingern in die warme Nässe und bestrich damit ihren Hintern. Sie sollte später nicht sagen können, er hätte ihr Gewalt angetan. Fest umschlang er mit einem Arm ihren Körper, dann schob er ihren Hintern mit den Knien etwas höher hinauf, zog die Pospalte weit auseinander und suchte mit der ausgestreckten Zunge die weibliche Öffnung. Sie war so eng, dass er nun endgültig glaubte, dass sie noch Jungfrau war, und er spürte, dass ihn diese Tatsache sogar noch mehr erregte.

Immer wieder züngelte er in die Pforte hinein, die er nur allzu gern durchstoßen hätte. Er spürte den salzigen Saft, der sich jetzt vermehrte, liebkoste die Öffnung mit zärtlichen Tupfern seiner Zunge, leckte daran entlang, drang immer wieder ein wenig ein und zog sich wieder zurück. Sie stöhnte leise, seufzte, wimmerte, er konnte nicht unterscheiden, ob sie weinte oder in höchster Lust schwelgte. Er streckte die Zunge weiter vor, kitzelte ihre feuchten Schamlippen und spürte, dass die kleine Beere prall und hart geschwollen war. Er brauchte nur ein paarmal neckend darüberzustreichen, da fühlte er, wie ihre Pforte zu zucken begann, und er stieß mit der Zunge hinein, um ihre Lust mit ihr gemeinsam zu spüren. Wie ein enger Ring umschloss ihre Lustöffnung seine Zunge, er spürte, wie sie rhythmisch bebte und sich zusammenzog und drängte sich, so weit er konnte, in sie hinein. Sonjas Körper spannte sich an, sie keuchte in kurzen Stößen, grätschte die Beine und schrie auf, als sie wie von einer Welle überflutet wurde.

Er wartete, bis sie sich wieder entspannt hatte, küsste dann zärtlich den Ansatz ihrer Pospalte und zog sanft die Hose wieder über ihr Gesäß. Dann hob er sie auf, nahm sie in seine Arme und strich ihr das feuchte, wirre Haar von den heißen Wangen. Sie blinzelte zu ihm auf, und als er lächelte, verbarg sie das Gesicht in seinem Ärmel.

Er fand ihre Kappe und sah zu, wie sie mit zitternden Händen die rotgoldene Haarflut zusammendrehte und unter der Kopfbedeckung verbarg. Durch das Gestrüpp zurück zum Lager wollte er sie tragen, doch sie weigerte sich und bestand darauf, hinter ihm herzulaufen. Schließlich fügte er sich kopfschüttelnd.

Während sie in seinem Schlepptau durch den finsteren Wald stolperte, war sie nur von einem einzigen, niederschmetternden Gedanken erfüllt.

Jetzt bin ich eine Hure. Eine lasterhafte, verabscheuungswürdige Hure.

Er hatte geglaubt, Sonjas Verhalten ihm gegenüber würde sich jetzt ändern und fürchtete schon, sie könnte sich durch zärtliche Blicke oder Gesten verraten. Doch Andrej täuschte sich. Als er ihr das Frühstücksbrot gab, sah sie kaum zu ihm auf, ihre Züge waren abweisend, wenn nicht sogar feindselig. Ohne Aufforderung sattelte sie die Stute, rollte die Decke zusammen, doch so sehr er zuvor Gehorsam von ihr gefordert hatte – jetzt störte ihn ihr schweigsames Tun. Wie versteinert saß sie vor ihm auf dem Pferd, bemühte sich, ihn nicht zu berühren, und ihre Schenkel waren hart wie ein Stück Holz, wenn er die Hände darauflegte.

Während sie das Flussufer verließen und auf schmalen Pfaden den Wald durchritten, grübelte er vor sich hin. Was hatte er nun erreicht? Er hatte ihr zeigen wollen, dass er ihr Herr war – doch statt sie zu strafen, hatte er nur ihre Lust bedient. Was für ein Mädchen war das, das bereit war zu sterben, um sich nicht unterwerfen zu müssen? So wütend er über ihren Selbstmordversuch gewesen war, so viel Respekt flößte ihm ihr Mut ein. Sie war alles andere als zart und schwach, diese adelige Dame. Sie hatte es gewagt, ganz allein in den Wald zu flüchten – ein lebensgefährliches Unterfangen. Diese schlanke, zierliche Person besaß den Mut einer Löwin. Ja, er musste sich eingestehen, dass er Hochachtung vor ihr hatte. Leider schien es jedoch umgekehrt keineswegs so zu sein. Sie hatte ihn als Satan, Hurenbock und dreckigen Kosaken beschimpft, wobei «Hurenbock» noch die geringste Beleidigung war. Und seine zärtlichen Dienste schien sie ihm eher übelzunehmen, als sie zu honorieren. Teufel nochmal – er hätte sie nehmen können, mehrfach schon, aber er hatte es nicht getan. Warum nicht?

Er sah auf die feinen Löckchen in ihrem Nacken und spürte, wie seine Begierde sich schon wieder regte.

Geduld, sagte er sich. *Wir sind bald im Dorf, und dann habe ich Zeit genug, ihren dicken Panzer zu durchbrechen. Ich werde ihr schon zeigen, wer ich bin. Wenn ich sie erst entjungfert habe, dann wird sie aufhören, die Nase hoch zu tragen.*

Der Wald endete abrupt, und die Kosaken ritten im Galopp in die Ebene hinein, die sich vor ihnen ausbreitete. Ein kurviger Flussarm, von Schilf und Weidenbäumen gesäumt, durchzog das Land wie ein dunkelgrünes Band, Schafe und Kühe weideten an seinem Ufer, Stuten grasten neben ihren Fohlen. Sonja erblickte in der Ferne eine Ansammlung hölzerner Dächer, ähnlich einem Bauerndorf. Nur schienen diese Häuser größer und breiter zu sein als die ärmlichen Hütten der leibeigenen Bauern in ihrer Heimat. Beim Näherkommen stellte sie fest, dass die Siedlung von einer hölzernen Palisade umgeben war, die sich zum Fluss hin öffnete. Frauen in bunten Gewändern standen am Ufer, große Körbe mit Wäsche neben sich. Auf den breiten Ufersteinen lagen einzelne Kleidungsstücke, die eben noch mit Händen und Steinen bearbeitet worden waren. Jetzt sahen die Frauen den heranreitenden Kosaken entgegen, winkten ihnen zu, Kinder sprangen aus dem Wasser, wo sie eben noch gebadet hatten, und liefen ihren Vätern und älteren Brüdern entgegen.

Die Begrüßung war herzlich. Einige der Männer hoben ihre Kinder in den Sattel und ritten mit ihnen durchs Dorf, andere stiegen ab, um die eine oder andere Frau zu umarmen. Sonja fiel eine ungewöhnlich schöne, junge Frau auf, die in ein langes, gesticktes Gewand gekleidet war und einen Kopfputz trug, von dem glitzernde Goldmünzen auf ihre Stirn hingen. Ihre dunklen Augen ruhten auf Andrej, und während etliche der jungen Kerle auf sie zuliefen, um sie stürmisch zu begrüßen, lächelte sie ihm zu.

Sonja hatte sich während des Rittes große Mühe gegeben, Andrej mit Hass und Verachtung zu strafen, denn sie gab ihm die Schuld daran, dass sie solch beschämende, erniedrigende Lust empfunden hatte. Jetzt aber spürte sie einen Stich im Herzen. Wer war diese Frau? War Andrej etwa verlobt oder verheiratet?

Während sie durch die Siedlung ritten, staunte Sonja über die schönen Schnitzereien an Dächern und Veranden der Häuser. Diese Kosaken waren keine armen Teufel, sie besaßen Vieh, vermutlich trieben sie auch Handel und waren zu Wohlstand gekommen. Welchen Grund hatten sie wohl, Landgüter zu überfallen, Menschen zu entführen und sich gegen Mütterchen Zarin zu erheben? Sie konnte es nicht begreifen.

Das Haus, vor dem Andrej sein Pferd zügelte, war das größte im Dorf. Eine breite Holztreppe mit einem kunstvoll geschnitzten Geländer führte auf die Veranda, dicke gedrehte Säulen stützten das Obergeschoss ab, das den offenen Vorraum überdachte. In die Fenster waren viele kleine Glasscheiben eingesetzt, im Obergeschoss entdeckte Sonja sogar geschnitzte Klappläden. Sie war verblüfft – bisher hatte sie geglaubt, dass Kosaken in armseligen, schmutzigen Hütten hausten und weder Tisch noch Bett besäßen. Doch dieses Haus war mindestens so geräumig wie das Gutshaus, in dem sie aufgewachsen war.

Andrej war inzwischen abgestiegen und hatte die Stute dicht an die Verandatreppe herangeführt. Sonja begriff, dass sie am Ziel waren und rutschte ebenfalls vom Rücken der Stute herab.

«Andrjuscha! Mein Falke! Mein Augenstern!»

Eine schwarzgekleidete alte Frau hatte auf der Veranda gesessen. Jetzt erhob sie sich mühsam von ihrem Hocker und eilte, sich am Geländer abstützend, zur Treppe. Während Sonja noch stand und sie betrachtete, war Andrej ihr schon entgegengelaufen und schloss sie in die Arme.

«Babuschka! Hast du denn geglaubt, die Zaristen könnten mich festhalten? Unnötige Sorgen hast du dir gemacht!»

Wider Willen war Sonja gerührt, als sie sah, wie zärtlich Andrej die alte Frau an sich drückte, sie sogar ein wenig in seinen Armen emporhob und dann behutsam wieder auf die Füße stellte. Dieser gewissenlose Verführer, dieser gnadenlose Kämpfer konnte zart und liebevoll mit seiner alten Großmutter sein. Das passte nicht zu dem Bild, das sie sich von ihm gemacht hatte, und ärgerlich musste sie feststellen, dass dieser Kosak ihr Herz erweichte.

«Ach, Andrjuscha», seufzte die Alte und zog das dunkle Tuch um ihren Kopf wieder fest. «Wir sind vor Sorge um dich ganz krank gewesen. Vor allem Tanja hat keine Nacht geschlafen, und ich alte Frau habe schon gefürchtet, dich in diesem Leben nicht mehr zu sehen ...»

Andrej lachte ein fröhliches Jungenlachen, das Sonja noch nie zuvor gehört hatte. Dann wandte er sich zu ihr um.

«Komm herauf, Grigorij», befahl er, immer noch das Lachen in seinen Augen.

Zögernd stieg sie die Stufen hinauf. Ihr war nicht wohl unter dem durchdringenden Blick der alten Frau. Andrejs Großmutter war nicht mehr rasch auf den Beinen – ihre Augen schienen jedoch noch gut und ihr Verstand scharf zu sein.

«Das ist Grigorij – er wird dich von jetzt an bedienen, Babuschka», erklärte Andrej in einem Ton, der keinen Widerspruch duldete. Die Alte nickte, maß Sonja noch einmal mit ihren Blicken und wandte sich dann zum Eingang des Hauses.

«Gehen wir hinein, Andrjuscha. Du wirst müde und hungrig sein. Und Neuigkeiten gibt es auch.»

Sonja folgte den beiden, blieb jedoch verblüfft an der Eingangstür stehen. Himmel – befand sie sich in einem Kosakendorf oder in einem orientalischen Palast? Dicke Teppiche waren auf dem Boden ausgebreitet, auf Wandregalen standen schlanke Kupferkannen und glänzende Becher, und der große Ofen war mit grünen Kacheln geschmückt. Es gab Heiligenbilder mit breiten goldenen Rahmen an den hölzernen Wänden, weißes Porzellangeschirr stand in den Wandnischen, daneben gar eine türkische Wasserpfeife aus dunkelblauem Glas, bemalt mit silbernen Ornamenten.

«Was stehst du da, Grigorij? Komm herein und schließe die Tür!»

Es war die Alte, die ihr diesen Befehl gab, und Sonja zuckte bei dem scharfen Klang ihrer Stimme zusammen. Es war ganz offensichtlich, dass Andrejs Großmutter sie nicht leiden konnte.

Dennoch gehorchte sie, trat einige Schritte in den Raum hinein und zog die Tür hinter sich zu. Sie fühlte sich unbehaglich und fremd in diesem Haus, wie ein ungebetener Gast, der wenig Ansehen hatte und den man als Eindringling betrachtete.

«Geh hinüber in die Küche, Grigorij», befahl Andrej barsch. «Und hüte dich, das Haus zu verlassen.»

Verletzt begriff sie, dass sie viel weniger als ein Gast war. Sie war ein Diener, hatte in der Küche zu bleiben, zu arbeiten und zu gehorchen, während Andrej und seine Großmutter sich an den schön geschnitzten Tisch setzten und die Alte Tee aus dem Samowar eingoss. Wie ungewohnt und demütigend das war! Sie, die am Hof der Zarin nur die feinsten Speisen gereicht bekam, die auf glänzenden Festen in schönen Roben brilliert hatte, der die reichgekleideten Höflinge zu Füßen gelegen hatten – sie hatte jetzt diese hässliche Alte zu bedienen, die sie immer wieder aus ihren dunklen, tiefliegenden Augen feindselig ansah.

In der Küche war niemand – nur ein grauer Kater hockte schlafend auf einer Bank und zuckte hin und wieder mit dem Schnurrbart, wenn sich eine vorwitzige Fliege daraufsetzte. Die offene Feuerstelle war erloschen, ein silberfarbener Kessel hing an einer Kette darüber, ein hölzerner Abfallzuber, von Fliegen umsummt, wartete in einer Ecke darauf, ausgeleert zu werden. Mutlos ließ sie sich auf einem Schemel nieder und stützte die Hand auf die grobe Tischplatte. Was würde nur aus ihr werden? Würde Andrej sein Vorhaben ausführen und sie gegen Geld freigeben? Dann war sie wieder Baranow ausgeliefert, und die Qual würde neu beginnen. Was aber sonst konnte Andrej mit ihr vorhaben?

Sie fuhr zusammen, als ein weiches Fell ihr Hosenbein streifte.

Der Kater war von der Bank gesprungen und strich jetzt schnurrend um ihre Beine. Sonja streckte die Hand aus und kraulte den Grauen hinter den Ohren – wenigstens ein Wesen in diesem Haus empfing sie freundlich.

«Na, du Hübscher?», flüsterte sie leise. «Magst ein wenig schmusen?»

Der Kater schloss vor Wonne die glänzenden grünen Augen und drängte sich gegen Sonjas Hand. Schließlich streckte er probeweise eine Pfote auf das Knie seiner Gönnerin und sprang dann kurz entschlossen auf Sonjas Schoß. Sonja schrie leise auf, denn er hatte beim Sprung für wenige Sekunden seine Krallen ausgefahren, doch sie verzieh ihm, als er sie zärtlich mit seiner kühlen, feuchten Nase an die Wange stupste und sie dabei mit seinem Schnurrbart an der Nase kitzelte.

«Ein schöner Kerl bist du», wisperte sie und strich über seinen weichen, glänzenden Rücken. Er buckelte gewaltig, stellte den buschigen Schwanz steil in die Höhe und trat voll Wohlbehagen von einem Vorderfuß auf den anderen. Dabei rutschten seine Pfoten zwischen Sonjas Beine, und sie spürte, wie er sich genussvoll an ihren Oberschenkeln rieb.

Sie ließ ihn eine Weile gewähren, aber als er begann, vor Begeisterung die Krallen wieder auszufahren und auf ihre Hose zu sabbern, fasste sie ihn unterm Bauch und setzte ihn vor sich auf den Boden. Aus dem Zimmer neben der Küche war jetzt Andrejs Stimme zu hören. Sie klang aufgeregt, doch sie konnte nicht verstehen, was er sagte. Die alte Frau schien ihn beruhigen zu wollen, doch er schnitt ihr immer wieder die Rede ab. Schließlich hörte sie, wie die Tür zur Veranda aufgestoßen wurde und jemand die Treppe hinuntersprang.

«Andrjuscha!», rief die alte Frau drüben im Zimmer. «Warum so übereilig? Bist doch gerade erst gekommen und willst schon wieder fort!»

Doch sie erhielt keine Antwort. Sonja, die ans Fenster gelaufen war, konnte sehen, wie er mit zwei seiner Kameraden redete, die zuerst unzufriedene Gesichter machten, dann aber nickten und andere herbeiriefen. Was wurde da ausgebrütet? Ein neuer Überfall? Ein Angriff auf eines der Gutshäuser, die diesen gutbewaffneten, wilden Gesellen kaum Widerstand entgegenzusetzen hatten?

«Was stehst du da und glotzt?», erklang hinter ihr die harte Stimme der Großmutter. «Mach das Feuer an und setz den Topf auf.»

Die Unruhe und Sorge in Sonja war so groß, dass sie ihren Widerwillen vor der alten Frau überwand.

«Wo ist Andrej hingelaufen?»

Sie hatte befürchtet, eine barsche, abweisende Antwort zu erhalten, doch sie sah sich getäuscht. Die Großmutter warf ihr einen raschen Blick zu, schob eine weiße Haarsträhne unter ihr Kopftuch und brummte: «Davonreiten will er. Sein Väterchen finden, der vor einiger Zeit wie ein Wilder davongestürmt ist, um den Sohn zu retten.»

Sonja schwieg verwirrt, während die Alte sich bückte und selbst den Feuerstahl gegen den Stein schlug. Erst langsam begriff Sonja, was geschehen war: Andrejs Vater wusste nicht, dass sein Sohn sich aus der Gefangenschaft befreit hatte. Er war überstürzt aufgebrochen, um das Leben seines Sohnes zu retten, und hatte sich dabei selbst in große Gefahr begeben.

Als treue Anhängerin ihrer Zarin hätte sie jetzt zufrieden sein müssen. War es nicht möglich, dass nun beide, Andrej und sein Vater, in die Hände der zaristischen Truppen fielen? Sonja spürte, wie ihr Herz unruhig klopfte. Sie liebte ihre Zarin und war ihr mit ganzer Seele ergeben. Doch insgeheim hoffte sie, dass Andrej wieder heil und unverletzt ins Dorf zurückkehrte.

Die alte Frau hatte inzwischen einen Funken mit Hilfe von Zunder und Stroh zu einer Flamme entfacht. Jetzt wandte sie sich wieder Sonja zu.

«Du wirst keinen Schritt aus dem Haus tun – das habe ich Andrej versprochen», sagte sie unfreundlich. «Vor mir brauchst du dich nicht zu verstellen, ich habe gleich gesehen, dass du ein Weib bist. Weiß der Teufel, wo die Männer ihre Augen haben!»

Die Alte wollte den Topf an die Kette hängen, da wurde plötzlich die Küchentür aufgerissen, und eine junge Frau stand auf der Schwelle. Sonja erkannte sie auf den ersten Blick und erschrak. Es war jene schöne Frau im gestickten Kleid, die den Blick nicht von Andrej wenden wollte, als sie ins Dorf hineinritten.

«Ist Andrej verrückt geworden?», schimpfte sie laut und schien dann erst zu bemerken, dass die alte Frau nicht allein in der Küche war. Neugierig und ein wenig herausfordernd betrachtete sie Sonja mit einem langen Blick aus schönen dunklen Augen.

«Wer ist der da?»

Missmutig sah die Alte von ihrer Arbeit auf.

«*Der* da? Sieh doch richtig hin, Tanja.»

Tanja zog die schwarzen Brauen zusammen und ging auf Sonja zu. Um ihre Mundwinkel zuckte es. Blitzschnell fuhr ihre Hand zu Sonjas brauner Bauernkappe und riss sie ihr vom Kopf. Bevor Sonja es verhindern konnte, breitete sich ihr aufgelöstes rotblondes Haar über Schultern und Rücken aus.

«Er hat sich eine Hure mitgebracht», sagte die Großmutter boshaft.

Hilflos stand Sonja vor den beiden Frauen, versuchte hastig ihr langes Haar zusammenzufassen, doch ihre Hände zitterten dabei, sodass ihr die Flechten immer wieder entglitten. Ihre Angst vor Tanja war so groß, dass sie nicht zu ihr aufzusehen wagte.

«Warum trägst du Männerkleider?»

Die Frage klang harmlos, was Sonjas Furcht jedoch keineswegs minderte.

«Zum Schutz ...», murmelte sie. «Mein Bräutigam hat es so gewollt.»

Sie hörte Tanjas tiefes, ein wenig kehliges Lachen und wagte einen kurzen Blick zu ihr hinüber. Tanjas Gesicht drückte Erstaunen und Neugier aus, sonst nichts.

«Du hast einen Bräutigam? Liebst du ihn sehr?»

Sonja schwieg unsicher. War es besser zu behaupten, dass sie Baranow liebte? Würde Tanja in diesem Fall weniger zornig auf sie sein?

Doch Tanjas nächste Frage brachte sie vollkommen aus dem Gleichgewicht.

«Du hast inzwischen gemerkt, dass Andrej der bessere Liebhaber ist, stimmt's?»

«Aber nein ...», stammelte Sonja erschrocken.

Tanja lachte laut auf und schien großes Vergnügen an dieser Befragung zu haben.

«Oh, mein Bruder ist ein großer Verführer, jede schöne Frau im Dorf kann dir davon berichten. Sie lecken sich die Finger nach ihm und würden ihre Seligkeit für eine Liebesnacht mit ihm geben.»

Überrascht hob Sonja den Kopf. Seine Schwester! Aber natürlich – war sie denn blind gewesen? Das waren die gleichen Züge, die schmale Nase, die dunklen, geschwungenen Augenbrauen – nur dass Andrejs Augen noch eine Nuance dunkler waren als die seiner Schwester.

«Er hat es also vor den anderen geheim gehalten, dass du ein Mädchen bist – schau an», sinnierte Tanja und lächelte dabei bedeutungsvoll. «Er will dich für sich allein haben, das Brüderchen. Darauf kannst du stolz sein.»

Sonja verspürte ein warmes Glücksgefühl und bemühte sich

nach Kräften, dagegen anzukämpfen. Ein Verführer – o ja, das war er. Zu einer Hure hatte er sie gemacht! Besser war, er kehrte niemals zurück.

«Er will mich meiner Familie gegen Lösegeld zurückgeben. Deshalb hat er niemandem etwas verraten.»

Tanja zog ironisch die Augenbrauen hoch, doch sie sagte nichts. Stattdessen fasste sie nach Sonjas Hand.

«Lassen wir die Babuschka in Ruhe kochen.»

Sie zog Sonja aus der Küche und drängte sie eine Treppe hinauf.

«Wie heißt du?»

«Sonja.»

«Geh weiter geradeaus, Sonja.»

Sie durchquerten zwei kleinere Zimmer, die ganz offensichtlich zum Schlafen benutzt wurden, denn längs der Wände gab es Polster, Felle waren auf dem Boden ausgebreitet, die Fenster waren winzig, sodass die Räume in leichtem Dämmerlicht lagen. Tanja ging auf eine niedrige Tür aus dunklem Holz zu, die mit dicken Messingbändern beschlagen war, und zog den Riegel auf. Mit leisem Knarren öffnete sich die Pforte, und Sonja blieb erstaunt und eingeschüchtert an der Schwelle stehen.

Der Raum schien einem orientalischen Märchen entsprungen zu sein. Längs der Wände erhoben sich goldfarbene Arkaden und zierlich geschnitzte Gitterbögen, in denen Kleeblätter und Blütenornamente rankten. Auf kleinen Tischchen standen Schalen aus Alabaster, niedrige Polster, die mit glänzender bunter Seide bezogen waren, lagen verstreut im Raum, durchsichtige Tücher, die an der Zimmerdecke aufgehängt waren, wehten leise im Luftzug.

«Das ist mein Reich.»

Ihre Stimme klang dunkel, und Sonja spürte erschauernd, dass sie im Begriff war, sich einer fremden, geheimnisvollen Welt auszuliefern. Zögernd setzte sie den nackten Fuß auf den weichen Teppich, fühlte wohlig, wie er unter ihrem Gewicht nachgab, und ging ein paar Schritte in den Raum hinein.

«Du bist schön, Sonja», hörte sie Tanjas schmeichelnde, warme Stimme. «Aber du solltest nicht in diesen hässlichen Kleidern herumlaufen. Lege die Sachen ab, ich gebe dir andere.»

«Nein, danke», wehrte sie erschrocken ab. «Ich brauche keine anderen Kleider.»

Tanja hatte sich auf einem der Polster niedergelassen und die Arme um die Knie geschlungen. Nachdenklich ruhte ihr Blick auf Sonja, sie schien aus ihr nicht klug zu werden.

«Willst du so abgerissen und schmutzig aussehen, wenn Andrej wiederkommt? Das wird ihm nicht gefallen.»

Sonja errötete.

«Ich will ihm auch gar nicht gefallen», sagte sie hastig.

Tanja begann laut zu lachen, sie fiel fast hintenüber auf ihrem Polster, so amüsant fand sie diese Antwort. Als sie jedoch merkte, dass Sonja durch diese Reaktion verletzt war, wurde sie wieder ernst.

Sie erhob sich, trat dicht vor Sonja hin und legte ihr die Arme auf die Schultern. Sonja versuchte ihr auszuweichen, doch Tanjas Hände hielten ihre Schultern fest. Ein seltsamer, süßer Duft ging von der fremden Frau aus, und Sonja atmete ihn bereitwillig ein, obgleich er sie ein wenig ängstigte.

«Warum lügst du?», fragte Tanja lächelnd. «Ich sehe dir doch an, dass du dich nach ihm verzehrst. So wie alle Frauen sich nach dem Mann sehnen, der ihre Sinne erregt.»

Sonja biss sich auf die Lippen und wusste vor Verwirrung nicht, was sie antworten sollte.

«Nur Huren tun das», entfuhr es ihr.

Tanjas Augen zogen sich zusammen, und der Griff ihrer Hände in Sonjas Schultern tat auf einmal weh.

«Wer sagt so etwas?»

«Meine Mutter», gestand Sonja. «Sie sagte, dass nur eine

Hure Lust empfinden kann, wenn ein Mann ... wenn ein Mann sie ...»

«Wenn ein Mann sie schreien und stöhnen lässt, sodass sie glaubt, vor Wonne verbrennen zu müssen?»

Sonja errötete tief und wusste nichts zu antworten. Niemals hätte ihre Mutter solche Worte in den Mund genommen. Und doch war es eben diese Empfindung, die Sonja nun schon zweimal an ihrem eigenen Körper gespürt hatte und für die sie sich so schrecklich schämte.

Tanja senkte die dunklen Brauen und sah ihr so tief in die Augen, dass Sonja glaubte, sie könnte in ihr Innerstes hineinschauen.

«Deine Mutter hat dich entweder angelogen, oder sie weiß nichts, aber auch gar nichts von der Wirklichkeit. Vergiss, was sie gesagt hat – es ist nicht wahr.»

Unvermittelt ließ sie Sonjas Schultern los und ging zu einem der Tischchen hinüber. Sonja konnte nicht sehen, was sie dort tat, denn sie wandte ihr den Rücken zu, doch gleich darauf stieg aus der hellen Alabasterschale feiner bläulicher Dunst auf. Sonjas Nüstern weiteten sich, begierig atmete sie den seltsam harzigen und zugleich fremdartig süßen Duft ein.

Tanja hatte jetzt den Kopfputz abgestreift und ihr dichtes schwarzes Haar fiel bis zu ihrer Taille herab. Wieder bemerkte Sonja, wie sehr sie Andrej glich, nicht nur in ihren Gesichtszügen und dem lauten, unbeherrschten Lachen. Auch in der Art, sich zu bewegen, der herrischen, selbstbewussten Art, sich zu nehmen, was man begehrte, und niemanden um Erlaubnis zu fragen. Tanja war eine herbe Schönheit, die gerade deshalb umso aufreizender war.

«Zieh die Kleider aus – ich werde dich diese Liebesgenüsse lehren», forderte sie.

Sonja wollte protestieren, doch sie spürte eine seltsame Benommenheit, die ihre Glieder löste und ihren Verstand einlullte.

War es der seltsam berauschende Duft, den sie immer noch willig einsog? Zugleich war ein unerklärliches Verlangen in ihr erwacht, eine süße, flirrende Begehrlichkeit, die sie in wachem Zustand niemals zugelassen hätte. Sie zog den Gürtel auf und ließ ihn zu Boden fallen. Langsam fasste sie die Ränder der Bluse, nestelte den Verschluss auf und zog den Stoff auseinander. Tanjas dunkle Augen hatten einen matten Schimmer, als sie die entblößten Brüste besahen, und Sonja spürte verwirrt, dass sich ihre Brustspitzen unter diesem intensiven Blick zusammenzogen.

«Du hast hübsche Brüste», hörte sie die andere flüstern. «Klein sind sie wie zwei Halbkugeln, und die Spitzen strecken sich frech empor. Jetzt wirst du spüren, wie viel Lust sie dir geben können.»

Tanja hob die Hand und berührte sanft Sonjas linke Brustspitze, drückte sie ein wenig nach innen und ließ sie wieder hervorschnellen. Ein heißer, fast schmerzhafter Strom durchzuckte Sonja, und sie sog zischend die Luft ein. Tanja lächelte, fasste Sonjas rechte Brustspitze mit zwei Fingern und rieb daran.

«Spürst du das?», wisperte sie. «Es sind Wellen, die deinen Körper durchströmen und die dir unendliche Wonne bereiten können.»

Sie nahm nun die andere Hand zu Hilfe, klemmte Sonjas harte Nippelchen zwischen Zeige- und Mittelfinger beider Hände, beugte sich vor und reizte die rosigen Beeren abwechselnd mit ihrer Zunge.

Sonja wimmerte leise und streckte, ohne sich dessen bewusst zu sein, ihre Brüste nach vorn, um mehr zu bekommen. Tanja umkreiste bereitwillig die Brustspitzen mit ihrer Zunge, nässte sie mit Speichel und schloss ihre Lippen darum, um an ihnen zärtlich zu saugen.

Sonja gab sich rückhaltlos ihren Empfindungen hin, glühende Lava schien ihren Körper zu durchfließen, und sie verspürte erregt, wie sie sich zwischen ihren Beinen zu einem heißen Wirbel vereinigten. Ihr Schoß wurde feucht, die Nässe rann sogar bereits über ihre Schenkel. Ohne es zu wollen, hatte sie in Tanjas dunkles Haar gefasst, zauste und zerrte daran und massierte erregte ihren Nacken.

«Du bist begabt, Kleine», sagte Tanja, während sie sich von Sonjas Nippeln löste. «Und sehr viel heißblütiger, als ich zuerst glaubte. Wie musst du gelitten haben, armes Kind.»

Sie schob ihr die Bluse von den Schultern und löste den Bund der Hose. Das Kleidungsstück rutschte von Sonjas Hüften und sank hinab bis auf ihre Füße. Tanjas Hände glitten kosend über ihre Lenden, strichen kreisend über die Hüften, dann bohrte sich ihr Zeigefinger in ihren Nabel und kitzelte sie mit zarten Stößen. Sonja seufzte wohlig, ihre Hände fassten in das Kleid der anderen und begannen die Bänder zu lösen, mit denen das weite Gewand verschlossen war. Tanja ließ ein tiefes, kehliges Lachen hören und half ihr mit raschen Fingern, riss sich das Kleid von der Schulter und entblößte ihre linke Brust.

«Nun zeig mir, was du gelernt hast, meine süße Taube.»

Tanjas Brust war voll und hing ein wenig herab, ihre Spitze war dunkelviolett, und als Sonja sie zwischen die feuchten Finger nahm, glänzte sie wie eine pralle, runde Murmel. Sonja spürte, wie sie Lust bekam, dieses verlockende Kügelchen in den Mund zu nehmen, und sie schnappte danach wie ein hungriger Säugling. Tanjas dunkles Stöhnen wurde heftiger, als Sonja ihre Brustspitze vorsichtig zwischen die Zähne nahm und sacht daran nagte.

«Kleine rothaarige Teufelin», zischte Tanja und packte die Brüste ihrer Gespielin mit beiden Händen, um sie wie einen Brotteig zu kneten. «Komm näher, ganz nahe, du Wollüstige.»

Sie schmiegte sich an Sonjas bloßen Körper, nahm ihre eigene Brust fest in die Hand, sodass sie prall und hart wurde, und begann Sonjas Brüste mit ihrem eigenen, harten Nippel abwechselnd zu reiben und zu stoßen. Sonja stöhnte und bebte vor Verlangen, ihre Hände fassten Tanjas Gewand und rissen es ihr ganz vom Oberkörper. Gierig fasste sie die rechte, bisher verborgene Brust, schob sie ein wenig in die Höhe, bis die harte Spitze sich ihr entgegenstreckte, und ließ sie unter ihren Fingern tanzen. Tanjas heiseres Stöhnen mischte sich mit ihren eigenen hellen Seufzern.

«Spürst du es zwischen deinen Beinen?», raunte ihr Tanja ins Ohr. «Nimm deine rechte Hand und lege sie auf meinen Bauch.»

Bebend vor Neugier und Verlangen gehorchte Sonja. Das Kleid ihrer Gespielin war zu Boden geglitten, darunter war sie völlig nackt. Sonjas Hand strich über den festen glatten Bauch, kreiste verliebt um den Nabel und spielte mit ihrem Zeigefinger daran herum.

«Tiefer», forderte Tanja, die Sonjas Brüste in den Händen hielt, sodass nur die prallen Nippel zwischen den gespreizten Fingern hervorlugten.

Sonjas Finger zitterten, als sie die Hände über die Hüften ihrer Gespielin führte und dann zögernd am Ansatz der Schenkel nach vorn glitt. Lockiges Schamhaar bewuchs den hoch vorgewölbten Hügel, und Sonjas Finger tasteten sich neugierig bis zu seiner Mitte vor. Sie spürte warme Feuchtigkeit und hielt erschrocken inne.

«Hast du dich selbst dort niemals berührt? Hatte das deine Mutter verboten?», hörte sie Tanjas amüsierte Stimme.

«Es ist unkeusch», gestand Sonja flüsternd. «Die Amme sagte, wer sich dort anfasst, der sei des Teufels. Nicht einmal beim Baden durfte man seine Finger an diese Stelle legen.»

«Dann pass jetzt gut auf, du Unkeusche. Ich werde dir das Geheimnis deiner Lüste zeigen.»

Tanjas warme Hand schob sich auf den Bauch ihrer Gespielin, glitt mit weichem Druck der Finger hinab zu ihrer Scham, massierte den erregten, bebenden Hügel und Sonja spürte, wie die Feuchte sich überall in ihrem Schamhaar verteilte. Mit gespreizten Fingern glitt Tanjas Hand durch das lockige Haar, reizte den Hügel mit leichtem, vibrierendem Druck. Dann fühlte Sonja, wie der Zeigefinger sanft in den Ansatz ihrer Spalte drang, sich nur ein winziges Stück vorschob und die zarte, feuchte Haut darin reizte. Sie stöhnte leise auf – heftige Ströme durchzuckten ihren Körper, es war, als strömte das gesamte Blut ihres Körpers zwischen ihre Beine, um dort zu wirbeln und zu pulsieren.

Unwillkürlich senkte auch sie jetzt ihre Finger in Tanjas weichen, feuchten Spalt. Sie spürte die prallen Schamlippen rechts und links ihres Fingers, genau unter dem Finger jedoch befand sich ein faltiges, zartes Häutchen, das zuerst ihrer Bewegung folgte, dann jedoch anschwoll und immer härter wurde.

«Du hast das erste Geheimnis gefunden», tönte Tanjas tiefe, heisere Stimme an ihrem Ohr. «Suche weiter.»

Sonja konnte vor Lust nicht mehr antworten, doch ihr Finger schob sich weiter in die warme Mulde, ertastete dort eine harte, runde Verdickung gleich einer prallen Beere, und sie schob sie mit dem Finger hin und her. Kurz darauf spürte sie die gleiche Berührung heiß und erregend an ihrem eigenen Körper, und keuchend vor Lust legte sie ihren Kopf an Tanjas Schulter. Immer erregter spielte sie mit der kleinen festen Perle, wusste kaum noch, ob sie ihre eigene Lust oder die ihrer Gespielin aufpeitschte, nahm nun auch die anderen Finger zu Hilfe und rieb die Perle fest mit Daumen und Mittelfinger. Tanjas Körper bebte und glühte vor Erregung, ihre Brüste standen nun prall und fest, sie wiegte ihren Oberkörper vor und zurück, und ihre heißen Brustspitzen stießen immer wieder gegen Sonjas Busen.

«Jetzt hast du das zweite Geheimnis ertastet», stöhnte Tanja, die kaum noch fähig war, Worte zu finden, so sehr gab sie sich der Wonne hin, die Sonjas Finger in ihrem Körper erzeugten.

Sonja wimmerte, während heiße, bebende Lustwellen über

ihren ganzen Körper liefen und sie schüttelten, sodass sie sich kaum auf den Beinen halten konnte. Sie drängte sehnsüchtig ihr Becken gegen Tanjas Hand, folgte der reibenden Bewegung, strebte vor und zurück und spürte das schamlose Verlangen, die Beine zu spreizen und sich der Liebkosung ganz und gar hinzugeben.

Tanja umfasste jetzt ihre Taille und zog sie fest zu sich heran. Ihre warmen Lippen suchten Sonjas Mund, nahmen ihre Unterlippe auf, saugten daran, ließen sie wieder fahren, ihre Zunge befeuchtete Sonjas Oberlippe.

«Jetzt lerne das letzte Geheimnis kennen, wilde Sonja», flüsterte sie zärtlich.

Ihr Finger streifte kosend über die prallen Schamlippen und berührte die Öffnung, um sie neckend zu umkreisen. Sonja schrie auf, doch im gleichen Moment verschloss ein Kuss ihrer Gespielin ihren Mund. Der Finger drang spielerisch ein wenig in ihre Lustgrotte ein, rieb auf und nieder, wurde schneller, stieß immer wieder vor und zog sich wieder zurück. Sonja jammerte vor Wonne, schob nun auch selbst ihre Finger weiter vor, erspürte Tanjas Liebespforte und glitt mit zwei Fingern hinein. Die Lustwellen, die sie überfluteten, kamen jetzt in so dichten Abständen, dass sie glaubte, von einem einzigen, glühenden, vibrierenden Strom durchtost zu werden. Sie stieß ihre Finger immer heftiger in die zuckende Liebesöffnung, spürte die Feuchtigkeit und hörte Tanjas dunkles Stöhnen, das ihre eigene Lust nur weiter antrieb.

Dann brach eine feurige Woge über sie herein, schüttelte ihren Körper, ließ ihn sich aufbäumen, durchdrang jede Faser mit glühender Lava und raubte ihr jede Fähigkeit, Herrin über sich zu bleiben.

Als sie keuchend in sich zusammensank, hielten Tanjas Arme sie fest umschlungen, und sie spürte ihre zarten, schwesterlichen Küsse auf ihrer heißen Stirn.

«Du bist noch Jungfrau. Er hat dich nicht genommen – das bedeutet, dass er etwas Besonderes mit dir vorhat.»

Sonja schwieg dazu und ließ sich erschöpft auf eines der seidenen Polster nieder. Zu viel war auf sie eingestürmt, zu wirr waren ihre Gedanken. War das, was sie getan hatte, verabscheuenswürdig? Oder hatte Tanja recht, wenn sie sagte, dass die Wirklichkeit ganz anders aussah? Sie hatte Lust empfunden, sträfliche, sündige Lust – aber nicht durch einen Mann. Tanja hatte ihr diese Lust bereitet – war es denn auch des Teufels, wenn man solche Liebeswonnen von einer Frau empfing? Oder – sie wagte kaum diesen Gedanken zuzulassen – wenn man sie sich selbst bereitete?

Tanja hatte inzwischen eine mit Silber beschlagene Truhe geöffnet, suchte darin herum und entnahm ihr einige Kleidungsstücke. Sie streifte sich eine helle Bluse mit weiten Ärmeln über, dazu einen roten Sarafan, der an Trägern und Saum mit breiten, reichbestickten Borten geschmückt war. Für Sonja legte sie eine lange flaschengrüne Bluse zurecht sowie weite, dunkle Kosakenhosen und schmale türkische Schnabelschuhe. Dazu fand sie eine schwarze, mit bunten Fäden bestickte Kappe, unter der Sonja das lange Haar verstecken konnte.

«Warte», sagte sie, als Sonja sich angekleidet hatte und das Haar in die Kappe zwingen wollte. «Ich will es dir erst kämmen.»

Sie griff zu einem Kamm, der aus Elfenbein geschnitzt war, und begann vorsichtig, Sonjas langes Haar zu entwirren. Die Strähnen lösten sich auf, das Haar wurde zu einer rotgoldenen Flut, die sich über Sonjas Schultern ergoss.

«Solch ein Schatz», meinte Tanja fasziniert. «Es ist ein Jammer, dass du ihn verstecken musst. Aber es kommen auch andere Zeiten, Sonja.»

«Vielleicht ...»

«Ganz sicher. Zeig deine Handflächen.»

Sie kniete vor Sonja nieder und untersuchte die Innenfläche der linken Hand.

«Kannst du etwa aus der Hand lesen?»

«Meine Mutter konnte es, und ich habe es von ihr gelernt. Lass sehen. Ach, das wissen wir doch schon: Du kannst in einem anderen Menschen Liebe und Sinneslust hervorrufen.»

«Das kannst du in meiner Hand lesen?», fragte Sonja amüsiert, denn sie glaubte nicht recht an diesen Hokuspokus.

Tanja nahm nun auch ihre andere Hand und vertiefte sich in die Linien und Kreuze, die auf den Handtellern zu sehen waren.

«Eine deiner Hände zeigt die Linie, die für eine lange, glückliche Ehe steht. In der anderen Hand ist sie abgeschnitten», fuhr sie leise fort.

«Und was bedeutet das?»

Tanja sah sie nachdenklich von unten herauf an.

«Dass dein Glück in großer Gefahr ist. Du wirst darum kämpfen müssen, ja sogar dein Leben aufs Spiel setzen. Es ist möglich, dass du alles verlierst, was dir lieb und teuer ist.»

«Hör auf!»

Unwillig entzog sie Tanja ihre Hände und legte die Handflächen aneinander.

«Eine lange, glückliche Ehe – das ist alles völliger Unsinn», meinte sie kopfschüttelnd. «Wenn ich Baranows Frau werde, dann erwartet mich etwas ganz anderes. Er ist ein Tier, und ich verabscheue ihn.»

«Dann solltest du diesen Mann auf keinen Fall heiraten», sagte Tanja mit großem Ernst.

Seufzend legte Sonja die Hände in den Schoß und senkte den Kopf.

«Wenn er mich mit Geld auslöst, dann wird mir nichts anderes übrigbleiben, als seine Frau zu werden. Er ist mächtig und hat uns alle in der Hand.»

Tanja erhob sich ungeduldig – sie schien wenig Lust zu haben, Sonjas Klagen und Sorgen anzuhören. Stattdessen band sie ihr das Haar zusammen und stopfte es unter die dunkle Kappe.

«So, jetzt lass uns nachschauen, was die Babuschka Leckeres gekocht hat.»

Sie legte einen Teller auf die Alabasterschale und löschte damit die aufsteigenden Dämpfe, dann öffnete sie die beiden Fensterchen, und ein frischer Windhauch durchzog den Raum. Wie ein feiner weißlicher Nebel schwebte der Dunst davon, bewegte die Seidentücher an der Decke des Raumes und wehte durch die Fenster hinaus. Sonja hatte plötzlich das Gefühl, aus einem Traum zu erwachen, und Furcht überfiel sie.

Ich bin eine Gefangene, dachte sie erschrocken. *Wieso vertraue ich dieser Fremden? Sie ist eine Kosakenfrau, die Schwester des Mannes, der mich zu seinem Diener und Pferdeknecht gemacht hat. Sie treibt ihr Spiel mit mir, genau wie er es auch getan hat.*

Voller Unbehagen folgte sie Tanja die Stiege hinab in die Küche. Dort hockte der graue Kater einsam auf der Bank, über dem Herd brodelte es im Kessel, ein Geruch nach Fleisch und Gemüse stieg daraus auf, der Sonja daran erinnerte, dass sie tagelang kaum etwas zu essen bekommen hatte.

Im Nebenzimmer, dort wo die Großmutter noch vor kurzer Zeit mit Andrej Tee getrunken hatte, waren Stimmen zu hören.

«Ach, ihr Kinderchen», sagte die Babuschka seufzend. «Wollt nur euren Spaß haben – auf schönen Pferdchen reiten und mit dem Degen kämpfen. Weit fortziehen und das Leben aufs Spiel setzen für die Ehre und den Ruhm. Jetzt habt ihr gesehen, was dabei herauskommt.»

«Was machst du dir unnötig Sorgen, Babuschka», erklang eine männliche Stimme, die Sonja bekannt vorkam. «Andrej wird das Väterchen schon finden, und beide werden heil zurückkehren.»

«War es nötig, dass Andrej damals fortzog, um gegen die Zarin zu kämpfen? Was für eine Dummheit», jammerte die Babuschka. «Jahrelang war sie unsere Gönnerin, wir haben ihr treu gedient, wir Kosaken ...»

«Das ist wohl wahr. Andrej hat sich verführen lassen von diesem Lügner Pugatschoff, der behauptet hat, Zar Peter zu sein. Aber er ist nur ein Kosak vom Don, hat uns alle betrogen, der Schelm. Andrej wird seinen Frieden mit dem Väterchen machen ...»

«Männer!», schimpfte die Babuschka zornig. «Alle sind sie gleich. Wollen raufen und siegen, anstatt die Felder zu bestellen und Hochzeit zu feiern. Ach, ich habe mir so gewünscht, noch meine Urenkel sehen zu dürfen. Jetzt ist mein Andrjuscha auf und davon, und Gott weiß, wann er zurückkommen wird, um sich endlich eine Braut zu suchen.»

«Was jammerst du? Hast doch noch Tanja. Verheirate sie, dann wird sie dir schon Urenkel bringen.»

«Tanja?», rief die Babuschka und lachte. «Die lässt sich nicht so einfach verheiraten, Rasim. Hat ihren eigenen Kopf, das Mädel.»

«Ich tät sie schon nehmen», sagte Rasim. «Sag mir, ob du einverstanden bist.»

Das Gelächter der alten Frau endete in einem Hustenanfall.

«Frag sie doch selber», keuchte sie und begann wieder zu lachen.

Gleich darauf öffnete sich die Stubentür, und Rasim trat in die Küche. Überrascht starrte er auf Tanja, die völlig unbefangen im Kessel rührte und ihm den Rücken zuwandte. Hatte sie das Gespräch etwa mit angehört?

«Tanjuschka», rief er schmeichelnd. «Hast das Essen gekocht?»

Tanja hörte nicht auf zu rühren, wandte sich auch nicht um.

«Ich? O nein, ich kann nicht kochen. Auch nicht Hosen nähen oder Strümpfe stricken. Und zum Wasserholen tauge ich auch nicht», sagte sie spöttisch.

«Das kümmert mich wenig, Tanjuschka», sagte er. «Ich weiß, dass du andere Talente hast, die mir viel mehr gefallen.»

Er ging von hinten auf sie zu und wollte sie um die Taille fassen, doch in diesem Moment erblickte er Sonja, und seine Miene wurde finster.

«Grigorij», knurrte er. «Schau an, hier treibt der Bursche sich herum. Hat er dir gar beim Kochen geholfen?»

«Warum nicht?», versetzte Tanja grinsend. «Er ist überall im Haus gut zu gebrauchen.»

Auf Rasims Stirn zogen sich tiefe Furchen. Mit boshaften Augen sah er zu Sonja hinüber, am liebsten hätte er sie geschlagen.

«Hast ihn wohl schon zu deinem Liebhaber gemacht?», zischte er Tanja an. «Jeder weiß doch, was du in den Nächten draußen in der Scheune treibst.»

«Die Leute reden viel, Rasim.»

Tanjas gleichgültiger Ton steigerte seine Wut. Er fasste Sonja beim Hemd und stieß sie in eine Ecke der Küche. Drohend hielt er ihr die breite Faust unter das Kinn.

«Lass die Finger von ihr», röchelte er, dicht an Sonjas Gesicht. «Sonst bring ich dich um – ganz gleich, wie viel Lösegeld du wert bist.»

In diesem Moment traf ihn ein fester Schlag mit der Suppenkelle ins Genick. Er schrie auf, bückte sich ein wenig, und Sonja konnte sehen, dass eine ordentliche Portion des heißen Topfinhaltes in seinen Kragen geflossen war. Tanja hatte gut getroffen.

«Willst du mich verbrühen, du Aas?», kreischte er, buckelte, hopste herum und riss sich schließlich die Bluse vom Körper. Ein breiter roter Fleck zog sich vom Nacken den Rücken hinunter. Tanja hielt ein Tuch in den Wassereimer und kühlte die Verbrennung – auch die Babuschka hatte Rasims Geschrei gehört und kam angehumpelt. Doch zu Sonjas Überraschung schien sie wenig Mitleid mit Rasim zu haben. Ihr faltiges Gesicht verzog sie zu einem Grinsen, und sie meinte nur: «Hast den Kopf zu tief in die Suppe gesteckt, Rasim? So sind sie, die Männer. Reiten in den Kampf mit Flinte und Degen, fürchten nicht Tod noch Teufel – doch ein wenig heiße Suppe bringt sie zum Weinen!»

Rasim ließ sich den Rücken kühlen und fraß die Rede der Babuschka wütend in sich hinein.

«Du wirst schon noch zahm werden», knurrte er Tanja an. «Wenn ich erst Ataman bin, dann hast du zu gehorchen.»

Tanja sah ihm ruhig in die zornblitzenden Augen.

«Ataman ist Bogdan, mein Vater.»

«Noch ist er es. Doch wenn er nicht zurückkehrt, wird neu gewählt, meine Taube.»

Er riss seine Bluse an sich und stampfte aus dem Haus.

Baranow hatte Sofias blauen Rock durch die Zweige leuchten sehen und war stehen geblieben. Es war früh am Morgen, die ersten, noch weißlichen Lichtstrahlen brachen durch die Wolkendecke, Bodennebel schwebten über den feuchten Wiesen, schwarz und knotig traten die Baumstämme am Waldrand hervor. Es war die Zeit der Füchse und der Nebelfrauen. Baranow grinste breit und sicherte das Steinschloss seiner Flinte.

Die Jagd war nicht besonders erfolgreich gewesen, er hatte einen Hasen verfehlt und ein mageres Rebhuhn geschossen, das sein Hund im Dickicht nicht gefunden hatte. Jetzt winkte lohnendere Beute.

Er folgte dem Wiesenpfad bis zum Waldrand und spähte

durch das Gezweig. Das Morgenlicht fiel in langen Streifen durch das Blätterdach bis hinab auf den dampfenden Waldboden, Tautropfen blinkten hie und da an Moos und Farnblättern. Ein Zweig knackte, und blitzschnell zog er sich hinter einen dicken Stamm zurück und lauschte. Schritte. Welkes Laub raschelte, jemand setzte einen geflochtenen Korb auf den Boden, ein leiser, vergnügter Aufschrei.

«Ach, ihr Braunkäppchen. Habt euch verstecken wollen, aber ich habe scharfe Augen.»

Sie sammelte Pilze. Er lugte hinter seinem Stamm hervor und sah sie auf dem Waldboden hocken, den Korb neben sich, emsig beschäftigt, die ersten Steinpilze unter dem trockenen Laub auszugraben. Sofia wandte ihm den Rücken zu. Sie trug ein Mieder, das den Oberkörper einschnürte, und ihr langer blauer Rock bauschte sich. Baranow liebte es nicht, wenn seine Mägde im russischen Sarafan herumliefen, denn dieser hochgezogene Rock mit den breiten Trägern verbarg jegliche weibliche Formen.

Er lehnte die Flinte an den Stamm und nahm die Jagdtasche ab, die ihn nur stören würde. Mit einigen Sprüngen war er hinter ihr und packte sie an den Hüften.

Sie schrie wie am Spieß, wollte auf die Füße springen und davonlaufen, doch er hielt ihre Taille fest umschlungen, sodass sie vornüber auf die Knie plumpste. Der Korb fiel um, und die Pilze rollten ins Moos.

«Was schreist du?», grunzte er, während er sie mit seinem Gewicht am Boden hielt. «Willst dich deinem Herrn widersetzen?»

«Ossip Arkadjewitsch», stammelte sie. «Ihr habt mich zu Tode erschreckt.»

Er spürte, wie sie noch zitterte, und hatte Spaß daran. Sofia war noch jung, sie war erst vor einigen Wochen aus dem Dorf gekommen und in seinen Dienst getreten. Er hatte sie einmal in die enge Speisekammer gedrängt und ihr dort das Mieder geöffnet, doch leider war er vorzeitig gestört worden, und sie war ihm entschlüpft. Sie hatte hohe, volle Brüste, die sie ganz verzweifelt mit den Händen bedeckt hatte.

«Gehst ganz allein am frühen Morgen in den Wald», sagte er in strengem Ton und suchte schon nach der Miederschnur unter ihrem Rockbund. «Da kann wer weiß was geschehen! Kannst froh sein, dass ich es bin, der dich gefunden hat.»

Sie kniete vor ihm mit aufgerichtetem Oberkörper und versuchte, seine Hände an ihrem Tun zu hindern, doch er hatte die Bänder schon gefunden und löste die Schleife mit kundigen Fingern. Als sie sich wehrte, riss er ihr die Arme auf den Rücken, presste ihre Hände mit der Linken zusammen, während seine Rechte zielsicher die Miederschnur aus den Ösen zog. Sie zappelte und bäumte sich auf, keuchte vor Anstrengung, das Kopftuch glitt von ihren Haaren, der lange braune Zopf fiel ihr ins Gesicht.

«Nun komm schon. Lass deine bloße Haut fühlen, meine Schöne.»

Es blieben nur noch wenige Ösen – ungeduldig riss er den Stoff entzwei und griff unter die weite Bluse, die sie unter dem Mieder trug. Er grunzte vor Lust, als er über die glatte Haut strich, sie war erhitzt, und ihre Bauchmuskeln zogen sich zusammen, als seine Hand ein wenig unter den Rockbund fuhr.

«Lasst mich», flehte sie leise. «Ich bitte Euch, Herr ... Bei Eurer Seligkeit ...»

Er spürte ihren aufgeregten Atem und schob die Hand dicht unter ihre Brüste. Sie waren fest und prall, zwei üppige, dralle Hügel – wie geschaffen, um von seinen Händen geknetet zu werden. Genüsslich fasste er ihre rechte Brust und hörte ihren leisen, spitzen Aufschrei. Er grub probeweise die Finger in das weiche Fleisch, spürte, wie es elastisch nachgab, voll und schwer in seiner Hand lag, die Spitze genau in seinem Handteller. Er krümmte die Finger und fasste die Brustspitze mit Daumen und

Mittelfinger, reizte sie ein wenig, kniff hinein und merkte, wie sie sich unter seinen Fingern zusammenzog. Sofia sog heiser die Luft ein und warf den Kopf zurück.

«Gefällt dir das? Warte nur, wir fangen gerade erst an.»

Er schob die Bluse hoch und zog sie ihr über den Kopf, ohne dass sie sich dagegen wehrte. Das rötliche Morgenlicht fiel auf ihren entblößten Oberkörper, Schatten zarter Zweige spielten über ihre nackten Brüste, zeichneten ein Muster darauf. Wollüstig reckten sich ihre dunklen Brustspitzen vor, er spürte sie hart und fest in seiner Handfläche, als er jetzt an ihren Busen griff und die Brüste kreisen ließ.

«Runter mit dir!», befahl er und drückte ihren Oberkörper ins feuchte Moos. «Stütz dich mit den Händen ab!»

Sie kauerte auf allen vieren vor ihm, die bloßen Brüste baumelten herab und bewegten sich hin und her, als er ihr den Rockbund löste. Es war zu verlockend – er warf sich über sie und umfasste den Busen, spürte ihren nackten Rücken und reizte die herabhängenden Nippel mit seinem Daumen, bis sie stöhnte. Dann zog er ihr mit wenigen raschen Bewegungen die Röcke herunter. Ihr Hintern war prall und weiß, ihr linker Fuß steckte noch in dem Holzschuh, den rechten Schuh hatte sie bereits verloren.

Er kniete hinter ihr im Moos und strich mit beiden Händen über ihren festen, lockenden Hintern, der sich ihm nun entblößt mit leicht gespreizter Spalte entgegenreckte. Er massierte ihre Hinterbacken so heftig, dass sie Mühe hatte, sich abzustützen. Dann umfasste er ihre runden Hüften, glitt weiter hinunter, um über den Bauch zu tasten, und fasste mit zwei Händen von unten zwischen ihre Schenkel, um sie auseinanderzudrücken. Lustvoll gruben sich seine Finger in ihr feuchtes Schamhaar, sie wimmerte leise, als er zwischen die prallen Lippen drang und dabei die Lustperle streifte. Er spürte, wie feucht sie war, und knurrte genüsslich. Immer wieder rieben seine Finger über die harte Perle, immer schneller wurden seine Bewegungen, und er kam selbst fast um vor Lust, als er sie keuchen hörte.

«Ich sterbe, Herr. Ich flehe Euch an ... Ich brenne ...»

Er fasste mit der freien Hand nach ihren Brüsten und gab ihr sanfte Schläge auf die Brustspitzen, ließ ihre Brüste hin und her tanzen und gegen seine Hand klatschen. Sie zuckte mit dem Körper vor und zurück, bäumte sich auf und drückte den Hintern empor, wie um sich ihm anzubieten. Er hielt es kaum noch aus, in seiner Hose stand ein Prügel, der gleich den Stoff sprengen würde.

«Ich werde dich reiten», grunzte er.

Er richtete sich auf und öffnete den Hosenbund, um sein Glied zu befreien. Es schoss förmlich aus der beengten Stellung heraus und stand dick und wulstig vor seinem Bauch. Die Hose glitt an seinen Beinen herunter, er riss sich die Stiefel von den Füßen und schüttelte die Hosenbeine ab, die ihm nur hinderlich waren.

Mit einem stöhnenden Aufschrei warf er sich über Sofia, die immer noch auf allen vieren vor ihm kauerte, umfasste grob ihren Busen, packte die harten Spitzen und drückte sie zusammen. Sie wimmerte vor Lust und bewegte provozierend ihren bloßen Hintern, spreizte die Beine und hob sich ein wenig an, damit er leichter eindringen konnte. Voller Ungeduld strich sein Glied über ihre feuchte Spalte, rieb über ihre angeschwollenen Schamlippen, stieß immer wieder gegen den prallen Kitzler, bis sie vor Lust japste und spitze Schreie von sich gab.

«Jetzt ... jetzt!»

Er stieß mit voller Wucht in ihren Körper hinein, hörte sie keuchen und drang weiter vor, bis sein Penis ganz und gar in ihr versunken war. Er genoss das Gefühl, vollkommen von ihr umschlossen zu sein, zog das Glied ein wenig heraus und stieß es wieder hinein, dann merkte er, dass sie seine Bewegung aufnahm und mitwippte, und der Rhythmus wurde schneller.

Was für ein kleines Luder! Welches Vergnügen sie dabei hatte.

Sie stöhnte und wimmerte, rief tausend Heilige an und versicherte ihm, dass sie gleich vergehen würde. Ihr Zopf hatte sich aufgelöst, und das lange Haar hing ihr übers Gesicht. Sie warf keuchend den Kopf zurück, stieß immer wieder wollüstig ihren schamlosen Hintern gegen seinen Schwanz, und er spürte ihre Brüste in seinen Händen vor und zurück schwingen. Dann hörte er sie schreien, als seien alle Teufel über sie hergefallen, doch schon im gleichen Moment platzte sein Schwanz in ihrer Lustöffnung, und er spritzte seinen Samen in sie hinein.

Ihre Arme knickten ein, sie sank erschöpft auf den Waldboden, er lag über ihr, die Hände auf ihren Brüsten, sein Glied noch tief in ihrer Scheide versunken. Als er die Augen öffnete und den Kopf ein wenig anhob, blickte er in die Mündung seiner eigenen Jagdflinte, die auf ihn gerichtet war.

«Gut gerammelt, Väterchen!», sagte der Kosak anerkennend und grinste breit. «Jetzt hoch mit dir und an den Baum.»

Baranow war zu überrascht, um sich zu wehren. Die beiden Kosaken packten ihn an den Armen und zogen ihn hoch, sein erschlafftes Glied rutschte aus der warmen Umhüllung, und gleich darauf fand er sich an den Stamm einer Eiche gebunden.

Sofia hatte sich aufgerafft und lief in den Wald. Er sah sie rennen, nackt wie Gott sie geschaffen hatte, mit bebenden bloßen Brüsten, ihr blanker weißer Hintern leuchtete zwischen den Stämmen wie eine Zielscheibe. Die beiden Kosaken liefen ihr lachend hinterher, packten sie um die Hüften und versanken mit ihr im hohen Farnkraut.

«Schön bist du», hörte er einen der beiden sagen. «Jetzt wirst du lernen, wie der Kosak liebt.»

Nur langsam kam Baranow zu sich und begriff, was geschehen war. Idiot, der er war! Er hatte doch gewusst, dass die Kerle kommen würden. Schon wegen des Gefangenen, der inzwischen längst in der Peter-und-Paul-Festung saß und auf seine Verurteilung wartete. Auf dem Gutshof war alles vorbereitet, die Kosaken zu empfangen. Und er musste sich hier im Wald mit diesem Weibsstück vergnügen und den ankommenden Feinden in die Arme laufen!

Leise Stimmen waren jetzt zu hören. Dunkle, knurrende Laute der Männer, und dazu das helle Wimmern von Sofia. Es klang, als habe sie ihren Spaß bei der Sache. Zorn und Eifersucht bemächtigten sich seiner. Baranow spürte, wie die Adern an seiner Stirn anschwollen, er zerrte wütend an seinen Fesseln, doch die waren äußerst fest gebunden. Nur sein schlaffes, noch feuchtes Glied schwang vor und zurück – verflucht, wenn er doch wenigstens seine Hosen hätte!

Jetzt tauchte Sofias nackter Oberkörper aus dem Farn auf, ihr Kopf war nach hinten gebeugt, das lange Haar hing ihr wirr über die Schultern. Er konnte sehen, dass ihr Mund halb geöffnet war, die vollen Lippen vorgewölbt, als erwarte sie einen Kuss. Dann schnellte einer der schwarzgekleideten Kosaken hinter ihr in die Höhe. Er hatte den Kantschu in der Hand und legte jetzt die schmale Lederschnur von hinten unter ihre Brüste. Baranow sah, wie die Schnur ihren Busen anhob, die Brüste bebten auf und nieder, wackelten und tanzten nach dem Willen dieses dreckigen Kosaken, der die Schnur lustvoll zu führen wusste. Baranow spürte, dass sein Glied wider Willen steif wurde, und er starrte weiter auf das erregende Geschehen.

Der andere Kerl kauerte vor der nackten Frau, hatte den Kopf in ihre Spalte vergraben, und Baranow brauchte nicht viel Phantasie, um sich auszumalen, was er dort tat. Sofia wand sich, stöhnte immer wieder laut auf und schob schamlos das Becken vor, während der Kosak hinter ihr jetzt die Schnur über ihre Brüste geschoben hatte, sodass sie die harten Spitzen einschnürte. Genießerisch begann er seine geflochtene Lederschnur hin und her zu ziehen und reizte damit ihre Nippel so heftig, dass die prallen Knöpfchen immer wieder unter der Schnur hervorsprangen. Doch er wurde nicht müde, die frechen Dinger immer wieder unter seine Lederschnur zu drücken, sie erneut zu reiben, und Baranow konnte erkennen, dass Sofias harte Brustspitzen bereits rosig glühten.

Er fluchte zornig, doch sein Prügel stand jetzt hoch vor seinem Bauch, die Eichel dick angeschwollen und voller Tatendrang, der unglücklicherweise nicht befriedigt werden konnte. Stattdessen hatte jetzt der vor Sofia kniende Kosak seine Hosen heruntergelassen und seinen dicken Schwanz herausgenommen. Er führte ihn mit der Hand in Sofias braunes, lockiges Schamhaar, rutschte näher an sie heran und stieß voller Gier zwischen ihre Beine. Baranow konnte sich deutlich vorstellen, was der Kerl jetzt spürte. Sie war feucht und warm zwischen ihren Schenkeln, die aufgewölbten Schamlippen sprangen brünstig hervor, und es war herrlich, das Glied zwischen ihnen hindurchzuschieben. Jetzt hörte er, wie sie hell aufstöhnte und ächzte vor Wonne, denn der Kerl führte sein Glied mit der Hand, kreiste und stupste zwischen ihren gespreizten Beinen und keuchte jetzt selber schon vor Behagen. Der andere hatte seine Peitschenschnur um ihre rechte Brustspitze gezogen und sie fest eingezwängt – Sofias Lust war so stark, dass sich ihr ganzer Körper hin und her wand, sie schien wie von Sinnen und stieß immer wieder heisere Schreie aus.

Ein breiter Lichtstrahl fiel durch das Blätterdach und tauchte die Szene in einen gleißenden Schein. Hell und rosig schimmerte Sofias nackte Haut zwischen den grünen Farnblättern, die Schweißtropfen auf ihren Brüsten schimmerten, die rosigen Brustspitzen blühten im Licht. Baranow sah nicht an sich herab, er spürte auch so, dass sich seine Vorhaut weit zurückgeschoben hatte, sein Glied begierig zuckte – und er gab sich seiner Geilheit hin. Der Kosak umfasste jetzt mit beiden Händen Sofias runden Hintern, stieß seinen Schwanz fest in sie hinein und wiegte sich mit ihr vor und zurück, während der zweite Mann ihre Nippel mit dem Kantschu fest verknotet hatte und sie hüpfen ließ. Sofia wimmerte immer lauter, biss sich auf die Lippen in wilder Ekstase, immer rascher und geiler stieß der Kosak in sie hinein, immer wilder zog der andere an ihren eingeschnürten prallen Brüsten, und Baranow bewegte seinen Unterkörper unwillkürlich im gleichen Rhythmus. Sein steil aufgerichteter dicker Schwanz schwankte hin und her, stieß gegen seinen Bauch. Schon quollen einzelne weißliche Tröpfchen aus der geschwollenen Eichel. Dann – als der Kosak einen Schrei wie ein brünstiger Eber ausstieß – explodierte Baranows Prügel und verspritzte seinen weißlichen Saft in die Luft.

Der Kosak hatte kaum Zeit, sein Glied aus der warmen, feuchten Höhle zu ziehen, da sprengte ein Reiter über die Wiese, sah sich um und hielt genau auf Baranow zu. Es war ein Kosak, ein fetter Kerl, das Haar bis auf eine einzige Strähne geschoren, ein mächtiger Schnurrbart zierte das feiste Gesicht.

«Stenka! Iwan!», brüllte er. «Was treibt ihr Teufelskerle? Habt euren Spaß, während die Kameraden in Not sind!»

Die beiden Angesprochenen fuhren auf, Stenka zog sich die Hosen wieder hoch, Iwan löste rasch die Knoten seines Kantschus von Sofias Brüsten.

«Wir haben einen Gefangenen gemacht», sagte Stenka entschuldigend.

Der Glatzköpfige fasste Baranow näher ins Auge und grinste breit und zufrieden. Baranow hatte großes Pech – der Kosak kannte ihn, und vermutlich war er einer der Kerle, die die Kutsche überfallen hatten.

«Gut gemacht!», lobte er. «Dann ist noch Hoffnung. Bindet ihn los und zieht ihm die Hosen an, wir schaffen ihn zu Andrej. Es sieht nicht gut aus – die verfluchten Zaristen hocken im Gutshaus und haben einige unserer Leute gefangen.»

Baranow musste mit auf den Rücken gefesselten Händen vor

den drei Reitern herlaufen. Stenka hatte seine Jagdflinte an sich genommen, Iwan das lange Jagdmesser mit dem geschnitzten Horngriff, ein besonders wertvolles Stück, das Baranow vor Jahren in Moskau erworben hatte. Sofia hatte in aller Eile ihre Kleider zusammengerafft und war in den Wald gelaufen, das Kleiderbündel vor die bloßen Brüste gepresst.

Der Weg war nicht lang, bald tauchten die Gebäude von Pereschkowo vor ihnen auf, von der Morgensonne beschienen und scheinbar völlig friedlich. Doch der Eindruck täuschte. Zwei tote Kosaken lagen vor der hölzernen Tordurchfahrt, im Hof standen zaristische Soldaten, die Flinten im Anschlag. Baranow erblickte drei gefesselte Kosaken, die man an die Torpfosten gebunden hatte, ein leichtes Ziel für die Flinten der Zaristen. Es war klar, dass die Lage der Kosaken nicht rosig war – der bloße Versuch, das Gut einzunehmen, hätte zur Folge, dass die drei Gefangenen von den Kugeln der Zaristen zerfetzt würden.

Jetzt aber, da Baranow in die Gewalt der Kosaken geraten war, hatte sich das Blatt gewendet. Er hätte sich ohrfeigen können. Seine Lüsternheit auf dieses Weib hatte alles verdorben. Wenn er lebend aus dieser Sache herauskam, dann sollte Sofia zu spüren bekommen, was sie angerichtet hatte. Etwas ganz Besonderes würde er sich für sie ausdenken, etwas, woran sie ihr Leben lang denken würde, dieses geile Weibsbild.

Die Kosaken hatten sich in einer Scheune unweit des Gutshauses gesammelt. Es waren nicht mehr als zwanzig verwegene Burschen, einige hatten Verwundungen davongetragen, jedoch schien ihr Mut ungebrochen. Der gefangene Baranow wurde mit Jubel empfangen, man klopfte Iwan und Stenka auf die Schultern, beutelte sie, weil sie ungehorsam gewesen waren, und nannte sie Hurenböcke und Teufelskerle. Dann zerrte man Baranow vor den Anführer, einen großen kräftigen Kerl, dem das dunkle Haar in die Stirn fiel. Schwarze Augen bohrten sich in Baranows Züge, und er spürte, wie dem Alten für einen Moment die Luft wegblieb. Verfluchtes Geschick. Es war der junge Kerl, der in seinem Keller gesessen hatte.

«Ossip Arkadjewitsch Baranow!», sagte Andrej spöttisch. «Du warst Pilze suchen, wie man mir sagte?»

Baranow senkte wortlos den Kopf und versuchte die unbändige Wut zu verbergen, die bei dieser spöttischen Anrede in ihm hochflammte. Er hätte viel darum gegeben, diesen hochmütigen Kerl wie eine Wanze unter seinem Daumen zerquetschen zu können.

«Gestoßen wie ein Eber hat das Väterchen», berichtete Iwan grinsend. «Da haben wir gedacht: Stör das Hirschlein nicht, ein jedes Tierchen hat ein Recht auf sein Vergnügen. Ganz leise, auf Zehenspitzen sind wir geschlichen, haben uns seine Waffen genommen und zugeschaut, wie er gerammelt hat.»

Er begleitete seine Schilderungen mit den entsprechenden Körperbewegungen und erntete grölendes Gelächter. Drüben auf dem Gutshof berieten die Offiziere gerade über einen möglichen Angriff, nun hob man die Köpfe und wunderte sich. Wieso waren diese verfluchten Kosaken auf einmal so guter Laune?

Andrej, sonst für jeden zünftigen Scherz zu haben, war ernst geblieben. Zu sehr hasste er diesen Mann, der Sonja in seiner Gewalt gehabt hatte.

«Deine Geilheit hat dich in eine böse Lage gebracht», stellte er zufrieden fest. «Es gibt nur eine Möglichkeit für dich, deinen Kopf zu retten: Gib den Gefangenen frei, der in deinem Keller sitzt.»

Baranows Gehirn arbeitete wie ein Räderwerk, und er begriff, dass er eine Trumpfkarte im Spiel hatte.

«Der Gefangene ist längst in der Hauptstadt. Fest und sicher eingekerkert.»

Andrej hatte es nicht wahrhaben wollen, was die Bauern in den Dörfern erzählt hatten. Sein Vater sei zwar auf Pereschkowo gefangen gewesen, dann habe man ihn jedoch fortgeschafft. Es gab keinen Grund, an Baranows Worten zu zweifeln. Warum sollte er lügen? Sein Leben stand auf dem Spiel.

«Wenn das stimmt, hast du nichts Gutes zu erwarten», fuhr er Baranow an. «Dein Tod wird langsam und qualvoll sein, Kerl.»

Baranow wusste, dass die Kosaken scheußliche Foltermethoden hatten, und ihm war himmelangst. Aber noch gab es einen Weg.

«Wenn du mich tötest, werden deine drei Kameraden dort auf dem Gutshof ebenfalls sterben», drohte er. «Und auch ihnen wird nichts erspart bleiben.»

Andrej biss sich zornig auf die Lippen. Die Sorge um den Vater hatte ihn unvorsichtig gemacht – zu übereilt und ohne vorher die Lage auszukundschaften hatte er angegriffen. Seine Kosaken waren zurückgeschlagen worden, es hatte Verluste gegeben. Er würde seine Kameraden nicht sterben lassen, so viel war sicher.

«Ich habe großen Einfluss bei Hofe», fuhr Baranow fort, denn er hatte gemerkt, dass sein Gegenüber an Boden verlor. «Wenn du mir einen Gefallen erweist, dann kann ich das Leben deines Väterchens retten.»

Andrejs dunkle Augen wurden schmal, er ahnte, welchen Gefallen dieser Satan von ihm fordern würde.

«Dieser junge Bursche, den ihr Kosaken in eurer Gewalt habt, ist mir sehr ans Herz gewachsen», sagte Baranow in harmlosem Ton. «Ein junger Verwandter, den ich an meines Sohnes Stelle einsetzen wollte. Ich habe keine leiblichen Kinder.»

Andrej fühlte die Augen seiner Kameraden auf sich gerichtet und schäumte innerlich vor Wut. Dieser geile, dreckige Blutsauger wagte es, Sonja von ihm zu fordern.

«Wenn du ihn mir zurückgibst – heil und unversehrt –, würde ich alle meine Beziehungen spielen lassen, um deinem Väterchen aus der Klemme zu helfen.»

Unsicher sahen sich die Kosaken an und blickten dann auf ihren Anführer. Was würde Andrej tun?

«Woher soll ich wissen, ob du dazu überhaupt die Macht hast?», gab Andrej abweisend zurück. «Auf leere Versprechungen lassen wir uns nicht ein.»

Baranow wusste selbst, dass dieses Unterfangen kein Kinderspiel sein würde, doch er hatte wichtige Staatsbeamte in seiner Hand, die vollkommen von ihm abhängig waren.

«Ein ehrlicher Handel – erst wenn dein Väterchen hier auf meinem Gut ist, bringst du den Burschen, und wir tauschen sie gegeneinander aus.»

Andrej fühlte die hoffnungsvollen Blicke seiner Kameraden wie bleierne Gewichte auf seiner Seele. Er hätte nicht zögern dürfen, die Bedingungen anzunehmen, denn es ging um das Leben des Atamans. Mehr noch: Er wollte sich mit dem Vater aussöhnen, ihn um Vergebung bitten, Frieden schließen. Seine Kameraden wussten das, sie unterstützten ihn.

«Nein», sagte er hart.

Er befahl, Baranow gegen die drei gefangenen Kosaken auszutauschen. Danach würde man aufbrechen.

Tanja stand in der Küche über einen hölzernen Trog gebeugt, hatte eine Schürze über das Kleid gezogen und knetete den Brotteig. Sonja saß neben ihr auf einem Hocker, hatte den Kater auf dem Schoß, und zärtlich strichen ihre Finger über das weiche Fell.

«Sieh hin!», sagte Tanja plötzlich und hielt ihr eine Faust vor die Nase. Die Finger waren eingekrümmt, nur der Zeigefinger nicht, er zeigte nach unten in den Trog mit dem Teig.

«So ist das», sagte Tanja. «Verstehst du?»

Sonja starrte auf die Faust und den abgewinkelten Zeigefinger und verstand überhaupt nichts.

«So ist was?»

«Das Geheimnis, das du noch nicht kennst. Pass auf.»

Tanja hob den Zeigefinger langsam, streckte ihn, bis er gerade auf Sonja zeigte, dann hob sie ihn weiter, winkelte dabei das Handgelenk ein wenig an. Der Zeigefinger stand senkrecht und wies zur Zimmerdecke wie ein mahnendes Zeichen.

Sonja runzelte hilflos die Stirn und zuckte die Schultern.

«Und? Wo ist dabei das Geheimnis?»

Tanja war geduldig. Sie führte das Kunststück noch einmal vor. Der Zeigefinger hing ein wenig gekrümmt herunter, sie tippte mit der anderen Hand daran – er ließ sich hin und her bewegen.

«Das hast du gesehen, nicht? Klein und schlaff.»

Sonja wurde feuerrot. Langsam begriff sie, was Tanja meinte.

Jetzt rieb Tanja ihren Zeigefinger mit den Fingern der anderen Hand. Fasziniert sah Sonja zu, wie der Zeigefinger sich streckte und geradeaus zeigte.

«Eine nackte Frau, ein schöner Traum, eine Hand, die reibt ...», flüsterte Tanja und ließ ihren Zeigefinger steigen. Sonja starrte ihn mit weit offenen Augen an.

«Er wird gerade und hart. Er hebt sich hoch. Er wird dick, bekommt oben einen wulstigen Buckel ...»

«Einen ... Buckel?»

In Tanjas Augen blitzte jetzt der Schalk. Sie bewegte den Finger hin und her, ließ ihn kreisen, dann stieß sie ihn mit einer raschen Bewegung in den weichen Brotteig.

«Hast du nie gesehen, was die Pferde auf der Weide tun?», fragte sie Sonja, die fassungslos in den Trog schaute. Das also war die Lösung dieses Geheimnisses. Das war es, was sich in Andrejs Hose geregt hatte ...

«Schon ... Aber das sind doch Pferde ...»

Tanja seufzte und begann wieder ihren Teig zu walken. Sie knetete so heftig, dass Schweißperlen auf ihrer Stirn zu sehen waren.

«Als ich ein Kind war, habe ich einmal die Njanja gefragt. Wegen der Pferdchen auf der Weide», berichtete Sonja kleinlaut.

«Und? Was hat sie gesagt?»

Sonja dachte nach, denn das war lange her.

«Sie hat gesagt: ‹Das ist die Natur.› Und dann kam meine Mutter herein und hat ...»

«Schon gut», unterbrach sie Tanja grinsend. «Heute Abend, wenn es dunkel ist, wirst du mit mir gehen.»

«Wohin?»

«Zur Scheune. Und jetzt hilf mir mit den Broten.»

Gehorsam scheuchte Sonja den Kater von ihrem Schoß und krempelte die Ärmel hoch, um runde Brote aus dem Teig zu formen. Die Arbeit gefiel ihr, es war angenehm, den weichen Teig zu kneten und in Form zu drücken. Ein wenig half es ihr dabei, ihren Schrecken und ihre Verwirrung zu bewältigen. O Gott – was mochte Andrej von ihr gedacht haben, als sie die Finger in seinen Hosenbund steckte ... Hatte er gespürt, dass sie seinen «Buckel» berührt hatte? Ein wohliger Schauer überlief sie, und sie erschrak vor sich selbst.

«Eine schöne Arbeit», sagte sie, um den peinlichen Gefühlen zu entfliehen.

«Findest du? Ich hasse sie!», platzte Tanja heraus. «Tagaus, tagein kochen und backen, die Tiere versorgen, Wasser tragen, Kleider nähen ...»

Erstaunt stellte Sonja fest, dass Tanjas Mund vor Widerwillen fest zusammengekniffen war. Sie rümpfte die Nase und klatschte ein rundes Brot auf den bemehlten Holztisch. Dann wischte sie sich mit dem Handrücken über die schweißfeuchte Stirn und richtete sich auf.

«Am Hof der Zarin hast du gelebt, nicht wahr? Schöne Kleider getragen, mit all den hohen Herren getanzt und mit ihnen Gespräche geführt, nicht wahr? Hast du auch die Zarin selbst gesehen? Vielleicht sogar mit ihr gesprochen?»

Sonja hörte den Vorwurf heraus. Sie war eine Adelige und hatte ein Leben geführt, von dem Tanja nur träumen konnte. Zum ersten Mal ließ Tanja sie spüren, dass es zwischen ihnen einen großen Abstand gab.

«Es ist nicht so großartig, wie du denkst», versuchte sie zu erklären. «Ich habe kostbare Kleider getragen – aber die haben meine Eltern teuer bezahlen müssen. Unser Gut haben wir dafür verkauft. Alle Hoffnung meiner Eltern lag darin, dass ich einen reichen Ehemann finden würde.»

«Aber du hast mit all den Ministern und mächtigen Männer sprechen können ... Du warst dort, wo regiert wird. Mitten im Palast der Zarin ...»

Sonja schüttelte lächelnd den Kopf. Gar zu naiv waren Tanjas Vorstellungen vom Leben einer Hofdame.

«Die hohen Herren haben schon mit mir gesprochen – allerdings niemals über Dinge, die die Regierung betrafen. Es wurde geklatscht und getratscht, man hat dumme Witze gemacht oder sich über die schönen Gemälde unterhalten, die die Zarin Katharina erworben hatte ...»

Ungläubig sah Tanja zu ihr hinüber. «Und die Zarin? Hast du auch mit ihr gesprochen?» – «Manchmal. Sie kann sehr heiter sein, und sie lacht gern. Aber sie kann auch sehr zornig werden, dann ist sie streng und grausam. Wer ihr nicht gefällt, dessen Schicksal ist entschieden, sie lässt Menschen ins Gefängnis werfen, und niemand weiß, was aus ihnen wird.»

Unausgesprochen stand das Schicksal des Zaren Peter im Raum, den Katharina die Zweite in einem Putsch hatte absetzen und in Haft bringen lassen. Niemand wusste genau, wie er dort ums Leben gekommen war, doch es gab Gerüchte ...

Tanja schwieg und langte wieder in den Trog, um die letzten Teigreste zusammenzukratzen. Beide dachten das Gleiche.

«Andrej ist bereits drei Tage fort», sagte Sonja schließlich leise. «Glaubst du, er hat euren Vater gefunden?»

Tanja knetete das letzte Brot und schaute dabei düster aus dem Fenster. Sonja spürte deutlich, dass auch sie sich sorgte.

«So Gott will, wird er mit dem Väterchen gemeinsam zurückkehren», meinte Tanja schließlich und legte das Brot zu den anderen auf den Tisch. «Andrej ist klug und mutig, nur manchmal geht sein heißes Blut mit ihm durch. Er hat sich den Aufständischen angeschlossen gegen den Willen des Väterchens. Bösen Streit hatte es gegeben, als Andrej damals davonritt, um gegen die Zarin zu kämpfen. Viele sind mit ihm geritten, trotz der Warnung des Väterchens – und so sind wir alle in den Augen der Zarin zu Aufrührern geworden.»

Sonja begriff. Deshalb war Andrej so überstürzt davongeritten. Er machte sich Vorwürfe und wollte unter allen Umständen verhindern, dass sein Vater in Gefangenschaft geriet oder gar getötet wurde.

«Andrej würde sein Leben für den Vater geben», fügte Tanja hinzu. «Wir können nichts tun – lass uns jetzt die Brote backen.»

Die Babuschka hatte den Brotofen angeheizt, der einige Schritte weit vom Haus entfernt lag, ein niedriger, halbkugelförmiger Bau, den Sonja erst nur für ein Häufchen Steine gehalten hatte. Jetzt kehrte die Alte das verbrannte Holz aus dem Ofen und reinigte die heißen Steine mit einem feuchten Lappen, der an einem langen Stiel befestigt war. Sonja sah nachdenklich dabei zu – damals auf dem Landgut ihrer Eltern hatten die Bauern das Brot auf genau die gleiche Weise gebacken. Sie half dabei, die Brote in den Ofen zu schieben, und hatte plötzlich das ungewohnte Gefühl, etwas Sinnvolles und Wichtiges getan zu haben. Ganz im Gegensatz zu Tanja, die mürrisch dreinschaute und erleichtert aufatmete, als die Babuschka den Ofen endlich verschloss.

«Geht ins Haus, meine Täubchen», sagte die Babuschka. «Ich habe euch Kwass und Blinij hingestellt. Esst ruhig.»

Sonja lächelte der Alten zu und erntete ein freundliches Kopfnicken. Die Babuschka hatte sich verändert. Sie hatte voller Erstaunen gesehen, dass Sonja sich freiwillig und gern an allen Arbeiten beteiligte und sogar Freude daran hatte. Ihr mürrischer Ton Sonja gegenüber war verschwunden, hin und wieder richtete sie jetzt das Wort an sie, stellte Fragen, erklärte geduldig, wenn Sonja etwas nicht verstand, und am gestrigen Abend hatte sie sogar Geschichten erzählt. Begeistert hatte Sonja den Märchen und Sagen gelauscht, die von wilden Kosakenkämpfen berichteten, von geraubten mongolischen Prinzessinnen, von Waldgeistern und von der Baba Jaga, der Hexe. Ja, es gefiel ihr zunehmend in diesem kleinen Kosakendorf – wäre nicht die Angst vor der ungewissen Zukunft und die Sorge um Andrej gewesen, hätte sie hier glücklich sein können.

Auch an diesem Abend saßen sie mit der Babuschka zusammen auf der Veranda, erzählten und lachten, bis die alte Frau müde wurde und hinauf in die Schlafstube ging. Die Dämmerung war bereits hereingezogen, und Tanja sah belustigt zu Sonja hinüber, die immer wieder zum Dorfausgang hinüberschaute, als erwartete sie jemanden.

«Du denkst an Andrej?»

Sonja fuhr zusammen und fühlte sich ertappt. Ja, sie musste es zugeben – Andrej beherrschte ihre Träume. Sie sehnte sich ebenso sehr nach ihm, wie sie das Wiedersehen fürchtete. Sie hasste ihn, den Verführer, der sie zu so unsagbar sträflicher und wundervoller Lust getrieben hatte, und zugleich bangte sie um sein Leben.

Tanja lächelte zufrieden und fasste ihre Hand. «Es ist Zeit», flüsterte sie. «Gehen wir.»

Sonja spürte, wie ein leichter Schauer sie durchrieselte, zugleich jedoch erfüllte sie Begehrlichkeit. Was würde Tanja ihr dieses Mal zeigen? Sie hatte die vergangenen Nächte gemeinsam mit Tanja in ihrem schönen Zimmer verbracht und die Liebeslektion ihrer Lehrerin mehrfach wiederholt. Jedes Mal war das Erlebnis aufregender und sinnlicher gewesen. Nun aber schien etwas Neues an der Reihe zu sein.

Geduckt schlichen sie an den Häusern vorbei, nur in wenigen Fenstern brannte noch ein mattes Licht. Hunde schlugen an, beruhigten sich jedoch wieder, wenn sie sich entfernten. Ein Vollmond war am Himmel aufgestiegen, und sie mussten Deckung hinter Büschen und Sträuchern nehmen, während sie am Fluss entlang zu einer niedrigen Scheune hinüberliefen. Insekten sangen ihr Lied, Fledermäuse glitten lautlos an ihnen vorüber und warfen verwischte Mondschatten auf die Wiesen. Die Scheunentür knarrte, als Tanja sie ein Stück aufzog. Für einen Augenblick glommen die grünen Augen einer überraschten Katze auf, dann huschte das Tierchen davon.

Die beiden Frauen schlüpften in die dunkle Scheune, es roch nach frischem Heu, nach Erde und nach Holz. Sonjas Herz klopfte unruhig – es lag eine seltsame Spannung in diesem düsteren Raum, leises Knistern war zu vernehmen, trockene Halme raschelten. Eine Maus? Tanja tastete herum, schlug den Feuerstahl gegen den Stein, und langsam stieg eine winzige Flamme auf. Sie hatte eine Laterne angezündet, hängte sie nun an einen Nagel, der aus der Holzwand herausstand, band ihr rotes Kopftuch ab und deckte die Laterne damit ab. Ein matter, rötlicher Lichtschein umgab die Laterne, ließ die Konturen der Deckenbalken und ein Stück der hölzernen Scheunenwand erkennen und verlor sich dann in der Dunkelheit. Sonja erkannte undeutlich zwei dicke Nägel, die in die Scheunenwand eingeschlagen waren, auch schien am Boden ein Brett oder ein Balken zu liegen.

Ein schwaches Geräusch an der Tür ließ sie zusammenfahren – Tanja nahm sie bei den Schultern und drückte sie energisch in eine Ecke, in der der Lichtschein sie nicht erfassen konnte. Sonja begriff – heute sollte sie stumme Zuschauerin sein.

Eine Gestalt schob sich langsam durch den Türspalt und zog

die Tür sorgfältig hinter sich zu. Es war ein Mann, eingehüllt in den schwarzen Mantel der Kosaken, lederne Stiefel an den Füßen, in der Hand ein Bündel Lederriemen.

Es gab keine Begrüßung. Der Mann schien genau zu wissen, was er zu tun hatte, denn er reichte Tanja die Riemen und kniete dann vor ihr nieder. Sonja konnte sein Gesicht nicht erkennen, da es ihr abgewandt war. Sie sah jedoch, dass Tanja das Halstuch des Mannes löste und ihm damit die Augen verband. Gespannt wartete Sonja in ihrem Versteck, was weiter geschehen würde. Wozu solch merkwürdige Vorbereitungen?

Der Mann erhob sich und ließ sich von Tanja zur Scheunenwand führen. Sie drehte seinen Körper so, dass er mit dem Rücken zur Wand stand, dann ging sie einige Schritte zurück.

«Ich sehe dir zu», sagte sie leise mit ihrer dunklen Stimme. «Ich starre dich die ganze Zeit an. Beginne!»

Der Mann war bärtig, seine Lippen schön geformt, sein dunkles Haar wies schon einige graue Strähnen auf. Er sog die Luft heftig ein und begann den Mantel auszuziehen. Das Kleidungsstück warf er in die Richtung, in der er Tanja vermutete, doch es fiel auf den Boden, ohne dass sie sich darum kümmerte.

Langsam begann er, die weite dunkle Kosakenbluse zu öffnen, zog einen Knopf nach dem anderen aus den Schlingen, bis sein dunkles Brusthaar sichtbar wurde. Es bedeckte den größten Teil seiner Brust, ließ die helle Haut darunter durchschimmern und zog sich in breitem Band über seinen Bauch bis zum Gürtel hinunter. Rötlich stachen die Brustwarzen hervor, von nur wenigen Härchen geschützt. Er streifte die Bluse mit einer schnellen Bewegung ganz herunter und warf sie dem Mantel nach.

Die seltsam genussvolle Art, wie er sich entkleidete, erregte Sonja. Die Männer damals am Fluss hatten ihre Kleidung rasch von sich geworfen und nichts anderes im Sinn gehabt, als sich in die kühlen Fluten zu stürzen. Dieser Mann aber legte jedes Kleidungsstück mit Bedacht ab und schien sich jeden Augenblick lustvoll dessen bewusst zu sein, dass Tanjas dunkle Augen ihn dabei betrachteten.

Auch Sonja konnte den Blick nicht von ihm wenden, denn der Oberkörper des Unbekannten war muskulös, dabei aber geschmeidig, sein Bauch war fest, die Hüften schmal. Ihr Puls raste, als er jetzt seinen Gürtel löste und ihn aus den Schlaufen der Hose zog. Mit einem dumpfen Geräusch fiel der dicke Ledergürtel auf den Lehmboden der Scheune, und der Unbekannte bückte sich, um die Stiefel von den Füßen zu ziehen. Sonja starrte zitternd auf seinen entblößen Nacken, dessen breite Muskeln sich in seinen Oberarmen fortsetzten und bei jeder Bewegung anschwollen. Nie hatte sie einen unbekleideten Männerkörper so lange und so genau betrachtet.

Er schleuderte die Stiefel in den Raum hinein, stellte sich wieder gegen die Wand und spreizte leicht die Beine. Langsam hob er die Hände, schien jeden Augenblick dieser Bewegung zu genießen, fasste seinen Hosenbund und löste den Verschluss. Sonja stand wie erstarrt, spürte, wie das Blut durch ihre Adern raste und es feucht zwischen ihren Beinen wurde. Der Mann hatte den Mund halb geöffnet, sein Atem ging in raschen Stößen. Mit vor Erregung zitternden Händen schob er die Hose langsam hinunter, die helle Haut seiner Hüften wurde sichtbar, der dunkle Rand seines Nabels, das flaumige Band seiner Behaarung, das sich nach unten zu stark verdichtete. Dann entblößte er sein Glied, das von dunklen Haaren umwachsen und doch deutlich zu erkennen war. Es war bereits angeschwollen und hatte sich gehoben. Als er die Hose darüberschob, musste er es mit der Hand an den Körper pressen. Er ließ die schützende Hand auf seinem erregten Penis, während die Beinbekleidung bis auf seine Füße hinunterrutschte.

Sonja warf einen raschen Blick zu Tanja hinüber, die den Vorgang mit einem wohlwollenden, etwas kühlen Lächeln beobachtete. Sonja selbst fühlte sich so erregt, dass sie winzige Reflexe in ihrer Schamgegend verspürte, und sie musste sich gegen das Verlangen wehren, genau das mit ihren Händen zu berühren, was er so sorgsam vor ihnen verbarg.

Der Unbekannte bewegte seine Hand hin und her, presste dabei sein Glied gegen seinen Unterkörper, ließ es hin und wieder ein wenig sehen und verbarg es dann wieder vor den weiblichen Blicken. Erst als der Penis prall angeschwollen war und die dünne Vorhaut an seiner Spitze sich bereits öffnete, gab er den Blick auf sein Gemächt frei.

Sonja starrte auf das emporstehende, mächtige Glied, die glänzende verdickte Spitze, die vor Erregung ein wenig hin und her bebte, und sie spürte eine plötzliche Angst. Es war so groß, so hart und fest – wie eine Waffe, die zum Verletzen dienen sollte.

Tanja war jetzt mit wenigen raschen Schritten über die Kleider gestiegen und dicht an den Mann herangetreten.

«Die Arme auseinander!», befahl sie mit harter Stimme.

Der Mann quittierte den Befehl mit einem lüsternen Stöhnen, bewegte den Unterkörper wollüstig und breitete die Arme aus. Tanja band seine Handgelenke mit den ledernen Riemen an die beiden Nägel, die aus der Scheunenwand herausstanden.

«Spreize die Beine!»

Wieder keuchte er, seine Bauchdecke hob und senkte sich rasch und stoßweise, und er tat bereitwillig, was sie von ihm verlangte. Sonja klemmte das dicke Holzbrett der Länge nach zwischen seine Füße, schlang Lederriemen um die Fußgelenke und band sie ebenfalls an die Scheunenwand. Dann trat sie zurück und betrachtete ihr Werk. Der nackte Körper des Mannes war mit geöffneten Armen und gespreizten Beinen gegen die hölzerne Wand gespannt, sein entblößtes Glied ragte vor seinem Unterleib auf, und wenn er an seinen Fesseln zerrte, schaukelte der Penis hin und her.

«Du weißt nicht, wer sie ist», sagte Tanja mit dunkler sinnlicher Stimme. «Sie wird dich berühren und mit dir tun, was immer sie will.»

Sie warf Sonja einen aufmunternden Blick zu, und die erschrak zutiefst. Entsetzt schüttelte sie den Kopf. O nein – niemals würde sie es über sich bringen. Niemals ... auch wenn sie große Lust dazu verspürte.

Tanjas schwarze Augenbrauen sanken zornig hinab und vereinten sich zwischen den Augen zu einer einzigen geschwungenen Linie. Sonjas Widerstand wurde schwächer. Sie trat einen Schritt vor und nahm jetzt deutlich den Geruch des nackten Männerkörpers wahr. Er roch nach Moschus und nach etwas anderem, das sie nicht hätte benennen können.

Es war, als zöge eine magnetische Kraft sie zu dem Gefesselten hin, sie wusste kaum, was sie tat, als sie vor ihm stand und ihre Hände behutsam über seine nackte Brust gleiten ließ. Er stöhnte auf, streckte sich trotz der Fesseln ihren Händen entgegen, spannte die Muskeln an und ließ sie unter ihren Fingern spielen. Sie schob die Hände durch das lockige Haar, neugierig berührten ihre Finger seine rosigen Brustwarzen, und sie stellte entzückt fest, dass sie sich zusammenzogen. Dann glitten ihre Hände tiefer, folgten dem wolligen Vlies über seinem Bauch bis hinunter zu seinem Penis. Der Mann bebte vor Begierde, ließ ein tiefes, wohliges Brummen hören, als sie sein Glied mit beiden Händen umschloss. Es war hart, doch elastisch, die Haut war unsagbar fein und zart, die geschwollene dicke Spitze war heftig durchblutet und ein wenig feucht. Der oberste Teil seines Gliedes ragte über ihre Hände hinaus, und sie entdeckte darin eine winzige Öffnung.

Sie begann an dem steifen Glied zu reiben, es zu reizen und erntete heisere Laute der Lust. Sie selbst spürte, wie ihre Schamlippen sich dehnten und prall wurden, wie die Feuchtigkeit in ihrer Spalte zunahm und ihre Schenkel benetzte. Sie keuchte leise und ließ sich auf die Knie nieder, berührte das Glied leicht mit ihrer Zunge, spürte, wie heiß es war, und leckte bis hinauf zu der geschwollenen Eichel. Er ächzte heftig und bewegte den Unterkörper vor und zurück, als wollte er zustoßen. Einige Tröpfchen weißlicher Flüssigkeit quollen aus der Öffnung hervor. Sonja rieb mit dem Finger darüber und verteilte sie auf seiner prallen Eichel. Dann glitten ihre Hände tiefer, fassten zwischen seine Beine, spürten die dickgeschwollenen Hoden, die dort halb verborgen hingen. Gierig fasste sie mit beiden Händen zu und befühlte sie, indem sie sie ein wenig knetete. Es befanden sich zwei weiche Kügelchen darin, und sie hatte Lust, die Kugeln ein wenig zu walken und auf ihnen herumzudrücken. Diese Berührung war so erregend, dass ihre Lustperle zu zucken begann, und der unbekannte Mann, dessen Schwanz sie massierte, stöhnte so laut, dass Tanja in Sorge war, man könnte sie hören.

«Genug», befahl sie und zog Sonja an den Schultern zurück. «Nein», flehte der Mann, gurrend vor Verlangen. «Hör nicht auf damit. Ich krepiere, wenn du nicht weitermachst.»

«Geh jetzt allein zurück», flüsterte Tanja ihr ins Ohr. «Du kennst den Weg – sei vorsichtig.»

Sonja brauchte einen Moment, um sich zu besinnen. Erschrocken über sich selbst stand sie auf, spürte die Feuchte zwischen ihren Beinen und war beschämt. Doch auch jetzt noch lockte sie der nackte Körper des Mannes mit seinem steil aufgerichteten dunklen Glied, und sie musste sich gewaltsam losreißen, um nicht Tanjas Unwillen zu erregen.

Es waren Wolken aufgezogen, die an dem Vollmond vorübereilten und ihn immer wieder für kurze Zeit verdunkelten. Sonja musste ihre Kappe festhalten, als sie durch die Wiesen zum Fluss hinunterlief. Ein böiger Wind zerrte an ihrer Kleidung, bog die Zweige der Büsche, sodass sie Sonjas Beine streiften. Unten am Flusslauf standen dicke, knotige Weiden, ihre langen Äste wehten im Wind wie das dünne Haar alter Weiber. Sonja hätte jetzt gern die mutige Tanja an ihrer Seite gehabt, denn die schwarzen

Weidenbäume hatten seltsame Formen im Mondlicht und erinnerten an die Waldgeister aus den Märchen der Babuschka.

«Nur ein paar Schritte bis zum Dorf», sagte sie leise, um sich Mut zu machen.

Sie hielt die Kappe mit beiden Händen fest und eilte, so rasch sie konnte, am Flusslauf entlang. Die unheimlichen Baumriesen schienen an ihr vorüberzuhuschen, wichen gar vor ihr zurück, und sie wollte schon über ihre dumme Angst lachen, da bewegte sich einer der Schatten und stellte sich ihr in den Weg.

«Hab ich dich, Grünschnabel. Noch nicht trocken hinter den Ohren, aber schon mit der schönen Tanja in der Scheune.»

Sie war so erschrocken, dass sie keinen Ton herausbrachte. Vor ihr im Mondlicht stand Rasim, das Gesicht wutverzerrt, die Fäuste erhoben. Ehe sie zur Seite springen konnte, hatte er sie an der Bluse gepackt und stieß sie gegen einen der dicken Weidenstämme.

«Ich werde dir die Geilheit schon austreiben, du Böckchen. Wirst dein Schwänzchen kaum wiedererkennen, wenn ich mit dir fertig bin!»

Sonja spürte, wie ihre Bluse unter seiner Faust zerriss, die Kappe rutschte von ihrem Kopf, ihr Haar löste sich auf und flatterte im Wind. Rasim riss die dunklen Augen auf und glotzte sie an, als sei sie die Baba Jaga persönlich.

«Ein Weibsstück!», flüsterte er. «Wahrhaftig – ein Weibsstück!»

Er war so überrascht, dass er sie losließ, und sie nutzte den Moment, um davonzulaufen und sich ins Dorf zu retten. Hinter ihr hallte grölendes, boshaftes Gelächter, das nichts Gutes verhieß.

In wilder Panik lief sie durch das schlafende Dorf, das scheußliche Lachen hallte noch in ihren Ohren und mischte sich mit dem Gebell der Dorfhunde. Völlig außer Atem rettete sie sich ins Haus, huschte die Stiege hinauf und schlich auf leisen Sohlen durch das Zimmer, in dem die Babuschka schlief. Die Alte lag schnarchend auf ihrem Lager und schien von all dem Lärm nichts bemerkt zu haben.

Sonja schlüpfte in Tanjas Zimmer und zog die Tür hinter sich zu. Erschöpft lehnte sie sich gegen die Wand, sie zitterte und atmete heftig. Ausgerechnet Rasim hatte ihr Geheimnis entdeckt – o Himmel, was würde nun geschehen? Würde er jetzt zu seinen Kameraden gehen und lauthals erzählen, dass Andrejs Gefangener in Wirklichkeit eine Frau war? Würden sie sich dann zusammenrotten, ins Haus stürmen und verlangen, dass sie ihnen ausgeliefert würde? Würde sie – so wie Pelageja – nun allen Kosaken gehören und von ihnen der Reihe nach genommen werden?

Zitternd sank sie auf die seidenen Polster und horchte nach draußen. Noch war alles still – doch wie lange noch? Was würde geschehen, wenn Rasim auf die Idee kam, ins Haus einzudringen um über sie herzufallen?

Andrej war fort – er konnte sie nicht beschützen. Aber würde er das überhaupt tun, selbst wenn er hier wäre? Würde man ihm nicht vorwerfen, die Kameraden betrogen zu haben? Ach, er hatte schon einmal um sie gekämpft und dabei sein Leben riskiert. Wäre er hier, würde er sie ganz sicher unter seinen Schutz nehmen.

Sie lag unbeweglich, horchte auf jedes Geräusch, fuhr zusammen, wenn der Wind an einem der hölzernen Läden rüttelte oder wenn eine Katze draußen ihr klagendes Liebeslied anstimmte.

Tanja kam spät – es musste schon gegen Morgen sein. Das

Mädchen schlich fast unhörbar ins Zimmer und legte sich neben Sonja in die Polster. Ihr Haar war offen und ihr Gesicht noch erhitzt. Wohlig schmiegte sie sich an Sonjas Körper, stutzte dann aber, als sie bemerkte, dass die Freundin nicht schlief.

«Was ist los?»

Flüsternd berichtete Sonja, was geschehen war. Tanja hörte zu und blieb zuerst eine Weile stumm.

«Ach was», sagte sie dann. «Irgendwann hätten sie es sowieso erfahren. Mach dir keine Sorgen – niemand wird es wagen, dir etwas zuleide zu tun. Noch ist unser Väterchen der Ataman.»

Ihre Worte beruhigten Sonja, sie legte die Arme um die Freundin, kuschelte sich an sie und schlief sofort ein.

S onja erwachte von einem heftigen Schmerz. Jemand riss an ihrem linken Arm, zog sie brutal vom Lager empor und schüttelte sie. «Du verdammte, dreckige Hure!»

Sie hatte vor Schreck laut geschrien, helles Tageslicht blendete sie, sodass sie sich schützend die Hand vor die Augen hielt. Dann erst erkannte sie den schwarzgekleideten, großen Mann, der sie mit grober Faust festhielt. Vor ihr stand Andrej.

«He, Brüderchen. Was soll die Aufregung», ließ sich Tanja schlaftrunken vernehmen.

Andrejs Gesicht war wutverzerrt, seine schwarzen Augen blitzten Tanja an, als wollte er sie im nächsten Augenblick schlagen. Einstweilen war seine Faust jedoch immer noch fest um Sonjas Arm geschlossen, und sie wand sich unter seinem Griff. Warum war er nur so wütend? Hatte er etwa schon erfahren, dass man ihr Geheimnis entdeckt hatte?

«Das weißt du ganz genau, elende Schlampe! Raus aus diesem Zimmer! Raus, oder ich mache dir Beine!»

Sonja zitterte vor Angst, doch Tanja ließ sich von dem Wutausbruch ihres Bruders keineswegs aus der Ruhe bringen. Natürlich wusste sie, weshalb er so zornig war. Männer waren in diesem Punkt nun einmal schrecklich empfindlich. Aber er hatte ja gar keinen Grund, besorgt zu sein.

«Dies ist *mein* Zimmer», stellte sie fest. «Wenn jemand geht, dann bist du es.»

Andrej hatte wenig Lust auf Streitgespräche – am wenigsten mit Tanja, die schon immer stur und eigensinnig gewesen war. Er ließ Sonjas Arm fahren und packte seine Schwester bei den langen Haaren.

«Raus, sage ich», flüsterte er in heller Wut. «Hier in diesem Haus habe ich das Sagen, und du hast zu gehorchen.»

Tanja fuhr wie von einer Schlange gebissen empor. Wütend wehrte sie sich gegen seinen Griff, fasste ihr Haar und zerrte daran, grub ihre Nägel in seine Faust und war drauf und dran, ihn zu beißen. Nie hatte Sonja erlebt, dass eine Frau so wütend gegen einen Mann kämpfen konnte. Doch gegen Andrej hatte Tanja keine Chance – er drängte sie zur Tür und schob sie ungeachtet ihrer Gegenwehr aus dem Zimmer.

«Du Dummkopf!», schimpfte sie zornig auf der anderen Seite der Tür. «Einen Strohschädel habe ich zum Bruder. Sie liebt dich, und du schlägst sie!»

Andrej stand mit dem Rücken zur Tür, sein Gesicht war jetzt blass, die Lippen verzerrt wie im Schmerz.

«Sie liebt mich», äffte er sie ironisch nach. «Sie liebt mich und schläft mit meiner Schwester!»

Sonja hatte sich in eine Ecke geflüchtet, in ihrem Kopf überstürzten sich die Gedanken. Er war eifersüchtig. Auf seine Schwester. Aber die war doch eine Frau ...

«So eine bist du also!», fuhr er sie an. «Treibst es mit Weibern. Die feine adelige Dame hat andere Vorlieben. Und ich Idiot habe geglaubt, du wärst eine ahnungslose Unschuld.»

Seine dunklen Augen waren schmal und böse, als er sie jetzt

von oben bis unten betrachtete. Sonja suchte nach Worten, um ihm zu erklären, dass er unrecht hatte. Doch sie spürte, dass seiner Wut und Enttäuschung nichts entgegenzusetzen war. Er hätte ihr doch nicht geglaubt, was auch immer sie gesagt hätte.

«Eine ganz durchtriebene Hure bist du!»

Die Bitterkeit in Andrejs Stimme tat ihr weh. Sie suchte seinen Blick, doch die schwarzen Augen drangen durch sie hindurch, als sei sie gar nicht da.

«Gekämpft habe ich um dich. Mein Leben eingesetzt, um dich zu schützen. In den reißenden Fluss bin ich gesprungen, um dich herauszuziehen. Oh, ich hirnloser Idiot!»

Sie hielt es nicht mehr aus. Unglücklich streckte sie ihm die Arme entgegen, als könnte sie ihn wenigstens auf diese Weise erreichen, wenn er schon keine Erklärungen hören wollte.

«Andrej …», sagte sie leise mit gebrochener Stimme.

«Schweig!», herrschte er sie an, von einem neuen Zornesanfall entflammt. «Jedes Wort ist eine Lüge! Dein vornehmes, tugendhaftes Getue! Der unschuldige Ausdruck in deinen Augen! Dein verflucht verführerischer Körper! Dieses rotgoldene Haar! Alles Lüge, Lüge, Lüge!»

Hilflos ließ sie die Arme sinken, doch er fasste nach ihrem langen Haar und zog sie zu sich heran.

«Jetzt weiß ich auch, weshalb du in dieser Verkleidung herumläufst!», zischte er sie an. «Als Schutz! Ha, ha! Es gefällt dir, dich wie ein Mann zu kleiden. Herunter mit dem Zeug!»

Er riss ihr mit einem einzigen Griff die Bluse vom Körper, zerfetzte den Bund der Hose und zerrte ihr das Kleidungsstück herunter. Sie wehrte sich nicht. Unbeweglich stand sie vor ihm, nackt, nur ihr langes Haar bedeckte ihre Brüste. Sie spürte Panik vor seiner blinden Wut, und doch erfüllte sie zugleich ein wohliger Schauder.

Der Anblick ihrer Nacktheit steigerte seine Wut. Schwer atmend starrte er sie an, stieß sie dann gegen die goldgeschnitzte

Wandverkleidung und griff nach der halbzerrissenen Bluse, die vor ihm auf dem Boden lag.

«Eine Jungfrau! Und ich habe geglaubt, dass du dich für einen Mann aufbewahrt hättest», stieß er hervor.

Er packte ihre Handgelenke und band sie mit dem Blusenstoff an die Schnitzerei der Wandverkleidung, strich ihr dann mit einer raschen Bewegung das Haar zurück, um ihre Brüste zu entblößen. Er sah, dass ihre Lippen zitterten, sah die Verzweiflung in ihren Zügen, doch er war viel zu wütend, um Mitleid zu haben. Ihr Körper schimmerte rosig und verlockend vor seinen Augen, die spitzen Brüste luden ein, sie mit den Händen zu berühren, und das goldene Vlies, welches das Dreieck ihrer Weiblichkeit einhüllte, brachte ihn fast um den Verstand.

«Weißt du, was man hierzulande mit Huren macht?», fragte er boshaft. «Man prügelt sie durch und treibt sie danach nackt durch das Dorf, damit alle Männer ihre Schande sehen können!»

Sonja bebte innerlich, doch es war nicht vor Schrecken – sie zitterte vor Lust. Sie spürte brennend seine heißen Blicke auf ihrem bloßen Körper, und es war, als würde er sie mit seinen Händen berühren. Ihre Brüste hoben sich, die Spitzen zogen sich zusammen, zwischen ihren Beinen kochte und pulsierte es. Was würde er mit ihr tun?

Andrej starrte sie an und kämpfte mit seiner aufsteigenden Leidenschaft. Sie weinte nicht, flehte nicht um Gnade. Stand nur in verführerischer Nacktheit an das goldene Gitter gefesselt, die Morgensonne ließ ihr Haar aufglühen, über ihr wölbte sich die goldgeschnitzte Arkade, die in einem Halbmond endete. Er spürte, wie das Verlangen Besitz von ihm nahm, ihn wie ein heißer Schauer durchrieselte und sich die Härchen in seinem Nacken aufstellten. Verflucht, er wollte sie. Nie hatte er sie so sehr haben wollen wie in diesem Moment, da er zu wissen glaubte, dass er ihr völlig gleichgültig war.

Er zog den ledernen Kantschu aus dem Gürtel und wog ihn in der Hand. Neue Wut überkam ihn. Er hatte geglaubt, sie zu höchster Lust erregt zu haben – damals, als sie nachts in seinen Armen lag. Aber es war nichts als Lüge und Verstellung gewesen. Es konnte gar nicht anders sein.

Immer noch stand sie unbeweglich, die Hände auf den Rücken gebunden, bot ihren nackten Körper seinen hungrigen Blicken dar. Es drängte ihn, ihre Brüste unter seinen Händen zu spüren, die harten Spitzen zu fühlen, sie mit der Zunge zu schmecken. Es war eine Folter, sie anzustarren. Ihren Bauch, der sich unter ihren raschen Atemzügen hob und senkte, die weichen Hüften, die festen und doch schlanken Schenkel, die ein Sonnenstrahl matt und rosig schimmern ließ. Die Hand, in der er die Peitsche hielt, zitterte, denn er stellte sich vor, das lockige Vlies zwischen ihren Beinen zu berühren, mit den Fingern über den sanften Hügel zu streichen und die Furche darin zu suchen.

Sein Glied war längst hart geworden und drängte nach oben. Es versetzte ihn in Zorn, dass er keine Macht über seinen Körper hatte. Wütend hob er den Kantschu und schlug zu.

Sie schrie nicht, presste nur die Lippen zusammen und schloss die Augen. Eine schmale rote Blutspur zog sich quer über ihre beiden Oberschenkel, dicht unter ihrer Scham. Entsetzt und mit weitaufgerissenen Augen starrte er auf die Wunde und wurde sich dessen bewusst, was er getan hatte. Mit einer hastigen Bewegung schleuderte er den Kantschu von sich.

«Sonja ... Sonjeschka ... verzeih mir!»

Wie ein Besessener stürzte er zu ihren Füßen, umschlang ihre Beine und küsste das Blut von ihrer Haut. Schmeckte den metallischen Geschmack und roch zugleich den süßen Duft ihrer Weiblichkeit, der aus ihrer Spalte drang. Sein Mund näherte sich dem weichen Flaum ihres Hügels, während seine Hände sich gierig in ihren Po gruben und ihr Becken zu sich heranzogen. Immer noch regte sie sich nicht, wehrte seinem Tun nicht, schrie nicht. War er ihr so gleichgültig, dass sie nicht einmal den Versuch machte, ihn abzuschütteln?

Er vergrub den Kopf in ihrem Schoß und bedeckte ihren Venushügel mit heißen Küssen. Seine Zunge tastete in die Spalte, leckte das goldene Haar zur Seite, das sie verhüllen wollte, drang in sie ein, grub sich zwischen die Schamlippen. Dann spürte er es – ihre Lustsäfte, die ihm entgegenquollen.

«Du falsche Schlange!», tobte er, außer sich vor Wut und Verwirrung. In blindem Zorn riss er sie aus ihren Fesseln, zwang sie kniend auf den Boden und drückte ihre Beine auseinander. Dann kniete er sich vor sie, fasste sie mit einer Hand um den Nacken und schob die andere Hand zwischen ihre gespreizten Beine. Ja, sie war feucht, so sehr, dass es an den Innenseiten der Schenkel hinablief. Sie war so erregt, dass sie fast überfloss.

«Jetzt kommst du mir nicht mehr davon, Baba Jaga!», hauchte er ihr ins Ohr.

Er riss sich die Hose auf und befreite sein pochendes, schwellendes Glied, fasste sie um die Taille und zog sie dicht zu sich heran. Sie atmete heftig, ihre Brüste hatten harte Spitzen, die er an seiner Brust wie feste Murmeln spürte. Als er sich daran rieb, stöhnte sie auf.

«Andrej ...»

Er verschloss ihr den Mund mit einem wütenden Kuss, drang heftig in ihre Mundhöhle ein und vollführte einen siegreichen Kampf mit ihrer Zunge, die ihm entgegenstrebte, als wollte sie ihn daran hindern, dieses warme, feuchte Reich zu erobern. Sie ergab sich und ließ zu, dass er ihren Mund erforschte, ihre Zähne zärtlich beleckte und gegen ihren Gaumen züngelte. Längst stieß sein harter Penis gegen ihren feuchten Schamhügel, schob sich immer wieder in den Spalt hinein und reizte ihre Lust, sodass sie leise keuchte. Er spürte, dass sich seine Eichel schon entblößt hatte, glitt über die feste runde Lustperle zwischen ihren aufgewölbten Lippen und fühlte, wie stark sie das erregte. Neue, cremige Flüssigkeit kam ihm entgegen, er badete sein Glied wollüstig darin und fuhr mit der Hand zwischen ihre Beine, um die süße Feuchte auch mit den Fingern zu spüren. Genüsslich reizte er ihren Kitzler mit dem Zeigefinger, ließ sie kreisen, rieb darüber, stieß sacht dagegen. Sie hatte den Kopf in den Nacken geworfen, die Augen geschlossen, und ihre vollen Lippen boten sich ihm so verführerisch dar, dass er sie mit den seinen umschloss.

Während er sie küsste, wiegte er sich mit ihr hin und her, ließ seinen Finger und sein steifes Glied weiter in ihrer Möse spielen und genoss ihr leises, sehnsüchtiges Wimmern. Sie hatte seinen Nacken umschlungen, ihre Hände in sein Haar gekrallt, und während er sie wiegte, stießen ihre harten Brustwarzen wieder und wieder gegen seinen Oberkörper.

Er konnte nicht länger warten, es zerriss ihn fast vor Begierde, in sie einzudringen, und er spürte deutlich, wie sehr sie ihm entgegenstrebte. Sein Glied fand die Öffnung und stieß ein wenig hinein, er fühlte ihr Zittern, hörte ihr leises Stöhnen. Da überkam ihn die Lust wie ein wütender Rausch, sein Unterkörper fuhr ruckartig nach vorn, und sein harter Schwanz glitt tief in ihre süße, enge Höhle. Sie schrie auf und umklammerte ihn wie im Schmerz, presste ihr Gesicht an seine Schulter und wimmerte, während er ohne Unterlass vor und zurück stieß, mit zusammengebissenen Zähnen immer wieder seinen harten Stab in sie hineinrammte und dabei tiefe, kehlige Laute von sich gab. Die unbändige Erregung steigerte sich mit jeder Bewegung, schien ihn in einem glühenden Lavastrom über den Gipfel schleudern zu wollen und ließ ihn endlich in wilder Ekstase zerbersten.

Kniend hielt er sie umschlungen, atmete schwer und spürte, wie ihr Körper schlaff wurde, als sei alles Leben aus ihr gewichen. Er zog sein Glied vorsichtig aus seiner feuchten, warmen Umhüllung und sah, dass es blutig war.

«Sonja …», flüsterte er. «Verzeih mir. Ich bin nur ein Kosak. Ein grober Kerl mit groben Manieren.»

Sie antwortete nicht. Er hob sie auf, legte ihren bloßen Körper sanft auf die Polster und bedeckte ihn mit einem seidenen Tuch. Hilflos stand er vor ihr – sah auf ihre zitternden Lider und fand keine Worte. Dann verließ er eilig den Raum, als sei er auf der Flucht.

Sie waren die Nacht durchgeritten – sein Pferd war staubbedeckt und müde. Dennoch sprang er auf den ungesattelten Rücken der Stute und trieb das Tier unbarmherzig durchs Dorf hinaus in die Wiesen. Er kümmerte sich nicht um die erstaunten Blicke der Frauen und Männer und antwortete nicht darauf, was man ihm zurief.

«He, Brüderchen! Schon wieder unterwegs?»

«Hast wohl ein Mädel drüben im Wald versteckt, was?»

«Lass sie nicht warten, sonst läuft sie dir davon!»

Erst als er eine Weile am Flussufer entlanggeritten war und schon fast den Wald erreicht hatte, besann er sich darauf, dass er der Stute Ruhe gönnen musste. Er stieg ab, ließ sie eine Weile grasen und führte sie dann am Zügel hinter sich her. Auf schmalen Pfaden durchquerte er den Waldgürtel, bis er den breiten Hauptfluss erreichte, der sich hier zu einem Delta teilte und die Siedlungen der Kosaken mit seinen vielen Armen vor feindlichen Angriffen schützte. Der Dnjepr, der Fluss der Kosaken.

Er gab die Stute frei, ließ sie am seichten Flussufer saufen und setzte sich auf einen umgestürzten Baumstamm, der hier im Sumpfgebiet vor sich hin moderte. In seinem Kopf war ein fürchterliches Durcheinander – Wut und Scham, Sehnsucht und Stolz stritten miteinander, und er brauchte eine Weile, um wenigstens einige klare Gedanken zu fassen.

Er war zu rasch gewesen, der Zorn und die brennende Eifersucht hatten ihn überwältigt, ja, sicher hatte er Sonja unrecht getan. Was auch immer Tanja mit ihr angestellt hatte – Sonja, die süße, verführerische Rothaarige, sie war unter seinen Händen vor Liebeswonnen fast zerschmolzen.

Einen kurzen Augenblick spürte er den lustvollen Gefühlen nach, und sein Glied begann schon wieder anzuschwellen. Zornig drückte er es zwischen die Schenkel, erreichte jedoch nur, dass eine neue heiße Welle in seine Lenden fuhr. Verflucht – er hatte schon unzählige Frauen gehabt, blonde und schwarzhaarige, unschuldige und durchtriebene, Mägde und auch Töchter von Gutsbesitzern. Keine hatte ihm je den Verstand geraubt – die Liebe war eine lustvolle Angelegenheit gewesen, er hatte sie genossen, sie perfektioniert und seinen Spaß gehabt. Nie hatte er bereut, eine Frau verführt zu haben – und auch wenn er sie wieder verließ, spürte er kein Bedauern. Die Welt war voller Schönheiten, die es zu erobern galt.

Jetzt war es anders. Diese eine, die sich so unschuldig gab, und die doch den Teufel im Leib hatte, dieses süße rothaarige Geschöpf, das zugleich ein wohlerzogenes Adelsfräulein war, fesselte ihn mehr, als es je eine andere Frau vermocht hatte.

Nachdenklich blickte er über den ruhig dahingleitenden Fluss, dessen Wellen in der Sonne glitzerten wie Glasscherben. War es ihr Mut, der ihn so beeindruckt hatte? Ihre Hochnäsigkeit, die ihn herausforderte? Sie war eine Adelige und er ein Kosak. Urenkel eines Leibeigenen, der seinem Herrn davongelaufen war, um in der Steppe ein freies Leben zu führen. Vielleicht hatte ihr Urahn seinen Urgroßvater noch mit der Knute geprügelt. Jetzt war sie in seinen Händen, das schöne Adelsfräulein, das zugleich die sinnlichste aller Verführerinnen war. Und er war drauf und dran, ihren Künsten zu erliegen.

«Verflucht!»

Er nahm einen Stock und warf ihn mit voller Kraft in den

Fluss. Ein paar Wasservögel flatterten erschreckt auf, als das Holz weit in der Flussmitte ins Wasser klatschte.

Der kurze Kraftakt brachte ihn wieder zu sich. Reue packte ihn. Warum hatte er sich dazu hinreißen lassen, sie zu schlagen? Er schämte sich dafür. Noch schlimmer war, dass er sie so gewaltsam genommen hatte. Überwältigt von Wut und blinder Gier hatte er ihr Schmerzen zugefügt. Das war nicht sein Vorhaben gewesen. Er hatte es ganz anders tun wollen, ganz langsam und zärtlich in sie eindringen, hatte sie hinterher in seinen Armen halten wollen, ihre Hingabe spüren, sie trösten und eng umschlungen mit ihr gemeinsam einschlafen wollen ...

Das Bild der beiden Frauen, die aneinandergekuschelt zwischen den seidenen Polstern schlummerten, kam ihm wieder in den Sinn, und seine Wut brandete erneut auf. Tanja, diese verdammte Verführerin. Oh, er würde ihr die Leviten lesen! Auf Sonja aufpassen sollte sie, dafür sorgen, dass sie sicher und unbehelligt in seinem Haus blieb, bis er zurückkehrte. Aber er hätte sich ja denken können, dass seine Schwester wieder einmal tat, was sie wollte.

Wie nur sollte er Sonja erklären, was in ihm vorgegangen war? Sie würde ihn hassen dafür, was er getan hatte. Was unterschied ihn denn schon von Baranow, diesem widerlichen Lüstling, der im Keller über sie hergefallen war?

Mit düsterer Miene erhob er sich, stieg auf die Stute und lenkte sie durch den Wald zurück zum Dorf. Es war wie verhext, alles lief derzeit schief. Auf dem Heimritt hatten er und seine Leute eine Gruppe Kosaken getroffen, die bestätigten, was Baranow gesagt hatte: Der Vater war in St. Petersburg eingekerkert – kein noch so starker Kosakenverband würde ihn aus der berüchtigten Peter-und-Paul-Festung befreien können.

Im Dorf versorgte er die Stute, rieb ihr Schweiß und Staub aus dem Fell und ließ sie auf die Weide. Dann trat er ins Haus, unsicher und voller Sorge, Sonja zu begegnen.

Doch in der Stube saßen nur Tanja und die Babuschka, tranken Tee und aßen frische Piroschki dazu. Die Blicke, mit denen er empfangen wurde, waren alles andere als liebevoll. Betroffen stellte er fest, dass sogar die Babuschka, die stets auf seiner Seite war, ihn unfreundlich musterte und, statt ihn zu grüßen, in ihre Teetasse starrte.

«Und?», fragte Tanja spitz. «Hast deinen Zorn ausgetobt, Brüderchen? Schön hast du das gemacht: eine Menge Töpfe zerschlagen, und jetzt stehst du da und weißt nicht weiter.»

Er zügelte seinen Ärger und schwieg verbissen. Leider hatte sie nur allzu recht. Aber wer war denn Schuld an seinem Irrtum?

«Setz dich zu uns und iss!»

Die Stimme der Babuschka war ungewohnt energisch, es war keine Einladung, sondern ein Befehl. Andrej, der stets nach dem Vater der Herr im Haus gewesen war, wagte dennoch nicht, sich zu widersetzen. Es gab Dinge, die der Macht der Weiber unterlagen, auch der stärkste Krieger wusste das und musste es akzeptieren.

Er trank Tee, nagte ohne Appetit an einem Küchlein herum und berichtete von dem unglücklichen Verlauf seiner Suche nach dem Vater. Die beiden Frauen schwiegen dazu – sie hatten es längst von den anderen gehört. Was er zu tun gedachte, fragten sie nicht. Stattdessen richtete die Babuschka ihre hellen Augen auf ihn und sah ihn durchdringend an.

«Hast uns ein Mädchen ins Haus gebracht, Andrej. Schön ist sie und klug. Gearbeitet hat sie, obgleich sie fremd ist. Hat mir Freude gemacht, das Mädel.»

Er war verblüfft. Sonja hatte das Herz der Babuschka erobert. Die hochnäsige Adelige hatte gearbeitet. Er hätte fast gelacht – wenn das stimmte, war sie eine Meisterin der Verstellung. Die hochgeborene Braut des Großfürsten Baranow hatte im Kosakendorf Wasser geschleppt und Blinij gebacken. Was für ein guter Witz.

«Es stimmt», fiel Tanja ein, die seine Verblüffung sehr wohl gesehen hatte. «Sonja gefällt es hier, sie mag das Land. Und sie hat sehnsüchtig auf dich gewartet, Andrej. Das schwöre ich dir. Du hattest keinen Grund, sie zu ...»

«Keinen Grund?», platzte er wütend heraus und warf die angebissene Pirogge auf den Tisch. «Gerade du musst mir das erzählen, du falsche Schlange!»

«Ich habe ihr einige Geheimnisse offenbart, Brüderchen. Das kann dir nur nützlich sein.»

Er hätte sie am liebsten geohrfeigt. Wenn Sonja tatsächlich völlig ahnungslos gewesen war, dann hätte er derjenige sein wollen, der ihr solche Geheimnisse erklärte.

«Ich habe dich nicht darum gebeten, Schwester!», schimpfte er wütend. «Eine Tracht Prügel hast du verdient ...»

Da knallte die Babuschka die Faust auf den Tisch, und beide schwiegen erschrocken. Die alte Frau war selten zornig, jetzt aber brach es aus ihr heraus.

«Was sitzt du hier und streitest nutzlos herum?», blaffte sie ihn an. «Geh hinauf zu ihr. Bist du ein Mann oder ein Feigling?»

Das war zu viel. Nie zuvor, nicht einmal in seiner Kindheit, hatte er die Babuschka so zornig gesehen. Er fuhr von seinem Stuhl empor, kippte fast den Tisch dabei um und begab sich zur Stiege.

Nein, ein Feigling war er nicht, das hatte er oft genug bewiesen. Er hatte gekämpft und nicht selten dem Tod ins Auge gesehen. Dies hier jedoch war eine ganz andere Sache. Nie zuvor hatte er sich so unsicher und hilflos gefühlt wie jetzt, da er sich Tanjas Zimmer näherte.

Sonja hockte auf einem der Polster, die Knie mit den Armen umschlungen, und starrte vor sich hin. Als er zögernd die Pforte aufschob, sah sie nur kurz zu ihm hinüber und kauerte sich dann noch enger zusammen. Was würde er jetzt tun? Sie zornig anbrüllen? Sie wieder mit dem Kantschu schlagen? Sie spürte Furcht vor ihm und zugleich wieder jenen wohligen Schauer, der sie schon vorhin befallen hatte, als er so plötzlich im Zimmer auftauchte.

Er blieb einen Augenblick an der Tür stehen und sah sie an. Sie hatte sich in das seidene Tuch eingewickelt, das er über sie gedeckt hatte, ihr langes Haar flutete über ihren Rücken. Sein Herz hämmerte, als er langsam ein paar Schritte auf sie zuging.

«Sonja ...», begann er und wusste schon nicht mehr weiter.

Sie reagierte nicht. Er würde ihr jetzt wieder Vorwürfe machen. Tanja hatte es ihr erklärt – Andrej hätte einige Dinge niemals erfahren dürfen. Das hatte sie nicht gewusst, dennoch fühlte sie sich schuldig und hätte ihm gern Abbitte geleistet. Wenn er nur nicht so hart und zornig gewesen wäre.

«Ich komme, um dir zu sagen, dass es mir sehr leidtut», sagte er leise.

Erstaunt hob sie den Kopf. Seine Stimme klang ungewohnt weich, fast hilflos.

«Was tut dir leid?»

Er schluckte. Warum konnte sie es nicht einfach dabei belassen? Wozu musste er jetzt noch Erklärungen geben? Es passte ihm nicht, aber er war gekommen, um sich zu versöhnen, deshalb sprach er weiter.

«Ich habe dich geschlagen ... Und ich habe dir auch auf andere Weise sehr wehgetan. Das wollte ich nicht ... Es kam über mich ...»

«Ja, es hat sehr wehgetan», gab sie zurück. «Tanja hat es mir erklärt. Es sei immer so beim ersten Mal.»

Tanja – schon wieder Tanja! Verdammt nochmal, wieso mischte sie sich immer ein? In Sekundenschnelle hatte die Eifersucht ihn wieder gepackt.

«Ich will nicht, dass du weiter mit meiner Schwester verkehrst, hast du gehört?», fuhr er sie an. «Du wirst in ein anderes Zimmer ziehen. Von jetzt an hast du nur mir zu gehorchen!»

Sie war erschrocken über seinen plötzlichen Stimmungsumschwung. Eben noch war er sanft gewesen, hatte ihr Herz gerührt, fast hätte sie ihn ebenfalls um Verzeihung gebeten. Doch wenige Augenblicke später blaffte er sie schon wieder an.

«Tanja ist meine Freundin!»

«Hier im Haus bestimme ich, und du wirst tun, was ich sage!»

Trotzig hob sie das Kinn und sah ihm offen in die Augen. Wie zornig er war. Wie seine schwarzen Augen sie anblitzten! Ihr Herz klopfte heftig, denn sie liebte dieses Feuer, das von ihm ausging. Dennoch war sie nicht bereit, sich so einfach zu fügen.

«Tanja hat mir die Wunde mit Salbe bestrichen und mich verbunden.»

Er biss sich wütend auf die Lippen, denn sie erinnerte ihn auf perfide Weise an seine Unbeherrschtheit. Verdammt, er hatte sie geschlagen, und Tanja hatte sie verbunden. Er war der Böse, und Tanja hatte die Rolle der sanften Trösterin übernommen.

«In Zukunft werde *ich* dich verbinden», platzte er heraus. «Mit Freuden werde ich dir deinen Hintern einsalben, nachdem ich dich windelweich geprügelt habe!»

Das war zu viel. Sie sprang auf und flüchtete in eine Ecke des Raumes.

«Du grober Kosak!», schrie sie ihn an. «Wage es nicht, mich anzufassen! Meiner Familie wolltest du mich zurückgeben. Mich auslösen lassen. Das hast du deinen Kameraden versprochen!»

Ihr plötzlicher Zornesausbruch überraschte und verletzte ihn: Sie wollte tatsächlich, dass er sie zurückschickte.

«Du sehnst dich nach deinem Bräutigam?», höhnte er. «Nach seinen zärtlichen Liebkosungen?»

Sie kniff böse die Augen zusammen. Wie gemein er war. Wie er sich über sie lustig machte.

«Er ist nicht besser und nicht schlechter als andere auch!», gab sie kühl zurück.

Der Satz saß. Sie war also der Meinung, dass er, Andrej, nicht besser als Baranow war. Er hatte sich ja selbst diesen Vorwurf gemacht, aber es aus ihrem Mund zu hören, war etwas ganz anderes.

«Du wirst warten, bis ich über dich entscheide, Sklavin!», sagte er kalt. «Wenn Baranow dich noch haben will, schlage ich dich los.»

Sie atmete heftig – nie hatte ein Mensch sie so beleidigt.

«Ich hasse dich», schrie sie. «Je eher ich von hier fortkomme, desto besser! Egal wohin – meinetwegen auch zu Baranow. Nur fort von hier.»

Er wollte etwas entgegnen, doch ein lauter Ruf, der von draußen ins Zimmer drang, lenkte ihn ab.

«He, Andrej! Komm heraus und verantworte dich. Die Kameraden sind neugierig darauf, was du zu sagen hast!»

Die Stimme gehörte Kolja, und die Ankündigung verhieß nichts Gutes. Unten braute sich etwas gegen ihn zusammen.

Die Männer hatten sich auf der Wiese am Fluss versammelt, lebhafte Gespräche waren im Gang, es gab aufgeregte Gebärden und zornige Mienen. Andrej sah schon aus der Entfernung, dass es inmitten der Versammlung einen harten Kern gab – dort stand Rasim, von einer Gruppe Kameraden umgeben, die ihm mit grimmiger Miene zuhörten. Andere schienen unschlüssig und wiegelten ab, die meisten jedoch waren aufgebracht und empfingen Andrej mit ärgerlichen Blicken.

«Hat Prügel verdient, das Bürschlein.»

«So warte doch erst, was er zu sagen hat.»

«Rasim hat recht!»

Andrej ging ohne Zögern mitten in die Versammlung hinein. Die Männer wichen vor ihm zurück, bildeten eine Gasse, sodass er zum Zentrum des Kreises vordringen konnte. Dort stand Rasim und erwartete ihn.

Andrej begriff, dass die Kunde vom unglücklichen Ausgang seiner Suche nach dem Vater sich bereits herumgesprochen hatte. Schon auf dem Rückweg von Pereschkowo hatte er die Unzufriedenheit der Kosaken gespürt. Jetzt hatte Rasim die Gelegenheit beim Schopf gepackt, um auch diejenigen, die im Dorf geblieben waren, gegen ihn aufzubringen. Darauf hatte dieser Lump schon lange gewartet.

Andrej wartete nicht, bis Rasim das Wort ergriff – er kam ihm zuvor.

«Wie ich sehe, wurde eine Versammlung einberufen», rief er in die Runde. «Das ist gut, denn es gibt vieles, über das wir reden müssen.»

Die Männer verstummten zuerst, als er zu sprechen begann, doch jetzt klangen ihm ärgerliche und höhnische Rufe entgegen.

«Hört doch, er will mit uns reden, der Grünschnabel!»

«Warum hast du nicht selbst die Versammlung einberufen, wenn du mit uns reden willst?»

«Verraten hast du uns. Und deinen Vater dazu!»

Andrej kannte seine heißblütigen Kosaken. Fast alle waren rascher in Worten und Taten, als ihre Köpfe denken konnten. Nur allzu leicht ließen sie sich aufwiegeln, wenn sie enttäuscht und unzufrieden waren.

«Ich stehe euch Rede und Antwort, wie es unter freien Kosaken der Brauch ist», rief er in die Runde. «Keiner von euch hat mich je als Feigling erlebt. Wer anderes behaupten will, der soll gegen mich antreten.»

Herausfordernd sah er in die Runde – es gab verhaltenen Zorn und blitzende Augen, doch niemand wagte es, dem Sohn des Atamans entgegenzutreten. Auch Rasim, der ihn mit höhnischem Blick fixierte, bewegte sich nicht. Er wusste nur zu gut, dass er keine Chance gegen den gewandten und kräftigen jungen Mann hatte.

«Wir wissen alle, dass du ein guter Kämpfer bist», sagte Rasim. «Ob du auch ein guter Anführer bist – das fragen sich inzwischen einige von uns. Viele sind mit dir gegen die Zarin geritten, waren deinem Vater, dem Ataman, ungehorsam und haben dabei ihr Leben gelassen. Viel Beute hast du versprochen und großen Ruhm – nichts davon haben wir bekommen. Stattdessen wurde ruchbar, dass wir an einen Betrüger geglaubt haben – Pugatschoff ist nicht Zar Peter.»

Gemurmel wurde laut. Jawohl, sie waren umsonst in den Kampf geritten, hatten kaum Reichtümer erworben, und zum Schluss war Andrej noch dumm genug gewesen, in eine Falle zu laufen. Gefangen hatten sie ihren jungen Anführer, und um ein Haar hätte er seinen Kopf verloren.

«Seit wann bereut ein Kosak, in den Kampf geritten zu sein?», rief Andrej in die Runde. «Es ist wahr, wir haben wenig Beute gemacht – aber wir haben gekämpft, wie es unsere Väter und Vorväter getan haben. Gibt es einen unter euch, der lieber im Dorf geblieben wäre, um sich hinter den Weibern zu verstecken?»

Sofort wandten sich ihm die Blicke wieder zu. Er hatte sie bei ihrem Stolz gepackt. Recht hatte er: Einen Kampf zu bereuen wäre feige.

«Ich habe niemanden gezwungen, mit mir zu reiten», fuhr Andrej fort. «Wir sind nicht die Soldaten der Zarin, die zu gehorchen haben. Jeder von uns ist ein freier Mann und entscheidet selbst, ob er kämpfen will oder lieber zu Hause bleibt.»

«Andrej hat recht», brüllte Kolja. «Wir haben ehrlich gekämpft, haben alle an die Sache geglaubt. Niemand konnte wissen, dass Pugatschoff ein Betrüger ist. Andrej trifft keine Schuld!»

Zustimmendes Gemurmel machte sich breit. Rasim sah seine Felle davonschwimmen. Aber er hatte noch mehr vorzubringen. Die verunglückte Revolte war nur der Anfang und sollte seinen Haupttrumpf vorbereiten.

«Ich bin ein freier Kosak wie wir alle», sagte Rasim in das Gemurmel hinein. «Keiner von uns ist ein Zarendiener. Unsere Anführer wählen wir uns selbst und folgen ihnen, solange sie unser Vertrauen haben. Wer aber unser Vertrauen missbraucht, den wählen wir ab und setzen einen anderen an seine Stelle.»

Alle hatten aufgehorcht, die Sache war noch nicht zu Ende, jetzt ging es erst los. Gespannt sahen alle auf Andrej. Man wusste, dass Rasim den Ehrgeiz hatte, Ataman zu werden. Solange Bogdan im Dorf gewesen war, hatte er nicht gewagt aufzumucken. Aber der Ataman war in Gefangenschaft, und die Chancen, ihn zu befreien, standen verflucht schlecht. Nur Andrej stand Rasim noch im Weg zu seinem großen Ziel. Andrej, in dem viele schon den Nachfolger des Vaters gesehen hatten und der jetzt alle enttäuscht hatte.

«Wenn du etwas vorzubringen hast, dann rede!», sagte Andrej ruhig und verschränkte die Arme vor der Brust.

Rasims Blick wanderte rasch über die Gesichter der umstehenden Männer – er las Neugier darin und Zustimmung, einige nickten ihm zu, um ihn anzufeuern. Er fühlte sich ermutigt und trat einige Schritte näher an Andrej heran.

«Du bist mit den Kameraden losgezogen, deinen Vater zu finden. Nun – mir kam zu Ohren, dass die Suche umsonst war. Unser Ataman wurde gefangen und siecht nun im Kerker dahin. Eine schlimme Sache.»

Andrej verzog keine Miene, innerlich aber kochte er vor Zorn. Wem kam es denn mehr zupass als Rasim, dass der Ataman im Kerker saß und auf sein Urteil wartete? Wenn Bogdan nicht zurückkehrte, dann würde Rasim die Chance bekommen, sich zur Wahl zu stellen. Was sollte also dieses scheinheilige Gerede?

«Ich werde meinen Vater befreien», sagte Andrej mit fester Stimme.

«Wie denn?», fiel Rasim ihm perfide ins Wort. «Unser Ataman sitzt in der Peter-und-Paul-Festung, aus der noch nie zuvor ein Gefangener lebend entwichen ist. Willst du vielleicht gegen die Hauptstadt reiten? Keine noch so große Kosakenarmee könnte diese Festung mitten in St. Petersburg einnehmen. Ins Verderben wirst du uns alle führen, du Hitzkopf.»

«Niemand denkt daran, gegen die Hauptstadt zu reiten, Rasim. Ich werde einen anderen Weg beschreiten.»

Rasim ließ sich das Wort jedoch nicht mehr nehmen.

«Wie man mir sagte, hast du eine gute Möglichkeit vertan, deinen Vater zu retten. Ein Austausch wurde dir angeboten: den gefangenen Knaben gegen den Ataman. Eine leichte Sache, eine gute Gelegenheit – aber du hast abgelehnt.»

Wieder erhob sich Tumult. Man war geteilter Meinung, die meisten jedoch fanden, dass Andrej auf das Angebot hätte eingehen müssen. Ging es nicht um das Leben seines Vaters?

«Seid ihr wirklich so leichtgläubig?», platzte Andrej zornig los. «Betrogen hätte er uns, das Großmaul. Glaubt ihr wirklich, Baranow hätte die Zarin dazu überreden können, meinen Vater freizugeben? Wer ist er denn? Der Berater der Zarin? Ihr Vertrauter oder Freund? Er müsste schon Potjomkin persönlich sein und nicht irgendein vollgefressener Gutsbesitzer.»

«Und doch sagt man, Fürst Baranow habe großen Einfluss am Hof von Mütterchen Zarin», beharrte Rasim hinterlistig. «Warum hast du ihn nicht wenigstens auf die Probe gestellt? Es war kein Risiko dabei. Ist dir der Bursche so kostbar, der in deinem Haus gefangen sitzt?»

Andrej hörte den hinterhältigen Ton in Rasims Stimme, und er ahnte voller Bestürzung, dass sein Widersacher einen hohen Trumpf im Ärmel hatte. Doch bevor er noch dazu kam, eine Antwort zu geben, fuhr Rasim heimtückisch fort:

«Man hat deine Schwester oft mit dem Knaben gesehen, Andrej. Willst ihn nicht hergeben, weil die schöne Tanja ihn zu ihrem Liebhaber gemacht hat?»

Gelächter erhob sich, andere zischten verächtlich und zeigten ihren Unmut. Man war hier nicht zusammengekommen, um über Weiberkram zu reden. Schon gar nicht über die Liebhaber der schönen Tanja.

«Was kümmert dich der Bursche, Rasim?», gab Andrej wütend zurück. «Magst du ihn gar selber zum Liebhaber?»

Das Gelächter wurde lauter, einige schlugen sich auf die Schenkel und machten zotige Witze. Rasim hatte sich wohl verrannt, die Geschichte endete in nutzlosem Geplänkel.

«Warum nicht?», fragte Rasim mit bösem Lächeln. «Der Bursche würde mir gut gefallen. Zumal er gar kein Bursche ist.»

Andrej erstarrte und fühlte die verblüfften Augen aller Kosaken auf sich gerichtet. Hatte er es doch geahnt! Verflucht! Jetzt begriff er, warum Rasim ihn herausgefordert hatte.

«Was quatschst du da?», mischte sich Kolja ein. «Das Bürschlein in Andrejs Haus wäre ...»

«... ein Mädchen», unterbrach ihn Rasim mit triumphierendem Grinsen. «Und Andrej hat es die ganze Zeit über gewusst. Ein schönes Liebchen hat er sich ins Haus geholt und uns nichts davon gesagt.»

Die Neuigkeit war eine Sensation. Die Männer brachen in brüllendes Lachen aus, schlugen sich auf die Schultern und feixten sich an.

«Teufelskerl, der. Wollte das Hürchen für sich haben.»

«Hat uns alle über den Löffel barbiert!»

«Wo hast du deine Augen gehabt, Kolja. Hast sie doch auf deinem Pferd sitzen gehabt!»

Doch nicht alle amüsierten sich, es gab auch ärgerliche Mienen.

«Seine Kameraden betrügen – das ist kein Glanzstück!»

«Ein schönes Weib sät Krieg und Streit!»

Rasim hatte den ersten Aufruhr abgewartet und ergriff jetzt wieder das Wort.

«Versteht ihr jetzt, dass ich zornig bin? Er hat unseren Ataman nicht auslösen wollen, weil ihm das Mädchen ans Herz gewachsen ist. Das Weibsstück ist ihm wichtiger als der Vater.»

Das Gelächter verstummte, und Betroffenheit trat ein. Andrej spürte die abfälligen Blicke seiner Kameraden. Ein Weib hatte ihn so gefesselt, dass er darüber seine Sohnespflichten vergaß. Er ließ den Vater im Kerker sterben, weil er sein Liebchen nicht hergeben wollte. Das war eine schlimme Anschuldigung – wenn er sie nicht glaubhaft zurückweisen konnte, würde kein Hund mehr ein Stück Brot von ihm nehmen.

«Weiberknecht!», ertönte es aus der Menge.

«Verrät den Vater wegen einer Hure!»

«Der kann unser Anführer nicht mehr sein. Weg mit ihm!»

Andrej straffte sich und machte eine gebieterische Armbewegung, die das Gerede verstummen ließ.

«Ihr habt Rasim gehört – jetzt werdet ihr mir zuhören», sagte er ruhig. «Es ist wahr – in meinem Haus ist ein Mädchen und kein Knabe. Es ist auch wahr, dass mir das Mädchen gefällt und dass ich sie noch eine Weile behalten möchte. Aber das ist nicht der Grund, weshalb ich den Handel, den Baranow uns angeboten hatte, zurückwies. Die Wahrheit ist, dass ich mich von einem Betrüger nicht zu einem Kuhhandel zwingen lasse. Schon gar nicht dann, wenn es um meinen Vater geht.»

Niemand sagte ein Wort. In den Mienen der Männer stritten Zustimmung und Zweifel miteinander: Andrej war zu stolz, um auf einen Kuhhandel einzugehen. Aber war die Lage des Atamans nicht so verzweifelt, dass man jede noch so vage Möglichkeit nutzen musste? In den Köpfen der Männer klangen noch

Rasims Worte: Andrej sei sehr zufrieden damit, dass sein Vater zum Tode verurteilt werden würde. Hatte er sich nicht mit ihm zerstritten? Andrej möchte insgeheim wohl selbst zum Ataman gewählt werden ...

«Ich habe versprochen, meinen Vater zu befreien», fuhr Andrej mit lauter Stimme fort. «Und dieses Versprechen werde ich halten. Ich ganz allein, denn es ist meine Sache und nicht mehr die eure.»

«Du allein?», fragte einer ungläubig. «Du willst doch nicht in die Festung eindringen und deinen Vater aus dem Kerker herausholen?»

«Ich werde meinen Vater keiner Gefahr aussetzen. Ich werde mich selbst zum Austausch gegen den Ataman anbieten. Ich war es, der den Aufstand angeführt hat. Darum werde ich es auch sein, der sich vor der Zarin dafür verantworten wird.»

Keiner sagte ein Wort – die Überraschung war zu groß. Rasim war blass geworden, das hatte er nicht erwartet. Betreten sahen die Kosaken sich an.

«Das ist nicht dein Ernst», sagte Kolja. «Du wirst am Galgen hängen, so viel ist sicher.»

«Ich werde einen Weg finden, meinen Kopf zu retten», gab Andrej zurück. «Heute noch werde ich ein Schreiben aufsetzen – ihr alle werdet eure Unterschrift geben. Ich liefere mich freiwillig aus, wenn mein Vater dafür die Freiheit erhält.»

Die Starre löste sich. Wenn Andrej das hier vor allen Kameraden versprach, dann hatte er die feste Absicht, es auch zu tun. Begeisterung machte sich breit. Wer hätte es jetzt noch wagen können, ihm Vorwürfe zu machen? Andrej war ein Krieger, ein mutiger Kosak, sein Vater konnte stolz auf ihn sein. Er stand für seine Taten ein und fürchtete nicht einmal den Tod. Die Zarin würde jetzt erfahren, wozu ein Kosak fähig war.

«Hoch der Sohn des Ataman! Hoch Andrej! Lang lebe der Ataman!»

Die Männer stürzten zu ihm, stritten miteinander, wer ihn zuerst an die Brust reißen und küssen durfte. Sie hoben ihn auf ihre Schultern und trugen ihn im Triumph zurück ins Dorf.

«Bringt Feder und Tinte, wir setzen ein Schreiben auf!»

Sonja hatte eine Weile wie betäubt dagestanden, den Rücken an das goldfarbene Gitterwerk gepresst, Zorn und Empörung legten sich nur langsam. Wie kalt und herrisch er gewesen war. Sklavin hatte er sie genannt. Verhöhnt hatte er sie. Schlagen wollte er sie. O Gott – wie verblendet war sie denn gewesen, dass sie sich all die Tage und Nächte so sehr nach diesem Menschen gesehnt hatte?

Wenn Baranow dich noch haben will, dann schlage ich dich los.

Sie biss die Zähne zusammen, dennoch spürte sie die Demütigung so tief, dass ihr die Tränen in die Augen schossen. Sie war einfach nur sein Spielzeug, er hatte Spaß daran, sie zu quälen, und das Schlimmste von allem war, dass sie selbst dabei mitwirkte. Ihre Sehnsucht nach seinen Liebkosungen war so groß, dass sie sich selbst nicht mehr kannte. Sogar jetzt fühlte sie noch den leisen Schauer, der sie befallen hatte, als er sie mit seinen schwarzen Augen gierig betrachtete: nackt, gefesselt, ihm vollkommen ausgeliefert und gleichzeitig zitternd vor Erwartung, seine Hände auf ihrer Haut zu spüren.

Es war nur gut, dass er beschlossen hatte, sie endlich auszulösen. So würde sie wenigstens einen Rest ihrer Würde retten können. Es würde zwar schrecklich sein, sich wieder in Baranows Macht zu befinden, seinen widerlichen Lüsten ausgeliefert zu sein. Aber Baranow war ihr gleichgültig, sie würde alles über sich ergehen lassen und nichts als Abscheu dabei empfinden. Sie wollte sich nicht vorwerfen müssen, den Mann, der sie peinigte, gleichzeitig sehnsuchtsvoll zu begehren und bei seinen Berührungen unendliche Lust zu empfinden.

Langsam löste sie sich aus der Erstarrung. Wo war Andrej überhaupt hingelaufen? Was hatte der Mann gerufen? Andrej solle sich verantworten. Wofür?

Eine leichte Unruhe erfasste sie, die sie aber sogleich wieder von sich schob. Das fehlte noch, dass sie sich Sorgen um ihn machte. Wenn er sich Ärger eingehandelt hatte, dann war das nicht ihre Sache. Sie legte das Seidentuch ab und untersuchte die roten Striemen auf ihren Beinen. Tanjas Salbe hatte gut gewirkt, das Blut war längst gestillt, die schmalen Risse würden bald geheilt sein. Sie zog die Kleider an, die Tanja für sie zurechtgelegt hatte. Eine weite schwarze Hose, eine lange hellblaue Bluse aus Seide und den ledernen Gürtel, den Andrej noch für sie passend geschnitten hatte. Dazu eine gestickte Kappe, unter der sie ihr Haar verbergen konnte. Sorgfältig drehte sie die rotblonde Haarflut zusammen und stopfte sie unter die Kappe. Rasim hatte ihr Haar gesehen, er wusste, dass sie eine Frau war – würde er das weitererzählen?

Von draußen waren jetzt laute Männerstimmen zu hören – es schien tatsächlich Ärger zu geben. Neugierig öffnete sie das Fenster und sah hinaus. Viel war nicht zu erkennen, nur durch eine schmale Lücke zwischen zwei Häusern konnte sie ein winziges Stück der Dorfwiese erhaschen. Dort standen die schwarzgekleideten Kosaken, gestikulierten und schimpften – Andrej sah sie nicht. Sie wehrte sich gegen die Ängstlichkeit, die in ihr aufsteigen wollte. Wieso bangte sie um ihn? Sie sollte sich besser um ihr eigenes Schicksal Sorgen machen. Es konnte gut sein, dass er sie jetzt in seinem Zorn an seine Kameraden auslieferte. Was dann geschehen würde, daran mochte sie besser nicht denken.

Sie verließ das Zimmer, ging die Stiege hinunter, um Tanja zu suchen, doch das Haus war leer, auch auf der Veranda war niemand zu sehen. Beklommen hockte sie sich neben den Herd –

nicht einmal der Kater schlief auf seinem gewohnten Platz, er schien draußen umherzustromern. Nur ein paar Fliegen summten um einen Teller herum, in dem noch einige Krümel lagen, und drüben in der Stube köchelte der Samowar. Langsam wuchs die Angst in ihr – irgendeine Gefahr braute sich zusammen, und sie konnte nichts tun als warten.

Der Lärm stieg an, raue Männerstimmen brüllten begeistert Parolen, eine Rotte bewegte sich auf das Haus zu. Sonja fuhr hoch, Panik erfasste sie. Also stimmte es doch: Andrej hatte sie seinen Kameraden ausgeliefert, sie kamen, um ihr abscheuliches Spiel mit ihr zu treiben.

Sie hatte nicht die geringste Chance zur Flucht. Eine große Gestalt verdunkelte den Eingang, schritt auf sie zu, blieb dicht vor ihr stehen.

«Komm mit», sagte Andrej.

Sein Haar war zerzaust, das Gesicht ungewöhnlich bleich. Die schwarzen Augen schienen sie zu verbrennen.

«Nein!», rief sie, beide Hände abwehrend von sich gestreckt. «Lieber sterbe ich!»

Er stutzte, begriff ihre Angst und schüttelte langsam den Kopf.

«Es geschieht dir nichts.»

Sie glaubte ihm kein Wort. Zitternd stand sie vor ihm, zum äußersten entschlossen, ihre Hand zuckte nach einem Messer, das auf dem Tisch neben dem leeren Teller lag. Doch er erriet ihre Absicht blitzschnell, fasste das Messer und warf es in den Herd.

«Ich schwöre bei meiner Kosakenehre, dass dir kein Haar gekrümmt wird. Glaubst du mir jetzt?»

Was versteht ein Kosak schon unter Ehre, dachte sie. Sie zögerte.

«Komm jetzt.»

Der harsche Befehlston war aus seiner Stimme verschwunden,

es war eine Aufforderung – gebieterisch, aber nicht herrisch. Sie glaubte zu begreifen: Er wollte aufbrechen, um sie zu Baranow zurückzubringen. Nun gut – es war von Anfang an so beschlossen gewesen, und sie hatte es gerade eben noch vehement von ihm gefordert.

Langsam rührte sie sich, folgte ihm einige Schritte. Dann blieb sie stehen.

«Wo ist Tanja? Die Babuschka?»

Er kniff die Augen zusammen und sah sie unfreundlich an. Passte es ihm nicht, dass sie Tanja erwähnt hatte?

«Kümmere dich nicht um sie. Folge mir.»

Sie senkte den Kopf und gehorchte. Ihr Herz war schwer, während sie die Dorfstraße hinunter zum Fluss gingen. Ach, sie hätte sich gern von Tanja verabschiedet, die Babuschka umarmt und ihr gedankt. Stattdessen standen Männer in Grüppchen vor den Häusern, schwatzten, rauchten und grinsten breit, als Andrej mit ihr im Schlepptau an ihnen vorüberlief.

«Gutes Gelingen, Brüderchen!»

«Hast es dir verdient, Kosak.»

«Was für eine feine Beute du gemacht hast!»

Sie glaubte zu verstehen. Andrej hatte mit ihnen ausgehandelt, dass er das Lösegeld für sich behalten durfte. Bitter dachte sie an seine Worte: *Wenn Baranow dich noch haben will, schlage ich dich los.* Jetzt würde er sie also verhandeln wie ein Stück Vieh oder einen Sack gestohlenes Silber.

Er führte sie zu einem der Boote, die am Ufer festgebunden waren, und forderte sie auf hineinzusteigen. Zögernd tat sie, was er verlangte. Wieso wollte er sie auf dem Wasser zurück nach Pereschkowo bringen? Die ganze Zeit flussaufwärts rudern? Über die Stromschnellen, die Wasserfälle? Das war so gut wie unmöglich. Was hatte er vor?

Das Boot war klein und flach, besaß eine einzige Ruderbank, und als Steuer diente ein Stab, der am Heck befestigt war. Sonja balancierte vorsichtig in dem schwankenden Kahn, während Andrej ihn von dem Pflock losband, an dem er vertäut war. Mit einem raschen Sprung war er im Boot, hätte sie dabei fast umgerissen und befahl ihr barsch, sich ans Heck zu kauern. Dann fasste er die beiden Ruder und trieb das Boot mit kräftigen Zügen flussabwärts.

Sie begriff nichts. Stumm hockte sie auf der Stelle und sah ihm zu, bewunderte die Sicherheit, mit der er das Schifflein in die Mitte des Stromes ruderte, und spürte erst nach einer Weile, dass ihre Füße und ihre Hosen von dem eingedrungenen Flusswasser feucht wurden. Sie rutschte herum, fand jedoch keine Position, bei der sie trocken blieb.

«Wohin fahren wir?»

Er schwieg sich aus. In der Strommitte zog er die Ruder ein und ließ das Boot treiben. Gemächlich fuhr das Schifflein dahin, schaukelte, wenn ein Wirbel den ruhigen Lauf des Wassers unterbrach, kam jedoch nicht von seinem Kurs ab. Wälder umschlossen jetzt den Flussarm, halbgestürzte Bäume tauchten ihre Zweige ins Wasser, Gräser und Schilf wuchsen an den sumpfigen Ufern. Wasservögel tauchten nach Nahrung, glitten im Tiefflug dicht an ihnen vorüber und stürzten sich lautlos in die Flut.

Der Himmel hatte sich zugezogen, es war drückend schwül. Sonja wagte es, eine Hand ins Wasser zu tauchen und genoss die Kühle. Die Kleidung klebte ihr am Körper, es war ein unangenehmes Gefühl, und nur allzu gern hätte sie im Fluss gebadet. Andrej zog sich ohne Umstände die dunkle Bluse aus und legte sie neben sich auf die Ruderbank. Sonja vermied es, ihn anzusehen. Seine breite Brust war mit einem durchsichtigen Flaum aus schwarzem Haar bewachsen, seine Haut war hell, und Sonja stellte fest, dass seine Armmuskeln sogar jetzt, da sie nicht angespannt waren, kräftiger ausgebildet waren als die des unbekannten Mannes, den sie in Tanjas Scheune gesehen hatte. Die Erinnerung trieb ihr die Schamröte ins Gesicht. Warum hatte sie sich dazu hinreißen lassen, diesem sündhaften Spiel zuzusehen? Und – schlimmer noch als dies: Warum hatte sie solche Lust dabei empfunden? Sie war froh, dass Andrej nichts davon wusste.

Ahnte er wirklich nichts davon? Sie sah vorsichtig zu ihm hinüber, und ihr schien, als sähe sie ein winziges Lächeln in seinem Gesicht. Rasch wandte sie den Blick ab und starrte auf die vorüberziehenden Baumriesen. Doch innerlich zitterte sie bereits, denn sein bloßer Körper schien eine seltsame Magie auf sie auszuüben. *Hure,* schalt sie sich. *Nur eine Hure hat Vergnügen daran, die nackte Haut eines Mannes mit den Händen zu berühren.*

Eine schmale Insel tauchte neben ihnen auf, Reste hölzerner Gebäude waren zu sehen, fast ganz von niedrigen Bäumen und Buschwerk zugewuchert wie ein geheimnisvolles, verlorenes Reich. Andrej fasste die Ruder und hielt auf die Insel zu. Sacht glitt das Boot in den Ufersumpf, er sprang heraus, balancierte auf einem umgestürzten Stamm und vertäute das Boot an einem Pflock.

«Nimm dich in Acht, es ist glatt.»

Sie zögerte, erhob sich dann vorsichtig und kletterte hinaus auf den glitschigen Stamm. Er sah ihr einen Moment lang zu, wandte sich dann um und ging voraus, ohne sich weiter um sie zu kümmern.

«Was tun wir hier?»

Sie glitt aus und wäre in den Sumpf gefallen, wenn sie sich nicht rasch an seinem Arm festgehalten hätte. Für einen Augenblick spürte sie, wie seine harten Muskeln sich anspannten, wie seine Hand zupackte und sie hielt – doch kaum hatte sie wieder festen Stand gewonnen, ließ er sie los.

«Ich will dir etwas zeigen. Wir sind gleich da.»

Wilde Phantasien schossen ihr durch den Kopf. Wollte er sie am Ende auf dieser gottverlassenen Insel gefangen halten, bis er die Austauschverhandlungen geführt hatte? Oder hatte er gar vor, hier über sie herzufallen? Ein süßer Schauer erfasste sie wieder, und sie verfluchte ihre Sehnsucht nach seinen Berührungen. Er hatte sie Sklavin genannt, wollte sie einkerkern und ein Lösegeld für sich herausschlagen. Und sie wünschte nichts mehr, als noch einmal seinen Arm zu spüren, seinen harten Griff, der wehtat, und der sie zugleich vor Wonne erzittern ließ.

Er bahnte ihr den Weg durch dichtes Gestrüpp, hielt die Zweige von ihr ab und wartete geduldig, wenn sie über Baumstümpfe und loses Geäst steigen musste. Kein einziges Mal berührte er sie dabei. Schon bald standen sie vor einem verfallenen Häuschen, das Dach war eingesunken, eine der Wände umgestürzt und vollkommen zugewachsen, aus der Mitte des Gebäudes ragte eine junge Birke empor. Dunkle Spuren einer Feuersbrunst waren an der Ruine zu erkennen, einer der Fensterrahmen hing verkohlt an nur noch einem Nagel, zwischen Farnsträuchern lag eine gedrehte Holzsäule.

Erstaunt sah sie, dass Andrej lächelte. Mit einer raschen Bewegung strich er sich das feuchte Haar aus der Stirn.

«Hier habe ich oft als Kind gespielt», sagte er.

Sie wusste vor Überraschung nichts zu sagen. Allzu unerwartet kam dieser Sinneswandel. Was sollte das nun wieder? Er nannte sie seine Sklavin, kommandierte sie herum, schleppte sie in diese Wildnis – nur um ihr dieses verfallene Haus zu zeigen? Wie passte das alles zusammen?

Er sah ihr an, dass sie wenig mit diesem Geständnis anzufangen wusste und setzte sich auf die gedrehte Säule.

«Auf dieser Insel gab es noch vor zwanzig Jahren ein Kosakendorf. Es lag – umgeben von einer Palisade – gut verborgen im Wald. Und doch haben die Tataren es gefunden und zerstört.»

«Das ... das tut mir sehr leid.»

Er sah sie an, und seine schwarzen Augen schienen ihr plötzlich nicht mehr hart und durchdringend, sondern weich und sanft. Er lächelte fast wie ein Knabe.

«Das ist lange her», sagte er mit einer wegwerfenden Handbewegung. «Vielen erging es so. Die Kosaken haben die Freiheit gewählt, und es ist ihr Schicksal, sie immer wieder im Kampf verteidigen zu müssen. Lieber sterben wir, als dass wir Knechte werden.»

«Ich verstehe …»

«Ich wollte, dass du diesen Ort siehst», sagte er und erhob sich wieder. «Wir werden nun ins Dorf zurückkehren.»

Verwirrt folgte sie ihm durch das Dickicht zurück zum Ufer, ließ sich von ihm den Weg bahnen, sah ihn vor sich herschreiten, über Stämme springen, ihr die Äste aus dem Weg räumen, und sie konnte ihre Augen nicht von seinem geschmeidigen Körper lassen. Erst als sie das Ufer erreicht hatten, bemerkte sie, wie dunkel der Himmel geworden war. Donner grollte in der Ferne, ein Blitz erhellte für einen winzigen Moment den düsteren Flusslauf. Kein einziger Vogel war mehr zu sehen.

«Wir warten das Gewitter besser ab», sagte er. «Komm!»

Er kauerte sich ins Ufergebüsch, und sie kroch zu ihm hin, hockte sich neben ihn auf eine feuchte Wurzel und hielt den Atem an. Über ihnen hing der schwarze Himmel, Blitze zuckten auf und malten feurige Linien, ein leichter Wind kräuselte den Fluss wie ein Vorbote des Unwetters. Sonjas Herz raste. So dicht war er, so nah, dass er sie fast berührte. Sie roch seine Haut, das feuchte Haar, den aufregenden Geruch seines dampfenden Männerkörpers. Doch er rührte sie nicht an. Der Regen kam ohne Ankündigung, platzte aus den schwer hängenden Wolken auf sie herunter und verwandelte den Fluss in einen brodelnden Strom. Ihre Kleider waren im Nu vollkommen durchtränkt, sie nahm die patschnasse Kappe ab und ließ das Haar vom Regen durchweichen. Er warf nur hin und wieder einen kurzen Blick auf sie, lächelte und schaute wieder zum Fluss hinüber, auf dem das Boot unruhig schwankte und an dem Tau riss.

Sie begann zu zittern. Nicht vor Kälte, sondern vor Verlangen.

Sie sah, wie die Regentropfen an seiner Haut abperlten, über die Schultern tropften, die Brust hinunterrieselten. Seine Hose hatte sich voll Wasser gesaugt und umschloss eng seine Schenkel. Er hatte die Hände in seinem Schoß vergraben, sodass sie nicht sehen konnte, was sich dort regte. Sein Haar hing ihm nass in die Stirn, seine Lippen waren feucht, sie sah, dass er die Tropfen hin und wieder mit der Zunge schmeckte, und sie erschauerte.

Irrwitzige Wünsche stiegen in ihr hoch, sodass sie vor sich selbst erschrak. Sie spürte das Verlangen, ihre Bluse abzustreifen, sich ihm anzubieten, mit ihren Brüsten seine Hände zu berühren und ihre Brustwarzen an seinem Handrücken zu reiben, bis sie brannten. Sie wollte seine Hände an ihren Hosenbund führen, ihn langsam öffnen und seine Finger über ihren Bauch gleiten lassen, sie an ihrem Schamhügel spüren. Warum bewegte er sich nicht? Warum sah er sie nicht einmal an? Verwirrt und beschämt kauerte sie sich zusammen, starrte auf die Wassertröpfchen, die aus seinem Haar auf die Schultern rieselten, hörte das brausende Geräusch des Regens und glaubte dazwischen Kampfrufe und den Klang von Schwertern zu vernehmen. Andrej als Knabe – ein vorwitziges, gewandtes Bürschlein, heißblütig und nachdenklich. Warum hatte er ihr dieses verfallene Haus gezeigt? Warum ihr diese Geschichte erzählt? War das eine neue, raffinierte Art, sie zu verführen?

Sie bebte vor Sehnsucht nach seiner Berührung. Ihre Brustspitzen waren hart geworden und stachen deutlich unter der nassen Bluse hervor. Zwischen ihren Beinen wurde es feucht. Warum berührte er sie nicht?

Sie war kurz davor, allen Stolz aufzugeben und sich ihm an den Hals zu werfen. Mit brennenden Augen verfolgte sie den Weg eines Wassertröpfchens, das aus seinem Haar fiel, über den wulstigen Muskel seiner breiten Schulter auf seine Brust rann und von dort eilig durch das dunkle Haar hinab in seinen Schoß rollte. Sie war am Ende ihrer Kräfte. Ihr Arm bewegte sich, ohne dass sie sich dessen bewusst wurde, und sie erschrak vor sich selbst, als sie die Hand an seinen Gürtel legte.

Er zuckte nicht einmal zusammen, legte aber seine Hand auf die ihre und hielt sie fest. Bebend spürte sie die Hitze, die von ihm ausging, seinen harten, atmenden Bauch und den Spalt, der sich zwischen Haut und Gürtel auftat. Sie strebte ihm entgegen, wartete darauf, dass er sie umfassen würde.

Doch er ließ ihre Hand wieder los, stand auf und reckte sich wohlig im strömenden Regen.

«Lass uns jetzt fahren, sonst kommen wir in die Dunkelheit.»

Benommen raffte sie sich auf und half ihm, das Boot auszuleeren. Scham und Enttäuschung erfüllten sie. Sie hatte sich ihm angeboten, und er hatte sie zurückgewiesen. Warum – verdammt noch einmal – hatte er sie nur an diesen Ort gebracht? Was hatte er damit bezweckt?

Im Boot legte er sich die nasse Bluse über die Oberschenkel. Sie konnte nicht erkennen, ob er gleichgültig geblieben war oder ob er sie begehrte. Auch jetzt, da er mit mächtigen Ruderschlägen das Boot stromaufwärts trieb und seine Muskeln sich spannten, konnte sie die Blicke nicht von seinem Körper wenden. Doch nur hin und wieder spürte sie, dass auch er sie ansah. In seinen schwarzen Augen glomm ein solches Feuer, dass sie fast Angst vor ihm bekam.

Er begleitete sie ins Haus, schickte sie hinauf und wies ihr eines der Schlafzimmer zu. Tanjas Zimmer hatte sie nicht mehr zu betreten. Er brachte ihr trockene Kleider und ließ sie allein. Sonja hockte sich auf die schmale Schlafbank und versuchte wieder einmal, das Durcheinander in ihrem Kopf zu ordnen. Warum verhielt Andrej sich so merkwürdig? Was hatte er mit ihr vor? So sehr sie grübelte, sie konnte sich keinen Reim darauf machen. Schließlich streifte sie die nassen Kleider ab und wickelte sich in eine Decke.

Im Zimmer war es dämmrig, der Abend brach herein, und der Regen hatte immer noch nicht nachgelassen. Unablässig prasselte es auf das Holzdach über ihr, das Regenwasser stürzte zischend und gurgelnd von der Dachschräge auf den Hof, sammelte sich dort in breiten Rinnen und überschwemmte die Dorfstraße. Sonja zog die Decke enger um den Körper und spürte namenlose Traurigkeit. Er hatte sie verschmäht – aber warum bloß? Hasste er sie so, weil sie Tanjas Zärtlichkeiten nicht zurückgewiesen hatte? Wollte er von jetzt an nichts mehr von ihr wissen? Aber weshalb hatte er sie dann mit solch brennenden Augen angesehen, als sie zum Dorf zurückgerudert waren?

Sie schloss die Augen und lehnte sich an die Wand. Sie sah Andrejs große Gestalt vor sich, das Spiel seiner Muskeln, wenn er die Ruder zog, die Vertiefung, die sich auf seinen Schultern bildete, wenn er die Arme anspannte. Sie seufzte unwillkürlich und spürte, dass es zwischen ihren Beinen schon wieder pulsierte. Er war so nah gewesen, als sie nebeneinander am Flussufer kauerten. Eine winzige Bewegung, und er hätte sie berühren können. Sie stellte sich vor, er habe die Hand auf ihr Knie gelegt und sie langsam den Oberschenkel hinauf bewegt. Ihre Nackenhärchen stellten sich auf, während ihr eine leichte Gänsehaut über Rücken und Bauch lief. Sie schluckte, und ihr Atem ging rascher.

Sie bewegte sanft den Oberkörper hin und her, wobei sich ihre Brustspitzen an der gewebten Decke rieben. Heiße Ströme zuckten durch ihre Brüste, etwas zwischen ihren Beinen schien anzuschwellen, heftig pochte das Blut in den Adern. Sie rieb fester, nahm die Hände zu Hilfe und presste die Decke auf ihre Brüste, rieb den harten Stoff über ihre Brustwarzen und spürte, wie sie sich zu festen Kügelchen zusammenzogen. Sie keuchte leise, ihre rechte Hand fasste unter den Stoff und spielte dort mit den Brustwarzen. Wollüstig genoss sie die heißen Ströme, die von den Brüsten hinab zwischen ihre Schenkel drängten, sie kniff sich in die Nippel, ließ sie unter weichen Schlägen erzittern, zwängte sie zwischen Zeige- und Mittelfinger und rieb sie an der harten Decke. Langsam glitt ihre Hand hinunter, betastete ihren Bauch und vergrub sich in ihrem Bauchnabel, während sie sich mit der anderen Hand immer noch die schützende Decke um die Schultern hielt.

Ihre Brüste brannten vor Lust, die harten Spitzen waren sogar unter der dicken Webdecke als kleine Erhebungen zu sehen. Sie lehnte sich fester gegen die Holzwand, warf sehnsuchtsvoll den Kopf hin und her und begann sachte, ihren gewölbten Schamhügel zu streicheln. Ihre Spalte schien sich den tastenden Fingern zu öffnen, sie tauchte in die Flüssigkeit und rieb sanft über ihre Schamlippen. Andrejs warmer Geruch stieg ihr in die Nase, sie dachte an seine harten Arme, an die Hände, mit denen er sie gefesselt hatte. Seine heißen Blicke, die gierig über ihren nackten Körper glitten. Sie drang tiefer in ihre nasse Spalte ein, spreizte die Beine und streichelte sich fester. Lust durchbebte sie, fast hätte sie laut gestöhnt, als sie die geschwollene Lustperle berührte und mit dem Finger darüber rieb. Sie stellte sich vor, Andrej läge auf den Knien, den Kantschu in der Hand, und schöbe ihr den harten Griff der Peitsche zwischen die Beine. Wie fest er sie damit rieb, wie fest die Perle hin und her gepeitscht wurde, ihre Lustsäfte benetzten den dicken Griff des Kantschus und seine Finger.

Sie hatte ihre ganze Hand zwischen die Schenkel geschoben, glitt reibend vor und zurück und bog sich vor Lust. Jetzt spürte sie die Öffnung, in die Andrej noch am Morgen so fest hineingestoßen hatte, dass es wehtat, doch der Schmerz war längst vergessen. Lüstern umkreiste sie die Öffnung mit ihrem Finger, spürte, wie es sie erregte, und stellte sich vor, der Griff der Lederpeitsche stieße in ihre feuchte Muschi. Feuer erfasste sie, und sie bewegte das Becken vor und zurück, während sie sich weiter mit dem Finger reizte. Die Decke entglitt ihrer Hand und rutschte zu Boden. Sie stand nackt im Zimmer, eine Hand in ihrer Scham vergraben, die andere tastete über ihre Brüste und rieb an den Brustspitzen. Jetzt glaubte sie zu spüren, wie der dicke Griff des Kantschus sich tiefer hineinzwängte, in ihr kreiste und sich zurückzog, um gleich darauf aufs Neue in sie einzutauchen. Keuchend wand sie sich unter den glühenden Wogen der Wollust, biss verzweifelt die Zähne zusammen, um nicht laut zu schreien, und ergab sich schließlich der feurigen Woge, die sie mit sich fortriss.

Sie glitt zu Boden, blieb im Schneidersitz hocken, die Hand noch zwischen den Beinen. Ihre Scham war so nass, dass der Teppich unter ihr feucht wurde, und sie erschrak vor sich selbst. Was war aus ihr geworden? Warum hatte sie sich nicht beherrschen können? Wenn nun Andrej sie so gesehen hätte? Rasch griff sie eines der abgelegten Kleidungsstücke und trocknete die Nässe zwischen ihren Schenkeln, dann zog sie sich an und versuchte das wirre Haar zu ordnen.

Unten stand die Babuschka am Küchentisch, mit drei Fischen vor ihr, die sie ausnahm und zerteilte.

«Soll ich Zwiebeln schneiden?», fragte Sonja, froh, sich nützlich machen zu können.

«Geh hinauf», gab die Alte barsch zurück. «Lass dich hier unten nicht mehr sehen. Geh schon!»

Sonja stand wie vom Donner gerührt. Was war geschehen? Warum war die alte Frau plötzlich so unfreundlich zu ihr?

«Aber ... aber ich wollte dir helfen ...»

Die Babuschka säbelte an den Fischen herum und legte die fertigen Stücke auf einen Teller. Sie sah Sonja nicht einmal an.

«Brauch deine Hilfe nicht. Geh!»

Beklommen schlich Sonja wieder die Stiege hinauf. Hatte sie sich getäuscht oder waren die Augen der alten Frau gerötet? Aber das Herdfeuer brannte ja gar nicht. Hatte sie vielleicht Kummer?

Sonja nahm die nassen Kleider und trug sie nach unten, wusch sie in einem Bottich mit Regenwasser aus und hängte sie auf die Veranda zum Trocknen. Der Regen hatte ein wenig nachgelassen und das Dorf belebte sich wieder. Lichter flammten in den Häusern auf, wurden auf die überdachte Veranda hinausgetragen, Kinder liefen über die schlammige Dorfstraße und bewarfen sich mit Lehm. Sonja stand einsam vor dem Haus und starrte in die Dämmerung hinaus. Wo mochte Andrej sein? Was tat er? Was plante er?

Tanja glitt geräuschlos wie ein Schatten auf die Veranda, wollte sich an ihr vorüberschleichen, blieb dann aber doch bei ihr stehen.

«War es schön?»

Ihr Ton war anders als sonst, ernster und ein wenig ironisch.

«Was meinst du?»

Sie schnalzte spöttisch mit der Zunge.

«Mit Andrej im Boot, das meine ich.»

«Da war nichts», gab Sonja ein wenig ärgerlich zurück.

«Nichts?»

«Nichts. Er hat mich nicht einmal berührt.»

Sie pfiff leise durch die Zähne, was Sonja noch mehr aufbrachte. Was war daran Aufregendes?

«Wo seid ihr gewesen?»

Sonja hatte immer weniger Lust auf dieses Verhör, aber sie wollte Tanja nicht auch noch verärgern, deshalb gab sie Antwort.

«Auf einer Insel flussabwärts.»

Tanja nahm die Nachricht mit Erstaunen auf. Ungläubig fragte sie weiter.

«Eine Insel, auf der Reste eines Kosakendorfes stehen?»

«Ja. Dort ist vor Jahren einmal ein Dorf von den Tataren überfallen und zerstört worden. Andrej war dort als Kind, hat er gesagt ...»

Tanja sah ihr aufmerksam ins Gesicht, dann schüttelte sie den Kopf.

«Ihr wart bei einer Hütte, aus der eine junge Birke wächst, nicht wahr?»

Sonja wurde klar, dass Tanja natürlich ebenfalls ihre Kindheit dort verbracht haben musste. Kannte sie das Rätsel?

«Was ist mit dieser Hütte? Habt ihr dort einmal gewohnt?»

Tanja senkte jetzt den Blick und biss sich auf die Unterlippe. Im Halbdunkel erschien es Sonja, als sei ihr Gesicht ungewöhnlich blass und sehr ernst.

«Er hat dir nichts gesagt?»

«Nein. Er wollte, dass ich den Ort sehe. Nichts weiter.»

«Männer», sagte Tanja verächtlich und stieß ein kurzes Lachen aus. «Stundenlang können sie mit den Kameraden schwatzen, in der Versammlung lange Reden halten und geschickt ihre Worte wählen. Aber vor einer Frau sind sie stumm!»

Damit konnte Sonja wenig anfangen.

«Und was hat es jetzt mit der Hütte auf sich?»

Tanja schürzte die Lippen.

«Ist meine Sache nicht. Soll er doch selber reden.»

Damit ließ sie Sonja auf der Veranda stehen und lief ins Haus, in dem die Babuschka schon den Fisch gebraten hatte.

L ärm weckte Sonja am frühen Morgen. Vor dem Haus scharrten Pferdehufe, Männerstimmen riefen sich Sätze zu, die sie nicht verstand. Die Babuschka mischte sich zornig ein, machte den Männern laut scheltend Vorwürfe, dann war Andrejs Stimme zu hören, energisch, keinen Widerspruch duldend. Die Alte begann zu weinen, und Sonja hörte Tanja, die sanfte, tröstende Worte sprach.

Sie hatte auf der schmalen Seitenbank geschlafen – jetzt sprang sie auf und eilte zum Fensterchen. Unten vor der Veranda standen vier Reiter, hatten trotz der sommerlichen Wärme die schwarzen Kosakenmützen aufgesetzt, die Mäntel hingen über ihren Schultern, in ihren Gürteln steckten Dolch und Kantschu. Einer von ihnen hielt eine Schriftrolle in der Hand, die mit einem ledernen Band umschlungen war. Sie hoben die Arme zum Abschiedsgruß und winkten, trieben ihre Pferde an und galoppierten zum Dorfausgang.

Immer noch schallte das langgezogene Weinen der alten Frau durch das Haus, und auch Andrej, der nun sanft auf sie einredete, konnte sie nicht beruhigen. Sonja verspürte Unruhe und Mitleid, nur allzu gern wäre sie hinuntergelaufen, um zu fragen, was denn geschehen sei, und um die alte Frau in ihre Arme zu nehmen und sie zu trösten. Doch zugleich ahnte sie, dass sie nicht willkommen war. Was auch immer geschehen war, welches Unglück auch über die Familie hereingebrochen war – man ließ sie nicht daran teilhaben. «Geh hinauf», hatte die alte Frau gestern noch barsch zu ihr gesagt. Unschlüssig setzte sie sich wieder auf die Bank und wusste nicht, was sie tun sollte.

Kurz darauf riss Andrej die Tür ihres Schlafraums auf.

«Komm mit!», befahl er.

Sie hatte keine Lust mehr auf einen weiteren Ausflug, nicht noch einmal diese peinigende Nähe, diese hilflose Sehnsucht nach ihm, dieses erniedrigende Gefühl, verschmäht zu werden.

«Ich will nicht.»

Er schien überrascht, einen Moment lang irrten seine Augen durch den Raum, dann hatte er sich wieder gefasst.

«Warum nicht? Habe ich gestern mein Wort nicht gehalten?»

Sie schwieg und spürte, wie sie tief errötete. O ja, er hatte sein Wort gehalten. Gerade dies aber hatte ihr solche Pein verursacht.

Er hatte sie lächelnd beobachtet, jetzt trat er einen Schritt auf sie zu, und seine Stimme war dunkel und sanft.

«Welches Versprechen soll ich dir heute geben, damit du mit mir kommst?»

Sie schlug die Augen nieder und wandte sich ab, denn ihre brennenden Wangen verrieten ihre Gedanken. *Eine Hure bin ich,* dachte sie beschämt. *Ich bin drauf und dran, diesem Mann zu sagen, dass ich vor Sehnsucht nach seinen Händen sterbe. Dass ich für nur eine einzige Berührung alles tun würde und mich ganz und gar vergessen könnte.*

Er stand so dicht hinter ihr, dass sie seinen warmen Atem auf ihrer Schulter spürte. Sie bebte, und ihre Brustspitzen zogen sich zusammen, ohne dass sie es verhindern konnte.

«Ich werde nur tun, was du mir befiehlst», erklang seine tiefe Stimme. «Bist du damit zufrieden?»

Es war falsch – aber sie konnte sich nicht mehr gegen die Anziehungskraft seines Körpers wehren. Groß und dunkel stand er hinter ihr, sie roch seine Ausdünstungen, spürte seine Hitze und kam fast um vor Verlangen nach ihm.

«Ja», flüsterte sie.

«Folge mir.»

Unten stand die Babuschka in der Küche. Als Andrej mit Sonja vorbeiging, drehte sie sich weg. Tanja war nirgendwo zu sehen. Doch Sonja war in diesem Augenblick viel zu aufgeregt, um sich darüber Gedanken zu machen. Voller Schrecken stellte sie fest, dass sie vergessen hatte, ihre Kappe aufzusetzen. Doch es schien niemanden zu stören, dass ihr langes Haar über ihre Schultern hing. Andrej führte sie zur Pferdekoppel und sattelte seine Stute.

«Welches Pferd willst du reiten?»

«Das gleiche wie du.»

Sie biss sich auf die Lippen, aber nun war der Satz ausgesprochen. Sollte er von ihr denken, was er wollte. Sollte er sie verachten, für eine Hure halten – ihr Verlangen war stärker als alles andere.

Er blieb scheinbar gelassen und half ihr aufs Pferd.

«Setz dich vor mich», befahl sie, nun schon etwas mutiger.

Er tat, was sie wollte, und schwang sich leicht und geschickt in den Sattel, ohne sie zu berühren, nahm die Zügel und trieb die Stute an. Schweigend ritten sie den schmalen Weg am Fluss entlang. Sonja hatte ihre Arme um seine Hüften gelegt, ihre Hände spürten seine gespreizten Schenkel, fühlten die harten Muskeln, die sich bewegten, wenn er die Stute lenkte. Sie ritten an der Scheune vorüber, in die Tanja sie nachts entführt hatte, und die Erinnerung erschien Sonja plötzlich nicht mehr beschämend. Dieser Mann war ihr gleichgültig gewesen, es war nur ein schönes, berauschendes Spiel – nichts weiter. Doch jetzt war es mehr. Andrej, den ihre Arme umschlossen, beherrschte ihren Körper und ihre Sinne so vollkommen, dass sie kaum wusste, was sie tat.

Der Pfad verengte sich, Gezweig schlug ihnen entgegen, das Andrej hin und wieder mit den Armen abwehrte. Das Wasser des Flussarms bewegte sich träge, die Sonne spiegelte sich wie ein gleißender Lichtball auf seiner Oberfläche und blendete die Augen. Mücken schwärmten über dem seichten, sumpfigen Ufer, und Vögel flatterten durch die grünen Zweige davon, wenn sich die Reiter näherten. Sonja roch den berauschenden Duft des Mannes, der vor ihr saß, grub ihr Gesicht in seinen Rücken und spürte unter der Bluse seine harten Muskeln. Lust überkam sie, diese zarte, glatte Haut zwischen ihren Zähnen zu spüren, sie biss durch die Bluse hindurch, packte ein Stück seiner Haut und hielt sie fest.

Er zuckte zusammen und drückte den Rücken durch, ihre Hände spürten, wie aufgeregt er atmete. Sie ließ ihre Beute los und kicherte.

«Sitz ruhig!», befahl sie.

«Nicht, wenn du mich beißt, Dächsin.»

«Du hast es versprochen, Kosak.»

Er schwieg und trieb die Stute an. Die Zweige peitschten heftiger gegen seine Brust, sein Körper hielt sie von Sonja ab, nur ihre Arme wurden hin und wieder von den vorüberstreichenden Ästen berührt. Sonjas Hände zitterten, als sie zu seinem Gürtel griff und langsam die Schnalle löste. Sie fühlte, wie seine Bauchmuskeln sich anspannten, sein Atem wurde rascher, seine Beinmuskulatur verhärtete sich. Sie war wie im Rausch, riss ungeduldig am Bund seiner Hose und brauchte eine Weile, bis sie herausfand, wie sie geöffnet wurde. «Was treibst du da?», hörte sie seine tiefe Stimme belustigt fragen.

«Halte still und beweg dich nicht.»

Er fügte sich, hob sich ein wenig im Sattel und ließ zu, dass sie ihm die Hose bis zu den Schenkeln herabzog. Sein Glied war steif und hoch aufgerichtet, es hüpfte im Rhythmus der Pferdebewegungen und schlug gegen Sonjas geöffnete Hände, als sie es einfing. Sie hörte ihn leise und wohlig aufstöhnen und legte ihre Finger eng um den köstlichen, festen Stab. Wie zart die Haut war, wie heftig er reagierte, wenn sie mit sanftem Finger über die immer dicker anschwellende Spitze strich. Sie umschloss seinen Penis fest mit beiden Händen und ließ sich von den Reitbewegungen tragen, die sie auf und ab wiegten. Sie fühlte, wie sein Glied unter der Reibung immer härter wurde, und sie erschauerte vor Lust. Neckend berührte ihr Zeigefinger immer wieder die Spitze, rieb darüber, reizte den harten Stab mit sanften Stößen und ließ ihn lustvoll zusammenzucken. Er hatte der Stute freien Lauf gelassen, beugte sich stöhnend rückwärts und gab sich ihren Berührungen hin. Wenn er sich im Sattel hob, fuhren ihre Hände begierig zwischen seine Schenkel, umschlossen die prallen Hoden und kneteten sie sanft.

«Hör auf, du Biest! Ich komme um», flehte er keuchend.

«Schweig!»

Sie schnallte den Gürtel um seinen bloßen Unterleib, zwängte seinen geschwollenen Penis mit dem harten Leder fest an seinen Bauch und kümmerte sich nicht darum, dass er heftig aufstöhnte. Dunkel und dick geschwollen stand seine Eichel hervor, längst von der Vorhaut entblößt, ihren lüsternen Händen preisgegeben. Sie presste die glänzende Schwanzspitze zwischen Daumen und Zeigefinger, ließ erste Tröpfchen hervorquellen und rieb mit dem Handteller kreisend darüber.

«Ich werde verrückt», ächzte er. «Willst du mich umbringen?»

Sie lachte vergnügt, umfasste sein Glied mit beiden Händen und rieb, so fest sie konnte. Er wand sich, spornte die Stute mit energischem Schenkeldruck an, und das Tier setzte sich in Galopp. Äste peitschten gegen seinen Körper, Sonnenstrahlen, die durch die Bäume drangen, wurden im Vorüberjagen zu flirrendem Licht, das die Augen blendete, die Hufe der Stute schienen Funken aus dem steinigen Boden zu schlagen. Sonja schrie leise auf, umklammerte seinen Körper, ohne seinen gefesselten Schwanz aus ihren Händen zu lassen.

«Lass los, oder wir werden stürzen!»

«Halt die Stute an, Kosak!»

«Sie gehorcht mir nicht mehr!»

Der Ritt wurde immer wilder, Staub wirbelte auf, kleine Steinchen spritzten unter den Hufen der Stute auf und stachen wie Nadelstiche in Sonjas Waden. Immer noch hielt sie seinen Penis umschlossen, spürte seine Hitze, sein leichtes Zucken. Dann verließ die Stute, scheinbar eigenmächtig, den Flusspfad und lief auf schmalem Weg bergan. Felsbrocken lagen zu beiden Seiten des Weges, das Tier lief gemächlicher, stieg mit sicheren Tritten über Steine und Wurzeln und trug die beiden Reiter einen felsigen Hügel hinauf.

Erst jetzt löste Sonja ihren Griff, ließ die Hände locker auf dem empfindlichen Glied liegen, als wollte sie es schützend verhüllen.

Der Kamm des Hügels war bald erreicht, vor ihnen tat sich eine Schlucht mit saftigem Gras auf, die hellen Stämme schlanker Birken leuchteten, dazwischen lagen dunkle Gesteinsbrocken, als habe ein Riese mit Bauklötzen gespielt. Die Stute lenkte ihre Schritte hinab, kletterte geschickt den steilen Hang hinunter, stemmte die Hufe gegen das harte Gestein und erreichte den Wiesengrund, ohne ein einziges Mal auszugleiten. Gemächlich schritt sie durch das hohe Gras, zupfte hie und da ein Hälmchen ab, gehorchte dann aber rasch wieder der Hand ihres Reiters, der sie vorantrieb.

Ein flacher, langgestreckter Fels, ähnlich einem großen Tisch, erregte Sonjas Aufmerksamkeit. Gräser und gelbe Wiesenblumen umwucherten ihn, Birken spendeten lichtdurchwirkten Schatten. Unmerklich verlangsamte die Stute ihre Schritte.

«Halt an!»

Die Stute blieb stehen, als habe sie ihren Befehl vorausgeahnt. Sonja rutschte von ihrem Rücken herunter, Andrej wartete auf ihre Order.

«Zieh dich aus!», befahl sie.

Sie sah zu, wie er ein Bein über den Hals der Stute schwang und sich, immer noch hoch auf dem Pferd sitzend, der Hose entledigte. Ohne Hast zog er sich die weite Bluse über den Kopf und saß nackt auf dem Tier, nur den Gürtel um die Lenden gebunden. Sein pralles Glied war fest gegen den Bauch gepresst, die geschwollene Eichel stand dunkel gegen seinen Unterleib. Sonja genoss seinen Anblick, besah ihn lustvoll und schamlos, spürte die Hitze zwischen ihren Beinen und fühlte, wie der Rausch sie überkam.

«Steig ab.»

Er glitt vom Pferd und blieb dicht vor ihr stehen. Sie zitterte vor seinem nackten Körper, bebte vor dem herausfordernden

Blick seiner schwarzen Augen. Es brannte eine verlangende Glut darin, die ihr fast Furcht einflößte und ihr Herz rasen ließ.

«Dorthin!»

Sie wies zu einer Birke. Er gehorchte nur unwillig, lehnte sich mit dem Rücken gegen den schlanken Stamm und fuhr fort, sie mit verzehrenden Blicken anzustarren.

Sonja spürte, wie ihr Blut heftig pulsierte. Es war, als habe sie einen Dämon in ihrer Macht, der jedoch jeden Augenblick die Oberhand gewinnen, aus ihrer Gewalt ausbrechen und sich über sie stürzen konnte. Zugleich aber wünschte sie nichts mehr, als die geheimnisvolle Kraft dieses Dämons zu spüren und von ihm machtvoll überwunden zu werden.

Der flache, dunkle Fels ging ihr gerade bis zur Hüfte. Sie stieg darauf, setzte sich nieder und begann mit langsamen Bewegungen ihre Bluse zu öffnen. Sie hörte, wie Andrej heftig den Atem einsog, als sie das Kleidungsstück vorn auseinanderzog, ihren Busen zuerst nur halb zeigte und ihn dann ganz und gar entblößte. Während er sie voller Begierde anstarrte, streichelte sie ihre Brüste, schob sie hoch, tat, als wolle sie sie mit den Händen bedecken und ließ nur die harten Nippel sehen.

Sie spürte, wie seine Blicke über ihren Körper glitten und sie schier versengten. Sein eingezwängtes Glied zuckte, die Fessel erhöhte seine Lust und ließ ihn dunkel und heiser ächzen.

«Wie lange muss ich hier stehen, du verfluchte Verführerin?», keuchte er, während er die Hände über sein pochendes Glied legte.

«Solange ich es will!»

Sie ließ sich ein wenig zurückfallen und löste den Hosenbund. Nie hatte sie geglaubt, dass sie sich so schamlos vor einem Mann zeigen könnte. Jetzt spürte sie, dass ihr ganzer Körper vor Lust bebte, dass sie davon besessen war, sich vor seinen Augen zu entblößen, seine Wollust zu spüren, das unbändige Verlangen in seinen schwarzen Augen blitzen zu sehen und zu wissen, dass er sich nur mit Mühe an dem Birkenstamm anklammerte, um nicht wie ein geiler Berserker über sie herzufallen.

Sie zog die Hose ohne Scham herunter, schmiegte sich rücklings auf den warmen dunklen Stein und legte die Hände über den Kopf. Ihre Brüste hoben und senkten sich, Sonnenstrahlen drangen durch das Geäst und küssten die rosigen Nippel. Sie genoss es, dass er stöhnend mit den Zähnen knirschte und sich aufbäumte, sodass sein praller Penis fester an den ledernen Gürtel gepresst wurde.

«Ich kann nicht mehr. Hast du kein Erbarmen?»

«Noch nicht!»

Sie stellte die Beine ein wenig auf und öffnete langsam die Schenkel, zeigte ihm ihre feuchte, dunkle Spalte, zog die Beine weiter auseinander und begann, mit einer Hand über ihre Schamlippen zu streichen, die bereits vor Nässe schimmerten. Er starrte auf ihre ausgebreiteten Schenkel, die entblößte Möse, die von dem feuchten rotgoldenen Flaum umgeben war, sah die rosigen Lippen, die Lustperle, und es war ihm, als schlügen tosende Wogen über ihm zusammen, die ihm den Atem nahmen. Noch nie zuvor hatte eine Frau in ihm solch eine maßlose, rauschhafte Gier erregt, eine Wildheit, die ihn fast selbst erschreckte.

«Komm!», hörte er sie leise und lockend flüstern, und er löste sich von dem Birkenstamm.

Er stürzte über sie her wie ein Unwetter, wusste selbst kaum, was er tat, so heftig toste sein Verlangen. Er fasste in ihr langes Haar und riss sie zu sich heran, kniff gierig in die Brustwarzen, nahm sie in den Mund und spürte sie zwischen seinen Zähnen. Sie schrie auf vor Wonne, als er zubiss, er spürte, dass ihre Hände den ledernen Gürtel fassten, der sich durch seine Bewegungen hinaufgeschoben hatte. Sie drückte ihn wieder fest um seine Lenden, und er stöhnte vor Geilheit und Wut.

«Befreie mich davon, du Teufelshexe!»

«Noch nicht.»

Er massierte ihre Brüste mit harten Griffen, knetete ihren Bauch und senkte seinen Kopf zwischen ihre Schenkel. Wie im Rausch saugte er an ihren geschwollenen Schamlippen, fasste den Kitzler mit den Zähnen und reizte ihn mit festen Zungenschlägen. Sonja bäumte sich auf, streckte sich ihm wimmernd entgegen, bewegte das Becken hin und her und keuchte, als er die Zunge in ihre Öffnung stieß. Er reizte sie ohne Gnade, bohrte die Zunge immer wieder in ihren Körper, kam dabei selbst um vor unbändiger Lust und lauschte auf ihre spitzen Schreie. Immer tiefer stieß er in sie hinein, schmeckte ihre Süße und saugte an der köstlichen Lustquelle.

«Befreie mich von dem Gürtel», flehte er dann. «Willst du, dass ich sterbe?»

Sie schob den Gürtel hoch und fing den hervorspringenden Schwanz mit beiden Händen auf. Er hockte mit gespreizten Knien über ihr, während er zitternd vor Geilheit sah, wie sie sein Glied in ihren Händen hielt – er musste sich krampfhaft beherrschen, denn es war kurz davor zu zerbersten. Sie lenkte seinen Penis in ihren Schoß, zog ihn stöhnend über ihre Lustperle und zeigte ihm dann den Weg in ihre sehnsuchtsvolle Öffnung. Er stieß einen kehligen Schrei aus und drang mit einer harten Bewegung tief in sie ein. Dann riss die Leidenschaft sie beide mit sich fort, ein wilder Rhythmus erfasste sie, immer wieder stieß er in sie hinein, spürte, wie sie ihm entgegenkam, das Tempo noch beschleunigte, hörte ihre Schreie. Zahllose, glühende Feuerströme überliefen sie, buntes, gleißendes Licht explodierte vor ihren Augen, und Sonja spürte, wie der warme Saft sich in sie ergoss und sie ganz ausfüllte.

Andrej sank erschöpft auf sie herab, hüllte sie ein mit seinem großen, warmen Körper und legte für einen Moment seinen Kopf auf ihre Schulter.

«Ich liebe dich, Rotschopf», flüsterte er. «Und ich werde dich nie wieder freigeben.»

Es dämmerte schon, als sie sich endlich entschlossen, den Heimritt anzutreten. Sonja saß vor Andrej im Sattel, erschöpft von den Liebesspielen, die sie in immer neuen Varianten mit ihm genossen hatte. Er umschloss sie mit den Armen, küsste immer wieder ihren bloßen Nacken, legte die Hände zärtlich über ihre Brüste und streichelte sie. Sonja lehnte sich an ihn und schloss die Augen. Sie war liebessatt und vollkommen glücklich.

Erst als die Häuser des Dorfes schon durch das Blätterwerk der Bäume zu sehen waren, kam wieder Unruhe über sie.

«Sag mir, warum die Babuschka so merkwürdig war», forderte sie ihn auf. «Und weshalb hat sie geweint?»

«Mach dir keine Gedanken», gab er zurück. «Das geht vorüber.»

«Aber was ist mit ihr? Welchen Kummer hat sie?»

Sie spürte, dass ihre Fragen ihm unangenehm waren, und sie begann sich zu ärgern. Hatte er nicht vorhin gesagt, dass er sie nie wieder freigeben wollte? Offensichtlich bedeutete dies aber noch lange nicht, dass er sie in seine Familienangelegenheiten einweihte.

«Sie macht sich Sorgen um Bogdan, meinen Vater», sagte er. «Du weißt, dass er in Petersburg gefangen ist.»

Das klang vernünftig, und doch glaubte sie es nicht ganz.

«Gibt es denn schlimme Nachrichten von ihm?»

«Sei unbesorgt.»

Er küsste sie zart auf die Wange und trieb die Stute an. Wollte er so rasch wie möglich im Dorf sein, um ihren Fragen auszuweichen?

«Wohin sind die vier Männer geritten, die heute früh vor dem Haus gehalten haben?», drängte sie ihn. «Und welches Schriftstück haben sie da mit sich genommen?»

«Du wirst das alles beizeiten erfahren», sagte er. «Hab Geduld.»

Sie passierten den Dorfeingang im Galopp, die Dorfstraße staubte unter den Hufen der Stute, und Sonja musste nun schweigen, weil sie von allen Seiten freudig begrüßt wurden.

«Da kommst du endlich, Brüderchen. Wir haben gewartet!»

«Setz dich zu uns – es wird gefeiert.»

«Bring deine Schöne mit, Freund. Wir wollen sie tanzen sehen.»

«Sollst deine Heimat und deine Freunde nicht vergessen, wenn du erst fort bist!»

Andrej gab laute, scherzende Worte zurück und versprach zu kommen. Er ritt mit Sonja zu seinem Haus, ließ sie absteigen und befahl ihr, im Schlafzimmer zu bleiben und das Haus auf keinen Fall zu verlassen.

«Warum bekomme ich keine Antworten?», fuhr sie ihn zornig an. «Bin ich es nicht wert, dass du mir Antwort gibst? Weil ich eine Fremde bin?»

Er sah sie bestürzt an.

«Ich habe dich gebeten, Geduld zu haben, Sonja.»

«Ich habe aber keine Geduld», schimpfte sie. «Und ich lasse mich nicht gern wie ein Kleinkind behandeln.»

«Vertrau mir. Ich bitte dich darum.»

Er zog sie in seine Arme und drückte sie an sich. Sie hörte, wie sein Herz laut klopfte, spürte, wie seine Hände zärtlich über ihren Rücken kreisten, ihre Wirbelsäule entlangstrichen und ihre Pospalte kitzelten. Seine Lippen umschlossen heiß ihre Oberlippe und saugten daran. Sie schmolz dahin – seine Nähe war so berauschend, dass alles andere unwichtig erschien. Er wollte, dass sie ihm vertraute, also tat sie es.

Sie sah ihm nach, wie er eilig davonlief, sich zu seinen Kameraden gesellte und von ihnen mit Gebrüll und Umarmungen empfangen wurde. Sie waren so begeistert, dass sie ihn sogar auf ihre Schultern hoben und ihn wie im Siegesrausch davontrugen. Wie merkwürdig, war das nicht noch gestern völlig anders gewesen? Hatte man da nicht von ihm verlangt, er sollte sich verantworten?

Vertrauen. Eine schöne Sache. Sie seufzte. Hatten ihre Eltern nicht das Gleiche von ihr verlangt? Und wohin hatte ihr kindliches Vertrauen sie geführt? Direkt in Fürst Baranows gierige Hände. Sie schüttelte den Gedanken ab. Andrej würde sie niemals verraten. Er liebte sie, immer wieder hatte er ihr heute diese Worte ins Ohr geflüstert, während sie sich ihren Liebesspielen hingaben. Andrej wollte, dass sie bei ihm blieb, er würde sie niemals wieder freigeben. Sie hatte sich glücklich gefühlt bei diesem Versprechen. Sie wollte in seiner Nähe sein – für immer.

In der Küche stand ein Teller mit verschiedenen Speisen für sie bereit: Fleisch, gebackene Küchlein, frisches Brot, eingelegte Früchte mit Honig. Weder Tanja noch die Babuschka waren zu sehen. Sie setzte sich nachdenklich auf einen Stuhl und teilte das Mahl mit dem grauen Kater, der ihr um die Beine schmeichelte.

Was hatte einer der Männer vorhin gerufen? Andrej solle seine Heimat in guter Erinnerung behalten, wenn er erst fort sei. Wieder ergriff sie die Unruhe. Ja, wollte er denn fort? Am Ende gar in den Kampf reiten? Ach, er hatte ihr doch gestern schon erklärt, dass ein Kosak sein freies Leben immer wieder verteidigen musste.

Sie gab das letzte Stück Fleisch dem Kater, der den großen Bissen eilig unter eine Bank schleppte, um ihn in Ruhe verzehren zu können. Draußen waren jetzt Gesänge zu hören, es wurde rhythmisch in die Hände geklatscht, laute, anfeuernde Rufe durchbrachen hin und wieder die Melodien. Neugier hatte sie gepackt, und sie lief auf die Veranda.

Draußen auf der Wiese vor dem Dorf wurde ein Fest gefeiert. Nur wenig konnte sie davon sehen, denn die Häuser verdeckten ihr die Sicht. Doch der Schein eines großen Lagerfeuers leuchtete zwischen den Häusern hindurch, und sie konnte schattenhafte Gestalten erkennen, die sich tanzend bewegten. Männer in weiten Kosakenblusen und -hosen, Frauen im Sarafan, den Rock seitlich mit beiden Händen gefasst, sogar Kinder sprangen fröhlich umher und versuchten, die Tanzbewegungen der Erwachsenen nachzuahmen.

Wieder hatte sie das beklemmende Gefühl, ausgeschlossen zu sein. Die Kosaken feierten und tanzten – sie hatte in ihrem Schlafraum zu bleiben. Was dachte er sich dabei? Er sprang fröhlich umher, trank und schwatzte, schaute sich die tanzenden, jungen Frauen an und …

War sie etwa eifersüchtig? Sie biss sich auf die Lippen. Dennoch hatte sie wieder deutlich vor Augen, wie Andrej damals mit Pelageja in die Büsche gegangen war. Er hatte sich nicht geschämt, sich mit dieser Person einzulassen, während seine Kameraden ihm dabei zusahen. Zorn stieg wieder in ihr hoch. So dachte sich der Herr das also. Er durfte tun und lassen, was er wollte, und sie sollte daheim im Zimmer sitzen und brav auf ihn warten.

Sie dachte an ihre Mutter, die so oft halbe Nächte lang gewartet hatte, dass der Vater von einem Besuch oder einem Ausritt heimkehrte. An ihre schlechte Laune, ihr blasses, vergrämtes Gesicht. Nein, so wollte sie ganz gewiss nicht werden. Dann schon lieber so wie Tanja: stolz und unabhängig, eine Frau, die tat, was sie wollte, liebte, wen sie wollte, und sich gegen einen Mann mit Zähnen und Krallen verteidigen konnte.

Mit Tanja hätte Andrej das nicht machen können, dachte sie bitter. *Sie hätte sich ganz gewiss nicht in ihr Zimmer einsperren lassen. Sie wäre zum Fest gegangen.*

Entschlossen schob sie den Teller von sich und stand auf. Wenn man sie schon nicht einlud, dann wollte sie wenigstens zusehen. Sie lief auf die Veranda und sah sich um. Das Dorf schien wie ausgestorben – alle Bewohner waren draußen auf der Wiese, von der jetzt Balalaikaklänge zu hören waren. Langsam stieg sie die Stufen hinab, schlich an den Häusern vorbei und ging ein Stück am Flussufer entlang. Von hier aus konnte man die Wiese gut überblicken. Hell loderte ein großes Feuer. Männer, Frauen und Kinder lagerten im Gras, es wurde gegessen und getrunken, sie konnte die Wodkaflaschen erkennen, die im Schein der Flammen aufblitzten. Eine Gruppe Männer formierte sich jetzt wieder zum Tanz, winkten den Musikanten, dass sie die Balalaika spielen sollten, und bildeten einen Kreis. Fasziniert starrte Sonja auf die Tänzer, die nicht müde zu werden schienen. Sie stemmten die Arme in die Hüften, gingen in die Hocke und ließen ihre Beine wirbeln. Immer wieder sprang einer der jüngeren in die Mitte des Kreises, tanzte mit wilden Sprüngen, drehte sich in rasender Geschwindigkeit um sich selbst und überließ dann seinen Platz wieder dem Nächsten. Anerkennende Rufe und Applaus begleiteten jede Vorführung, und Sonja hielt den Atem an, als auch Andrej in die Mitte der Runde sprang. Er stützte sich mit einer Hand am Boden ab und wirbelte die Beine im Kreis umher, dann sprang er lachend auf und reihte sich wieder unter seine Kameraden ein.

Ihr Herz zog sich zusammen. Alle waren hier draußen auf der Wiese, lachten und aßen, hatten ihr Vergnügen, zeigten ihre Tanzkunst. Nur sie war ausgeschlossen, hatte nicht das Recht mitzufeiern.

Ich bin immer noch seine Gefangene, dachte sie. *Seine Sklavin – so hat er mich doch genannt. Wie kam ich nur auf die Idee, zu seiner Familie gehören zu wollen? Tanja und die Babuschka wollen nichts von mir wissen, und Andrej sperrt mich ins Schlafzimmer. Ist es das, was er mit Liebe gemeint hat? Die Liebesspiele mit einer hübschen Sklavin?*

Die Worte der Babuschka fielen ihr wieder ein: «Er hat sich eine Hure mitgebracht.»

Kosakenliebe, dachte sie bitter. *Sie währt für ein paar Wochen, dann reitet er davon, um zu kämpfen. Und wenn er zurückkehrt, dann bringt er sich eine andere Hure mit. Wie dumm ich war, als ich glaubte, diesen Mann zu lieben und ihm zu vertrauen.*

Mit tränenerfüllten Augen starrte sie auf den Flammenschein, nahm undeutlich wahr, dass sich jetzt die Frauen zu einem Rundtanz zusammenfanden, weite Röcke flatterten, langes Haar wehte offen im Wind. Voller Bitterkeit erkannte sie Pelageja, die sich unter die Tanzenden eingereiht hatte. Sogar diese Person durfte bei der Feier dabei sein – warum hielt Andrej dann sie, Sonja, im Haus gefangen?

Als sie das Rascheln im Gezweig hinter sich hörte, war es schon zu spät. Jemand packte sie am Arm, riss sie herum, und sie fand sich einem bärtigen Mann gegenüber, der sie mit glitzernden Augen musterte.

«Da hat er also sein Liebchen versteckt», sagte Rasim höhnisch. «Will sie uns nicht zeigen, die Schöne, die er ganz für sich allein besitzen will!»

«Lass mich los!», fauchte sie und zerrte an ihrem Arm.

Sein Griff war eisern und schmerzhaft.

«Du wärst eine hübsche Tänzerin», knurrte er und fasste in ihr langes, offenes Haar. «Haar wie rotes Gold – wie schade, dass ich es nicht im Tanz fliegen sehen kann. Ich habe eine Schwäche für Gold, weißt du?»

«Ich will, dass du mich loslässt!»

«Langsam, meine Schöne. Nicht so hastig. Erst zahlst du mir den Wegezoll.»

Er riss sie zu sich heran, und sie spürte seinen heißen Atem, der nach Wodka und Zwiebeln stank. Angewidert wandte sie den Kopf ab und versuchte sich ihm zu entwinden. Doch er packte sie mit der freien Hand bei ihrem langen Haar und zwang sie, ihm ihr Gesicht zuzuwenden.

«Bin ich dir nicht gut genug?», flüsterte er boshaft. «Hast den ganzen Tag mit Andrej deinen Spaß gehabt – da wird doch noch ein wenig für mich übrig sein, oder?»

Sie zappelte und trat ihn mit den Füßen, doch er lachte nur über ihre Versuche, sich zu befreien. Eine Faust fest in ihr Haar gekrallt, ließ er jetzt ihren Arm fahren und riss an ihrer Bluse.

«Lass mich, du Dreckskerl!», schrie sie.

Er hatte schon ihre Brüste entblößt, da tauchte hinter ihr eine große dunkle Gestalt auf, und sie sah, wie sich Rasims Gesicht verzerrte.

«Weg von ihr!», dröhnte Andrejs tiefe Stimme.

«Sie ist Kosakenbeute», wehrte sich Rasim. «Du hast sie den ganzen Tag über gehabt – für den Abend will ich sie haben. So ist der Brauch.»

Andrejs Faust schlug so fest zu, dass Rasim rücklings zu Boden stürzte. Sonjas Bluse, in die er seine Finger gekrallt hatte, riss auf und fiel zu Boden.

«Dreckskerl!», schimpfte Rasim und versuchte sich zu erheben. «Geh zum Teufel, du Narr! Wirst sowieso bald am Galgen hängen, dann gehört das Hürchen uns!»

Er fiel wieder zurück und brauchte eine Weile, bis er auf die Beine kam. Inzwischen waren die anderen auf den Lärm aufmerksam geworden, man lief neugierig herbei, schimpfte und lachte, einer hielt Rasim die Wodkaflasche vor die Nase und ermunterte ihn, einen Schluck gegen die Schmerzen zu nehmen. Sonja zitterte, die Arme um den Oberkörper gelegt, um ihre bloßen Brüste vor den vielen Blicken zu verbergen.

Andrejs Züge waren dunkel vor Zorn. Er riss sich die Bluse vom Körper und zog sie Sonja über, dann packte er sie mit einer plötzlichen Bewegung, bückte sich ein wenig und warf sich ihren Körper über die rechte Schulter. Mit großen Schritten stapfte er zum Dorf hinüber. Sonja hing hilflos über seiner Schulter, das lange, aufgelöste Haar streifte den Boden. Ein paar betrunkene Männer folgten ihm, grölten Lieder und riefen ihm Zoten hinterher. Er herrschte sie wütend an, da ließen sie ihn in Ruhe und kehrten um.

«Lass mich herunter!»

Er gab keine Antwort, ging unbeirrt durch die dunkle Dorfstraße, den Arm fest um ihre Kniekehlen geschlossen.

Sie zappelte mit den Beinen, versuchte ihm zu entgleiten, aber sein Griff war zu fest. Ärgerlich trommelte sie mit den Fäusten auf seinen Rücken.

«Ich kann allein laufen!»

Er schwieg, hielt sie nur umso fester und stieg die Stufen zur Veranda seines Hauses hinauf. Ohne sich umzusehen, ging er mit seiner Last die Stiege hinauf, öffnete das Schlafzimmer, das er Sonja zugeteilt hatte, und stellte sie dort auf die Füße.

«Warum hast du nicht gehorcht?», fuhr er sie barsch an. «Ich hatte dich gebeten, hier in diesem Zimmer zu bleiben, verdammt!»

Sie ordnete ihr langes Haar und zupfte sich die Bluse zurecht, die bis über den Bauch hinaufgerutscht war.

«Ich bin nicht deine Sklavin», fauchte sie zurück. «Ich bestimme selbst, was ich tue und wohin ich gehe!»

Er lachte höhnisch auf, und sie sah das zornige Blitzen seiner Augen.

«Du wolltest also geradewegs in Rasims Arme laufen. Wie schade, dass ich ihn daran gehindert habe, dich in die Scheune zu zerren und über dich herzufallen. Es hätte dir vielleicht Vergnügen bereitet, wie?»

«Nein, hätte es nicht!»

«Warum hast du dann nicht getan, was ich dir sagte?»

«Warum sperrst du mich hier ein wie eine Sklavin?»

Er presste die Lippen zusammen und sah wütend zu Boden. Mit einem Tritt stieß er eine der schmalen Holzbänke um, die längs der Wände standen.

«Ich habe dich nicht eingesperrt. Ich habe dich gebeten, im Haus zu bleiben.»

«Und weshalb? Alle anderen haben draußen gefeiert – warum darf ich nicht dabei sein? Schämst du dich meiner? Bin ich aussätzig? Warum willst du mich verstecken?»

«Warum, warum, warum!», tobte er, außer sich vor Zorn. «Ich habe dir gesagt, dass ich alles erklären werde, wenn die Zeit gekommen ist. Jetzt hast du zu schweigen und zu gehorchen.»

Sonja stampfte zornig mit dem Fuß auf.

«Ich denke nicht daran. Wenn du mich liebst, dann kannst du dich auch zu mir bekennen. Und wenn du dazu zu feige bist, Kosak, dann behalte deine Liebe für dich. Ich mag sie nicht.»

Erschrocken sah sie, dass er blass wurde. Sie war zu weit gegangen. Seine Lippen zitterten, als er langsam und drohend auf sie zuging.

«Du gehörst mir, Sklavin. Ob du meine Liebe nun willst oder ob du sie nicht willst. Du bist mein Besitz und wirst tun, was ich dir sage.»

Er stand so dicht vor ihr, dass sie die Hitze seines großen Körpers spürte. Sie erbebte und versuchte das Verlangen, das schon wieder in ihr aufstieg, zu unterdrücken.

«Das werde ich nicht!»

Er fasste ihr rotgoldenes Haar im Genick und zwang sie, zu ihm aufzusehen. Sein Gesicht war bleich, in seinen Augen glomm ein böses Feuer.

«Dann werde ich es dich lehren müssen», sagte er leise, und seine tiefe Stimme klang heiser dabei.

Sonja erschauerte, hin- und hergerissen zwischen Furcht und Verlangen.

«Wage es bloß nicht!»

Er stieß sie so fest zurück, dass sie gegen die Wand stolperte. Erschrocken sah sie, dass seine schwarzen Augen zu glühen schienen, als er jetzt langsam und unaufhaltsam auf sie zuschritt. Sie stand unbeweglich, wartete bebend auf das Unwetter, das sich über ihr entladen würde.

«Zieh dich aus», zischte er. «Eine Sklavin hat nackt zu sein, wenn ich sie strafe.»

Heiße Glut schoss durch ihre Adern. Zornig schüttelte sie den Kopf und kreuzte die Arme über der Brust, während ein berauschendes Prickeln zwischen ihren Beinen entstand.

Er griff in seinen Gürtel und zog das Messer hervor.

«Ich fürchte den Tod nicht, Kosak.»

Er lachte, seine weißen Zähne blitzten. Dann hatte er einen Ärmel ihrer Bluse gefasst und trennte ihn der Länge nach durch. Sonja schrie leise auf und hob die Arme, um ihn abzuwehren. Da fasste er die Bluse am Halsausschnitt und schnitt den Stoff von oben bis unten entzwei. Ihr Busen war entblößt, sie legte die Arme um den Oberkörper, doch Andrej schien jetzt blind vor Zorn. Mit wütenden Bewegungen griff er immer wieder die Bluse, schnitt ihr den Stoff in Fetzen vom Körper, bis ihr nur noch ein winziges Stück übrig blieb, das sie vor ihre Brüste hielt. Er packte den Fetzen und riss ihn ihr aus den Händen.

«Hast du noch nicht genug, Sklavin? Runter mit dieser lächerlichen Hose!»

Sie presste zitternd die Lippen zusammen und hielt die Hände über ihre Brüste. Ihr Herz raste, und sie konnte das wundervolle Prickeln zwischen ihren Schenkeln kaum mehr eindämmen. Ein leiser Schrei entfuhr ihr, als er den Bund der Hose fasste und das Messer ansetzte. Kühl spürte sie den Rücken der Klinge an ihrem Bauch, die langsam hinabglitt, kalt wie ein Eiszapfen. Der Stoff der Hose teilte sich. Er schob die Klinge langsam weiter, berührte sacht ihren Schamhügel. Kalt glitt der Stahl in ihren Spalt, legte sich zwischen ihre Schamlippen und berührte für einen Moment ihre Lustperle. Er zog das Messer nach vorn und durchtrennte mit der scharfen Seite den Schritt der Hose, das Kleidungsstück fiel von ihr ab, und sie stand nackt vor ihm.

«Die Hände weg!»

Sie glühte vor Erregung. Ihre Hände, mit denen sie eben noch ihren Busen verborgen hatte, sanken langsam herab, die rosigen Spitzen wurden sichtbar, die Rundungen ihrer Brüste zeigten sich seinen Blicken. Er verschlang sie mit gierigen Augen. Langsam zog der kalte Stahlrücken seine Bahn über ihren Bauch. Dann folgte die Messerspitze der geschwungenen Form ihrer Brüste, umkreiste sie und ließ ihren Körper vor Furcht und Lust erzittern. Die Messerspitze zog die Kreise um ihre rechte Brust immer enger, erreichte in Serpentinen den rosigen Gipfel und berührte sacht den Nippel. Sonja zuckte und stieß einen spitzen Laut aus. Ihre Brüste hoben sich lustvoll, streckten sich der kühlen Liebkosung des Stahls entgegen.

«Du liebst die Gefahr, Sklavin», murmelte er. «Du kannst sie haben.»

Sie sah, wie seine Hand das Messer so fest umklammerte, dass die Fingerknöchel weiß wurden. Er führte die Waffe ruhig, obgleich sein Atem vor Erregung raste.

Vorsichtig schob er die stumpfe Seite des Messers unter den harten Nippel ihrer rechten Brust, hob ihn ein wenig empor, rieb mit dem Stahl darüber hinweg und glitt wieder zurück. Sonja spürte, wie die Kälte des Messers Feuerströme in ihr erzeugte. Er reizte ihre Brustspitze weiter mit den festen Bewegungen des Stahls und brachte die Nippel zum Glühen.

«Willst du mir jetzt gehorchen, Sklavin?»

«Nein!», keuchte sie, ganz benommen vor Sinneslust. «Niemals.»

Wütend drückte er die stumpfe Seite der Klinge auf ihre linke Brustspitze und fuhr so heftig hin und her, dass der spitze Hügel bebte und die fest zusammengezogene Spitze sich rötete. Sonja wimmerte vor Lust, legte die Arme unter ihre Brust und hob sie ihm entgegen.

«Du geiles Weib, du!», stöhnte er, fasste die Brustspitze mit dem Mund und saugte daran. Sonja spürte seine Zähne, die daran zogen. Gleich darauf schnappte er nach ihrer rechten Brustwarze, um sie gierig zwischen seine Zähne zu nehmen und sie sanft zu beißen.

«Willst du dich jetzt endlich unterwerfen?»

«Im Leben nicht!»

«Auf die Bank mit dir!»

Mit dem Fuß stieß er eine der Bänke in die Mitte des Raumes und zwang sie, sich bäuchlings quer darüberzulegen. Sie musste den Oberkörper mit den Händen abstützen, ihre Brüste hingen herab und ihr Po – während ihr Bauch auf der Bank zu liegen kam – wölbte sich ihm entgegen. Er kniete über ihr, hatte ihren nackten Körper zwischen seine gespreizten Schenkel genommen und ließ die Spitze des Messers langsam über ihren Rücken gleiten. Die Klinge zeichnete Linien um ihre Schulterblätter, folgte dann dem Lauf der Wirbelsäule und zog lustvolle Kreise auf ihren Pobacken. Sonja stöhnte und drückte den Rücken durch, ihr Po hob sich an, ihre Beine glitten auseinander. Andrej drehte die Klinge so, dass die stumpfe Seite ihre Haut berührte, und zog sie genüsslich bis zu dem Spalt zwischen ihren Pohälften hinab. Kühl legte sich der Stahl in den Spalt hinein, bewegte sich ein wenig hin und her und berührte den Damm. Feuchtigkeit benetzte die Klinge und nässte seine Finger. Er spürte, wie sein Glied ihn bedrängte, und er beugte sich stöhnend nach vorn.

«Sag, dass ich dein Herr bin und du meine Sklavin!»

«Nein, niemals!»

Er rutschte von der Bank und kniete hinter ihr. Mit beiden Händen schob er ihre Schenkel auseinander und badete die Klinge in ihrem Lustsaft, der aus ihrer Liebesspalte quoll. Er strich mit der feuchten Messerklinge genüsslich über die Wölbungen ihres bloßen Gesäßes und reizte dann die Perle mit Schlägen des Metalls. Sonja wand sich, hob ihren Hintern immer wieder ein wenig in die Höhe, presste den Bauch lustvoll an die Bank, rieb ihren Schamhügel über das harte Holz.

Er musste seine Hose öffnen, sonst hätte sein steil aufgerichteter Schwanz den Stoff durchstoßen. Gierig richtete er sein heißes Glied auf die Spalte, die sich verlockend vor ihm öffnete. Doch er konnte sich noch zurückhalten.

Er drehte das Messer und fuhr mit dem hölzernen Griff zwischen ihre Beine, glitt zwischen ihre Schamlippen und rieb sie mit dem Holz. Mit dem Griff stieß er an den kleinen Lustknopf, rieb darüber und suchte dann die Öffnung, um ein Stückchen in sie hineinzugleiten. Sonja wimmerte vor heißer Lust, hob den Hintern, stieß ihn ihm entgegen, sodass der Griff tiefer eindrang, als Andrej es vorgehabt hatte. Er spürte, wie die blanke Eichel seines Glieds bereits zuckte, er würde sich nicht mehr lange beherrschen können. Jetzt ließ er den hölzernen Griff immer wieder in ihren Körper gleiten und zog ihn rasch wieder heraus, nahm die Finger zu Hilfe, spielte mit dem Kitzler und massierte sie so heftig, dass Sonja zu zittern begann.

«Sag, dass du mir gehörst, Sklavin!»

«Niemals ...», wimmerte Sonja, sich lüstern windend.

«Sag es, sonst gehe ich auf der Stelle.»

Er hielt in seiner Bewegung inne. Sonja stöhnte und starb fast vor Begierde, schob ihm ihren Hintern schamlos entgegen.

«Bitte ...», gurrte sie. «Bitte, bleib hier ...»

Er blieb unerbittlich, obgleich sein Glied kurz davor war zu explodieren. Schwer atmend zwang er sich zur Ruhe und legte die Hand über seinen Schwanz.

«Sag es, meine Süße. Ich will es hören.»

Sie keuchte, wimmerte vor Sehnsucht. Sie wand sich und bewegte den Po verführerisch hin und her, rieb dabei ihren Schamhügel an der Bank.

«Ich ... ich ...»

Er berührte ihre Liebesöffnung ganz sacht mit der Eichel. Sie schrie hell auf.

«Sag es, meine Teufelin, sag es, oder ich lasse dich hier so liegen und gehe meiner Wege.»

«Ich gehöre dir, verfluchter Kosak!»

Er bäumte sich auf, tauchte die Eichel lustvoll in ihre Möse, fuhr mit steilem Schwanz an ihren Schamlippen entlang, rieb über die geschwollene Lustperle und drängte sich endlich ganz in die heiße Öffnung hinein. Während er tief in Sonja hineinstieß, warf er sich über sie, umfasste ihre Brüste und kniff mit Daumen und Zeigefinger in die Nippel. Sonja fühlte rauschhaft die harten Stöße, kam ihnen in wilder Ekstase entgegen, spürte den immer rascher werdenden Rhythmus und überließ sich stöhnend der tosenden Flut, die über ihr zusammenschlug.

Andrej kehrte in dieser Nacht nicht auf das Fest zurück. Während draußen die Kameraden lärmten und tanzten, lag er neben Sonja auf dem Lager, hielt sie eng umschlungen und bewachte ihren Schlaf. Er selbst schlief nur wenig, seine Gedanken kreisten um die nahen Entscheidungen, Hoffnung und kühne Pläne wechselten mit der dumpfen Erkenntnis, dass seine Chance, dem schmählichen Tod zu entrinnen, winzig war. Er hatte den Tod im Kampf nie gefürchtet, auch jetzt ängstigte ihn nicht die Aussicht, unter den Händen des Henkers gefoltert und hingerichtet zu werden. Alles, was ihm Sorgen bereitete, hing mit Sonja zusammen.

Es war schon hell, als die Tür ihres Schlafraums aufgerissen wurde und Tanja hereinplatzte.

«Die Babuschka ist krank!»

Andrej und Sonja fuhren von ihrem Lager auf.

«Krank?», fragte Andrej und zog unmutig die Augenbrauen zusammen. «Sie wird müde sein von der gestrigen Feier.»

Tanja machte eine ungeduldige Bewegung mit den Händen.

«Sie ist krank, Andrej. Liegt auf dem Lager mit glühenden Wangen und redet ohne Unterlass vor sich hin.»

«Sie wird Fieber haben», meinte Sonja erschrocken. «Sie muss viel trinken, und wir müssen ihr kühlende Umschläge machen.»

«Dann komm! Hilf mir.»

Sonja wollte aufspringen, Andrej hielt sie jedoch fest.

«Bring ihr zuerst Kleider!», befahl er seiner Schwester.

Tanja hatte inzwischen die vielen unterschiedlich großen Stofffetzen gesehen, die überall im Raum verstreut lagen, und grinste. Sie lief in ihr Zimmer hinüber und kehrte mit einem Stoffbündel zurück, das sie Sonja zuwarf. Es war ein hellblauer Sarafan.

Sonja zog sich Bluse und Sarafan über und flocht das lange Haar zu einem dicken Zopf, der ihr über den Rücken hing. Andrej war auf dem Lager liegen geblieben und sah ihr dabei zu.

«Du bist schön», murmelte er. «Schön wie eine Kosakenbraut.»

Sie wandte sich zu ihm um und gab schnippisch zurück:

«Eine Kosakensklavin, meinst du wohl.»

«Ich meine, was ich sage.»

Sie ließ ihn liegen und eilte die Treppe hinunter.

Die Babuschka lag unten in der Küche auf einer Bank, ihr Gesicht war gerötet und schweißüberströmt, sie starrte an die Decke, während sie unablässig vor sich hin murmelte.

«Sie lag schon hier unten, als ich in der Nacht heimkam», berichtete Tanja, die den Samowar anfeuerte. «Ich habe geglaubt, sie sei zu müde gewesen, um in die Schlafkammer hinaufzusteigen, und bin leise an ihr vorbeigeschlichen. Hätte ich geahnt, dass sie krank ist...»

«Ich gehe Wasser holen», unterbrach Sonja, fasste den hölzernen Eimer und eilte zum Flussufer.

Das Dorf war still, man hatte bis in die frühen Morgenstunden Andrejs Abschied gefeiert, nun war man müde, etliche mussten ihren Rausch ausschlafen. Nur wenige Frauen waren schon aufgestanden, um die Tiere zu versorgen, und sie sahen

Sonja erstaunt nach. Wer war die junge Kosakenfrau im hellblauen Sarafan?

Als Sonja zurückkehrte, kniete Tanja neben der Babuschka, stützte ihr den Kopf und versuchte ihr ein wenig Tee aus einem Becher einzuflößen. Die alte Frau verschluckte sich und hustete. Andrej stand hilflos daneben und sah Tanjas fruchtlosem Bemühen zu.

«Du musst ihr einen Fiebertrank kochen», sagte er zu Tanja.

«Ich habe keine Ahnung, was ich dazu nehmen muss», gab sie zurück. «Die Babuschka hat immer die Heiltränke gekocht.»

«Dann musst du die Nachbarn fragen.»

«Das weiß ich selbst, du Schlaumeier!»

Sonja begriff, dass Andrej voller Sorge um die alte Frau war, und ihr Herz wurde weich. Sie würde jetzt an seiner Seite sein.

«Geh hinüber zur Nachbarin, Tanja», sagte sie ruhig. «Ich kümmere mich solange um die Babuschka. Andrej wird mir helfen.»

Tanja, die sich sonst so energisch und stark zeigte, gehorchte auf der Stelle. Sie schien froh zu sein, dass jemand die Dinge in die Hand nahm und die Aufgaben einteilte. Umherlaufen lag ihr sowieso viel mehr, als am Krankenbett zu sitzen.

«Stütze sie», sagte Sonja zu Andrej.

Er kniete neben der alten Frau, legte den Arm um sie und hob ihr sanft den Kopf an. Sonja hatte sich einen hölzernen Löffel genommen und flößte der Babuschka damit vorsichtig etwas Tee ein. Sie schluckte die Flüssigkeit, und es schien ihr gutzutun. Sie verlangte nach mehr.

«Soll ich sie besser nach oben auf ihr Lager tragen?»

«Lass sie nur hier unten. Wir schieben ihr einige Polster unter, damit sie bequemer liegt.»

Er befolgte alle ihre Anweisungen, schleppte Polster herbei, hob die Babuschka vorsichtig an, damit Sonja sie weicher betten konnte, brachte eine Schüssel und Tücher und sah zu, wie Sonja kühlende Kompressen auflegte.

«Ist das Fieber sehr hoch?», fragte er voller Sorge.

Sonja hielt die Hand der Babuschka und nickte.

«Im Augenblick schon. Aber es wird jetzt sicher ein wenig sinken.»

«Sie war nie krank, solange ich denken kann ...»

«Es ist ein Fieber, Andrej. So Gott will, geht es in ein paar Tagen vorüber.»

Der ruhige Klang ihrer Stimme erleichterte ihn. Lächelnd sah er zu, wie sie der Kranken das Gesicht wusch und ihre Handgelenke kühlte. An Sonja war nichts mehr von der adeligen Hofdame zu bemerken. Sie hatte sich in eine Kosakenfrau verwandelt, und sie pflegte seine Großmutter mit Umsicht und Hingabe. Er spürte, wie ihm das Herz schwer wurde.

Die Tür ging auf, Tanja kehrte mit drei alten Frauen im Gefolge zurück, die die Küche sofort vereinnahmten. Der Herd wurde angefeuert, Wasser heiß gemacht, Kräuterbündel ausgewickelt, duftende Gebräue wurden zubereitet. Dazwischen ergingen sich die Frauen in Klagen und Seufzern, die Kranke wurde befragt, untersucht, man stellte Mutmaßungen an und schlug die Hände zusammen.

«Eine Teufelsmücke hat sie gestochen.»

«Oder sie hat das Sumpffieber.»

«Unsinn. Vor Kummer ist sie krank geworden.»

«Hast sie auf dem Gewissen, Andrej!»

Sonja war entsetzt.

«Wie könnt ihr so etwas behaupten?», schimpfte sie.

Andrej war blass geworden. Er drehte sich wortlos um und ging davon. Gleich darauf sah sie, wie er auf seiner Stute davonjagte.

«Er holt die Baba Kuma», flüsterte ihr Tanja leise zu. «Sie

wohnt viele Dörfer entfernt von uns am Unterlauf des Flusses. Sie kann Kranke heilen.»

Die alte Frau reagierte auf keines der Heilgetränke. Sie lag bewegungslos auf ihrem Lager, starrte an die Decke, und ihre trockenen Lippen bewegten sich unablässig. Nachbarn kamen, gaben Ratschläge, saßen ein wenig neben der Kranken und schwatzten mit ihr, ohne dass sie eine Antwort erhielten. Sonja war in einem fort um die Kranke bemüht, während sich Tanja um die Gäste kümmerte, mit ihnen plauderte und Tee trank. In der Nacht hielten sie abwechselnd Wache am Krankenlager. Gegen Morgen begann das Fieber etwas zu sinken, und die alte Frau schlief ein, doch schon am späten Vormittag erfasste sie die Hitze aufs Neue, ihr Körper glühte, und sie redete wirres Zeug.

«Eine Sünde. Will sterben für eine Hure. Sein Väterchen wird sich die Haare ausraufen vor Kummer. Keiner wird bleiben. Leer wird das Haus sein. Eine Sünde ...»

Sonja begriff nicht, was sie meinte, und schüttelte mitleidig den Kopf. Tanja schaute düster drein, biss sich auf die Lippen und schwieg.

Nach drei Tagen kehrte Andrej zurück. Neben ihm ritt eine Frau, die eine seltsam geformte spitze Kappe trug, dazu einen braunen Mantel und Lederstiefel. Trotz ihres Alters saß die Baba Kuma ausgezeichnet zu Pferd, ihre Augen waren hell und bewegten sich rasch hin und her.

Man empfing sie in allen Ehren. Tee wurde gereicht, die Nachbarn kamen und brachten Piroggen und Blinij, eingelegte Beeren und wilden Honig. Eine ganze Weile saß man zusammen, aß und trank, tauschte Neuigkeiten aus, fragte nach Bekannten und Freunden und erzählte. Die Baba Kuma aß große Mengen von Piroggen, zeigt eine besondere Vorliebe für die eingelegten Heidelbeeren und verschmähte auch den Honig nicht. Sie schien diesen Besuch zu genießen, stellte viele Fragen und ließ sich ausführlich berichten.

Sonja saß in einer Ecke – niemand kümmerte sich um sie. Nur Andrej gesellte sich zu ihr und brachte einen Teller Speisen, denn er hatte gesehen, dass man ihr nichts angeboten hatte.

«Wie lange werden die noch schwatzen?», flüsterte Sonja. «Ich denke, sie ist gekommen, um die Babuschka zu heilen.»

«Geduld», gab er zurück. «Erst muss sie sich stärken. So ist es der Brauch.»

Tatsächlich stand die Baba Kuma nach einer Weile auf, gebot Ruhe und schickte alle Gäste hinaus. Auch Tanja, Andrej und Sonja mussten die Küche verlassen. Die Baba Kuma wollte mit der Kranken allein sein.

Die Untersuchung zog sich hin. Tanja hockte neben Sonja auf der Verandatreppe, während Andrej vor dem Haus nervös auf und ab ging. Erst nach einer längeren Weile wurde die Eingangstür wieder geöffnet, und die Baba Kuma winkte ihnen einzutreten.

Die Babuschka lag still auf ihrem Lager, das Fieber tobte noch immer in ihrem Körper, doch ihr Gesicht war friedlich und ihre Lippen geschlossen.

«Wird sie gesund werden?», fragte Tanja.

«Sie wird sterben», gab die Baba Kuma ruhig zurück. «Die Babuschka hat einen Kummer, der in ihrem Körper wütet und ihr das Fieber macht. Da der Kummer unausweichlich ist, wird sie daran sterben.»

Andrej hob verzweifelt die Hände.

«Warum kochst du keinen Trank? Wozu habe ich dich geholt, altes Kräuterweib!»

«Es gibt keinen Trank dagegen», antwortete die Baba Kuma gleichmütig.

«Ich gebe dir, was immer du willst», rief Andrej. «Gold, seidene Tücher, silberne Ohrringe – nur mach sie wieder gesund!»

«Sie wird sterben», sagte die Baba Kuma. «Ich kann es nicht ändern.»

Sie verließ das Haus, bestieg ihr Pferd und begab sich auf den Rückweg. Andrej starrte ihr zornig nach, Tanja zuckte mit den Schultern.

«Um das zu erfahren, hättest du die alte Grasmücke wirklich nicht zu holen brauchen», sagte sie zu Andrej. «Jeder hier im Dorf hätte dir das sagen können. Die Babuschka ist krank, weil du solch ein Starrkopf bist, Bruder!»

«Halt den Mund!», fuhr er sie zornig an. «Noch ist gar nichts entschieden.»

Tanja wollte etwas erwidern, doch in diesem Augenblick trabten vier Reiter ins Dorf, ritten mit ihren Pferden ehrfürchtig zur Seite, um der Baba Kuma Platz zu machen, und setzten dann ihren Weg fort. Sonja spürte, wie ihr Herz laut und unruhig zu klopfen begann. Sie ahnte, dass diese vier Männer, die mit wehenden schwarzen Mänteln heranritten, etwas Schlimmes mit sich brachten. Ein Unheil, das noch größer sein würde als Krankheit und Tod der alten Frau.

Die vier Kosaken waren verdreckt, ein langer Gewaltritt war ihnen und ihren Pferden anzusehen. Ihre bärtigen Gesichter strahlten jedoch Zufriedenheit aus.

«Wir bringen gute Botschaft», sagte einer von ihnen und schob sich die Kosakenmütze aus der Stirn. «Mütterchen Zarin ist gnädig – sie wird Bogdan freigeben und dich an seiner Stelle einkerkern. Schon morgen können wir aufbrechen.»

Andrejs Züge zeigten keine Bewegung, sein Gesicht war blass, seine Lippen fest aufeinandergepresst.

«Ich danke euch», sagte er gelassen. «Ruht euch jetzt aus. Wir reiten morgen früh.»

Sonjas Hände umklammerten einen der hölzernen Verandapfosten. Alles in ihr wehrte sich dagegen zu glauben, was sie gerade vernommen hatte. Andrej wollte sich freiwillig der Zarin ausliefern. Im Austausch gegen seinen Vater ...

«Das darfst du nicht tun», flüsterte sie. «Sie werden dich töten.»

Er wandte sich ihr langsam zu, seine schwarzen Augen schienen tief in sie hineinzusehen.

«Wenn ich sterbe, bist du frei.»

Sie schüttelte verzweifelt den Kopf, Tränen schossen in ihre Augen.

«Ich will nicht, dass du stirbst, Andrej.»

Er lächelte und fasste ihre Hände. «Du willst lieber meine Sklavin bleiben?»

«Ich will, dass du lebst!»

Er zog sie mit sich ins Haus, schob sie die Stiege hinauf ins Schlafzimmer. Niemand sollte dieses Gespräch mit anhören.

Immer noch hielt er ihre Hände fest, jetzt zog er sie zu sich heran, bedeckte ihr Gesicht mit Küssen, schmeckte ihre salzigen Tränen und berauschte sich daran.

«Ich werde leben, Sonja», murmelte er. «Schon allein deshalb, weil ich dich besitzen will und niemals von dir lassen kann.»

Sie schluchzte auf. Was träumte er sich da zusammen?

«Niemand ist jemals aus den Kerkern der Peter-und-Paul-Festung entkommen, Andrej. Du bist verloren, wenn du dich dort einsperren lässt.»

«Das werden wir noch sehen!»

Sie riss sich von ihm los, zornig darüber, dass er so blauäugig war. Hatte er den Verstand verloren?

«Niemand, sage ich! Ich kenne die Festung, ich habe sie oft gesehen, denn sie liegt genau gegenüber dem Palast der Zarin auf einer Insel. Die Mauern sind meterhoch, erbaut aus riesigen Quadern. Du kannst eher vom Grund der Hölle wieder emporsteigen, als aus diesem Kerker entfliehen.»

Er zeigte sich unbeeindruckt von ihrer Schilderung. Ja, er hatte von der Festung gehört. Viele waren dort zugrunde gegangen, niemand war je daraus entkommen.

«Gott wird mir helfen.»

«Niemand wird dir helfen, du Dummkopf», rief sie verzweifelt. «Die Zarin wird dich hinrichten lassen. Weißt du, was das bedeutet? Ich habe von Hinrichtungen in Petersburg gehört, die Leute strömen dorthin, können sich nicht sattsehen an den Qualen, die den Verurteilten zugefügt werden. Sie werden auf das Rad geflochten, ihre Glieder werden ihnen zerschlagen, man haut sie in vier Stücke ...»

«Ich weiß ...»

Sie starrte ihn an. Er musste verrückt geworden sein.

«Und das alles ist dir gleichgültig?», flüsterte sie.

«Soll ich meinen Vater an meiner Stelle sterben lassen?»

Sie schwieg. Es gab keine Antwort darauf. Sie würde ihn verlieren, für immer, ein schrecklicher Tod stand ihm bevor. Sie lehnte sich an die Wand und weinte hemmungslos. Er zog sie wieder in seine Arme, ließ sie an seiner Schulter weinen, strich ihr zärtlich über das Haar, küsste ihre Wangen.

Sie schlang die Arme um ihn.

«Du gehörst mir, so lange ich lebe, Sonja», sagte er leise mit seiner tiefen Stimme. «Du wirst morgen mit uns reiten, und ich werde dich meinem Vater anvertrauen. Er wird dich schützen und für dich sorgen, bis ich wieder bei dir bin.»

Sie schüttelte den Kopf und schluchzte laut auf. Was dachte er sich nur? Dass man ihn begnadigen würde? Den Aufrührer? Den Anführer der aufständischen Dnjepr-Kosaken?

«Wenn ich zurückkomme, dann werde ich dich niemals wieder verlassen, das schwöre ich», fuhr er fort und streichelte ihren Rücken. «Komme ich jedoch nicht zurück, dann sollst du wissen, dass du frei bist. Mein Vater wird dafür sorgen, dass du zu deiner Familie zurückkehren kannst.»

«Ich will nicht zurück», schluchzte sie. «Ich werde nicht zulassen, dass sie dich töten. Ich werde zur Zarin gehen, mich ihr zu Füßen werfen und um dein Leben bitten. Ich kenne sie, ich habe ihr gedient, und sie hat mich immer liebevoll behandelt.»

«Nein», sagte er und fasste ihre Schultern mit hartem Griff. «Das wirst du nicht tun. Ich verbiete es dir, Sonja. Niemals wird ein Kosak die Zarin um sein Leben anflehen. Du gehörst mir und bist ein Teil von mir. Ich will nicht, dass du dich vor der Zarin demütigst, denn das wäre genau so, als würde ich es selbst tun!»

«Du Verrückter!», fuhr sie ihn an. «Du willst lieber sterben, als durch meine Hilfe am Leben bleiben?»

Beruhigend strich er ihr über das Haar, hob ihr Kinn an und sah ihr lächelnd in die verweinten Augen.

«Ich bin ein freier Kosak, Füchsin. Meine Ahnen haben sich vor Jahrhunderten ihre Freiheit erkämpft, viele sind dabei gestorben, doch keiner hat sich unterworfen. Soll ich mich jetzt vor der Zarin demütigen und zum Knecht werden? Würde ich zulassen, dass du für mich bittest, dann verlöre ich die Achtung vor mir selbst. Und auch du würdest mich nicht mehr achten.»

Sie machte sich von ihm los, ärgerlich über seine Sturheit.

«Das ist nicht wahr!», schimpfte sie. «Wer dem sicheren Tod entgegenrennt, der ist ein Dummkopf. Du hast nichts als deine unsinnige Kosakenehre im Kopf. Was aus mir wird, ist dir völlig gleich!»

«Nein, Rotschopf», sagte er kopfschüttelnd, denn er wollte jetzt nicht mit ihr streiten. «Ich denke Tag und Nacht darüber nach, wie ich für dich sorgen könnte.»

«Danke!», gab sie patzig zurück. «Ich sorge schon für mich selbst, Kosak.»

Er sah zu Boden und ließ die Arme, die er nach ihr ausgestreckt hatte, wieder sinken.

«Ich werde jetzt noch einiges für die Abreise regeln, Sonja.

Wir sehen uns am Abend. Ich hoffe, dass du bis dahin verstehen wirst, dass ich tun muss, was ich mir vorgenommen habe.»

Als die Tür sich hinter ihm geschlossen hatte, packte sie eine unbändige Wut. Zornig riss sie die Polster von den Schlafbänken, warf sie mit aller Kraft in die Ecken, stieß die Bänke mit dem Fuß um, warf einen Topf, der auf dem Fensterbrett stand, mit Schwung an die Wand, dass er zerschellte.

«Willst du das Haus zertrümmern?»

Es war Tanjas Stimme. Sie hatte die Tür einen Spaltbreit geöffnet und schob sich jetzt grinsend in den Raum hinein. Sonja stand heftig zitternd im Raum, ein Heiligenbild in der Hand, das sie von der Wand gerissen hatte.

«Lass es heil», meinte Tanja und nahm ihr das Bild aus der Hand. «Der heilige Nikolaus kann nichts dafür.»

Sonja sah tatenlos zu, wie Tanja das Bildchen wieder an seinen Platz hängte. Nach dem Wutanfall war eine tiefe Verzweiflung über sie gekommen.

«Jetzt begreife ich auch, weshalb die Babuschka krank ist», sagte sie dumpf. «Sie weiß, dass er sich ins Verderben stürzen will, und niemand kann ihn davon abhalten.»

«Mein Bruder war schon immer ein Sturkopf. Auch unser Vater konnte ihn damals nicht davon abhalten, gegen die Zarin zu reiten. Er tut immer das, was er für richtig hält.»

Sie umarmte Sonja mitleidig und drückte sie an sich.

«Seine Freiheit. Seine Ehre», schluchzte Sonja. «Aber ich bin ihm ganz egal. Ich darf ihm nicht einmal helfen. Und ich habe fast schon geglaubt, dass er mich liebt.»

«Aber er liebt dich, Sonja. Er liebt dich so sehr, dass er lieber sich selbst ausliefert, als dich an Baranow zurückzugeben.»

«Wovon redest du?», fragte Sonja ärgerlich. «Er will seinen Vater retten, deshalb liefert er sich an die Zarin aus.»

Tanja schob sie ein Stück von sich weg und sah ihr aufmerksam ins Gesicht.

«Das sieht ihm ähnlich», meinte sie kopfschüttelnd. «Er hat dir also nur die halbe Wahrheit erzählt.»

«Die halbe? Und was ist die ganze Wahrheit?»

Tanja berichtete in kurzen Worten von Baranows Angebot, das Andrej stolz abgelehnt hatte. Sonja riss die Augen auf und brachte vor Verblüffung kein Wort über die Lippen.

«Für keine andere Frau hätte er das getan, Sonja. Ich kenne meinen Bruder.»

«Aber Baranow hat große Macht am Zarenhof», stammelte Sonja. «Er hat überall seine Finger im Spiel, sogar wichtige Minister sind ihm verpflichtet. Er hätte die Freilassung eures Vaters erreichen können.»

«Andrej wollte es nicht. Nicht um diesen Preis!»

Sonja sank in sich zusammen. War er nun ein Held oder ein Verrückter? Liebte er sie oder war er nur nicht bereit, sie Baranow zu geben? Sie konnte es nicht entscheiden.

«Dann ist mir jetzt auch klar, weshalb die Babuschka zornig auf mich ist», sagte sie beklommen. «Und auch du, Tanja ...»

«Nein», sagte Tanja und legte ihr die Hand auf die Schulter. «Du wusstest ja nichts davon. Andrej hat uns streng verboten, dir davon zu erzählen. Deshalb durftest du auch nicht auf das Fest gehen, denn dort hättest du es erfahren können.»

«Ich verstehe ...»

Sonja schwieg und sah mit starrem Blick vor sich hin. Er regelte alles, wollte sie besitzen, über ihr Schicksal bestimmen, sich für sie opfern – sie wurde nicht gefragt, hatte sich zu fügen.

«Was wirst du tun?», fragte Tanja leise.

Sonja straffte sich. «Ich reite noch in der Nacht los, Tanja. Ich lasse nicht zu, dass er in sein Unglück rennt.»

Tanjas dunkle Augen leuchteten. Sie packte Sonja und riss sie an sich.

«Das habe ich gewusst», frohlockte sie und wirbelte sie im Kreis umher. «Ich werde alles vorbereiten und die Pferde satteln.»

«Die Pferde? Ich brauche nur eines ...»
«Und ich das andere.»

Andrej kam am frühen Abend zurück. Sein erster Weg führte zu der Kranken, und er war mehr als glücklich, als er sah, dass die Babuschka auf ihrem Lager saß und Tee trank.

«Es geht ihr ein wenig besser», sagte Tanja. «Das Fieber ist gesunken.»

Er kniete neben der alten Frau nieder und umarmte sie.

«Was sorgst du dich?», murmelte er. «Alles wird gut!»

Die Babuschka schwieg, ihre Augen wanderten zu Tanja hinüber, die sich den Finger auf die Lippen legte.

«Gott gebe es, Andrjuscha», sagte die Alte.

Er küsste ihre Hände und stieg die Treppe hinauf. Sonja erwartete ihn im Schlafzimmer. Sie trug den hellblauen Sarafan und lächelte ihm entgegen. Er war erleichtert, denn er hatte befürchtet, Tränen trocknen oder gar streiten zu müssen.

«Du hast dich besonnen?»

«Jeder von uns muss seinem Weg folgen, Kosak. Auch du.»

Er zog sie in seine Arme und küsste dankbar die Vertiefung ihrer Halsgrube.

«Du bist klug. Lass uns aufbrechen, ich will dafür sorgen, dass du mich nicht vergisst.»

Ihr Herz schlug heftig, als sie mit ihm die enge Stiege hinunterging, und sie kam sich wie eine Betrügerin vor. Tanja saß in der Küche bei der Babuschka, fütterte sie mit Kascha und nickte Sonja unmerklich zu. Unter der Bank war ein lederner Beutel versteckt, der Brot, Piroggen und Käse enthielt. Die Babuschka selbst hatte Tanja angewiesen, welche Lebensmittel sie für den tagelangen Ritt mitnehmen sollte.

Andrej hatte die Stute gesattelt, er ließ Sonja aufsteigen und setzte sich hinter sie. Mit kräftigem Schenkeldruck trieb er das Tier zum Dorf hinaus, ließ es flussabwärts traben und hielt Sonja dabei mit beiden Armen umschlungen. Die Mücken tanzten schon über dem Wasser, rötlich spiegelte sich die Abendsonne auf den Fluten. Sonja lehnte sich an ihn. Trotz des Rockes saß sie mit gespreizten Beinen zu Pferd und spürte den haarigen Rist der Stute zwischen ihren Schenkeln. Es war ein ungewohntes, erregendes Kitzeln, als die Stute jetzt im Schritt ging.

«So still?», fragte er zärtlich. «Ich will dich spüren.»

Er griff ihren weiten Rock und zog ihr den Sarafan über den Kopf. Sie trug jetzt nur noch die Seidenbluse, die knapp ihre Scham bedeckte. Der leichte Gegenwind hob den dünnen Stoff und ließ ihn flattern. Ihre Versuche, ihn festzuhalten, machte er zunichte, indem er ihr die Arme nach hinten bog.

«Spürst du den Rhythmus des Pferdes?», flüsterte er ihr ins Ohr. «Genieße ihn ausgiebig, gib dich ihm ganz hin.»

Er hielt ihre Handgelenke mit einer Hand umklammert, während er die andere Hand sanft über ihren Schamhügel gleiten ließ, mit den Fingern die zarten, lockigen Härchen durchkämmte, sie kraulte und neckte. Sonja spürte die wiegende Bewegung des Pferdes, und sie schloss die Augen. Sanft rieb sich der Pferderist an ihren Schamlippen. Sie neigte sich ein wenig vor, fühlte, wie der haarige Rist ihren Kitzler berührte, und sie zuckte zusammen.

«Gefällt es dir?», murmelte er.

«Ich habe noch nie so zu Pferd gesessen», stammelte sie.

Sonjas Brustspitzen hatten sich zusammengezogen und hoben sich frech dem angreifenden Wind entgegen.

«Ich will, dass du – noch bevor wir am Ziel sind – vor Lust schreist», hauchte er ihr ins Ohr und drang mit der Hand zwischen die Schamlippen vor. Er fühlte, dass ihre kleine Lustbeere bereits erregt war, und legte seinen Finger auf sie, sodass er durch jede Bewegung des Pferdes an die geschwollene Perle gepresst wurde. Sonja stöhnte leise, sie bewegte den Unterkörper, um die Reibung zu verstärken, und spürte, wie sie vor Lust zitterte.

«Jetzt werde ich dich an den Zügel legen, mein süßes, geiles Biest.»

Er ließ sie los und fuhr mit beiden Händen unter ihre flatternde Bluse. Sonja schrie leise auf, als sie spürte, wie er einen dünnen Lederriemen um ihre rechte, üppige Brust band und ihn fest anzog. Gleich darauf hatte er das andere Ende des Riemens um die linke Brust geknotet, riss die Bluse vorn auf und warf ihr die Zügel über den Kopf, wie man es bei einem Pferd macht. Jetzt hielt er den Lederriemen hinter ihrem Rücken und bewegte ihre festgebundenen Brüste nach Lust und Laune.

«Wenn uns jemand entgegenkommt!», stöhnte sie. «Ich würde vor Scham sterben, wenn man mich so sehen sollte.»

Er lachte. «Es ist niemand hier. Nur ich sehe deinen Busen, weil ich über deine Schulter schauen kann.»

Sie keuchte vor Erregung. Heiße Glut pulsierte durch ihre Adern, schoss von ihren Brüsten hinab zwischen ihre Schenkel und vereinigte sich dort zu einem erregenden Wirbel.

«Es ist die höchste Lust, dich so zu zügeln.»

Er hörte nicht auf, ihre Nippel zu reizen. Immer wieder zerrte er an den Riemen und genoss ihr Stöhnen, wenn ihre Brüste unter seinem Zug wippten.

Ihr Lustsaft nässte das Fell der Stute. Er band den Riemen straff um Sonjas Nacken, sodass ihre Brüste emporgezogen wurden und jeder Tritt des Pferdes sie erschütterte. Dann fasste er in ihr nasses Schamhaar, drang zwischen die Schamlippen vor und glitt mit dem Finger in ihre Lustgrotte. Sie ächzte, bog den Rücken durch und wand sich in schamloser, gieriger Lust. Immer tiefer schob sich sein Finger in sie hinein, kreiste und neckte sie und ließ Sonja vor Wollust laut aufschreien. Er zog sich wieder ein wenig zurück und überließ es den zuckelnden Bewegungen der Stute, seinen Finger immer wieder in Sonjas heiße Öffnung hineinzutreiben.

«Weißt du, wie wild du mich machst, wenn du so vor Sehnsucht nach mir schreist?»

«Andrej, ich kann nicht mehr», stöhnte sie. «Ich flehe dich an. Nimm mich!»

Er presste ihren nackten Po an sein hartes Glied und genoss ihren keuchenden Atem und das lüsterne Zittern ihres Körpers.

«Ich will, dass du kommst. Ich vergehe vor Lust auf deine Ekstase, ich will sie sehen und spüren.»

Er spreizte den Daumen seiner Hand ab und kitzelte damit ihren Kitzler, während sein Zeigefinger immer noch tief in ihrer Möse steckte. Seine Hand war feucht von ihrem Lustsaft. Sonja wimmerte, spürte, wie der lederne Riemen an ihren Brüsten riss und Andrejs Daumen gleichzeitig über ihre kleine Perle rieb. Lustwellen überfluteten sie, ließen sie sich aufbäumen, sie wand sich schreiend unter seinem Griff, spürte, wie sein harter Penis sich an sie drängte und sein Zeigefinger immer noch in ihrem Lustkanal kreiste. Dann fühlte Andrej die ersten Zuckungen ihres Körpers, spürte voller Genuss, wie ihre Scheidenmuskeln seinen Finger einsaugen wollten und sich fest um ihn schlossen, und er wusste, dass er sein Ziel erreicht hatte.

Er ließ seine Hand in ihrer warmen Öffnung, spürte ihr Zittern, das leise Nachbeben ihrer Ekstase, und er küsste zärtlich ihre bloßen Schultern. Sonjas Bluse war heruntergeglitten, er zog sie ihr ganz aus und lockerte den Riemen um ihren Nacken. Er war so erregt, dass sein Glied schmerzhaft gegen den Stoff stieß.

Die Stute war den gleichen Weg gelaufen, den sie auch Tage zuvor geritten waren. Jetzt lenkte Andrej sie in die Schlucht hinunter, ließ sie vorsichtig den steilen Pfad hinabsteigen und über die Wiese traben, die sich auf dem schmalen Grund der Schlucht erstreckte. Neben einer Gruppe niedriger Birken zügelte er das Tier und stieg ab. Lächelnd sah er zu Sonja hinauf, die völlig nackt und mit engen Lederriemen um die Brüste auf dem Pferd saß. Zwischen ihren gespreizten Schenkeln war der Schamhügel zu sehen, dessen rotgoldene Härchen vor Nässe glänzten. Er war so gierig nach ihr, dass sein Glied im Hosenbund zuckte und einige helle Lusttropfen aus seiner Spitze quollen.

«Steig ab!»

Er fing ihren bloßen Körper mit den Armen auf und spürte ihre nackte Haut, die an seinen Händen vorüberglitt. Für einen Moment presste er sie an sich, berauscht von dem Gefühl, sie ganz und gar entblößt in den Armen zu halten, während er selbst noch vollkommen bekleidet war. Mit steigender Lust knetete er ihre Pobacken und drückte ihre Scham gegen seinen erregten Schwanz.

«Der Schlangenkopf», flüsterte sie lächelnd, griff in seine Hose und berührte die glänzende Spitze seines Penis. «Lass ihn mir, Kosak. Ich will mit ihm spielen.»

Zitternd vor Erregung fügte er sich, spürte lustvoll, wie sie über die Eichel strich. Er knirschte mit den Zähnen und wiegte den Unterkörper vor und zurück. Sonja lachte, kniete vor Andrej nieder, streckte die Zunge vor und leckte über seine empfindliche Eichel. Er stöhnte auf, unbändige Glut erfasste ihn.

«Geduld, mein wilder Kosak. Ich werde dich bald erlösen.»

Sie lockerte seinen Hosenbund ein wenig, schob ihn ein Stückchen herunter und empfing den herausgleitenden Penis mit ihren Lippen. Immer noch presste der Hosenbund den unteren Teil seines mächtigen Gliedes ein und ließ nur den oberen Teil seines hartgeschwollenen Penis ans Licht. Mit zarten Küssen neckte sie den Stab, leckte an ihm entlang und knabberte an der Eichel. Er schob ihr seinen Unterkörper bereitwillig entgegen, bewegte ihn hin und her, als wollte er ihr sein Glied darbieten, und atmete keuchend und stoßweise vor Erregung.

«Du tötest mich, ich komme um vor Lust!»

Er griff nach dem Lederband, mit dem ihre Brüste verschnürt waren, legte es über ihren Kopf nach vorn und zog. Sonja warf den Kopf in den Nacken und gab sich ihm schamlos hin, spürte, wie er an ihren Brüsten riss, wie ihre Nippel wieder hart wurden.

Langsam zog sie seine Hose ganz herunter, enthüllte sein schwarzes Schamhaar, den gewölbten Ansatz des emporragenden Gliedes und die prallen Hodensäcke. Ihre Hände fuhren über die zarte Haut seiner Peniswurzel, spielten mit den Härchen und massierten den Ansatz seines Schwanzes mit festem Griff. Er stieß brummende Töne aus, und sein Unterkörper bewegte sich zuckend vor und zurück. Die glänzende Eichel schwang hin und her und stieß dabei immer wieder gegen ihre vorgewölbten feuchten Lippen. Sie schnappte danach, fasste die Spitze seines Penis mit dem Mund und spürte die weiche, empfindliche Haut. Berauscht schmeckte sie ihn, saugte an dem Glied, ließ wirbelnd ihre Zunge darüberspielen und spürte, wie er in wilder Geilheit in ihren Mund hineinstieß. Seine Bewegungen waren so heftig, dass sie mit den Händen Halt suchen musste. Sie umschlang seinen Unterkörper, fasste genussvoll seinen festen, muskulösen Hintern, griff zwischen seine Beine und umfasste die Hoden. «Warte, du kleine Teufelin», ächzte er. «Gleich gebe ich dir, was dir gebührt!»

Er riss sich von ihr los, zog sein nasses Glied aus ihrem Mund und fasste sie hart bei den Armen. Außer sich vor wilder Begierde packte er das Lederband, das um ihre Brüste geknotet war, und warf es über den niedrigen Ast einer nahe stehenden Birke. Hilflos stand Sonja, die Brüste an den Baum gefesselt. Jede Bewegung verursachte süße Pein in ihren Brustspitzen.

«Bück dich!»

Sie beugte sich ein wenig vor, wobei der Lederriemen an ihren Brüsten zerrte, dann spürte sie seine harten Hände, die ihre Schenkel auseinanderdrängten. Mit gespreizten Beinen stand sie da, streckte ihm ihren nackten, lockenden Hintern entgegen, zeigte schamlos ihre rosige, vor Nässe glänzende Muschel, während die Lederbänder an ihren fest eingeknoteten Brustspitzen rissen. Längst hatten sich ihre Schamlippen prall gefüllt, die Feuchtigkeit rann ihre Schenkel herab. Er ließ den Penis über ihren Damm gleiten, führte ihn zwischen die Schamlippen und stieß immer wieder gegen den empfindlichen Kitzler. Sonja wimmerte, wusste nicht mehr wohin vor Lust, bewegte rhythmisch den Oberkörper und spürte, wie der Riemen ihre eingeschnürten Brüste zum Glühen brachte, während sie zugleich die unerbittliche Reibung an ihrer Lustperle spürte.

Andrej führte nun seinen Schwanz an Sonjas nasse Öffnung. Sonja schrie vor Lust, streckte ihm ihr Hinterteil entgegen und bewegte schamlos ihren nackten Po hin und her. Er schob sein Glied ein wenig in sie hinein, doch erst als er ihre hellen Schreie hörte und das rhythmische Zucken ihres Lustmuskels spürte, stieß er mit aller Macht in sie hinein, so weit, dass sein Penis ganz und gar in ihr verschwand. Er umschlang ihren Unterleib mit beiden Armen und gab sich aufstöhnend dem wild über ihm zusammenschlagenden Orgasmus hin. Zuckend entließ sein harter Schwanz den aufgestauten Samen in ihre Möse.

Er hielt sie eine Weile eng umschlungen, bewegte sein erschlaffendes Glied sanft in ihr hin und her und ließ es schließlich herausgleiten. Dann löste er die Riemen, die um ihre Brüste geknotet waren, küsste und streichelte die glühenden Brustwarzen und hob ihren nackten Körper endlich auf die Arme. Er trug sie zu einem der flachen Felsbrocken, bettete sie auf den hellblauen Sarafan und ließ sie ausruhen.

Längst war die Sonne untergegangen. Ein heller, voller Mond stand über ihnen am Himmel, und sein Licht verlieh den steilen Wänden der Schlucht einen bizarren Zauber.

Er wies mit dem Finger auf einen glitzernden Einschluss im Felsgestein dicht neben ihnen.

«Wie dieser Kristall soll die Lust sein, die wir uns gegenseitig geben», sagte er. «Fest eingeschlossen in deiner Erinnerung und unauslöschlich.»

Schweigend umschlang sie ihn. Es bedurfte keiner Worte.

Sie waren spät in der Nacht zurück ins Dorf geritten. Leise stiegen sie an der schlafenden Babuschka vorbei die Stiege hinauf und legten sich auf das Lager. Sonja hielt Andrej in ihren Armen und lauschte auf seine Atemzüge. Er hatte sein Gesicht in ihrer Achselhöhle vergraben und fiel, kaum dass sie sich ausgestreckt hatten, in einen tiefen Schlaf.

Es war hell im Zimmer, durchs Fensterchen schien der runde silbrige Mond, als wollte er Sonja mahnen, keine Zeit verstreichen zu lassen. Vorsichtig zog sie den Arm unter ihrem Geliebten hervor, bettete seinen Kopf auf ein Polster und strich ihm zärtlich über die Wange. Er würde sie hassen – vielleicht für den Rest ihres Lebens.

«Was immer ich tue, es ist für dich und für unsere Liebe», hauchte sie unhörbar und küsste seine warmen, halbgeöffneten Lippen ein letztes Mal. Dann stand sie leise auf.

Als sie die Tür öffnete, regte Andrej sich auf seinem Lager, bewegte suchend die Arme und entglitt wieder in das Reich der Träume. Aufatmend schob sie sich durch den schmalen Türschlitz und schlich die Treppe hinunter.

Tanja wartete schon ungeduldig auf sie.

«Zieh das an. Mach schnell!»

Sie hielt ihr ein schwarzes Kosakenhemd und eine weite Hose hin. Dazu lederne Stiefel und eine dunkle Kappe. Ein breiter Gürtel vervollständigte die Verkleidung, und Tanja gab ihr dazu noch einen kurzen Dolch, den Sonja mit skeptischem Blick in ihren Gürtel klemmte.

«Man kann nie wissen!», sagte Tanja streng. «Es läuft allerlei Gesindel herum.»

Die Babuschka hatte sich aufgesetzt und winkte Sonja zu sich heran.

«Verzeih mir», flüsterte die alte Frau. «Ich habe dir unrecht getan. Du bist mutiger und klüger als wir alle, Sonja.»

Sie legte Sonja die Hand auf den Scheitel und murmelte leise Worte. Dann schob sie sie von sich.

«Nun geht, Mädchen. Rettet meinen Andrjuscha! Ich bete für uns alle.»

Tanja drückte Sonja eine gepackte Satteltasche in die Hände und schob sie damit in die helle Mondnacht hinaus. Im Schatten der Häuser eilten sie geduckt durch das schlafende Dorf, erschraken, wenn einer der Hunde anschlug, und erreichten mit fliegendem Atem die Pferdekoppel. Tanja hatte die beiden Stuten schon gesattelt. Es waren starke, ausdauernde Tiere, die willig jedem Schenkeldruck gehorchten.

Sie ritten auf schmalem Pfad durch den Wald zum Hauptarm des Dnjepr und folgten dem Lauf in nördlicher Richtung. Bewundernd stellte Sonja fest, dass Tanja mit dem kleinen Kosakenpferd verwachsen zu sein schien, so leicht und selbstverständlich ritt sie voraus. Wäre Sonjas Pferd nicht aus eigenem Antrieb gefolgt, sie hätte Probleme gehabt, das Tier durch die gefährlich schmalen Furten zu treiben, in denen das Wasser den Reiterinnen bis zu den Knien reichte und die Strömung den Pferden die Beine wegreißen wollte.

Sie folgten dem Flusslauf nur kurze Zeit, dann bogen sie in westlicher Richtung ab und ritten auf verschlungenen Wegen durch den Wald. Es wurde nur wenig gesprochen. Sonja musste damit rechnen, dass Andrej ihnen im Morgengrauen folgen würde, um sie zurückzuholen. Es galt, einen Vorsprung zu gewinnen.

Erst gegen Mittag gönnten sie sich und den Pferden eine

kurze Rast an einem kleinen Bachlauf, ließen die Tiere saufen und aßen ein wenig von ihren Vorräten. Die Sonne brannte heiß auf die kleine Lichtung, Insekten summten um sie, kleine graue Fische tummelten sich im Bach. Sonja war schweißgebadet, sie tauchte die Hände ins kühle Wasser, um sich das Gesicht zu nässen, während Tanja schon die Satteltasche packte.

«Weiter – wir müssen uns beeilen. Andrej wird alles daransetzen, uns einzufangen.»

Sie ritten bis zum späten Nachmittag, erreichten eine weite, sumpfige Ebene und hielten sich am Waldrand, um sich jederzeit hinter den Bäumen verbergen zu können. Die niedrigen Holzdächer kleiner Dörfer waren zu sehen, Kirchen mit runden Zwiebeltürmchen, Scheunen und einsame Hütten. Sie hielten sich nirgendwo auf, kehrten bei niemandem ein. Es war sicherer, keine Spuren zu hinterlassen.

Kurz vor Einfall der Dunkelheit ruhten sie sich am Ufer eines kleinen Sees aus, ließen die Pferde grasen und streckten sich im hohen Gras aus.

«Wir werden bis Mitternacht durchreiten», verkündete Tanja und reichte Sonja die karge Mahlzeit, die aus Piroggen und Brot bestand. «Dann schlafen wir ein wenig. Übermorgen sind wir in Pereschkowo.»

Sonja kaute hungrig an dem trockenen Brot und spülte es mit einem Schluck Wasser hinunter.

«Wenn Baranow noch dort ist ...», murmelte sie müde. «Er hat einen großen Besitz nicht weit davon, er wird Welikowo genannt. Aber Baranow könnte auch längst in St. Petersburg sein ...»

«Wir werden ihn schon finden», unterbrach Tanja ungeduldig. «Und wenn nicht, dann wirst du zu Mütterchen Zarin gehen und sie um Andrejs Leben bitten. Sagtest du nicht, dass sie freundlich zu dir war?»

Sonja seufzte. «Ich habe auch daran gedacht, das zu tun. Aber viel Hoffnung habe ich nicht. Die Zarin war freundlich zu mir, ja. Aber sie wird sich nicht durch eine kleine, unbedeutende Hofdame von einer wichtigen Entscheidung abbringen lassen. Baranow dagegen ist einer, der Einfluss auf sie hat. Sie schätzt ihn als Ratgeber, auch hat er viele Menschen bei Hofe in seiner Hand. Er könnte die Zarin vielleicht überreden, Andrej das Leben zu schenken.»

Tanja stopfte sich eine Pirogge in den Mund und kaute bedächtig.

«Warum hasst du ihn eigentlich so? Ist er so widerwärtig?», wollte sie neugierig wissen.

Sonja war schon die bloße Erinnerung an Baranow zuwider. Sie schüttelte sich.

«Es wird schrecklich sein, zu ihm zurückzukehren», sagte sie leise. «Er ist der Teufel selbst. Aber ich tue es, um Andrejs Leben zu retten.»

«Der Teufel selbst!», wiederholte Tanja. «Welche Teufeleien treibt er denn?»

«Er hat mich im Bad überfallen und wollte mich zwingen, ihm zu … ihm zu …» Sie fand keine Worte, um den Schrecken zu beschreiben, der sie damals befallen hatte, als Baranow sie aus der hölzernen Wanne riss. «Er hat mich mit dem Kantschu geschlagen», stammelte sie. «Er hat mich gezwungen, mich nackt vor ihm zu zeigen. Er hat … er ist …»

«Aha», sagte Tanja. Es klang wenig beeindruckt, und Sonja schwieg.

«Er ist nicht gerade dein Fall, oder?»

«Nein, wirklich nicht», gab Sonja schaudernd zurück. «Er treibt es ganz sicher mit all den armen Mägden und Frauen aus seinen Dörfern.»

«Schau an», meinte Tanja wortkarg. «So einer ist das.»

«Ein Satan. Ein böser Geist, der aus der Hölle kommt und hier auf Erden sein Unwesen treibt. Es wird nicht einfach sein, ihn dazu zu bringen, Andrej zu retten.»

«Er hat doch selbst ein solches Geschäft vorgeschlagen!»

«Schon», sagte Sonja gedehnt. «Aber Baranow ist hinterhältig, man weiß nie, was er tun wird. Vielleicht versucht er uns zu betrügen.»

Tanja grinste und packte wieder einmal die Satteltaschen.

«Lass uns reiten, Sonja. Je eher wir deinen Baranow finden, desto besser.»

Sie brauchten drei Tage und drei Nächte. Dann erblickten sie in der Ferne die Dächer und das große Tor des Gutshauses Pereschkowo.

Ossip Arkadjewitsch Baranow wischte sich das Fett vom Kinn und schob den Teller beiseite. Vor ihm auf dem Tisch türmten sich die Leckereien, die sein Verwalter Sarogin hatte auffahren lassen, um dem Fürsten bei seiner Rückkehr aus der Hauptstadt würdig zu empfangen. Ein halbgegessener Fasan – gefüllt mit Kräutern und Pilzen – lag neben den Resten des Hasenbratens, vom Stör waren nur noch Kopf und Schwanz geblieben, schwarzer Kaviar lag in kleinen Klümpchen auf dem weißen Tischtuch verstreut, denn Baranow hatte ihn gierig aus dem Schälchen gelöffelt. Jetzt fühlte er sich angenehm gesättigt, lehnte sich im Stuhl zurück, rülpste, strich mit der Hand über den gutgefüllten Bauch und leerte das Weinglas. Der Hauptgang war nicht übel gewesen, jetzt regte sich zwischen seinen Schenkeln die Lust auf die Nachspeise.

Er ließ sich Zeit damit, schließlich würde sie ihm nicht davonlaufen. Behaglich streckte er die Beine aus und befahl Sarogin, der seine spitze Nase durch den Türschlitz steckte, die Speisen abzutragen und die Weinkaraffe nachzufüllen. Sarogin verschwand augenblicklich, um die Mägde anzuweisen, den Herrn zu bedienen. Sie hatten alle saubere Kleider und frische

Hauben anlegen müssen, auch hatte er darauf geachtet, dass die Mieder eng geschnürt und die Blusen offenherzig waren – ganz nach den Wünschen des Herrn, der sich nach Tisch gern seine Gespielinnen auswählte.

Baranow musterte die jungen Dinger – einige waren neu, andere hatte man dafür zurück in die Dörfer geschickt. Es war wenig Aufregendes dabei, keine, die der süßen, unschuldigen Braut glich, die ihm entlaufen war. Er grunzte unzufrieden, ließ sich neuen Wein eingießen und entschied, es mit der rundlichen Blonden zu versuchen, die unter ihren Röcken ganz sicher einen einladenden Hintern verbarg. Den würde sie ihm willig bieten – keine hatte sich bisher gesträubt, denn alle fürchteten den mächtigen Grundherrn, der sie für das kleinste Vergehen zu Tode prügeln lassen konnte.

Er hatte sich ein Kistchen Zigarren aus der Hauptstadt mitgebracht und zündete jetzt eine davon an einer Kerze des silbernen Tafelleuchters an. Genüsslich blies er den Rauch in die Luft, ließ kleine Ringe aufsteigen und verfolgte ihren schwebenden Weg, bis sie sich zu feinem Dunst auflösten. Er war ausgezeichneter Laune, denn die Dinge entwickelten sich ganz nach Wunsch. Diesen Andrej Bereschkoff hatte er überschätzt, er war offensichtlich ein vollkommener Dummkopf. Baranow war verblüfft gewesen, als Potjomkin ihn bei einem geheimen Gespräch über das hochherzige Angebot des Kosaken in Kenntnis gesetzt hatte: Statt Sonja zurückzugeben, lieferte er sich lieber selber ans Messer. *Umso besser für mich,* dachte Baranow, *so kann ich gleich zwei Fliegen mit einer Klappe schlagen.*

Sarogin unterbrach seine wohlige Stimmung. Er schlich ins Zimmer – wie immer den Rücken leicht gekrümmt und die Lippen gespitzt – und fragte nach den Wünschen des Herrn. Ob er ein Bad richten solle? Dem Herrn einen bequemen Hausrock bringen – er trüge ja noch die Reisekleidung. Baranow wusste nur allzu gut, dass Sarogin in Wahrheit auf ein Plauderstündchen mit ihm aus war. Der Verwalter war schon vorhin schwer enttäuscht gewesen, dass Baranow ihn nicht mit an die Tafel lud. Aber er hatte wenig Lust auf das Geschwätz dieses Lakaien und wies ihn mit barschen Worten hinaus.

Kosakenehre – er hatte mit Potjomkin köstlich darüber gelacht. Der gefangene Ataman hatte sich energisch gegen den Austausch gewehrt – er war nicht bereit, seinen Sohn für sich sterben zu lassen. Pech für ihn, so würden eben beide hingerichtet werden, Vater und Sohn aufs gleiche Rad geflochten. Die Petersburger liebten diese öffentlichen Auftritte, nur die Zarin zeigte sich zimperlich, sie hatte zu viele französische Philosophen gelesen und mochte kein Blut sehen. Aber die Kosakenaufstände und der Betrüger Pugatschoff hatten ihr einen ordentlichen Schrecken eingejagt, sodass sie dieses Mal keine Milde walten lassen würde. Dafür sorgte schon Potjomkin, dem Katharina vollkommen hörig war. Ein interessanter Mensch – er hatte die Zarin über die Untreue ihres Geliebten Grigorij Orloff hinweggetröstet und inzwischen dessen Position eingenommen. Baranow, der diese Entwicklung klug vorausgesehen hatte, war rechtzeitig auf Potjomkins Kurs eingeschwenkt und hatte seine Freundschaft gesucht. Sie zahlte sich jetzt aus.

Der Rest würde sehr einfach sein. Wenn erst dieser Andrej unter den Händen des Henkers sein Leben ausgehaucht hatte, würden die Kosaken Sonja schon herausgeben. Vermutlich nicht mehr ganz so unschuldig, wie sie gewesen war – aber auch das würde seinen ganz besonderen Reiz haben.

Er gab sich seinen Träumen hin, malte sich aus, wie er die süße rotblonde Schönheit mit dem Kantschu bearbeiten würde, stellte sich ihre Angst und ihr Entsetzen vor und entschied dann, nachher doch lieber die zierliche Larissa zu sich zu befehlen, denn wenn er es sich so recht überlegte, hatte sie doch ein wenig Ähnlichkeit mit Sonja.

«Wenn's erlaubt ist, gnädiger Herr ...» Schon wieder stand

Sarogin in der Tür, gleich einer lästigen Schmeißfliege konnte er ihn nicht in Ruhe lassen.

«Was ist denn schon wieder?»

«Es sind zwei Reiter angekommen, Herr.»

Baranow zog noch einmal kräftig an der Zigarre und paffte dem Verwalter eine Rauchwolke entgegen.

«Na, und?»

Sarogin trat von einem Fuß auf den anderen, und Baranow bekam Lust, ihn kräftig durchzuschütteln.

«Es sind Kosaken, Herr ...»

«Kosaken?»

Baranow legte die Zigarre weg. Verflucht! Der Überfall vor einigen Wochen war ihm noch in guter Erinnerung. Seitdem hatte die Lage sich jedoch mit Pugatschoffs Gefangennahme drüben im Osten entschärft, und der Aufstand war in sich zusammengefallen. Die Soldaten der Zarin, die Pereschkowo geschützt hatten, waren nach Petersburg zurückgekehrt.

«Zwei, sagst du?»

«Nur zwei, Herr. Und auch das sind im Grunde keine richtigen Kosaken.»

«Keine richtigen ... Was redest du für Zeug, Kerl», fuhr er Sarogin wütend an. «Was sind sie jetzt, Kosaken oder keine Kosaken?»

Sarogin machte einen Kratzfuß und wand sich.

«Keine Kosaken, Herr. Eher Kosakinnen.»

Baranow starrte seinen Verwalter an, als sähe er an seiner Stelle eine große Kröte auf der Türschwelle sitzen. Dann winkte er ihn zu sich heran.

«Hauch mich mal an, Bursche!»

Sarogins Atem hatte zwar einen leichten Wodkageruch, doch zur Volltrunkenheit reichte das kaum aus.

«Kosakinnen also», grunzte Baranow. «‹Kosakenweiber› willst du sagen.»

«Die eine schon, gnädiger Herr. Die andere nicht.»

Baranow glotzte Sarogin misstrauisch an, dann winkte er ab.

«Herein mit ihnen. Ich will sie sehen.»

Sarogin zog sich katzbuckelnd zurück, und die Tür öffnete sich für zwei dunkelgekleidete Gestalten. Baranow sah Stiefel, Kosakenhosen, dunkle Blusen – dann fuhr er wie ein Berserker von seinem Stuhl hoch.

«Sonja!»

«Ossip Arkadjewitsch», sagte sie leise und neigte den Kopf. «Ich komme, um mit Ihnen zu reden.»

Er konnte es nicht fassen, kniff sich sogar in den Arm, um sicher zu sein, dass er nicht träumte. Sie war es wirklich, hatte das lange Haar unter einer Kosakenmütze versteckt und stand da wie ein junger Kerl. Die andere hatte die schwarzen Augen der verfluchten Kosaken und schien es faustdick hinter den Ohren zu haben.

«Ich bin entzückt, liebe Sonja. Ich hatte alles in Bewegung gesetzt, um Euch zu befreien. All mein Hab und Gut hätte ich gegeben, um Euch aus der Macht dieser Rebellen zu erlösen – doch bisher ohne Erfolg. Wie ist es möglich …?»

«Ich bin gekommen, um zu verhandeln», sagte Sonja. «Dies ist Tanja Bereschkowa, sie ist meine Freundin und hat mich begleitet.»

Baranow begriff, dass etwas im Busch war. Die Sonja, die vor ihm stand, hatte wenig mit der süßen, kleinen Unschuld zu tun, die damals von den Kosaken geraubt wurde. Ein Verdacht regte sich in seinem Kopf.

«Bereschkowa?»

Tanja lächelte mit Stolz.

«Die Schwester des Rebellenführers, ganz recht!»

Sie hatte eine tiefe Stimme und eine ungewöhnlich einprägsame Art zu sprechen. Baranow erkannte jetzt auch ihre Ähnlichkeit mit Andrej. Aha – so standen also die Dinge. Die bezaubernde Unschuld Sonja war dem Rebellen Andrej verfallen, es gab schon familiäre Bande, und jetzt wollte man verhandeln. Er hätte fast gelacht, wenn die Eifersucht nicht so in ihm gekocht hätte. Doch er war Höfling genug, um sich seine Gefühle nicht anmerken zu lassen.

«Ich bin überwältigt und entzückt, meine Damen», sagte er galant. «Seien Sie aufs Herzlichste willkommen auf Gut Pereschkowo. Sie sehen mich froh und glücklich und zu jeglicher Verhandlung bereit. Meine liebste Sonja – Ihr werdet Euch gewiss von der Reise ein wenig erholen und frisch machen wollen. Oben in den Zimmern befindet sich alles, was Ihr benötigt. Ich werde inzwischen einen Imbiss zusammenstellen lassen.»

Sonja runzelte die Stirn und hatte eine abweisende Antwort auf den Lippen, denn sie begriff, dass er die Angelegenheit verzögern wollte. Doch Tanja kam ihr zuvor.

«Wir danken für die Gastfreundschaft, Fürst», sagte sie ruhig. «Wir machen gern davon Gebrauch.»

Als die beiden Frauen sich zurückgezogen hatten, scheuchte Baranow die Dienerschaft umher und verstärkte die Wachen am Toreingang. Erst dann setzte er sich wieder an den Tisch, goss sich ein Glas Wein ein und trank es in einem Zug aus. Sie war also verliebt, die kleine Hexe. Umso besser. Er würde viel Spaß mit ihr haben.

Andrej hatte tief und fest geschlafen und war später als gewöhnlich erwacht – ein Tribut an die schlaflosen Nächte der letzten Zeit. Sonja lag nicht neben ihm, und er war enttäuscht, denn er hatte diesen letzten Augenblick mit ihr noch einmal auskosten wollen. Aber vielleicht war es besser so – er hatte seinen Entschluss gefasst und wollte nicht in Versuchung kommen, ihn zu bedauern.

Er kleidete sich an und ging hinunter in die Küche. Dort stand die Babuschka am Herd und bereitete Kascha zu. Sonst war niemand zu sehen.

«Es geht dir besser», stellte er zufrieden fest.

«Meine Kräfte sind zurückgekehrt.»

Er sah sich suchend um und wurde unruhig. Die Stille im Haus schien ihm plötzlich auf seltsame Art unheilvoll.

«Wo ist Tanja?»

Er vermied es, nach Sonja zu fragen, denn er wusste, dass die Babuschka nicht gut auf sie zu sprechen war.

«Fort.»

Der Ton der kurzen Mitteilung war abweisend, und er begriff, dass etwas geschehen war. Er fasste die alte Frau am Arm.

«Fort? Was bedeutet das? Wo ist Sonja?»

«Sie ist bei ihr.»

Ein eisiger Schrecken durchfuhr ihn. Sie hatte ihn verlassen. War fortgegangen, ohne ihm etwas davon zu sagen. Sonja, die vorgab, ihn zu lieben. Für die er sogar sein Leben geben wollte.

«Wohin sind sie?»

Die Babuschka sah ihn mit kleinen, klugen Augen an und wandte den Blick rasch wieder ab.

«Fortgeritten. Noch in der Nacht. Weiß nicht, wohin.»

Er ließ sie los und spürte, wie der Zorn in ihm hochschoss. Tanja steckte dahinter. Sie hatte Sonja zum Ungehorsam überredet und war mit ihr davongeritten. Wohin? Das war nicht schwer zu erraten. Zur Zarin, um sich ihr zu Füßen zu werfen. Er knirschte mit den Zähnen vor Wut. Aber die beiden würden nicht weit kommen, dafür würde er sorgen. Und dann wehe ihnen.

Draußen vor dem Haus hatten sich einige Reiter versammelt. Er hatte noch gestern die Männer ausgewählt, die ihn zur Hauptstadt begleiten sollten. Jetzt wartete man ungeduldig auf Andrej, denn es war Zeit aufzubrechen.

Blind vor Zorn stürzte er aus dem Haus, schwang sich auf die Stute, die man für ihn gesattelt hatte, und befahl mit lauter Stimme: «Die Gefangene ist entflohen. Holt die anderen zusammen – wir müssen sie wieder einfangen.»

Verblüffung auf den Gesichtern der Männer. Man hatte sich auf den Ritt nach St. Petersburg vorbereitet, eine ehrenvolle Aufgabe, eine Entscheidung, für die man den Sohn des Ataman bewundert und gefeiert hatte. Jetzt auf einmal sollte man ein Mädchen einfangen. Unzufriedenheit machte sich breit. Wollte Andrej sich vor dem Austausch drücken?

«Lass die anderen sie jagen, wir reiten nach Petersburg», sagte Kolja. «Was kümmert uns jetzt die Gefangene? Sie kommt sowieso nicht weit, denn sie kennt die Gegend nicht.»

Andrej sah ihn aus zornblitzenden Augen an.

«Tanja ist bei ihr. Wer mir nicht folgen will, der lässt es bleiben. Ich reite, um sie zu suchen!»

Er trieb die Stute an, und das Tier sprengte davon, Staub wirbelte auf und hüllte Pferd und Reiter ein. Unschlüssig sahen die Männer sich an – dann entschlossen sich einige, ihm nachzureiten, andere stiegen kopfschüttelnd ab und berieten sich.

«Verfluchtes Weib», knurrte einer. «Hat ihm den Verstand geraubt.»

«Lasst uns die Weiber einfangen und ihnen geben, was ihnen gebührt. Den Kantschu!»

«Soll er sie doch selber einfangen! Ich bin ein Krieger und kein Weiberjäger.»

«He! Wer das kleine Biest erwischt, dem gehört sie. Ich bin dabei!»

Unten am Hauptarm des Flusses versammelten sich die Kosaken, die beschlossen hatten, mit Andrej zu reiten. Die Spuren zweier Pferde im Uferschlamm bewiesen, dass man auf der richtigen Fährte war. Jedoch verloren sich die Huftritte nach einer Weile – die beiden Reiterinnen waren nach Westen abgebogen.

«Sie sind durch den Wald geritten», sagte Andrej düster. «Dort gibt es mehrere Pfade, wir müssen uns teilen.»

«Ihr Vorsprung ist zu groß, Andrej», gab einer der Männer zu bedenken. «Tanja kennt die Gegend viel zu gut. Wir werden sie nicht finden.»

«Macht, was ich sage, oder reitet zurück!»

Sie bildeten drei Gruppen und verabredeten sich bei einem Dorf, unweit des Waldrandes in der sumpfigen Ebene. Mühsam kämpften sich die Reiter durch das Dickicht des Waldes, gönnten sich keine Rast, suchten nach Spuren der beiden Reiterinnen und fanden nichts. Die Männer waren missmutig und ärgerten sich über die unnütze Plagerei, nur Andrej trieb wütend seine Stute an und sprengte seinen Begleitern voraus.

Sie erreichten das Dorf bei Sonnenuntergang und befragten die dortigen Bewohner. Niemand hatte zwei Reiter gesehen, nirgendwo waren sie eingekehrt. Andrej fluchte. Er hätte seine Schwester gern verprügelt. Schlimmer jedoch war die Bitterkeit, die er beim Gedanken an Sonja verspürte. Sie hatte ihn belogen und hinter seinem Rücken Pläne ausgeheckt. Sie verdiente es, hart bestraft und verstoßen zu werden.

Aber dazu musste er sie erst einmal einfangen.

«Wir sind müde und haben keine Lust mehr, den Weibern nachzuhetzen», knurrte Kolja. «Lass sie laufen, was kümmern sie uns. Es gibt Wichtigeres zu tun. Wenn du deine Ehre behalten willst, dann musst du dich jetzt entscheiden, Andrej!»

Sonja sah dem Tun ihrer Freundin befremdet zu. Wozu sollte das gut sein? War es nicht besser, Baranow so rasch wie möglich zu einem Versprechen zu veranlassen? Den Handel abschließen, den er selbst vorgeschlagen hatte? Aber Tanja hatte in den alten Schränken und Kommoden gewühlt und war drauf und dran, sich in eine Dame der Gesellschaft zu verwandeln.

«Zeig mir, wie dieses Ding geschnürt wird!»

«Es ist dir zu klein», meinte Sonja kopfschüttelnd. «Und dann zieht man ein dünnes Hemd darunter.»

«Nun mach schon!»

Seufzend schnürte Sonja ihre Freundin in das enge schwarze Korsett ein. Doch es war zu kurz für die schlanke Tanja, ihre vollen Brüste waren nur halb bedeckt, ihre Nippel sahen lüstern aus dem schwarzen Stoff hervor.

Sonja fühlte sich unwohl in diesem Raum, den sie nur allzu gut kannte. Hier neben dem breiten Bett hatte die hölzerne Wanne gestanden, der Vorhang dort hatte ihr als Schutz vor Baranows brutalen Angriffen gedient. Schaudernd hatte sie festgestellt, dass auch der Kantschu wieder an seinem Platz an der Wand hing.

«Ich finde es so genau richtig», meinte Tanja und besah sich zufrieden im Spiegel. Das Korsett reichte ein Stück über die Hüften und lief vorn in einer Spitze aus, die auf das dunkle Dreieck ihres Schamhaars wies.

«Zieh dir bloß schnell die Röcke und das Kleid über, bevor jemand hereinkommt!»

«Wer sollte hier hereinkommen?», fragte Tanja schmunzelnd, drehte sich um und besah ihren Po, der klein war, aber in schöner Wölbung in die kräftigen Oberschenkel überging.

«Es gibt eine Verbindungstür.»

Sonja zeigte ihr, was sich hinter dem Vorhang befand.

«Da schau an», grinste Tanja, fasste den bestickten Vorhang und riss ihn herunter.

Widerwillig zog auch Sonja sich um, allerdings nur, um Tanja den Gefallen zu tun. Sie selbst fühlte sich in den Kosakenkleidern sehr viel wohler und sicherer. Wie lästig war dieses weiße seidene Korsett mit seinen Fischbeinstäben, die sich ins

Fleisch pressten und rote Linien hinterließen, wenn man sich eng schnürte. Sie wählte ein Kleid aus blauer schimmernder Seide mit kleinen eingelesenen Besätzen an Dekolleté und Ärmeln und steckte sich seufzend das Haar nach höfischer Mode auf. Tanja fand eine Robe in dunklem Grün mit aufwendigen Stickereien, deren Oberteil vorn zu knöpfen war. Mit viel Vergnügen betrachtete sie sich in dem schmalen Wandspiegel, drehte sich hin und her und verlangte von Sonja, ihr das Haar zu richten. «Genau wie es die Damen am Hof der Zarin tragen», forderte sie.

«Dann müsste ich dir eine Perücke verpassen. Halt still, ich will es versuchen.»

Es war eine zeitraubende Arbeit, Tanjas widerspenstiges schwarzes Lockenhaar zu flechten und in eine höfische Form zu bringen. Am Ende fand Sonja, dass ihr Werk ziemlich abenteuerlich aussah. Tanja war jedoch vollkommen von ihrem Spiegelbild hingerissen.

«Jetzt bin ich hungrig – lass uns gehen!», entschied sie, legte den Arm um Sonja und schob sie aus dem Zimmer.

Baranow empfing die Damen im langen seidenen Hausrock und übte sich in höfischer Galanterie. Der Tisch war wieder mit köstlichen Speisen bedeckt, man hatte den Resten eine neue, ansprechende Form gegeben und sie mit kleinen Leckereien aufgefüllt, die Baranow aus der Hauptstadt mitgebracht hatte. Tanja aß mit gutem Appetit, probierte alle Speisen, besonders die, die sie nicht kannte, und schien sich vollkommen wohl zu fühlen. Sonja hingegen konnte kaum etwas hinunterbringen, ihr Herz klopfte heftig vor Angst, denn sie spürte Baranows durchdringenden Blick, der sie unablässig musterte.

Man tauschte Höflichkeiten aus, redete über belangloses Zeug, und Sonja spürte, dass die Unruhe in ihr beständig anwuchs. Schließlich hielt sie es nicht mehr aus.

«Wir sind gekommen, weil wir eine Bitte an Euch haben»,

begann sie ihr Anliegen vorzutragen. «Sie betrifft Tanjas Bruder Andrej.»

Baranow, der noch einmal an der Mahlzeit teilgenommen hatte, wischte sich die Finger an einem Tuch ab und griff zu seinem Weinglas.

«Andrej Bereschkoff, der Rebell», stellte er fest und trank einen Schluck Wein. «Derselbe, der damals aus meinem Keller entflohen ist, nicht wahr?»

Sonja schluckte. Die Szene im Keller gehörte zu ihren düstersten und beschämendsten Erinnerungen. Allerdings war sie auch für Baranow wenig angenehm ausgegangen, sodass sein Zorn auf Andrej groß sein musste.

«Derselbe», sagte sie. «Er hat sich freiwillig erboten, für seinen Vater in die Peter-und-Paul-Festung zu gehen. Er will nicht, dass sein Vater für ihn stirbt, denn Andrej war es, der den Aufstand angeführt hatte.»

Baranow tat erstaunt, obgleich ihm diese Tatsache längst bekannt war.

«Kompliment!», rief er und hob das Glas. «Kosak oder nicht – das ist eine mutige, edle Tat.»

Sonja lächelte erleichtert, während Tanja ernst blieb und Baranow genau beobachtete.

«Der Austausch muss inzwischen vollzogen worden sein», fuhr Sonja fort.

Baranow nickte, obwohl er es besser wusste. Die Angelegenheit hatte sich verzögert, weil die verflixten Kosaken sich eine Frist ausbedungen hatten.

«Eine schöne Sache und ein mutiger junger Mann», plauderte Baranow mit belangloser Miene. «Und welche Bitte wolltet Ihr an mich richten, liebste Sonja?»

Sonja warf einen raschen Blick zu Tanja hinüber, die sich aus dem Gespräch heraushielt und stattdessen an den kandierten Früchten naschte.

«Ich weiß, dass Ihr Einfluss am Hof der Zarin besitzt, Ossip Arkadjewitsch. Ich bitte Euch, das Leben des jungen Mannes zu retten.»

Baranow tat verblüfft, aber er hatte natürlich gewusst, dass etwas Ähnliches kommen würde. Sie wollte ihren Liebhaber vor dem Henker retten. Wie rührend.

«Aber liebste Sonja!», rief er. «Selbst wenn mein Einfluss so groß wäre, wie Ihr glaubt – einen Rebellenführer vor seinem verdienten Tod zu bewahren, dieses Kunststück brächte nicht einmal Potjomkin fertig.»

Sonja hatte Ablehnung erwartet – sie würde kämpfen.

«Ich bitte Euch herzlich um diesen Gefallen, Ossip Arkadjewitsch. Es ist mir so wichtig, dass ich davon mein Jawort zu unserer Hochzeit abhängig machen muss.»

Er hätte gern vor Wut mit den Zähnen geknirscht, doch er unterließ es. Welch eine Frechheit! Sie wagte es, ihm Bedingungen zu stellen, die kleine Kosakenhure. Sie würde sich wundern.

«Ich bin erstaunt, liebste Sonja», wandte er ein. «Weshalb kann Euch dieser Kosakenheld so wichtig sein, dass Ihr sogar seinetwegen meine Hand zurückweisen wollt?»

«Er ist Tanjas Bruder», sagte Sonja rasch. «Und Tanja ist meine Freundin, sie hat mich beschützt, als ich in den Händen der Kosaken war. Ich bin ihr zu großem Dank verpflichtet.»

Baranow ließ seine Augen über die dunkelhaarige Schönheit schweifen, und er machte sich so seine eigenen Gedanken. Beschützt hatte sie Sonja? Schau an.

«Nun, liebste Sonja, wie ich bereits sagte: Mein Einfluss bei Hofe ist bei weitem nicht so groß, wie Ihr vielleicht glaubt. Ich fürchte, dass ich wenig tun kann.»

Jetzt legte Tanja die angebissene süße Mandel auf den Teller zurück und mischte sich ein.

«Wie konntet Ihr meinem Bruder dann ein ähnliches Geschäft anbieten, Ossip Arkadjewitsch? Wolltet Ihr nicht das

Leben meines Vaters retten, wenn Andrej Euch Sonja ausliefertet?»

Ihr Ton war hart und keineswegs höfisch, und Baranow war versucht, eine zornige Antwort zu geben. Doch um Sonja in Sicherheit zu wiegen, hielt er sich zurück.

«Nun, ich habe nichts unversucht gelassen, um Sonja zu befreien», versuchte er sich herauszureden.

Tanja ließ sich damit nicht abspeisen.

«Ihr habt also etwas versprochen, was Ihr nicht halten könnt? Wie nennt man das doch? Betrug, nicht wahr?»

Baranow ärgerte sich innerlich fast schwarz. Diese Person war von einer unglaublichen Frechheit. Wieso ließ er sich so etwas in seinem eigenen Haus bieten?

«Eine Kriegslist», sagte er, seine Wut unterdrückend. «Auch Kosaken haben schon dergleichen angewendet. Es ist nichts Unehrenhaftes dabei.»

«Das bedeutet, Ihr seid gar nicht in der Lage, Andrej zu helfen?», wollte Tanja mit hochgezogenen Augenbrauen wissen.

«Ich fürchte, nein ...»

Sie erhob sich und fasste Sonja am Arm.

«Dann verschwenden wir hier unsere Zeit», sagte sie kühl. «Wir werden morgen früh weiter nach St. Petersburg reiten. Gute Nacht, Ossip Arkadjewitsch. Wir danken für Eure Gastfreundschaft.»

Verblüfft starrte er auf die beiden Frauen, die sich vom Tisch erhoben hatten und den Raum verließen. Der aufgestaute Zorn ließ sich nun nicht mehr zurückhalten – es war aus mit der Galanterie.

«Sonja!», rief er herrisch. «Dein Platz ist hier. Noch bin ich dein Bräutigam.»

Sie wandte sich nur kurz zu ihm um.

«Nein, Ossip Arkadjewitsch, das seid Ihr nicht mehr. Ich löse die Verlobung. Lieber will ich arm sein, als einen Lügner und Betrüger zu heiraten.»

Als die Tür sich hinter ihnen geschlossen hatte, sprang er auf und fegte mit einer wütenden Armbewegung Teller und Schüsseln vom Tisch.

«Verfluchte Hure», knirschte er. «Das wird sie bitter bereuen.»

«Du warst großartig», sagte Tanja, als sie die Tür des Schlafzimmers hinter sich zuzog. «Jetzt versteck dich hinter dem Fenstervorhang.»

«Hinter dem … Wieso das denn?»

«Tu, was ich sage. Schnell!»

«Aber …»

Sonja hielt inne, denn es waren schwere Schritte auf der Treppe zu hören. Panik erfasste sie, alle Schrecken, die sie in diesem Raum durchlitten hatte, kehrten in ihre Vorstellung zurück. Sie stand starr, unfähig, auch nur die kleinste Bewegung auszuführen.

«Meine Güte, ist das denn so schwer?», schimpfte Tanja und schob sie gegen das Fenster. Mit geschickten Händen drapierte sie den Vorhang über ihre Freundin und hatte dann gerade noch Zeit, sich umzuwenden.

Baranow hatte die Tür aufgerissen, breitbeinig stand er auf der Schwelle, das Gesicht dunkelrot angelaufen.

«Raus mit dir, Kosakenhure!»

Tanja hob amüsiert das Kinn und lächelte ihn an.

«Sprichst du mit mir, Gutsbesitzer?»

Baranow näherte sich ihr drohend, die Adern an seinen Schläfen traten dick und bläulich hervor.

«Verschwinde hier. Ich habe mit Sonja zu reden. Wo ist sie?»

Tanja lachte und wich keinen Zentimeter zurück. Als er die Hand ausstrecken wollte, um sie zu fassen und aus dem Raum zu stoßen, bückte sie sich blitzschnell. In ihrer Hand funkelte der kleine Dolch.

«Bleib ganz ruhig», sagte sie leise.

Der Dolch hatte sich ein kleines Stück durch den Stoff seiner Hose gebohrt, genau dort, wo seine empfindlichste Stelle war. Baranow spürte den kalten Stahl und brüllte auf. Er wollte sie packen und zurückschleudern, doch Tanja hatte sich mit der linken Hand in seine Weste verkrallt.

«Bewege dich nicht, sonst findest du dich als Kapaun wieder!»

Die kühle Dolchklinge schob sich weiter vor und berührte seine Peniswurzel. Mit weitaufgerissenen Augen glotzte er ins Leere, spürte nur noch die harte Schneide, die sich dicht an seinem Gemächt bewegte, und erstarrte.

«Eine Kosakenhure weiß mit dem Dolch umzugehen», flüsterte Tanja. «Tu also lieber, was ich dir sage, Gutsbesitzer.»

«Was willst du?», stammelte er angstvoll, während er fieberhaft überlegte, wie er sich aus dieser lächerlichen Lage befreien konnte.

«Dich belehren, Ossip Arkadjewitsch.»

«Ich habe nichts dagegen. Aber nimm das Messer weg.»

«Der Dolch ist Teil meiner Belehrung. Er wird deine Aufmerksamkeit erhöhen.»

Er zuckte zusammen, denn sie durchschnitt seinen Hosenstoff, zog das Messer rechts und links seines Glieds hinunter und schnitt dann waagerecht längs des Hosenbundes. Wie eine Klappe fiel der Stoff herab und legte seine Männlichkeit frei.

Er zitterte wie Espenlaub, als die Klinge sein schlaffes Glied hin und her baumeln ließ. Nie war er durch eine Frau in eine derart peinliche Lage geraten. Und doch regte sich neben Angst und Wut in ihm auch ein seltsames Gefühl der Faszination, das sich noch verstärkte, als er in Tanjas dunkle, herrische Augen sah.

«Ich bin enttäuscht, Ossip Arkadjewitsch», sagte Tanja und zog die schwarzen Augenbrauen verächtlich hoch. «Man erzählt wahre Wunder über deine männliche Kraft. Was hier herumbaumelt, ist jedoch nur ein lächerlich harmloses Zipfelchen.»

Er knirschte mit den Zähnen. Welch grobe Demütigung! Dieses Weib zwang ihn, mit entblößtem Geschlechtsteil vor ihr zu stehen, und lachte ihn noch aus. Wenn sie nur dieses verfluchte Messer nicht hätte, er würde ihr schon zeigen, was aus dem «Zipfelchen» werden konnte, das sie da so boshaft mit ihrer Klinge kitzelte.

«Ich warte, Gutsbesitzer!»

Er schluckte und spürte bebend, wie die Messerklinge sich seinen Hoden näherte.

«Worauf wartest du? Ich dachte, du wolltest mich belehren.»

Tanjas Augen waren jetzt fast schwarz, und sie blitzten vor Vergnügen.

«Dazu brauche ich deine Männlichkeit, mein Freund. Also sorge dafür, dass ich etwas zu sehen bekomme.»

Er glaubte, verrückt geworden zu sein. Diese Frau erniedrigte ihn aufs gemeinste – und zugleich spürte er eine irrwitzige Lust in sich aufsteigen, ihr zu gehorchen. Immer noch fühlte er die Klinge, sie pikste in einen Hoden, und er keuchte.

«Sehen?», stammelte er. «Was willst du denn sehen, verfluchtes Weib?»

Sie stach ein wenig fester, und er krümmte sich. Panik durchfuhr ihn, zugleich aber eine unbekannte Wollust.

«Nimm deine Hände zu Hilfe, Gutsbesitzer. Wir schauen dir gern dabei zu.»

Er begriff, dass auch Sonja im Raum war, und für einen Augenblick schoss hilflose Wut in ihm auf. Doch dann überwog die

Faszination der dunklen Stimme, die ihm so gebieterisch Befehle erteilte. Seine Hände zuckten, näherten sich langsam seiner entblößten Männlichkeit, er umfasste sein Glied und spürte, dass es schon anzuschwellen begann. Eine seltsame Mischung aus Scham und Begierde drängte ihn, von diesen schwarzen, unerbittlichen Augen bei der Selbstbefriedigung beobachtet zu werden. Er begann seinen Penis zwischen den Händen zu reiben, fühlte, wie er hart wurde und sich aufrichtete, und er hätte nicht sagen können, was ihn mehr erregte, seine eigenen Hände oder der herausfordernde, spöttische Blick der Kosakin.

«Du machst das gut, Ossip Arkadjewitsch», lobte Tanja mit tiefer Stimme.

Er atmete keuchend und genoss zitternd ihren Blick, der jede seiner Bewegungen begleitete. Sein Glied stand jetzt steil von seinem Unterkörper ab, und er rieb lustvoll mit den Fingern daran, spürte, wie die Eichel langsam anschwoll, und glitt immer wieder mit dem Zeigefinger über die empfindliche Spitze. Sein Prügel stieg weiter empor, die Vorhaut glitt langsam zurück, die Spitze färbte sich dunkel und wölbte sich. Er spürte, wie eine wilde Geilheit in ihm aufstieg, und er begann, seinen Penis mit den Händen hin und her zu bewegen, hielt die Hände um den harten Schwanz geschlossen und quetschte die dunkelglänzende Spitze heraus, rieb dann wieder lüstern über sein dickes Glied, als wollte er es melken wie das Euter einer Kuh.

«Hast du endlich genug?», stöhnte er.

«Für den Anfang nicht übel!»

Sonja stand wie benommen hinter ihrem Vorhang und glaubte zu träumen. Dieser Mann war Herr über zahllose Dörfer und Menschen, ein boshafter, mächtiger Intrigant bei Hofe, der das Schicksal vieler in Händen hielt. Jetzt aber gehorchte er Tanjas Willen wie ein gieriges Hündchen, das für einen Bissen Brot Männchen macht und Pfötchen gibt.

Tanja hielt den Dolch immer noch auf Baranows entblößten

Unterleib gerichtet. Jetzt begann sie mit der linken Hand langsam die Knöpfe ihres Kleides zu öffnen. Man hörte Baranows erregtes Atmen. Vor seinen Augen zeigten sich die Brüste der schönen Kosakin, angehoben vom Schnürmieder und kaum bedeckt. Aufreizend standen ihm ihre dunklen Spitzen entgegen – als er jedoch die Hände hob um sie zu berühren, spürte er ihren Dolch an seiner heißen Eichel.

«Finger weg, Gutsbesitzer. Du darfst schauen, aber nicht berühren.»

Er hielt in seiner Bewegung inne und verschlang die lockenden Rundungen stattdessen mit den Augen. Welch prächtige Brüste dieses Weib hatte. Voll waren sie, das enge Mieder quetschte sie nach oben und drängte sie aneinander, sie schienen ihn förmlich anspringen zu wollen, und doch durfte er sie nicht anfassen. Sein Gemächt dehnte sich, und der Penis begann gierig zu zucken.

«Zieh dich aus!», forderte sie herrisch. «Runter mit den Kleidern!»

Sie sah zu, wie er gehorsam die Jacke abstreifte, die Weste ablegte und dann den Gürtel öffnete. Die Reste von Hose und Unterhose rutschten an seinen Beinen herunter, er bückte sich und zog die Schuhe aus, streifte die Beinkleider ab. Für einen Moment wurde sein nackter Hintern unter der hochgerutschten Bluse sichtbar, dann richtete er sich wieder auf und wollte die weite Bluse ausziehen.

«Halt!», befahl Tanja und hatte ein hintergründiges Lächeln auf den Lippen. «Stell dich gegen die Tür!»

Er stolperte einige Schritte rückwärts und stieß mit dem Rücken gegen die Verbindungstür.

«Die Arme auseinander!»

Er breitete die Arme aus, die Bluse öffnete sich und gab seine behaarte Brust und den bloßen Unterkörper frei, die weiten Ärmel der seidenen Bluse hingen von den ausgebreiteten Armen herab. Tanja fasste den Dolch an der Klingenspitze, kniff ein Auge zusammen und warf.

Er schrie auf vor Schreck – der Dolch steckte im Holz, dicht unter seinem rechten Oberarm, und hatte den seidenen Blusenstoff durchbohrt.

«Willst du mich umbringen, du Teufelin?», jammerte er, die Augen angstvoll aufgerissen.

Tanja hatte den zweiten Dolch, der Sonja gehörte, vom Tisch genommen und zielte lächelnd auf seine linke Seite.

«Nein!», schrie er.

Der Dolch schwirrte durch die Luft und traf ihn direkt unter dem linken Oberarm, so dicht an der Haut, dass nicht einmal ein Stück Papier dazwischengepasst hätte. Hilflos stand er, die Blusenärmel von zwei Dolchen an die Tür genagelt, während Tanja sich nach dem Messer bückte, das in seinem eigenen Gürtel gesteckt hatte.

«Mach die Beine breit!»

«Nein! Erbarmen! Wage es nicht!»

«Wenn du die Beine geschlossen hältst, werde ich dich verletzen, Gutsbesitzer!»

Er ächzte, versuchte sich loszureißen, der Blusenstoff riss ein, dann sah er auf Tanja und erstarrte. Sie hatte die Unterröcke gelöst und abgestreift – alle bis auf den letzten, der kaum die Oberschenkel bedeckte – und zog nun auch diesen mit langsamen, aufreizenden Bewegungen herab. Das dunkle Venusdreieck entblößte sich vor seinen Augen, lockiges Vlies bedeckte ihren Spalt, ließ die kühne Wölbung ihres Schamhügels erahnen. Baranow spürte, wie sein Unterkiefer zitterte. Eine unbändige Geilheit erfasste seine Sinne, und er breitete unwillkürlich die Schenkel aus, als wollte er sie anspringen.

«So ist's brav, Gutsherr!»

Er stieß einen heiseren Laut aus und sah das Messer auf sich zufliegen. Es surrte durch die Luft, dann bohrte es sich zitternd in das Holz zwischen seinen Schenkeln, die Schneide nach oben, kaum einen Fingerbreit von seinem Hodensack entfernt.

Er brachte keinen Laut mehr heraus, spürte nur, wie ein Zittern seinen Körper durchlief, und sah, wie Tanja lächelnd auf ihn zuging. Dicht vor ihm blieb sie stehen, sodass er den scharfen, süßen Duft ihrer Weiblichkeit riechen konnte, der von ihrer Spalte zu ihm hinaufstieg. Seine Nüstern bebten vor Gier.

«Du scheinst meinen Händen wenig zu vertrauen!», sagte sie leise und verächtlich.

Ihre nackten Brüste berührten ihn fast, als sie jetzt unter seine Arme fasste und die Dolche – einen nach dem anderen – herauszog. Der Sog ihres Körpers war so groß, dass Baranow tief aufstöhnte und sich gegen sie wölbte. Ihr rechter Nippel stieß gegen seine Brust und rieb sich ein wenig an seinem Brusthaar. Er keuchte und drängte sich näher an sie heran.

«Nimm dich in Acht», warnte sie mit dunkler, rauchiger Stimme und stieß die beiden Dolche rechts und links von seiner Brust ins Holz, wobei sie seine Bluse mit festrammte. Er fuhr erschrocken zurück, spürte zugleich aber voller Lust, dass sein dickes Glied sich in ihr weiches Schamhaar gebohrt hatte.

«Anfassen ist tödlich!», drohte sie, die Hände um die Griffe der Dolche geschlossen. Sie bewegte jetzt ihren Oberkörper näher zu ihm, rieb ihren Busen an seiner nackten Brust, und er spürte, wie ihre Nippel dabei hart wurden. Er war jetzt so geil auf sie, dass sein Schwanz zuckte und die Spitze der dicken Eichel sahnige Tröpfchen ausspuckte. Doch er wagte sich nicht zu bewegen, sondern wartete voller Gier, was sie tun würde.

Sie ließ ihn stehen, drehte sich weg und zeigte ihm ihren nackten, knackigen Hintern. Mit aufreizend langsamen Schritten ging sie zur gegenüberliegenden Seite des Zimmers, bewegte dabei die Pobacken hin und her und nahm den Kantschu von der Wand. Seine Augen weiteten sich, als sie mit der Peitsche auf ihn zuschritt.

«Ich werde dir zeigen, wie viel Lust dieses Ding dir bereiten kann», flüsterte sie.

Er war ihrem Sog erlegen, wagte keine Regung, wartete nur mit rasendem Puls und steil aufgerichtetem Glied darauf, was sie mit ihm anstellen würde. Sie postierte sich an seiner Seite, hob den Kantschu, und plötzlich pfiff der harte Schlag dicht an seinem Penis vorbei. Die Peitschenschnur hatte sich um das Messer zwischen seinen Beinen gewickelt, Tanja riss es mit einem festen Ruck aus dem Holz heraus und ließ es quer durch den Raum in eine Ecke schießen. Dort prallte der Dolch ab, drehte sich mehrfach um sich selbst und blieb liegen.

Noch starrte er fasziniert auf das Messer, da schwirrte die lederne Schnur schon wieder in seine Richtung, traf schmerzhaft seinen Bauch und hinterließ einen roten Striemen. Er schrie dumpf auf und krümmte sich nach vorn. Wilde Lust schoss in seine Lenden, er bog sich zurück, bot ihr seinen Bauch und wölbte seinen prallen Schwanz vor. Sie hob die Peitsche und traf ihn dicht über dem hochstehenden Glied, eine zweite rote Linie zeichnete nun seinen Leib, etwas unterhalb der ersten.

«Weiter!», keuchte er. «Schlag zu, dreckige Kosakenhure.»

Der nächste Schlag traf seinen Penis, dicht unter der Eichel, und er brüllte vor Lust. Die Peitschenhiebe wurden dichter, prasselten auf seine Oberschenkel, zeichneten seine Lenden und trafen immer wieder sein dickgeschwollenes Glied. Er war fast irrsinnig vor Wollust, fasste seinen Prügel mit den Händen und hielt ihn ihr entgegen, ächzte kehlig und heiser bei jedem Schlag, zuckte zusammen, wenn sie die empfindliche Eichel traf, und spreizte die Schenkel, um die kleinen, gutgezielten Peitschenhiebe auch an seinen Hoden spüren zu können. Sie ließ ihn mit großem Vergnügen vor sich tanzen, lachte auf, wenn er in wahnsinniger Gier seine Hoden griff und sie ihr entgegenhob. Ihre hochgeschobenen Brüste zitterten bei jedem Schlag.

Schließlich senkte sie den Kantschu und trat dicht an ihn heran.

«Willst du mehr?», hauchte sie.

«Viel mehr! Bis in alle Ewigkeit. Bis ich zerberste vor Geilheit!»

Sie lachte und stieß mit dem Peitschengriff gegen seinen dicken Prügel. Er stöhnte sehnsüchtig. Dicht vor ihm war ihre lockende Spalte, er konnte sie riechen, er sah die feuchten Spuren zwischen ihren Schenkeln, und er kam fast um vor Begierde.

«Wage es nicht, dich zu bewegen!», zischte sie und rieb ihre Brustnippel gegen ihn. Sie waren hart wie kleine Eisenkügelchen. Ihre Scham berührte sein heißes Glied und schob es hin und her. Dann fasste sie die dicke empfindliche Eichel und lenkte sie zwischen ihre Beine. Begehrlich spürte sie das harte Ding zwischen ihren Schamlippen, sie bewegte sich vor und zurück, stieß ihre Nippel gegen ihn und genoss die Reibung seines Prügels zwischen ihren wulstigen Lippen. Sie lenkte seinen Penis gegen ihre Lustbeere und musste sich zusammennehmen, um nicht laut zu stöhnen. Er hatte die Augen geschlossen und gab sich ganz ihrer Führung hin. Sie wölbte den Unterleib vor und ließ sein Glied ein wenig in ihren Lustkanal gleiten, rieb sich lüstern daran, stieß vor und zurück und hörte sein gieriges Keuchen. Er war kurz vor dem Höhepunkt. Sie spürte, dass er gleich kommen würde, und sie genoss seine Erregung so sehr, dass auch sie einem Orgasmus nahe war.

Doch dann ließ sie ganz plötzlich von ihm ab, zog die restlichen Dolche aus dem Holz und fasste Baranow hart am zerrissenen Blusenärmel.

«Die erste Lektion ist beendet», sagte sie kalt und schob den Überraschten quer durch den Raum zur Eingangstür. «Wenn du mehr willst, musst du morgen wiederkommen.»

Bevor er noch den Mund aufbekam, stand er halbnackt im Flur vor geschlossener Tür. Drinnen wurde ein Stuhl unter die

Türklinke geschoben – seine Herrin hatte keine Lust mehr auf weitere Belehrungen.

Andrej hatte zwei seiner Kameraden als Boten ausgeschickt und verkünden lassen, die Übergabe würde sich um drei Tage verzögern. Unwillig waren die beiden Männer davongeritten, um seinen Auftrag auszuführen. Sie kamen sich lächerlich dabei vor, man würde ohne Zweifel glauben, dass der Sohn des Atamans nicht mehr zu seinem Wort stand. Dennoch gehorchten sie.

Die übrigen Männer folgten Andrej, der stur und verbissen jeden Pfad verfolgte, der durch den Wald und am Fluss entlang nach Norden führte. Jeder Bauer, jeder Hirtenknabe wurde befragt, die Dörfer durchkämmt, die wenigen Händler, die nach Süden reisten, wurden angehalten und um Auskunft gebeten. Am zweiten Tag begann es zu regnen, und die Männer waren am Ende ihrer Geduld. Man hatte sich im Schutz der Bäume gelagert, Kleider und Sättel waren nass, auch die Tabakspfeifen wollten nicht ziehen, und die Wodkaflaschen waren leer.

«Jetzt ist sowieso jede Spur verwischt!», knurrte Kolja. «Was soll die Sucherei? Dein Liebchen ist längst in Petersburg.»

Andrej schwieg und starrte vor sich hin. Er konnte den Unmut der Freunde verstehen, und doch war er nicht bereit, von seinem Ziel abzulassen. Er würde sie finden – und wenn es das Letzte war, was er tat.

«Ein Weibsbild», sagte einer verächtlich. «Lass sie laufen. Sie ist es nicht wert, dass wir uns ihretwegen den Hals brechen.»

«Sie will sich der Zarin zu Füßen werfen und um mein Leben bitten», gab Andrej ärgerlich zurück. «Niemals werde ich das dulden.»

«Lass sie doch – die Zarin wird sie nur auslachen!»

Sie hatten diese Gespräche wiederholt geführt, und Andrej war es bisher immer gelungen, die Kameraden letztlich doch auf seine Seite zu bringen.

«Ich will sie für ihren Ungehorsam strafen», rief er. «Wo kommen wir hin, wenn ein Weibsbild tun und lassen kann, was ihm gerade einfällt?»

Das Argument hatte die Männer bisher immer überzeugt. Jawohl, ein Weibsbild hatte zu gehorchen und sich nicht in Männerangelegenheiten einzumischen. Heute jedoch waren alle müde, nass bis auf die Haut und noch dazu stocknüchtern, sodass sich die Empörung über den weiblichen Ungehorsam in Grenzen hielt.

«Wir werden sie schon irgendwann finden», murrte einer. «Dann bekommt sie ihre Strafe, Brüderchen. Wir versprechen es dir bei unserer Kosakenehre.»

«Ich will sie selbst strafen!», beharrte Andrej stur, obgleich er merkte, dass ihm die Felle davonschwammen.

«Dann reite allein!», sagte Kolja, dem es jetzt endgültig reichte. «Hast dein Mädelchen ganz für dich haben wollen – jetzt suche sie auch ohne uns!»

Die anderen nickten zustimmend. Man hatte die Nase voll davon, sich für den Sohn des Atamans lächerlich zu machen. Erst gab er das vollmundige Versprechen, er wolle sich an die Zarin ausliefern, um den Vater zu retten, und jetzt lief er einem Weib hinterher. Man war enttäuscht, einige hatten schon davon gesprochen, Andrej zu entwaffnen und gewaltsam auszuliefern. Doch sie hatten keine Mehrheit für diese Idee gefunden – diese Aktion wäre schimpflich gewesen, und Bogdan, der Ataman, hätte nach seiner Freilassung strenges Gericht über die Anstifter gehalten.

Es war früher Mittag, der Regen hatte nachgelassen. Die Männer warfen sich aufmunternde Blicke zu und erhoben sich einer nach dem anderen.

«Such allein!», sagte einer. «Wir reiten zu dem Ort, an dem die Übergabe stattfinden soll, und warten dort auf dich. Wenn du morgen zur ausgemachten Zeit kommst, sind wir zufrieden und werden dich treu eskortieren. Kommst du jedoch nicht – dann hast du deine Ehre verloren und gehörst nicht mehr zu uns.»

Andrej erhob sich ebenfalls, seine Augen waren schmal vor Zorn.

«Reitet heim!», rief er verächtlich. «Ich brauche keine Eskorte, die mich im Stich lässt. Ist das Kosakentreue? Den Freund in der Not zu verlassen?»

Doch seine Worte beeindruckten die Männer nicht mehr. Sie packten ihre Sachen, bestiegen die Pferde und setzten sich in Bewegung.

«Such nur dein Liebchen, Dummkopf», sagte Kolja, als er sich im Sattel zu ihm umwandte. «Zu ihrem reichen Bräutigam wird sie gelaufen sein, die adelige Dame. Sitzt jetzt schon bei ihm am Hochzeitstisch und trinkt aus goldenen Bechern.»

Andrej rief ihm einen Fluch hinterher und schlug wütend mit der Faust gegen einen Baumstamm.

Zu Baranow? Er hatte diesen Gedanken hin und wieder gehabt, ihn aber rasch beiseitegeschoben. Das konnte nicht sein, Sonja hasste diesen Mann. Und doch …

Er wird uns umbringen», stöhnte Sonja und ließ sich entsetzt auf dem breiten Bett nieder.

«Ganz sicher nicht.»

«Aber er ist wild vor Wut. Niemand hat es je gewagt, so mit ihm umzuspringen. Er wird seine Diener holen, und sie werden die Türen aufbrechen.»

«Gar nichts wird er machen.»

«Er wird kommen! Wir sind verloren, Tanja!»

Tanja zog sich in aller Ruhe die Unterröcke an und sammelte Messer und Dolche ein. Alles legte sie auf die Kommode, dazu den Kantschu.

«Sicher wird er kommen», meinte sie gelassen. «Hilf mir, die Vorhangschnur herauszuziehen.»

Sonja glaubte nicht richtig gehört zu haben, aber Tanja hatte bereits den schweren dunklen Vorhang herabgenommen und nestelte daran herum.

«Willst du damit die Tür zubinden? Das wird nicht viel helfen.»

«Ach, Mädchen», seufzte Tanja. «Du hast nichts verstanden. Wir werden diese Lektion wiederholen müssen.»

Währenddessen schlich Baranow durch das stille Gutshaus, lief auf nackten Sohlen die Stiegen auf und ab, spürte die Striemen des Kantschus auf seinem Bauch, und sein Blut schäumte vor Erregung. Immer noch stand sein Glied steif nach oben. Das Mondlicht, das durch das Fenster einfiel, ließ die geschwollene dunkle Eichel glänzen. Er lehnte sich gegen den kalten Ofen im großen Wohnraum und stöhnte leise vor sich hin. Diese verfluchte Teufelin. Sie hatte ihn bis zur Ekstase aufgegeilt und dann hinausgeworfen.

Hatte er bis zu diesem Abend nur an die zarte, keusche Sonja gedacht, so war es jetzt mit Vorlieben dieser Art vorbei. Welch ein Weib war diese Kosakin! Welche Sinneslust hatte sie in ihm entzündet! Eine solch unbändige, irrsinnige Erregung hatte er bisher noch nie empfunden, keine der Mägde und Frauen hatte ihn derart befriedigen können. Er stellte sich jede ihrer Bewegungen, mit denen sie ihn so gereizt hatte, noch einmal vor, spürte die Schläge mit der Peitsche und stöhnte in seligem Nachempfinden. Wie war es nur möglich, dass diese Schläge, diese Demütigungen ihm solchen Genuss bereiteten? Er erging sich in neuen Phantasien, stellte sich vor, sie habe ihn nackt an die

Leiter im Badehaus gefesselt, er spürte die harten Sprossen an Brust und Bauch und reckte lustvoll das Glied vor. Vielleicht würde sie seinen Schwanz zwischen zwei Sprossen der Leiter festbinden und ihn dann mit der Peitsche bearbeiten? Er sah ihre aufregenden, halbnackten Brüste vor sich, wie sie dicht aneinandergedrängt aus dem engen Korsett hervorstachen, die Nippel hart wie kleine Pfeilspitzen. Er hatte wohl bemerkt, dass auch sie scharf auf ihn war. Er hatte die sahnige Feuchte zwischen ihren Schenkeln gespürt und ihre süßliche Ausdünstung gerochen.

Er fasste sein Glied mit beiden Händen, dachte an ihre warmen, nassen Schamlippen, die Reibung in ihrer glitschigen Spalte, und er brauchte nur wenige Minuten, um sich zum Höhepunkt zu bringen. Sein weißlicher Saft spritzte empor, kleckerte auf den Fußboden, und er trocknete das erschlaffte Glied mit dem Rest seiner zerfetzten Bluse ab. Erleichtert atmete er auf und stellte dann zu seinem Ärger fest, dass er keineswegs befriedigt war. Er wollte mehr, er wollte es jeden Tag, dreimal oder öfter. Sie sollte ihn prügeln und malträtieren wie einen Hund, ihn verrückt machen mit ihrer Peitsche und ihren herrischen dunklen Augen. Aber dann sollte sie ihn in sich aufnehmen. Verflucht, das war es, was er wollte. Dafür würde er alles geben, was er besaß, und seine Seligkeit dazu.

Er ging in sein Schlafzimmer, bestrich die Striemen mit einer Salbe und legte sich – so wie er war – auf sein Bett. Kurz darauf schlief er tief und fest.

Als das erste blasse Morgenlicht in sein Zimmer drang, fuhr er erschrocken hoch, von einer brennenden Angst gepeinigt. Sie wollten nach St. Petersburg abreisen, hatte sie gesagt. Das durfte nicht geschehen. Er riss sich die zerfetzte Bluse vom Körper und brüllte nach der Magd, die mit entsetzten Augen ins Zimmer lief.

«Was glotzt du? Bring mir frische Kleider!»

Sie stürzte davon, sicher, dass der Herr über sie herfallen

würde, sobald sie mit den Kleidern in sein Zimmer trat. Doch nichts dergleichen geschah. Baranow ließ sich von ihr beim Ankleiden helfen und fuhr sie wütend an, als sie besorgt fragte, wo er sich so verletzt hatte.

«Das geht dich nichts an! Schaff mir Sarogin herbei. Und bringt den Gästen ein Frühstück aufs Zimmer!»

Die Magd begriff nichts, lief aber eilig davon, um den Auftrag auszuführen. Sarogin erschien, zog die Tür nach gewohnter Weise ein kleines Stück auf und steckte den Kopf hindurch.

«Der Herr hat mich gerufen?»

«Stell Wachen um das Haus. Niemand verlässt das Gut ohne meine Erlaubnis.»

«Wird gemacht, Väterchen. Jeder, der es wagt, ohne Genehmigung durchs Tor zu reiten, bekommt eins auf die Nase!»

Baranow schien es, als habe der Verwalter ein scheeles Grinsen im Mundwinkel. Dieser elende Schleicher hatte vielleicht bemerkt, was am gestrigen Abend vor sich gegangen war, und machte sich jetzt heimlich über ihn lustig.

«Du selber stellst dich ans Tor und passt auf. Und wage es nicht, dich von deinem Posten davonzumachen, Kerl!»

Sarogin erblasste. Es regnete in Strömen, und die Aussicht, den ganzen Tag über mit durchweichten Kleidern am Tor stehen zu müssen, war wenig erheiternd.

«Wäre es nicht besser, ein paar kräftige junge Kerle aus den Dörfern dort zu postieren?», wandte er mit verzweifelter Miene ein. «Ich werde im Haus gebraucht, Väterchen. Muss die Dienerschaft antreiben, die sonst faul und nachlässig wird.»

«Raus!»

Sarogin verneigte sich mehrmals hintereinander, was Baranow jedoch gar nicht mehr sehen konnte, denn er hatte die Tür mit einem Fußtritt zugestoßen.

«Der Teufel hole ihn und seinen geilen Schwanz», murmelte Sarogin und begab sich widerwillig auf seinen nassen Posten.

Baranow stieg hinunter ins große Zimmer und setzte sich an den Tisch. Eine scheußliche Unruhe wühlte in ihm. Immer wieder lauschte er nach oben, brachte von seinem üppigen Frühstück kaum einen Bissen herunter. Er hörte, dass die Tür ihres Schlafraumes geöffnet wurde, in dem Tanja und Sonja untergebracht waren, und das Herz wollte ihm stehenbleiben. Doch es war nur die Magd, die den Damen das Frühstück brachte, und er beruhigte sich wieder. Sie würden jetzt essen, auf keinen Fall schon aufbrechen, er musste sich nicht sorgen. Dennoch sprang er vom Stuhl hoch, um nach draußen zu sehen. Sarogin stand eingehüllt in einen dicken, schon halbdurchweichten Mantel am Tor und glotzte missmutig vor sich hin. Er war auf seinem Posten.

Es hielt Baranow nicht mehr im Zimmer. Er wischte sich den Mund ab, schüttelte die Krümel von seiner Jacke und holte tief Luft. Jetzt war es Zeit. Er musste sie abfangen, bevor sie reisefertig waren. Nie zuvor, nicht einmal bei den gewagtesten Hofintrigen, war er so aufgeregt gewesen.

Er klopfte leise an die Tür. Niemand gab Antwort. Siedend heiß fiel ihm die Zwischentür ein, und er stürmte ins Nebenzimmer. Waren sie etwa schon heimlich entwichen? Doch die Tür war verschlossen, und er beruhigte sich. Seine Dienerschaft hätte die beiden Frauen doch sehen müssen, wenn sie die Treppe hinuntergegangen wären. Er wischte sich den Schweiß von der Stirn und nahm sich zusammen. Wo war seine Gelassenheit, die Voraussicht, das scharfe Kalkül? Er benahm sich wie ein alberner Schuljunge.

Er klopfte noch einmal, diesmal vernehmlicher.

«Tritt ein!»

Er spürte wohlig, wie ihm beim Klang dieser dunklen Stimme eine Gänsehaut den Rücken herunterlief. Die beiden Frauen trugen die gleichen Kleider wie am gestrigen Abend, sie hatten sich an das kleine Tischchen gesetzt und das Frühstück eingenommen, ihre Laune schien ausgezeichnet. Er trat langsam in den Raum und verbeugte sich.

«Ich wünsche den Damen einen guten Morgen.»

«Auf einen heiteren Abend folgt stets ein froher Morgen», gab Tanja ironisch zurück. «Möchte der Herr sich ein Weilchen zu uns setzen?»

Er war regelrecht glücklich über die Einladung und nahm dankend an. Hastig zog er sich einen niedrigen Schemel herbei und ließ sich darauf nieder.

«Ich hoffe, Ihr habt wohl geruht?», erkundigte sich Tanja mit einem kleinen Lächeln, während Sonja ihr Gesicht hinter ihrer Teetasse versteckte.

«Danke der Nachfrage. Darf ich erfahren, ob auch die Damen eine angenehme Nacht verbracht haben?»

«Ausgesprochen angenehm, Ossip Arkadjewitsch. Wir sind vollkommen ausgeschlafen und machen uns gerade reisefertig.»

Sonja sah mit starrem Blick von Tanja zu Baranow und wieder zurück. Diese höfliche Plauderei hatte etwas von der Anspannung während einer Dressurnummer im Raubtierkäfig. Noch ist das Raubtier bereit, dem Befehl des Dompteurs Folge zu leisten. Doch eine falsche Bewegung, ein Stolpern, ein winziger Fehler, und die todbringenden Instinkte der Bestie sind geweckt.

«Ich würde es ausgesprochen bedauern, wenn die Damen tatsächlich abreisten», sagte Baranow, und sein Gesicht rötete sich dabei.

«Wir haben unsere Pläne nicht geändert, Ossip Arkadjewitsch», gab Tanja ungerührt zurück. «Wir werden nach St. Petersburg reisen, um dort bei der Zarin um das Leben meines Bruders zu bitten.»

Baranow trommelte mit den Fingern auf dem Tischchen herum, und Sonjas Herzschlag wurde rascher. Würde er etwa versuchen, sie gewaltsam zurückhalten?

«Diese Hoffnung wird sich nicht erfüllen, liebe Tanja Bereschkowa», sagte Baranow und beugte sich vor. «Man wird Euch nicht einmal zur Zarin vorlassen. Audienzen müssen vorher beantragt werden, es gibt eine unendlich lange Liste von Bittstellern.»

Tanja zog die Augenbrauen hoch und schob die Tasse von sich, sodass sie gegen Baranows trommelnde Finger stieß. Er fuhr zusammen, denn die Berührung verursachte einen kleinen Wirbel in seinen Lenden. Er atmete heftiger, und seine Augen hingen an Tanjas unmutig verzogenem Mund.

«Was schlagt Ihr uns also vor?», fragte sie barsch, lehnte sich zurück und stemmte beide Arme gegen den Tisch.

«Ich bin bereit, meinen Einfluss geltend zu machen», erklärte er eifrig. «Ich pflege gute Beziehungen zu Graf Potjomkin, dem engsten Berater unserer erlauchten Herrin, der Zarin Katharina II. Er ist der Einzige, der die Meinung der Zarin beeinflussen könnte.»

Tanja sah ihn verächtlich an und kräuselte die Lippen.

«Wozu sollte das gut sein, Fürst? Noch gestern habt Ihr uns erklärt, es stünde nicht in Eurer Macht, meinem Bruder zu helfen.»

Er wand sich und begann zu schwitzen.

«Ich habe nachgedacht, liebe Tanja. Und ich bin zu der Überzeugung gekommen, dass ich es möglich machen kann.»

«Das glaube ich nicht. Ihr lügt mich an, Ossip Arkadjewitsch!»

Sonja zitterte, als sie Baranows dunkelrotes Gesicht sah. O Gott – Tanja überspannte den Bogen. Gleich würde er wütend losbrüllen, das Raubtier würde die Pranken gegen die Dompteuse recken und sie zerreißen.

Doch Baranow machte nur eine verzweifelte Bewegung mit den Armen und hätte dabei fast die schöne Teekanne aus Porzellan vom Tisch geworfen.

«Ich schwöre Euch, Tanja, dass ich die Wahrheit sage. Innerhalb einer Woche ist Euer Bruder frei. Allerdings erhoffe ich mir dafür Eure Gunst.»

Sie rekelte sich auf dem Stuhl und spielte an den Knöpfen ihres Kleides. Baranow starrte sie an und spürte lustvoll, wie sein Schwanz schon wieder gegen die Hose drückte.

«Wenn Ihr auf Sonjas Hand spekuliert – sie hat sich endgültig gegen Euch entschieden», sagte Tanja kühl.

«Ich spekuliere auf Euch, liebste Tanja», gestand Baranow, und seine Stimme zitterte dabei ein wenig, so heftig war sein Verlangen, ihre Brüste zu sehen. «Ich wünsche mir, Euch in meiner Nähe zu behalten. Wenn Ihr mir das zusichern könntet, so schwöre ich Euch, dass Euer Bruder so gut wie gerettet ist.»

Sie lachte laut auf und erhob sich.

«Das will ich erst bewiesen sehen. Ich gebe Euch drei Tage, Ossip Arkadjewitsch. Nicht mehr!»

«Ich werde Euch nicht enttäuschen, Tanja!»

Er wusste, dass diese Frist viel zu kurz war, doch er wäre in diesem Moment bereit gewesen, sogar den Zarenthron zu versprechen. Er rutschte von seinem Schemel herunter und kniete vor ihr auf dem Boden. Gierig wollte er ihre Beine unter dem Kleid fassen, doch sie setzte einen Fuß auf seine Schulter und stieß ihn zurück. Baranow musste sich mit den Händen auf dem Boden abstützen, um nicht zu fallen. Er war jetzt so wild auf sie, dass er auf allen vieren zu ihr hinkroch und ihr Kleid mit den Händen griff.

«Muss ich dir noch eine weitere Lektion erteilen?», fragte sie ärgerlich und nahm den Kantschu von der Kommode. Er stöhnte auf, als sie ihm mit der Peitsche über die Finger schlug. Vor seinen Augen erschienen rötliche Kreise, und in seinen Lenden zuckte es.

«Ja», ächzte er. «Komm her und gib's mir. Ich bin verrückt danach. Schlag zu, du Teufelin!»

Sonja fuhr von ihrem Stuhl auf und brachte sich in einer Ecke des Raumes in Sicherheit. Was sie zu sehen bekam, war so irrwitzig, dass sie es – selbst nach den Ereignissen des vergangenen Abends – nicht fassen konnte: Baranow riss sich die Kleider mit ungeduldigen Bewegungen vom Körper, entblößte sich schamlos vor ihnen, zog sich Hose und Unterhose herunter und sank völlig nackt vor Tanja auf die Knie.

«Los, du süße Satansbraut. Meine grausame Herrin. Gib mir den Kantschu. Ich kann es kaum erwarten!»

«Bück dich!»

Er gehorchte, presste den Oberkörper an den Boden und streckte ihnen den nackten Hintern entgegen. Tanja hob den Arm und schlug ihm mitleidslos über beide Pobacken, die kräftig und muskulös waren. Sonja drückte sich zitternd in ihre Ecke und stellte erschrocken fest, dass die seltsame Zeremonie sie erregte. Baranows Körper war zwar gedrungen, doch seine Schultern waren kräftig und seine Schenkel fest. Sein Hintern, den er bei jedem Schlag genüsslich hin und her bewegte, war gut proportioniert, und zwischen seinen gespreizten Schenkeln sah sie inmitten des dunklen Schamhaars seinen dicken Hodensack baumeln. Fasziniert starrte sie auf das Geschehen, während sie prickelnde Schauer überliefen und ihre Brustspitzen sich langsam zusammenzogen.

Baranow hatte inzwischen den Oberkörper wieder aufgerichtet, und man konnte sehen, wie dick und steil sein Penis vor dem Bauch stand. Er keuchte vor Wonne, wenn Tanjas Peitsche ihn dort traf, das Glied erzitterte, und die wulstige Eichel glitzerte vor sahniger Nässe.

Tanja hatte ihr Kleid geöffnet, jedoch nicht abgestreift. Nur hin und wieder bot sich ihm der Blick auf ihre aufreizend hochgeschnürten, nackten Brüste, und es zuckte ihm in den Fingern, ihr das Kleid herunterzureißen. Doch ihre herrische Miene und die gebieterisch funkelnden dunklen Augen hinderten ihn daran.

«Steh auf, Gutsherr. Dreh dich herum!»

Er erhob sich und gehorchte. Dabei wandte er Sonja seine Vorderseite zu, und sie starrte auf seinen harten Penis, über den eine dicke bläuliche Ader lief. In seinem krausen Schamhaar schimmerten einige helle Härchen, sein Säckchen war so prall, als wollte es gleich bersten.

«Bück dich und stell die Beine auseinander!»

Er japste wohlig auf, als Tanja von hinten zwischen seine Beine griff und er ihre Finger an seinen Hoden spürte. Bereitwillig bückte er sich ein wenig tiefer hinunter und stöhnte in froher Erwartung. Sonja konnte nicht genau sehen, was Tanja mit ihm tat, doch als Baranow gleich darauf aufbrüllte, ahnte sie es. Tanja hatte die Gardinenschnur um seine Hoden gebunden und den Knoten fest angezogen.

«Lauf, mein kleiner Hengst. Auf allen vieren!»

Er keuchte und zerrte wild an der Strippe, die seinen Sack einschnürte. Es bereitete ihm solche Lustgefühle, dass er sich hin und her warf, den Unterleib vorstreckte und mit beiden Händen in sein Gemächt griff. Dann ließ er sich auf alle viere nieder und kroch durchs Zimmer, während Tanja ihn an der schmerzvollen Longe führte und sich immer wieder das Vergnügen machte, ihn mit einem festen Ruck zum Anhalten zu zwingen. Immer wenn er den Schmerz an seinen eingebundenen Hoden spürte, bäumte er sich auf wie ein brünstiger Hengst und stöhnte in geiler Zufriedenheit. Mehrfach versuchte er sich umzudrehen, um Tanjas Röcke zu packen, doch jedes Mal erhielt er einen kräftigen Fußtritt, und sie riss so fest an der Schnur, dass er wild aufbrüllte und von ihr abließ.

«Hoch mit dir!», kommandierte sie, als sie genug davon hatte, ihn wie ein Hündlein herumkriechen zu lassen.

Als er sich aufrichtete, konnte Sonja sehen, dass seine Hoden fast schwarz waren, so fest hatte Tanja sie eingeschnürt. Die Kosakin band die Schnur jetzt an der Türklinke fest, und er konnte keinen Schritt mehr vorwärtsgehen, ohne dass die Strippe an seinem eingeschnürten Sack zerrte. Keuchend stand er da, bewegte den Unterkörper immer wieder ruckweise nach vorn, um sich selbst die schmerzhafte Lust zu verschaffen, und starrte dabei auf Tanja, die nun dicht vor ihm stand. Langsam streifte sie das Kleid ab, zeigte ihm aufreizend die hervorquellenden Brüste und rieb an ihren dunklen Nippeln. Die Knospen zogen sich vor seinen Augen zusammen, wurden klein und hart wie pralle Heidelbeeren, und ihr Busen wölbte sich ihm entgegen.

Sein Schwanz zitterte vor Gier, er versuchte ihre Brüste mit den Händen zu fassen, doch sie trat einen Schritt zurück, und er zerrte vergeblich an der schmerzhaft festen Schnur um seinen Sack.

«Du Bestie!», keuchte er. «Komm näher, oder ich reiße mir die Hoden ab!»

«Das wäre schade», sagte sie spöttisch.

Aufreizend langsam zog sie die Unterröcke herunter und warf sie ihm vor die Füße. Er bückte sich und hob sie auf, heulte auf vor Lust, weil die Schnur dabei seine Hoden quetschte, dann sog er begierig den Duft ihrer Unterwäsche ein. Als sie auch den letzten, kurzen Seidenrock abgestreift hatte und er ihre entblößte Weiblichkeit sehen konnte, stöhnte er wild auf und versuchte sie mit ausgestreckten Armen zu erreichen. Tanja bot sich ihm mit lächelnder Arglist dar, streichelte genüsslich über ihren Schamhügel und ließ das lockige dunkle Schamhaar durch ihre Finger gleiten. Sein Penis zitterte vor Verlangen, die dickgeschwollene Eichel war längst aus der Vorhaut gequollen, und kleine weißliche Tröpfchen rannen aus der Öffnung. Er versuchte verzweifelt, sich ihr zu nähern, doch die straffgespannte Schnur um seine Eier hielt ihn auf der Stelle. So sehr er daran zerrte, so wild die Lust ihm dabei einschoss – er konnte keinen Schritt weiter nach vorn gehen.

«Gefällt dir das, mein schöner Hengst? So sehr du dich aufbäumst – du wirst dein Ziel doch nicht erreichen!»

Sie spreizte die Beine, fuhr mit beiden Zeigefingern zwischen ihre weichen Schamlippen, zog sie auseinander und zeigte ihm ihre schimmernde Muschel. Er sog die Luft heftig ein, und sie konnte sehen, wie sein Glied bebte und zuckte. Die rote Perle stach zwischen ihren Lippen hervor, glühte vor Erregung, und er stöhnte verzweifelt, als sie ihre Lustbeere vor seinen begierigen Augen streichelte. Immer wieder stieß sie mit dem Finger gegen das kleine harte Ding, während sie mit Daumen und Zeigefinger der anderen Hand ihre Schamlippen spreizte. Dann wölbte sie den Unterkörper vor, hob ihm schamlos ihre offene Muschel entgegen und fuhr mit einem Finger in ihre feuchte Öffnung.

«Hure», keuchte er. «Geile Hure, du. Lass mich los, damit ich es dir besorgen kann.»

Sein Unterleib begann rhythmisch vor und zurück zu zucken, als könnte er in sie hineinstoßen, die straffe Schnur riss dabei an seinen eingeschnürten Hoden und ließ ihn vor Wollust brüllen. Auch Tanja atmete jetzt keuchend, warme, sahnige Nässe quoll aus ihrer Spalte und lief an ihren Schenkeln herunter, ihre Lider waren halb geschlossen. Immer fester rieb sie ihren Finger an ihrer Muschel, stieß tiefer in sich hinein, spürte den engen, glitschigen Schlund, während cremiger Lustsaft ihre Hand nässte. Als Baranows dickes Glied kurz vor dem Zerplatzen war, gab auch sie sich dem abgrundtiefen Rausch hin. Um ihren Finger begann es rhythmisch zu zucken, sie stöhnte tief auf, schloss die Augen, und die schäumenden Lustwogen schlugen über ihr zusammen.

Doch gleich darauf hatte sie sich schon wieder vollständig im Griff.

«Nicht übel, Ossip Arkadjewitsch», sagte sie mit anerkennendem Lächeln. «Für den Anfang wirklich nicht übel.»

Er stand schwer atmend, die Hände über das nasse, erschlaffende Glied gelegt, unfähig, sich zu bewegen oder zu denken. Ohne eine Regung ließ er es geschehen, dass sie hinter ihn trat und die Schnur mit dem Messer durchtrennte.

«Ich will dich haben, du Höllenweib», brachte er keuchend hervor. «In dich hineinstoßen will ich. Deine Brüste mit meinen Händen kneten.»

«Vielleicht später einmal», gab Tanja gleichgültig zurück, während sie ohne Scham in ihre Unterröcke schlüpfte.

«Allerdings nur, wenn du meine Bedingungen erfüllst.»

«Wir fahren noch heute in die Hauptstadt», versicherte er eifrig und sah zu, wie sie ihre aufreizenden Brüste wieder unter das Kleid steckte.

Er ließ die Schnur um seine Hoden geknotet und zog sich die Kleider über. Seine Chancen, diesen verfluchten Andrej freizubekommen, waren nicht sehr groß, und er überlegte schon verzweifelt, wie er sie auf andere Weise an sich binden könnte.

Die Nacht war stockfinster, dichter Regen peitschte auf die Bäume und durchdrang mühelos das dichte Blätterdach. Andrej hatte die Stute dennoch angetrieben, in der Hoffnung, das Tier würde trotz der Finsternis den schmalen Waldpfad verfolgen. Doch die Hufe des Pferdes versanken im feuchten Boden, aus hartem Erdreich war sumpfiger Morast geworden, kleine Rinnsale waren entstanden, die sich auf dem Pfad zu reißenden Bächen vereinigten. Schließlich verweigerte die Stute den Gehorsam, blieb stur und bockig auf dem sumpfigen Weg stehen und schnaubte. Andrej sah ein, dass er so nicht weiterkommen konnte, und glitt aus dem Sattel. Mühsam tastete er sich durch die Finsternis, fand ein halbwegs trockenes Plätzchen unter einer hohen Buche und sattelte die Stute ab. Beruhigend strich er dem Tier über Kopf und Hals, setzte sich unter den Baum und lehnte den Rücken an den glatten Stamm.

Die Ungewissheit wollte ihn schier umbringen. Es konnte nicht sein, es war gar nicht möglich – und doch überstürzten sich die schlimmsten Vermutungen in seinem Kopf. Sonja war völlig unschuldig und ahnungslos gewesen, als Baranow sie in seinen Händen gehabt hatte. Natürlich hatte seine plumpe Art sie erschreckt. Doch inzwischen hatte sie ihren Körper entdeckt, hatte sich schamloser, betörender Lust hingegeben und sie nach allen Regeln der Kunst genossen. Oh, sie war eine heißblütige Liebhaberin und hatte gelernt, ihre tiefsten Sehnsüchte und geheimsten Wünsche auszuleben. Eine süße rothaarige Teufelin steckte in dieser wohlerzogenen adeligen Dame. Und wer hatte ihr das alles beigebracht? Er – Andrej – hatte diese Verwandlung bewirkt. Hatte sie jetzt, da sie alle Abgründe der Sinne kannte, Lust auf Baranow bekommen? Der Gedanke machte ihn fast wahnsinnig, und er knirschte mit den Zähnen. Verfluchter Regen, verfluchte Dunkelheit – wäre es Tag, dann hätte er jetzt Gut Pereschkowo längst erreicht.

Unter den leisen, flüsternden Geräuschen des regennassen Waldes legte sich der Aufruhr in seinem Inneren etwas. Das eintönige Rauschen des Regens, das beständige Tropfen aus dem Laubdach der Bäume, das Glucksen und Schmatzen des Waldbodens lösten die quälenden Vorstellungen auf – er neigte den Kopf auf die Brust, und die Augen fielen ihm zu.

Er erwachte davon, dass die Stute an seinem nassen Ärmel knabberte. Die ersten grauen Lichtstrahlen des frühen Morgens schimmerten durch die Zweige und ließen den Wald schemenhaft und düster erscheinen. Immer noch fiel dichter Regen, der Pfad war überschwemmt, aber immerhin sichtbar. Er fröstelte in den nassen Kleidern, sattelte die Stute und trieb sie an. Er würde Sonja finden. Und wehe ihr, wenn seine Vermutungen sich als wahr erweisen sollten – seine Strafe gegen sie würde fürchterlich sein.

Er kannte sich aus in den Wäldern um den Dnjepr, trotz des ungünstigen Wetters kam er gut voran, ritt einige Umwege, um Feuchtgebiete zu meiden, und erreichte die Ebene um Pereschkowo bereits am späten Vormittag. Der Regen hatte endlich nachgelassen. Andrej hielt sich dicht am Waldrand und sah aufmerksam zum Gut hinüber. Sie hatten Wachen aufgestellt – fürchteten sie immer noch Überfälle der Kosaken?

Er fasste das Tor schärfer ins Auge und stellte fest, dass die tropfnasse Erscheinung, die dort in einen dicken Mantel gehüllt Wache hielt, keineswegs auf dem Posten war. Der Mann glotzte dumpf vor sich hin und schien sich für das Geschehen außerhalb des Gutshofes in keiner Weise zu interessieren. Gut so.

Er beschloss, das Gut zu umreiten und auf der rückwärtigen Seite über den hölzernen Zaun zu steigen. Bei diesem nassen Wetter würde wohl kaum jemand die Nase ins Freie stecken. Es war nicht schwer, im Schutz der Gebäude zum Wohnhaus zu schleichen, sich hochzuhangeln und über das Dach einzudringen. Er kannte den Weg, denn er hatte sich auch damals, als er mitten in der Nacht aus dem Gutshaus geflohen war, auf diese Weise gerettet.

Er ließ die Stute noch ein Weilchen grasen und wollte sie gerade antreiben, als er Bewegung im Eingangstor des Gutshofs wahrnahm: Der nasse Wächter trat einige Schritte zur Seite, buckelte und verbeugte sich mehrfach. Zwei Pferde wurden sichtbar sowie eine Reisekutsche, keine russische, sondern eine Kutsche englischer Bauart. Andrej erkannte die schemenhaften Umrisse dreier Personen im Inneren der geschlossenen Kutsche, und er begriff, dass Baranow einer von ihnen sein musste. Warum sonst würde dieser Lakai sich so verbiegen, wenn nicht sein Herr in der Kutsche saß?

Andrej starrte auf das Gefährt. Zwei Diener hockten oben

auf den Sitzen, dazu war Gepäck auf dem Dach verstaut – also war eine längere Reise geplant.

Jetzt brach ein schwacher Sonnenstrahl durch die Wolken, ließ die Scheiben der fahrenden Kutsche für einen Augenblick spiegelnd aufblitzen, dann aber erhaschte er ein scharfgestochenes Bild der Insassen: zwei Frauen, die eine schwarzhaarig, die andere rotblond! Sie waren es!

Die Erkenntnis, dass seine Befürchtungen sich bewahrheiteten, traf Andrej wie ein Schlag. Schmerz durchzuckte ihn, lähmte seinen Körper, wollte ihm für einen Augenblick den Atem nehmen. Sonja hatte ihn verraten. Ausgerechnet an Baranow. Sie war nichts als eine schamlose Hure, die von einem zum anderen zog. Warum sollte sie einem armen Kosaken treu bleiben, der sich noch dazu freiwillig in den Kerker sperren ließ? Sie hatte sich darauf besonnen, dass sie eine adelige Dame war und ein reicher Bräutigam auf sie wartete.

Die Kutsche war schon ein gutes Stück entfernt, als endlich ein heißer, belebender Zorn in ihm aufwallte. Noch war er frei, noch gehörte sie ihm! Er würde es sie fühlen lassen.

Er zwang sich zu warten, bis die Kutsche außer Sichtweite war, und trieb dann die Stute an. Er musste eine Stelle auswählen, an der niemand den drei Reisenden und ihrer Dienerschaft zu Hilfe kommen konnte. Geduld war angesagt – erst musste das Gefährt die kleinen Dörfer, die um den Gutshof angesiedelt waren, durchfahren. Wenn sich dann die weite Steppe vor ihnen ausbreitete, war seine Stunde gekommen.

Langsam folgte er der Kutschenspur, umritt die Dörfer, um von den Bauern nicht gesehen zu werden, beobachtete das Gespann aus der Ferne und folgte ihm wie der Jäger dem Wild. Der Himmel war aufgerissen, graue Wolkenfetzen trieben darüber hinweg und huschten am Boden als schwarze Schattengebilde über die abgeernteten Felder. Die Mittagssonne spiegelte sich gleißend in den Pfützen, feine Dunstwolken erhoben sich über den fernen Wäldern und stiegen wie graue Schemen von den Dächern der Bauernhäuser auf. Der Weg war aufgeweicht, die Räder der Kutsche zogen tiefe Spuren.

Als das letzte Dorf hinter ihnen lag, trieb er die Stute an. Im Galopp stürmte er hinter dem Gespann her, sah, wie die Diener oben auf ihren Sitzen unruhig wurden und mit dem Kutscher redeten. Baranows Kopf zeigte sich am Fenster und verschwand wieder. Der Kutscher hieb verzweifelt auf die Gäule ein, doch das schwere Gefährt hatte keine Chance gegen seine leichtfüßige Stute.

«Es ist Andrej!»

Undeutlich nahm er Sonjas Stimme wahr, sie beflügelte seinen Zorn und verlieh ihm doppelte Kräfte. Er ritt in rasendem Galopp mit der Kutsche gleichauf, sprang vom Rücken der Stute auf das Kutschendach und brauchte nur wenige Sekunden, um die beiden Diener zu überwältigen und hinabzustoßen. Der Kutscher zitterte vor Angst, ließ das Leitseil fahren und sprang freiwillig vom Bock, die Gäule brachen aus – einen Augenblick schlingerte das Gefährt und drohte umzustürzen. Dann hatte Andrej den Platz des Kutschers eingenommen, zügelte die Tiere und brachte sie mit Zischen und Zurufen zum Halten.

Der Kutschenschlag wurde geöffnet, Baranow stieg aus, das Gesicht noch blass von dem ausgestandenen Schrecken. Andrej sprang vom Kutschbock und trat seinem Widersacher entgegen, die Fäuste geballt. Er würde seinen Dolch nicht mit dem Blut dieses elenden Wichts besudeln.

«Liebster Freund, wir sind glücklich ...»

Weiter kam Baranow nicht. Andrej packte ihn bei den Schultern und stieß ihn wuchtig gegen die Kutsche, dann schlug er ihm die Faust ins Gesicht.

«Lass ihn sofort los!», kreischte Tanja und stürzte sich auf ihren Bruder. «Wir sind unterwegs, um deinen Kopf zu retten.»

Sie hatte die Finger in sein Haar verkrallt, und er brauchte einen Moment, um sich ihrer zu erwehren.

«Dummkopf», schimpfte sie. «Einen Idioten habe ich zum Bruder!»

Er sah nur noch rot, fasste sie und stieß sie grob zur Seite, sodass sie gegen Baranow taumelte. Dann erblickte er Sonja, die noch in der Kutsche saß und ihm verzweifelt die Arme entgegenstreckte.

«Andrej – ich flehe dich an. Beruhige dich!»

Er knallte den Kutschenschlag zu und sprang wieder auf den Bock. Mit wilden Rufen trieb er die Gäule an, versetzte sie in Galopp, und die Kutsche fuhr schlingernd über den aufgeweichten Weg davon.

Er ließ die Pferde eine Weile galoppieren, sah, wie Baranow und Tanja in der Ferne entschwanden, und verspürte den Rausch des Siegers. Er hatte Sonja gesucht und gefunden, sein Ziel war erreicht. Hilflos saß sie in der Kutsche gefangen und war seine Beute. Wenn er sich auf dem Kutschbock umwandte, konnte er sie durch ein kleines Fenster in der Kutschenwand sehen, und er weidete sich an der Verzweiflung und Angst, die sich auf ihrem Gesicht abzeichnete.

Nahe einem kleinen Birkenhain zügelte er die Pferde, band das Leitseil fest und stieg vom Kutschbock. Sonja saß im Wagen, sah ihm mit erschrockener Miene entgegen, und er glaubte, das schlechte Gewissen auf ihren Zügen erkennen zu können. Es steigerte seine Wut, er riss den Schlag auf und stieg zu ihr hinein.

Sonja erwartete ihn mit wildklopfendem Herzen. Groß und dunkel beugte er sich über sie, seine Kleidung dampfte vor Feuchtigkeit, sein Gesicht glühte in unbändigem Hass.

«Hure!», fuhr er sie an. «Schmutzige Fürstenschlampe!»

Sie schwieg voller Entsetzen. Sein Atem war heiß, an seiner Stirn traten zwei pulsierende dunkle Adern vor.

Er fasste in ihr aufgestecktes Haar und riss daran, bis es sich auflöste und über ihre Schultern herabhing. Sie wagte nicht einmal, die Hand zu heben, um sich gegen ihn zu wehren. Wie gelähmt saß sie da, seiner Wut ausgeliefert, wusste nicht, wie sie ihm die Wahrheit erklären sollte.

«Wie konnte ich nur glauben, dass eine wie du mir treu ist», zischte er sie an. «Adeliges Gelichter hält immer zusammen.»

Verachtungsvoll ließ er den Blick über ihr Kleid schweifen. Ein teures, seidenes Gewand in lichtem Blau, Schleifchen an den Ärmeln, feine Spitzen am Dekolleté, um den Hals eine Kette aus dicken, rosig schimmernden Perlen.

«Du irrst dich, Andrej ... Lass mich erklären ...»

«Schweig!»

Er begann ihre Arme mit den dunklen Stoffgardinen zu fesseln, die neben den Seitenfenstern angebracht waren. Als sie mit ausgebreiteten, angebundenen Armen vor ihm saß, lachte er befriedigt auf und riss ihr die Perlenkette vom Hals.

«Du wolltest also in Baranows Ehebett steigen!»

«Es ist nicht so, wie du denkst ...», stammelte sie und zog an ihren gebundenen Armen. «Nur wenn er mir ...»

Er spürte, wie ihre hilflose Lage ihn erregte. Verzweifelt bemühte sie sich, ihre Arme zu befreien, doch er hatte den Stoff fest um ihre Handgelenke gebunden, und alles Zerren half ihr nichts.

«Ja oder nein!», fuhr er sie an, fasste die zierlichen Spitzen an ihrem Dekolleté und riss sie ihr ab.

«Nur unter einer Bedingung ...», flüsterte sie.

Sonja erschauerte vor seiner Wildheit. Sie war ihm vollkommen ausgeliefert, würde alles erdulden müssen, was er mit ihr anstellte, und zitterte vor Verlangen, von ihm gepeinigt zu werden. Er näherte sich ihr, beugte sich tief über sie und hauchte ihr mit gefährlich dunkler Stimme ins Ohr: «Wolltest du seine Frau werden, Hure? Ja oder nein.»

Sein heißer Atem streifte ihre Schulter, und sie spürte, wie ihr Puls raste.

«Ja», hauchte sie. «Aber nur, wenn er ...»

Wütend fuhr er zurück, die Eifersucht brandete in ihm hoch, und Sonja glaubte einen Augenblick lang, er wolle sie schlagen. Doch stattdessen blieb er erstaunlich ruhig.

«Also doch», sagte er dumpf. «Dann wirst du jetzt bekommen, was du verdienst, du Schlampe.»

Er schob ihre Röcke einen nach dem anderen hoch, entblößte ihre Beine, ihre Schenkel und legte das Dreieck ihrer Scham frei. Sonja versuchte sich zu wehren, doch er drängte ihre Schenkel mit hartem Knie auseinander und griff mit der Hand in den weichen rotgoldenen Flaum der Schamhaare. Zitternd spürte sie seine Finger, die durch ihre entblößte Spalte glitten, sie ertasteten und an der Stelle rieben, wo ihre Weiblichkeit am empfindlichsten war. Ihre Lustbeere schwoll an, formte sich zu einem prallen Kügelchen und drängte sich seinem Finger entgegen. Feuchtigkeit quoll aus ihrer Lustfurche und netzte ihn. Er lachte grimmig und zog die Hand zurück.

«Warte nur ab, du Biest!»

Er nahm die zerrissene Kette, entfernte alle Perlen bis auf drei Stück und knotete sie fest. Dann schob er die drei kühlen glatten Perlen in ihre bebende Spalte, führte sie an den anschwellenden Schamlippen vorbei, stieß gegen die aufgerichtete Liebesbeere und bedeckte die Perlen mit ihrer sahnigen Feuchtigkeit. Sie schrie erschrocken auf, als sie spürte, was er dann tat.

«Andrej!»

«Halt den Mund, kleine Hure. Ich will sehen, wie du vor Glut für deinen Liebhaber vergehst.»

Er drückte die drei Perlen in ihren After, sodass nur noch die Schnur heraushing, und schlug ihr die Röcke wieder über die Beine. Dann schwang er sich aus der Kutsche, bestieg den Bock und trieb die Pferde an. Schwankend machte der Wagen wieder Fahrt, Sonja wurde hin und her geschaukelt, die gefesselten Arme verhinderten, dass sie sich abstützen konnte, jede Bewegung der Kutsche verursachte in ihr eine heiße Lustwelle. Sie versuchte sich dagegen zu wehren, stemmte die Füße gegen den Boden und hob den Po – doch dadurch verstärkte sich der Reiz noch mehr, und sie sank keuchend auf den Sitz zurück. Mit hilflosem Stöhnen gab sie sich den aufreizenden Strömen hin, die ihren Unterleib durchschossen, jede Unebenheit des Bodens erregte ihre Möse, ließ sie in schamloser Lust erbeben, Feuchte quoll aus ihrer Spalte und befleckte ihre Unterröcke. Sie wand sich, riss an den Fesseln, warf den Kopf hin und her und flehte Andrej an, sie zu erlösen. Doch er schien taub zu sein, trieb die Pferde weiter an und sah immer wieder durch das kleine Fenster zu ihr hinein, um sich an ihrer hilflosen Sinneslust zu weiden.

Schließlich brauchten die Pferde eine Pause, er hielt die Kutsche an und stieg zu ihr hinein. Ihre Erregung reizte ihn so, dass er sie am liebsten genommen hätte, doch er tat es nicht.

«Ihr habt es also miteinander getrieben, du und Baranow!», herrschte er sie an.

Sie atmete heftig, konnte ihre Lust kaum beherrschen und versuchte doch verzweifelt, sie vor ihm zu verbergen.

«Nein», stieß sie hervor.

«Lüge nicht!»

«Er hat mich nicht berührt, ich schwöre es ...»

«Lüge!»

Er fasste in ihr Dekolleté und öffnete langsam einen Haken nach dem anderen. Ihr enggeschnürtes Korsett wurde sichtbar, darunter trug sie ein dünnes Hemdchen.

«Du hast mich mit ihm betrogen, Schlampe!»

«Nein!», flüsterte sie und spürte zitternd, wie er die Schnüre durchtrennte. Die Korsage öffnete sich bis zur Taille, nur das Hemdchen verbarg ihren Busen noch vor seinen Blicken. Er fasste den Stoff und riss ihn von oben bis unten durch, schob das

Korsett weit auseinander und genoss den Anblick ihrer nackten Brüste.

«Das sollst du büßen, elende Verräterin!»

Er beugte sich vor und fasste ihre Brustspitzen mit dem Mund, saugte abwechselnd daran, nahm sie zwischen seine Zähne und spürte, wie sie zu kleinen festen Murmeln wurden. Sie stöhnte und wandt sich sehnsüchtig hin und her, der süße Druck in ihrem Schoß erregte sie so, dass sie jeden Moment glaubte, dem Höhepunkt nahe zu sein. Er fühlte, wie erregt sie war, und musste sich zusammenreißen, um nicht den Kopf zu verlieren. Auf dem Sitz fand er zwei der Haarnadeln, die er aus ihrer Frisur gerissen hatte. Er bog sie auseinander und wand sie dann fest um ihre harten Nippel. Sie keuchte unter der süßen Pein, die kleinen dicken Kügelchen wurden dunkel und brannten, heiße, pulsierende Ströme schossen von ihren Brüsten durch ihren Körper und wirbelten in ihrer Spalte.

«Jetzt will ich sehen, wie schamlos du dich hingibst», zischte er sie an und verließ sie.

Wieder setzte er die Kutsche in Bewegung, trieb die Pferde an und ließ sie ein Stück galoppieren. Der Weg wurde steiniger, Stöße erschütterten den Wagen, und Sonja keuchte bei jedem Ruck, der ihren erregten Körper durchrüttelte. Sie spürte Andrejs Blicke auf ihrem entblößten Busen, die nackten Brüste mit den eingezwängten dunklen Nippeln hüpften hin und her und ließen sie aufstöhnen vor schamloser Begierde. In ihrer Ritze zuckte es, längst hatte die sahnige Feuchte die Röcke unter ihrem Po durchweicht, der erregende Druck auf ihre Möse wurde mit jedem Wagenstoß heftiger, ließ ihre nassen Schamlippen anschwellen und die kleine Liebesbeere pulsieren. Sie wand sich verzweifelt, denn es zuckte bereits in ihrer Lustfurche, gleich würde sie tun müssen, was er von ihr wollte, und es war ungeheuer erregend, es unter dem gierigen Blick seiner schwarzen Augen tun zu müssen. So bäumte sie sich auf, warf den Kopf zurück, spürte den zuckenden Sog zwischen ihren Schenkeln, und glühende Lava überflutete machtvoll ihren Körper.

Er hatte ihrem Orgasmus mit fliegendem Atem zugesehen. Wie wild sie war, dieses rothaarige, brünstige Weib. Der Gedanke, dass Baranow sie so gesehen hatte, machte ihn fast wahnsinnig vor Eifersucht. Wütend hielt er die Kutsche wieder an und stieg zu ihr hinein.

Ihre Wangen waren gerötet, das Haar hing ihr wirr ins Gesicht, und er war versucht, es zärtlich zurückzustreichen. Er betrachtete ihre vollen Lippen, die sich im Genuss vorgewölbt hatten, und er kam fast um vor Verlangen, sie zu küssen und seine Zunge in sie zu stoßen. Sie schien erschöpft, sah unter halbgeschlossenen Lidern zu ihm hinüber, und ihre nackten kleinen Brüste hoben und senkten sich immer noch rasch. Er berührte mit dem Finger einen ihrer eingezwängten Nippel und merkte sofort, wie sie wohlig zusammenzuckte. Sie war noch lange nicht erschöpft.

Er ließ ihr einen Moment Ruhe. Mit dem Dolch durchtrennte er die Ärmel ihres Kleides, zog ihr den Stoff von den Schultern, löste sie aus dem Korsett heraus und schob das zerrissene Hemdchen herunter. Sonja spürte mit wieder erwachender Lust, wie sehr er sich an ihrem nackten Körper weidete, wie heftig er atmete und immer wieder ihre eingezwängten Brustspitzen berührte. Schon fühlte sie, wie neue Ströme sie durchliefen, als er mit dem Finger zwischen ihren Brüsten hindurchstrich, und ihre Haut prickelte. Sie hörte, wie er leise und tief stöhnte, als seine Hand in ihren Rockbund fasste, und ihre Bauchmuskeln zogen sich zusammen.

«Dieses verfluchte Kleid», murmelte er. «Ich hasse es! Es gehört Baranow. Herunter damit!»

Mit einem Ruck riss er den seidenen Stoff auseinander, schnitt den Rockbund auf und zog ihr die Unterröcke aus. Sie fühlte bebend seinen brennenden Blick auf ihrer bloßen Spalte, und als er mit der Hand langsam zwischen ihre Beine fuhr, seufzte sie sehnsüchtig auf. Er glitt mit dem Finger durch ihre feuchte, glitschige Muschel und spürte, dass ihre kleine Murmel längst wieder hart geworden war. Vorsichtig schob er den Finger in ihren After und stellte fest, dass sich die Perlen noch an ihrem Platz befanden. Sie stieß leise, keuchende Laute aus, und als er die Hand zurückzog, hob sie ihm ihre Scham sehnsüchtig entgegen. Er konnte sich nicht mehr beherrschen, beugte sich hinab und leckte über den feuchten Hügel, drang mit der vorgestreckten Zunge in ihre Spalte ein und schmeckte ihre süße Nässe.

«Was hat er mit dir gemacht?», murmelte er in ihren Schoß hinein und stieß mit der Zunge gegen die schwellende Murmel.

Sie war schon wieder so erregt, dass sie kaum sprechen konnte.

«Nichts, Andrej. Er hat ... er hat mich nicht angefasst ...»
«Sag die Wahrheit, Hure!»

Sie wimmerte lustvoll, denn er saugte einen Moment an ihrer Liebesbeere und wirbelte dabei mit seiner Zunge darüber.

«Was hat er gemacht, will ich wissen! Hat er dich an die Scheunentür gebunden und dem adeligen Fräulein die Röcke über den Kopf gehoben?»

«Nein», jammerte sie, während seine Zunge ihre Liebesöffnung umkreiste.

«Hat er dich mit gespreizten Schenkeln auf seine Knie gesetzt, um zwischen deinen Beinen zu spielen?»

Er drang lustvoll mit harter Zunge in ihre Öffnung ein, zog sich zurück und stieß wieder zu. Sonja keuchte und hob sich ihm entgegen, spürte die wieder herannahenden heißen Lustwogen und wand sich, als er mit beiden Händen ihren nackten Hintern umfasste und dabei den Kopf in ihre Muschel presste. Er war jetzt selbst so erregt, dass er sein hartes Glied schmerzhaft spürte und sich nur noch mit größter Mühe zurückhielt. Noch war die Strafe nicht beendet.

Er leckte heiß über ihre prallen Schamlippen und genoss das Zittern, das ihren ganzen Köper durchlief. Sie war jetzt so wild, dass er sich beeilen musste – die geile Teufelin würde gleich wieder einen Höhepunkt haben, und er wollte ihn nicht verpassen.

Er genoss noch einmal den Anblick ihres entblößten Körpers, der in der Kutsche festgebunden war. Aus der adeligen Dame war wieder sein Besitz geworden, Sonja, die nackte, süße Beute, die ihm gehörte und die er nicht hergeben würde, solange er lebte. Dann schwang er sich auf den Kutschbock und ließ die Pferde traben, wobei er sich immer wieder umwandte, um sich keine Bewegung im Inneren der Kutsche entgehen zu lassen.

Sonja spürte seine Blicke auf ihrer nackten Haut. Heiß brannten die Erschütterungen des Wagens zwischen ihren Beinen, ließen sie vor Lust keuchen und den Unterkörper sehnsüchtig anheben, während ihre eingezwängten Nippel im Rhythmus der holprigen Fahrt auf und nieder tanzten. Die Erregung war dieses Mal noch gewaltiger, schamlos warf sie sich hin und her, zerrte an den gebundenen Armen, bewegte lustvoll die Brüste und spürte dabei den unwiderstehlichen Reiz in ihrer Spalte, der sie fast zum Wahnsinn trieb. Sie schrie bei jedem Stoß hell auf, wand sich in unendlicher Gier, drückte den Po fest an den Sitz, um die Erschütterungen härter zu spüren, und spreizte die Beine unter seinen gierig brennenden Augen. Als Andrej sah, dass die Feuchte zwischen ihren Schenkeln zunahm und sie sich nicht mehr halten konnte vor Verlangen, hielt er die Pferde wieder an und bestieg die Kutsche.

«Du süße, gierige Schlampe», flüsterte er und schob seine Hose herunter. «Jetzt bekommst du, was du haben willst.»

«Andrej», keuchte sie. «Andrej ...»

Sein Penis stand hart und dick vor seinem Bauch, und sie konnte sehen, wie dunkel die Spitze war, mit der er jetzt auf ihre nasse Furche zielte. Langsam näherte er sein Glied ihrer entblößten, vor Begehren bebenden Muschel, hörte sie vor Erregung wimmern und spürte, wie seine Lenden lustvoll zuckten. Er beugte sich über sie, kniete rechts und links von ihrem Körper auf der Kutschbank und umfasste gierig ihre eingeschnürten Brüste, um die Nippel mit dem Finger zu reizen. Sie wölbte sich ihm entgegen, drängte ihre feuchte Liebesöffnung schamlos an sein hartes Glied, hob sich ihm entgegen, sodass sein Penis in sie hineinglitt, und rieb sich an ihm. Langsam zog er jetzt die Perlen aus ihr heraus, und sie spürte, wie die Reibung sich verstärkte und ihre Lust bis zum Wahnsinn steigerte.

«Nimm mich jetzt!», stöhnte sie. «Nimm mich, oder ich sterbe!»

Er umfasste sie zornig mit beiden Händen und stieß voller Begierde so fest in sie hinein, dass die Kutsche zu schwanken begann, fuhr in ihr hin und her und ließ sie schreien vor Lust. Als gleißende Lichträder vor seinen Augen zu explodieren begannen, brüllte er tief und kehlig und hörte die Antwort in ihren brünstigen Schreien.

Eine Weile hielt er sie umfangen, spürte sein Glied in ihr erschlaffen und wollte sie dennoch nicht loslassen.

«Andrej», flüsterte sie. «Ich will nur dich. Glaube mir bitte.»

Er schwieg. Eine tiefe Niedergeschlagenheit war über ihn gekommen. Er löste sich von ihr und band ihre Arme los. Andrej rieb besorgt ihre geröteten Handgelenke, küsste ihre Stirn, ihre Augen, strich ihr das Haar aus dem erhitzten Gesicht.

«Oben auf dem Dach sind Koffer», sagte er kurz angebunden. «Zieh dich an, es ist Zeit.»

Wenige Stunden später hatten sie den Ort der Gefangenenübergabe erreicht. Er hatte kein einziges Wort mehr an sie gerichtet. Nur seiner kleinen Stute, die der Kutsche die ganze Zeit über gefolgt war, hatte er zärtlich den Hals getätschelt.

Verrat?», rief Sergej entsetzt. «Du weißt nicht, was du redest, Sonja.» Sergej bewohnte ein kleines, spartanisch eingerichtetes Zimmer im hinteren Teil des Winterpalastes. Als Gardeoffizier der Zarin hatte er strenge Dienstzeiten und musste sich jederzeit zur Verfügung halten. Sonjas Bruder war ein eifriger, ja geradezu passionierter Offizier, seine Karriere bedeutete ihm alles.

«Wie würdest du es nennen, wenn ein feierlich gegebenes Versprechen gebrochen wird? Ich nenne es Verrat!»

Sonja war von den Soldaten der Zarin nach St. Petersburg geleitet worden. Sie hatte sich gewehrt, doch man ließ ihr keine Chance.

Sergej war wenig begeistert gewesen, als man ihm seine Schwester brachte, denn das Aufsehen, das Sonja bei Hofe erregte, war ihm peinlich. Sie war von Kosaken geraubt worden – man wusste ja, was dort mit ihr geschehen war. Sergej hatte sich Sorgen gemacht, die Sache könnte seiner Karriere schaden. Tatsächlich gab Sonjas Benehmen und vor allem das, was sie redete, Anlass zu großer Besorgnis.

«Hüte deine Zunge, Sonja!», warnte er sie. «Ein Offizier der Zarin betrügt nicht. Allenfalls wendet er eine List an. Eine Kriegslist.»

Sonja stand unter dem kleinen, hochplatzierten Fenster, durch das ein matter Abendschein in das Zimmer fiel. Es war Ende August, die Zeit der weißen Nächte war vorüber.

«Eine Kriegslist!», sagte sie bitter. «Man hat Andrej versprochen, seinen Vater freizugeben, wenn er sich selbst freiwillig in die Hände der Soldaten begibt. Und was ist geschehen? Andrej wurde in Ketten gelegt, doch sein Vater ist immer noch eingekerkert. Die Zarin hat ihr Wort gebrochen, und ich schäme mich für sie.»

Sergej erbleichte und fasste seine Schwester grob am Arm.

«Wage es ja nicht, in der Öffentlichkeit solche Reden zu führen», zischte er sie an. «Eine solche Majestätsbeleidigung kann mich meinen Offiziersrang kosten. Das würde ich dir niemals verzeihen, Sonja.»

Sie riss sich mit einer raschen Bewegung los und sah ihm furchtlos in die Augen. Sergej musste feststellen, dass sich seine schüchterne Schwester seit ihrer Gefangenschaft bei den Kosaken sehr verändert hatte. Zu ihrem Nachteil, fand er.

«Was wahr ist, muss auch wahr bleiben!», rief sie zornig. «Man hat Andrej mit falschen Versprechungen in eine Falle gelockt. Das ist ehrlos, und ich werde dazu nicht schweigen.»

Sergej stöhnte. Warum hatte das Schicksal ihn mit dieser Schwester geschlagen? Es wäre wirklich besser gewesen, sie wäre niemals wiederaufgetaucht.

«Ehre, wem Ehre gebührt, Sonja», entgegnete er mit erzwungener Ruhe. «Ein dreckiger Kosak, ein Rebell gegen Ihre Majestät, hat keine Ehre. Diese Leute kämpfen aus dem Hinterhalt, verstecken sich tagsüber im Wald und fallen nachts über Dörfer und Gutshöfe her. Es sind Verbrecher, denen man zu nichts verpflichtet ist.»

«Er hat sich ausgeliefert, um seinen Vater zu retten – würde ein Verbrecher so etwas tun?»

«Sein Vater hat sich geweigert, auf diesen Handel einzugehen.»

«Dann hätte man Bogdan eben gegen seinen Willen freisetzen müssen. Oder Andrej wenigstens davon Mitteilung machen müssen, verdammt!»

Sergej verlor jetzt endgültig die Geduld.

«Auf welcher Seite stehst du eigentlich, Sonja? Auf der Seite eines gewissenlosen Rebellen oder auf der Seite unserer Majestät der Zarin?»

«Auf der Seite der Gerechtigkeit stehe ich!»

Er hatte genug – es brachte überhaupt nichts, mit dieser

widerspenstigen Person zu streiten. Stattdessen würde er dafür sorgen, dass sie so rasch wie möglich aus dem Palast verschwand und aufs Land gebracht wurde. Dort konnte sie wenigstens keinen Schaden anrichten.

«Hör zu, Sonja», sagte er lehrerhaft. «Da ich als dein Bruder für dich verantwortlich bin, habe ich mir Gedanken um deine Zukunft gemacht.»

Sonja ließ sich nicht anmerken, was sie dachte. Die Offiziere hatten sie zu ihrer «Befreiung» aus der Gewalt der Aufrührer beglückwünscht. In Wirklichkeit war sie jedoch keineswegs frei, sondern man verfügte über sie wie eh und je.

Sergejs Züge nahmen einen unnahbaren Ausdruck an. Er würde seiner Bruderpflicht nachkommen und für sie sorgen. Auch wenn er vermutlich nur Undank ernten würde.

«Inzwischen haben sich meine persönlichen Verhältnisse ein wenig verändert», verkündete er mit Stolz. «Ich habe mich mit Marja Alexandrowna Ignatjewa verlobt, die Hochzeit wird im Frühjahr gefeiert.»

«Meinen Glückwunsch», sagte Sonja trocken.

Sie kannte Marja Alexandrowna. Man hatte sie bei Hofe vorgestellt, eine mollige, nicht mehr ganz junge Person mit kräftigen Wangenknochen und einer stets fettig glänzenden Stupsnase. Sie war geschwätzig und schrecklich albern – aber immerhin die dritte Tochter des sehr wohlhabenden Fürsten Boris Ignatiew. Für Sergej eine gute Partie und für die Eltern das Ende aller Sorgen.

«Daher bietet sich die Möglichkeit, dass du meine Zukünftige auf dem Landgut ihrer Eltern besuchst und dort den Rest des Sommers verbringst.»

«Danke – kein Interesse.»

Erbost schob er das Kinn vor und machte eine ruckartige Kopfbewegung. Unfassbar! Er kümmerte sich um ihr Wohl, und sie erlaubte sich, einfach nein zu sagen.

«Du scheinst dir über deine Lage nicht ganz im Klaren zu sein, Sonja», dozierte er. «Du warst Gefangene der Kosaken. Ich will nicht in dich dringen, um zu erfahren, was dort mit dir geschehen ist – ich möchte dein Schamgefühl nicht verletzen. Aber du solltest wissen, dass du nicht mehr mit einer Heirat rechnen kannst. Kein Mann von Rang und Namen würde eine solche Frau ehelichen, er würde damit seine gesellschaftliche Stellung aufs Spiel setzen. Unnötig zu sagen, dass Fürst Baranow mich gestern aufsuchte, um mich über die Auflösung der Verlobung in Kenntnis zu setzen.»

Die Nachricht kam nicht überraschend, hatte sie die Verlobung doch selbst aufgelöst. Die Aussicht, keine gute Partie mehr machen zu müssen, störte sie wenig. Es gab nur einen Mann, den sie über alles in der Welt liebte und dem sie angehören wollte. Doch der saß drüben am anderen Ufer der Newa hinter dicken Mauern eingekerkert und erwartete seinen Prozess.

Da sie nicht antwortete, nahm Sergej an, sie sei bestürzt über seine Mitteilung, und er fuhr fort:

«Daher wirst du dich darauf einrichten müssen, unverehelicht zu bleiben. Solange unsere Eltern noch leben, werde ich dafür sorgen, dass du bei ihnen wohnen und ihnen im Alter beistehen kannst. Danach wird sich ein Platz in meiner Familie für dich finden, allerdings nur, wenn du dich dort willig einfügst und dich mit meiner zukünftigen Frau verträgst. Ansonsten bleibt nur die Möglichkeit, dass du in ein Kloster eintrittst und dort ein Zuhause findest.»

Sonja antwortete nicht. Mehr als je zuvor wurde ihr bewusst, wie kalt und herzlos diese Menschen waren, die sie bisher umgeben hatten. Sie war Kosakenbeute gewesen – also war sie jetzt zur Aussätzigen geworden. Zum lästigen und peinlichen Familienanhängsel, das möglichst unsichtbar irgendwo sein Leben fristen sollte. Die sitzengebliebene Tochter, die den Eltern still und gehorsam den Haushalt führen durfte. Geduldet im Haus ihrer Schwägerin – wenn sie bereit war, sich deren Willen zu fügen und ihr zu gehorchen. Oder eine fromme Schwester, ein Leben in Buße und Reue für nicht begangene Sünden.

«Schön, dass du dir so viele Gedanken um mich machst», sagte sie zu Sergej. «Aber ich gedenke selbst für mich zu sorgen.»

Er war so verblüfft von dieser Antwort, dass ihm für einen Moment die Sprache wegblieb. Sie nutzte die Gelegenheit und entschlüpfte aus seinem Zimmer, lief den langen Flur entlang und entschwand über eine der schmalen Treppen.

«Du bist wohl vollkommen verrückt geworden», brüllte er aufgebracht hinter ihr her. «Was denkst du, wer du bist? Betteln gehen kannst du, wenn ich nicht für dich sorge!»

Als Andrej die dunklen Quader des mächtigen Festungsbaus vor sich erblickte, sank ihm der Mut. Sonja hatte nicht gelogen – die Peter-und-Paul-Festung war ein Ort, an dem ein Gefangener für immer und ewig verschwinden konnte. Massiv ragte das Bauwerk in den Himmel, die Wachtürme auf den Mauern wirkten wie Spielzeug, die Wellen der Newa umspülten die Insel von allen Seiten. Wer von hier entkommen wollte, der musste sich Flügel wachsen lassen.

Er hatte mehrere Wunden davongetragen, die nur notdürftig versorgt worden waren. Die Soldaten der Zarin waren in großer zahlenmäßiger Übermacht angetreten, hatten die kleine Gruppe Kosaken umringt und sie allesamt zu Gefangenen erklärt. Man hatte sich gewehrt und wacker gekämpft, etliche seiner Kameraden waren getötet worden, er selbst war von allen Seiten angegriffen und schließlich entwaffnet worden. In Ketten führte man ihn in die Gefangenschaft – ohne dass sein Vater dafür freigegeben worden war.

Ein Narr war er gewesen, auf das Wort der Zarin zu vertrauen.

Man hatte ihn auf einem kleinen Boot zur Festung gerudert, vier Soldaten bewachten ihn argwöhnisch, obgleich er so fest gebunden war, dass er sich kaum rühren konnte. Der Tag war klar, der Fluss ruhig, am Ufer drängten sich Menschen und wiesen mit dem Finger auf das Boot, vermutlich hatte man die Nachricht von seiner Gefangennahme bereits in der Stadt verbreitet. Er knirschte mit den Zähnen und dachte an Sonja, die von den Soldaten ebenfalls nach St. Petersburg gebracht worden war. Die Offiziere hatten sie huldreich begrüßt und sich als ihre Befreier aufgespielt, man hatte die Kutsche eskortiert, und er hatte voller Wut die gierigen Blicke und das lüsterne Grinsen der Soldaten beobachtet.

Er betrat die Festung durch ein östlich gelegenes Nebentor, wurde durch verschiedene enge Durchlässe geschoben und befand sich schließlich im Inneren der Festungsanlage. Eine Kirche mit spitzem goldenem Turm ragte dort auf, verschiedene große Gebäude beherbergten Soldaten, und Kanonen waren an Schießscharten aufgereiht – die Insel war eine bis an die Zähne bewaffnete Militärbastion.

Er hatte geglaubt, dem Festungskommandanten vorgeführt und von ihm verhört zu werden, doch er sah sich getäuscht. Seine Bewacher drängten ihn in ein dunkles Gebäude, Schimmel und Feuchtigkeit quollen ihm entgegen, steinerne Treppen führten in die Tiefe – er befand sich im Gefängnis.

«Freu dich, Kosak», sagte einer seiner Bewacher boshaft. «Du triffst hier auf deinesgleichen.»

Ein schmaler Gang, nur von Fackeln erleuchtet, ließ eine Anzahl niedriger Türen aus dicken Eichenbohlen erkennen. Die Luft war schwer und feucht, leises Stöhnen war hin und wieder zu vernehmen, Kälte durchdrang die Kleidung. Dann rasselte ein schwerer Schlüsselbund – man öffnete eine der Türen.

Der winzige Raum war spärlich durch ein enges Fensterchen erleuchtet, sodass er die Gestalt darin nicht sogleich erkannte.

Man stieß ihn hinein und verschloss die Tür hinter ihm.

«Andrej!»

Er hätte seinen Vater fast nicht wiedererkannt, so verändert war Bogdan, der Ataman. Der einst so kräftige Mann war schmal geworden, Haar und Bart waren lang gewachsen und ergraut, seine Augen schienen tiefer in den Höhlen zu liegen. Doch als Andrej näher trat, erkannte er den ungebrochenen Willen in Bogdans schwarzen Augen.

«Vater!»

Man hatte Bogdan nicht gefesselt, er machte einen Schritt auf seinen Sohn zu, hob die Hand und verpasste ihm eine schallende Ohrfeige. Dann riss er den Verdutzten in seine Arme und drückte ihn an sich.

«Du hast es also wirklich getan», murmelte Bogdan. «Hitzkopf, dummer. Willkommen im Elend.»

Worte waren nicht mehr nötig, Andrej wusste, dass der Vater ihm vergeben hatte, und er spürte, wie die Rührung ihn übermannen wollte. Ein Ziel hatte er wenigstens erreicht – doch um welchen Preis!

«Wir werden einen Weg finden», sagte er trotzig. «Ich schwöre, dass wir unsere Tage nicht in diesem Loch beenden werden. Auch wenn diese verfluchte Festung bis in die letzte Ritze bewacht wird …»

Bogdan schob ihn von sich, und er sah, dass der Vater grinste.

«Träumer», sagte er. «Der Mann, der aus dieser Festung ausbricht, muss erst geboren werden. Lass dir etwas Besseres einfallen, Andrej.»

«Wir werden verhandeln.»

Bogdan nickte nachdenklich.

«Sie haben Pugatschoff hierher gebracht. Seit Wochen wird

er verhört, obgleich sein Tod sicher ist. Aber sie bearbeiten ihn ohne Pause, wollen ihn zum Geständnis bringen, zur Reue, er soll klein wie eine Maus sein, wenn man ihn öffentlich hinrichtet.»

Andrej schwieg. Die Erinnerung daran, dass er einmal an diesen Betrüger geglaubt hatte, lag ihm schwer im Magen.

«Es wird ein großes Fest sein, wenn man ihn dem Henker übergibt», fuhr Bogdan fort. «Und er wird nicht allein sterben, etliche seiner Kameraden werden sein Los teilen.»

Die beiden sahen sich in die Augen, und Andrej wusste, was Bogdan damit sagen wollte. Der Tag, an dem Pugatschoff sein Ende fand, würde auch ihr letzter Tag sein.

«Verhandeln», sagte Bogdan düster.

Die Hoffnung war gering.

Sonja stand vor dem Winterpalast am Ufer der Newa und sah mit starrem Blick hinüber zu der mächtigen Festung. Eine warme Augustsonne ließ die kleinen Wellen des Flusses silbern schimmern, Boote glitten vorüber, weiße Segel leuchteten und füllten sich mit der matten Brise. Hinter ihr am Uferkai rollten Karossen vorüber, Reiter bewegten sich an ihr vorbei, eine junge Frau rief nach ihrem Kind, das die Ufertreppen hinabgelaufen war, um im Wasser zu spielen.

Welch ein Hohn diese satte, friedliche Stimmung war. Das Leben in der großen Stadt lief in den üblichen, wohlgeordneten Bahnen, Händler trieben ihre Schiffe vorüber, Soldaten patrouillierten, Lakaien trugen Sänften vorüber, in denen reichgekleidete Damen und Herren saßen.

Drüben aber in der Festung saßen Menschen in tiefen Kerkern, wurden gequält und gepeinigt und warteten auf ihr Ende. Sie spürte die eiserne Kette der Uferbefestigung in ihren Händen und erschauerte. Mit solch einer Kette hatte man auch Andrej festgebunden, nachdem zehn oder mehr Soldaten über ihn hergefallen waren und ihn fast getötet hatten.

Sie schluchzte in hilfloser Verzweiflung. Den ganzen Morgen über hatte sie versucht, eine Audienz zu erhalten. Umsonst. Sergej hatte nicht unrecht: Sie war gebrandmarkt durch das, was ihr widerfahren war. Alte Bekannte, an die sie sich mit ihrem Anliegen wandte, ließen sich verleugnen oder hatten plötzlich dringende Angelegenheiten, die sie in Anspruch nahmen. Sogar Artemisia Wolkonskaja, die sie damals so um ihre Verlobung mit Baranow beneidet hatte, ließ ihr ausrichten, sie sei krank und könne sie leider nicht empfangen.

Das Hofprotokoll war eisern – ohne eine Empfehlung wurde niemand zur Zarin vorgelassen. Minister und Generäle gingen bei ihr ein und aus, Botschafter, Gelehrte, Berater und Künstler. Es wurden auch einfache Leute empfangen, die der Zarin ein Anliegen vortragen wollten – doch nur nach strenger Prüfung der zuständigen Beamten und langer Wartezeit. Für eine ehemalige Hofdame, die noch nicht einmal in männlicher Begleitung war, gab es nach dem Willen dieser Leute keine Audienz. Zumal Sonja nicht bereit war, ihr Anliegen zu offenbaren, und darauf bestand, nur mit der Zarin selbst darüber reden zu wollen.

Sie putzte sich die Nase und rang sich dazu durch, Sergej um Vermittlung zu bitten. Er würde sich vermutlich weigern, aber sie würde ihn mit Bitten und Versprechungen schon überzeugen. Es ging um Andrejs Leben – dafür war sie sogar bereit, ihren hochnäsigen Bruder um Verzeihung zu bitten, wenn er ihr nur eine Audienz bei der Zarin verschaffte.

Sie straffte die Schultern, wandte sich um und ging mit entschlossenem Schritt zum Palast hinüber. Da plötzlich schnaubte dicht neben ihr ein Pferd, der Reiter riss am Zügel und fluchte, das Tier stieg mit den Vorderhufen, und der Mann hatte Mühe, es in seiner Gewalt zu halten.

«Zum Teufel – so gebt doch Acht!»

Sie war erschrocken zur Seite gesprungen, jetzt sah sie ärgerlich zu dem Mann empor, der sie fast über den Haufen geritten hätte.

«Habt Ihr nicht reiten gelernt?»

«Sonja Woronina!», rief der Mann. «Verzeiht mir, ich war in Eile.»

Er schwang sich aus dem Sattel, noch bevor Sonja sich besonnen hatte, woher sie ihn kannte. Er war von wuchtigem Körperbau, hatte ein breites Gesicht und eine scharfe Nase. Als er jetzt auf sie zutrat, um ihr die Hand zu küssen, stellte sie befremdet fest, dass ihm ein Auge fehlte.

«Ich hoffe, es ist Euch nichts Ernstliches zugestoßen», sagte er und beugte sich über ihre rechte Hand. «Ich wäre untröstlich darüber, liebe Sonja Borisowna.»

Trotz seiner Entstellung strahlte er Charme und Selbstsicherheit aus. Es war ihm nicht entgangen, dass Sonja über seine Identität im Dunkeln tappte, und er amüsierte sich darüber, anstatt beleidigt zu sein.

«Darf ich Eurem Gedächtnis nachhelfen?», meinte er schmunzelnd. «Grigorij Alexandrowitsch Potjomkin, Generalleutnant Ihrer Majestät der Zarin. Wir sahen uns im vergangenen Winter bei einer kleinen Gesellschaft in der Eremitage, liebe Sonja Borisowna. Offensichtlich hat sich Euer Bild sehr viel fester in meine Erinnerung eingegraben, als es umgekehrt der Fall ist. Ich habe noch oft an Euch gedacht ...»

«Potjomkin – natürlich. Bitte verzeiht mir, ich bin ein wenig durcheinander», stotterte sie.

Es war ihr ausgesprochen peinlich. Sie hatte Potjomkin nur am Rande wahrgenommen, es hatte attraktivere Männer bei Hofe gegeben. Später hatte man gemunkelt, dass er der kommende Mann in der Gunst der Zarin war. Doch da hatte Sonja längst andere Sorgen gehabt.

Er betrachtete sie voller Entzücken. Eine kleine Schönheit, das war ihm schon damals aufgefallen. Dieses rotblonde üppige Haar, die zarte Haut, die winzigen Sommersprossen um die kleine Nase. Doch im Winter war sie ein schüchternes, mädchenhaftes Püppchen gewesen, das er nicht anzureden wagte, aus Furcht, sie mit seinen Wünschen und Begierden zu erschrecken. Jetzt aber waren ihre Bewegungen sicher und anmutig, und auf ihrem Gesicht spiegelte sich eine erstaunliche Entschlossenheit.

«Wenn ich Euch in irgendeiner Weise behilflich sein könnte, Sonja Borisowna – ich stehe zu Euren Diensten.»

Seine Stimme war weich, und sie spürte sofort, welche Absichten hinter diesem Angebot standen. Doch noch rascher erkannte sie ihre Chance.

«Ich muss Ihre Majestät die Zarin sprechen», sagte sie und sah ihn flehend an. «Noch heute – am besten gleich.»

Er zögerte keinen Augenblick.

«Nichts leichter als das, ich bin soeben auf dem Weg zu Ihrer Majestät. Begleitet mich.»

Er warf einem der Lakaien die Zügel seines Pferdes zu und bot Sonja seinen Arm, um mit ihr die Stufen zum Eingang des Palastes emporzusteigen. Es war erregend, sie an seiner Seite zu spüren, und er verfluchte insgeheim die Tatsache, dass er mit Rücksicht auf seine Position bei Hofe zu allergrößter Vorsicht gezwungen war. Der unfreiwillige Aufenthalt bei den Kosaken hatte Sonja keineswegs zerbrochen oder verzweifelt gemacht. Im Gegenteil, sie war zu einer bezaubernd aufregenden Frau erblüht. Potjomkin wusste nur allzu gut, auf welche Weise diese Wandlung zustande gekommen war, denn er hatte gestern Abend eine längere Unterredung mit Fürst Baranow geführt.

Er durchschritt die Räume mit Sonja an der Seite und genoss es, dass man sich vor ihm verneigte und buckelte. Sein neuer Rang als Geliebter und Vertrauter der Zarin erlaubte ihm jegliche Freiheit – solange er Katharinas Liebe besaß und der Herr ihrer Nächte war, würde er seinen unbändigen Ehrgeiz befriedigen können. Und Grigorij Potjomkin war sehr ehrgeizig.

Er hatte die Kaltblütigkeit, mitten in eine Audienz hineinzuplatzen. Die Zarin saß am Schreibtisch ihres Arbeitszimmers, in ein Gespräch mit einem ihrer Minister vertieft. Ein Sekretär war eifrig beschäftigt, Notizen zu machen. Als Potjomkin erschien, hob Katharina den Kopf und lächelte ihm entgegen. Die Zarin besaß ein gewinnendes Lächeln, das sie für jedermann bereithielt. Doch wenn es Potjomkin galt, lag ein besonderes Feuer darin.

«Genug für heute», erklärte sie ihrem Minister und bedeutete ihm, dass er sich zurückziehen durfte. «Wir werden Euch morgen unsere Entscheidung bekanntgeben.»

Der Minister entfernte sich mit höflichem Lächeln, hinter dem er seinen Ärger verbarg. Er hatte sich mehr von dieser Audienz erhofft.

«Ich bringe Euch eine gute Bekannte», sagte Potjomkin, der seiner Zarin die Hand küsste. «Sonja Borisowna Woronina.»

Sonja versank in einem tiefen Hofknicks, aus dem sie erst die warme Stimme der Zarin erlöste.

«Sonja! Mein armes Kind! Was hast du durchgemacht! Komm und setz dich zu mir, ich will wissen, was ich für dich tun kann.»

Katharina war ein emotionaler Mensch. Sie konnte zwar ohne Reue Todesurteile unterzeichnen, Verbannungen verfügen und Offiziere in aussichtslose Kriege schicken. Doch wenn ein Wesen, das sie liebte, leiden musste, war sie voller Mitleid.

Sonja setzte sich auf einen der vergoldeten Sessel und sah in die Augen ihrer Zarin. Sie waren gütig und voller Anteilnahme. Sie entschloss sich, die ganze Wahrheit zu sagen.

«Ich habe nur eine einzige Bitte an Eure Majestät», sagte sie. «Sie betrifft den Mann, den ich liebe.»

Katharina war Mitte dreißig, ihr Amt ließ ihr nicht viel Zeit für die Liebe, und doch war sie ein unverzichtbarer Teil ihres Daseins. Eine Liebesgeschichte rührte sie zutiefst, besonders wenn sie unglücklich endete.

«Du sprichst doch wohl nicht von Fürst Baranow?», fragte sie ungläubig.

«Nein. Ich rede von Andrej Bereschkoff, dem Anführer der Dnjepr-Kosaken.»

Die Zarin wechselte einen verblüfften Blick mit Potjomkin und begriff, dass er offensichtlich Bescheid wusste, denn er grinste. Verärgert zog sie die Augenbrauen zusammen. Sie liebte es nicht, wenn sie die Letzte war, die über einen Sachverhalt informiert wurde.

«Habe ich recht gehört: Du liebst den Anführer der Dnjepr-Kosaken? Der Gleiche, der dich aus der Obhut deines Bräutigams entführt hat?»

«Ja, Euer Majestät. Er hat auf Leben und Tod um mich gekämpft, mich in sein Haus aufgenommen und … und … mich sehr glücklich gemacht.»

«Ein Kosak?», unterbrach die Zarin kopfschüttelnd. «Einer dieser wilden Gesellen, die meine Dörfer überfallen und die Höfe in Brand gesteckt haben?»

Potjomkin hatte unmerklich die Hand auf den Nacken der Zarin gelegt und strich leise über ihre bloße Haut.

«Ein stattlicher Bursche, das ist wohl wahr. Ich habe gesehen, wie man ihn in die Festung brachte», bemerkte er.

«Er hat schwarzes Haar?»

«Schwarz und lockig», berichtete Potjomkin und sah rasch zu Sonja hinüber, die über diese Entwicklung der Unterredung ziemlich erstaunt war. «Und wenn mich nicht alles täuscht, dann sind seine Augen noch schwärzer als sein Haar.»

Sonja hatte das Gefühl, etwas zu Andrejs Gunsten sagen zu müssen.

«Er hat sich freiwillig in Gefangenschaft begeben, um seinen

Vater auszulösen, Majestät. Er hat längst beschlossen, ein treuer Verbündeter Eurer Majestät zu sein.»

«Ein Rebell», sagte Katharina verärgert. «Ich werde niemals begreifen, warum dieses Volk gegen mich rebellieren musste. Ich habe versucht, ihre Not zu lindern, ihnen die Freiheit zu geben – zum Lohn dafür erheben sie sich gegen mich.»

Sonja sah erschrocken, dass Katharinas Züge hart wurden. Dieser Aufstand hatte sie tief getroffen.

«Ich bitte Euch um das Leben von Andrej Bereschkoff», sagte sie leise und flehend. «Übergebt ihn nicht dem Henker – er hat es nicht verdient.»

Die Zarin zog zerstreut einige Papiere aus einem Stapel und überflog sie. Scheinbar interessierte sie das Thema Bereschkoff nicht mehr. Sonja sah verzweifelt zu Potjomkin hinüber, doch der hob nur die Schultern, um anzudeuten, dass die aktuelle Stimmung der Zarin für dieses Anliegen wohl nicht die beste war.

«Ich werde mir Gedanken machen», sagte Katharina schließlich und sah Sonja eindringlich an. «Auch um deine Zukunft werde ich mich kümmern, Sonja Borisowna. Fürst Baranow war sicher nicht der geeignete Ehemann für dich, das war mir von vornherein klar. Aber es gibt andere …»

«Majestät, ich will keinen anderen», rief Sonja unglücklich und sprang von ihrem Stuhl auf. «Ich liebe Andrej, und wenn er sterben muss, dann will auch ich nicht mehr leben!»

Die Miene der Zarin war undurchdringlich, nur ein leises Zucken ihrer Wangen verriet, dass sie nicht gleichgültig war.

«Du wirst hier im Palast einen Raum beziehen und warten, was beschlossen wird», sagte sie. «Die Audienz ist beendet. Geh!»

Sonja verließ den Raum wie betäubt. Als sich die breiten, weißen Flügeltüren langsam hinter ihr schlossen, wandte sie noch einmal den Kopf. Sie konnte gerade noch einen schmalen

Blick auf die Zarin erhaschen, die immer noch am Schreibtisch saß. Potjomkin neigte sich über sie, hatte eine Hand in ihr Dekolleté vergraben und küsste sie dabei inbrünstig auf den Mund.

Ich will ihn sehen!» Potjomkin ging wie ein gefangener Tiger im Arbeitszimmer umher, blieb hin und wieder stehen und versuchte auf Katharina einzureden. Umsonst. Sie war zärtlich und voller Hingabe, ging auf alle seine Liebkosungen willig ein – doch in dieser Sache blieb sie hart.

«Wozu willst du diesen Kerl sehen?», regte er sich auf. «Er ist ein Kosak wie alle anderen. Es ist nichts Besonderes an ihm.»

«Wenn ich über sein Leben entscheide, will ich wissen, mit wem ich es zu tun habe!»

Das war lächerlich genug. Schließlich hatte sie nicht die Gewohnheit, alle zum Tode Verurteilten vorher in Augenschein zu nehmen. Er begann sich zu ärgern.

«Außerdem geht es um die türkischen Angelegenheiten», fuhr sie fort. «Ich will wissen, ob er ein verlässlicher Bündnispartner sein könnte.»

Es war Baranow gewesen, der diese Idee aufgebracht hatte, und Potjomkin hatte sie für brauchbar gehalten. Die Kosaken im südlichen Dnjepr-Gebiet waren ein gutes Bollwerk gegen die Einfälle der Türken. Warum die Soldaten der Zarin sterben lassen, wenn kampferprobte Kosaken die Grenzen des russischen Reiches besser schützen würden?

«Diese Entscheidung solltest du erfahrenen Offizieren überlassen», knurrte er.

«Ich werde den besten meiner Offiziere an meiner Seite haben», sagte sie lächelnd und strich zärtlich über seine Brust. «Lass den Kosaken herbringen, ich will ihn sehen.»

Es war nichts zu machen, und resigniert entfernte Potjomkin sich, um die nötigen Anweisungen zu erteilen – man würde Andrej Bereschkoff am Nachmittag möglichst unauffällig in den Palast schaffen. Natürlich in Ketten, damit der Kerl nicht die Gelegenheit nutzte, um sich davonzumachen.

Die Begegnung fand im rückwärtigen Teil des Palastes statt, in einem kahlen Zimmer, das eigentlich der Palastwache als Aufenthaltsraum diente. Ein Vorhang war quer durch das Zimmer gezogen worden, denn Potjomkin war es wenigstens gelungen, Katharina dazu zu überreden, im Verborgenen zu bleiben. Ein kleines Loch im Vorhang erlaubte ihr, das Verhör ungesehen zu verfolgen.

Andrej wurde mit verbundenen Augen in den Raum geführt, die Hände gefesselt, die Ketten an seinen Füßen erlaubten ihm nur kleine Schritte. Katharina war erstaunt über seine Größe und seinen kraftvollen und dennoch harmonischen Körper. Als man ihm die Binde fortnahm, stellte sie fest, dass seine Augen so dunkel waren, wie sie es noch nie zuvor bei einem Mann gesehen hatte. Es war ein besonderer Glanz in diesen schwarzen Augen, der Empörung oder Zorn sein konnte und der ihm das Aussehen eines Tieres gab, das auf dem Sprung war. Katharina konnte ihren Blick nicht von ihm wenden und verfolgte das Geschehen mit wachsendem Herzklopfen.

Potjomkin hatte beschlossen, die Vernehmung selbst durchzuführen. Der Kerl war ihm nicht unsympathisch – er konnte die kleine Woronina verstehen. Dennoch hatte er nicht vor, ihn sanft zu behandeln.

«Andrej Bereschkoff, du hast dich gegen unsere Herrin, die Zarin Katharina die Zweite, erhoben und deine Kosaken in die Rebellion geführt.»

Andrej sah den einäugigen Offizier, der ihm mit hochnäsiger Miene seine Vergehen vorhielt, missgünstig an. Verhandeln, hatte sein Vater gesagt, doch das fiel ihm schwer.

«Es ist wahr», gab er zu. «Wir haben an den Verräter Pugatschoff geglaubt und sind getäuscht worden. Unser Aufstand war sinnlos. Wir sind bereit, Frieden zu schließen.»

Potjomkin lachte.

«So einfach denkst du dir das, Rebell? Mal empört man sich gegen die Zarin, dann schließt man wieder Frieden – gerade wie es euch so einfällt. Lass dir eines gesagt sein, Kerl: Die Zarin braucht treue und verlässliche Bündnispartner und keine windigen Aufrührer.»

Jetzt schoss der Zorn in Andrej hoch. Er war bereit zu verhandeln – demütigen ließ er sich nicht.

«Mütterchen Zarin sollte zuerst selbst lernen, ihre Versprechen zu halten», rief er ärgerlich. «Ich habe ihr vertraut und mich ausgeliefert. Doch mein Vater sitzt immer noch in der Festung gefangen!»

Potjomkin wusste natürlich von dieser Situation. Die Sache war schiefgelaufen, das musste er zugeben. Trotzdem gab es seiner Meinung nach keinen Grund dafür, dass dieser Kerl sich so aufblies. Noch dazu vor den Augen der Zarin.

«Ein Rebell hat nichts anderes verdient», fuhr er Andrej an. «Ihr habt geglaubt, mit der Herrscherin handeln zu können, und habt Euch verrechnet. Wenn Ihr Euer Leben retten wollt, dann nur, indem ihr die Zarin demütig um Gnade bittet!»

Andrej straffte sich und warf mit einer raschen Kopfbewegung das lange Haar aus der Stirn. Dann sah er seinem Widersacher stolz ins Auge.

«Da kannst du warten, bis du in der Hölle schmorst, Offizier. Niemals wird ein freier Kosak um Gnade winseln. Wir werden sterben wie Männer und nicht um unser Leben bitten wie Feiglinge. Doch in den Liedern und Geschichten der Kosaken werden wir weiterleben, und auch Mütterchen Zarin, die uns betrogen hat, wird dort besungen werden, wie sie es verdient.»

Potjomkin zuckte mit den Schultern und wandte sich ab. Der

Kerl war unbelehrbar, wie er schon vermutet hatte. Er hatte sich soeben um Kopf und Kragen geredet. Schade um ihn.

Er gab das Zeichen, den Gefangenen wieder in die Festung zu bringen, und trat dann hinter den Vorhang. Katharina empfing ihn mit heißen Wangen und glänzenden Augen.

«Du siehst, dass mit diesem Burschen kein Bündnis möglich ist. Wir werden andere Wege beschreiten müssen», sagte er in lässigem Ton. Doch sie schien ihm gar nicht zuzuhören.

«Welch ein Kerl! Man könnte fast Angst vor ihm bekommen», sagte sie aufgeregt.

Er beobachtete das Feuer in ihren Augen mit wachsender Sorge. Verflucht, welcher Teufel hatte ihn geritten, sich für das Anliegen der schönen Sonja einzusetzen? Einen Haufen Ärger hatte er sich damit eingehandelt. Katharina schien ja wie berauscht von diesem Kosaken zu sein.

Katharina erhob sich von ihrem Sitz und umfasste Potjomkin mit beiden Armen. Er zog sie an sich, spürte, wie sie sich gegen ihn drängte, und atmete ihren Geruch ein. Sie roch nach Verlangen, so aufreizend und schamlos, dass er fühlte, wie es sich in seiner Hose regte. Er küsste sie hart und fordernd, denn die Eifersucht hatte ihn gepackt.

«Ich habe eine Idee, Liebster», flüsterte sie ihm ins Ohr. «Und ich denke, sie wird dir gefallen.»

Sergej fegte ein Stäubchen vom Ärmelaufschlag seiner Gardeuniform und reckte das Kinn. «Ich muss zugeben, dass du großes Glück gehabt hast, Sonja», näselte er. «Ich hoffe, dass du die Chancen, die sich für dich aufgetan haben, zu nutzen weißt.»

Man hatte Sonja in ein schön möbliertes, geräumiges Zimmer geführt, nicht weit von den Räumen der Hofdamen entfernt.

Eine Auszeichnung und ein großer Vertrauensbeweis der Zarin, der Sergej vollkommen verblüfft hatte. Er musste zugeben, dass er seine Schwester unterschätzt hatte.

«Ich weiß nicht, was du meinst, Sergej.»

Er machte eine ungeduldige Bewegung und ärgerte sich. Offensichtlich war sie sich der großen Ehre nicht bewusst.

«Die Zarin hat sich für dich eingesetzt, Sonja», dozierte er. «In ihrer großen Güte scheint sie über gewisse Dinge hinwegzusehen, vielleicht wird sie dich sogar wieder zur Hofdame machen.»

Sonja hörte ihm kaum zu. Sie sah aus dem Fenster auf den Fluss hinaus, den die Abendsonne für wenige Minuten in tiefes Rot tauchte. Sie schauderte, denn es schien ihr, als flösse dort draußen ein blutiger Strom vorbei.

«Falls sie das wirklich vorhat, könnte man damit rechnen, dass du – nach einer gewissen Zeit – sogar einen Bewerber um deine Hand finden würdest. Natürlich kannst du nicht mehr auf eine reiche Heirat hoffen, aber auch eine weniger günstige Partie wäre in deiner Lage noch ein außerordentlicher Glücksfall.»

«Ich habe nicht vor zu heiraten», sagte sie gleichgültig.

Sergej seufzte tief und behielt seine Meinung für sich. Das Ganze war sowieso noch nicht spruchreif, sie würde sich zu gegebener Zeit schon besinnen.

«Die Eltern meiner Verlobten geben morgen Abend eine kleine Gesellschaft in ihrem Stadthaus an der Moika, zu der sie dich herzlich einladen. Es werden nur einige gute Freunde der Familie anwesend sein, darunter auch deine Bekannte Artemisia Wolkonskaja. Sie lässt dich übrigens herzlich grüßen und wird gleich morgen bei dir vorsprechen.»

Sonja hätte fast gelacht, so absurd schien ihr diese Wandlung. Noch heute Mittag war sie überall abgewiesen worden, wie eine Aussätzige hatte man sie behandelt. Dann hatten die staunenden Höflinge sie an Potjomkins Arm durch den Palast gehen sehen –

direkt ins Arbeitszimmer der Zarin. Und Katharina hatte befohlen, sie hier, in diesem schönen Zimmer einzuquartieren, das ganz in der Nähe ihrer eigenen Wohnräume lag. Das genügte, um alle Kriecher und Schmeichler wieder aus ihren Löchern zu locken. Sonja Woronina war wieder hoffähig. Sie biss sich auf die Lippen – was für Menschen waren das nur? Wie hatte sie unter ihnen leben können?

«Auch Fürst Baranow lässt dir Grüße bestellen», fuhr Sergej fort. «Ebenso Tatjana Bereschkowa – du kennst sie besser als ich.»

«Tanja?», rief sie erfreut. «Wie geht es ihr? Wo ist sie?»

Sergejs Nase zuckte, wie immer, wenn er von einer Angelegenheit sprach, die ihm peinlich oder unverständlich war.

«Fürst Baranow hat sie in einem seiner Häuser untergebracht. Ganz Petersburg spricht davon, dass er seine Mätresse mit Geschenken überhäuft und sie auf Gesellschaften mitbringt. Man munkelt sogar etwas von einer bevorstehenden Heirat.»

Sonja lächelte. Tanja hatte ihr Ziel erreicht, sie würde in Petersburg Karriere machen. Ob mit oder ohne Baranow, das war noch ungewiss. Ganz sicher aber würde sie ihr Glück nicht mehr aus den Händen lassen.

Und sie selbst?

Traurig sah sie aus dem Fenster. Der rötliche Abendschein war verschwunden, das Licht des Tages starb, lag nur noch matt und perlmuttfarben über dem dunklen Fluss. Trutzig ragte die schwarze Silhouette der Festung über den Fluten. Dort hinter diesen Mauern wartete Andrej auf seinen Prozess – sie konnte nicht einmal zu ihm gehen, um ihn noch einmal zu sehen, ihm sagen, wie sehr sie ihn liebte.

«Du solltest jetzt schlafen gehen, Sonja. Es ist schon spät, und der morgige Tag wird anstrengend», sagte Sergej streng. «Ich wünsche dir eine gute Nacht.»

«Gute Nacht.»

Sie war froh, als er endlich gegangen war. Unglücklich sank sie auf ihr Bett und versuchte die Tränen zurückzuhalten. Was konnte sie noch tun? Sie hatte alles versucht, aber sie war gescheitert. Die Zarin hasste alle Aufrührer, sie würde sich nicht erweichen lassen.

Eine Kammerzofe betrat den Raum und knickste vor ihr. Ein hübsches Ding mit großen blauen Augen und schwarzen Löckchen, die unter der Spitzenhaube hervorsahen.

«Gnädige Herrin, es ist ...»

«Ja, ich weiß», gab Sonja zurück. «Es ist Zeit, schlafen zu gehen. Ich kleide mich allein aus. Du kannst wieder gehen.»

Die Kleine war etwas verwirrt und knickste noch einmal.

«Verzeihung, gnädige Herrin. Es wartet ein Besucher im Vorzimmer.»

Sonja war wenig begeistert. Irgendein Höfling, der ihr seine Aufwartung machen wollte? Was dachte er sich, um diese Zeit bei ihr vorzusprechen?

«Ich empfange niemanden. Sag ihm, er soll morgen wiederkommen.»

Die Kleine wurde über und über rot, aber sie knickste hartnäckig zum dritten Mal.

«Es ist Generalleutnant Potjomkin, gnädige Herrin. Soll ich ihn wirklich wieder fortschicken?»

Potjomkin! Sonja erschrak. Er hatte ihr eine Audienz verschafft und wollte nun vermutlich den Lohn für die erwiesene Freundlichkeit einfordern. Sie hatte schon eine ablehnende Antwort auf den Lippen, da besann sie sich. Ganz gleich, was er wollte, er war ein wichtiger Mann am Hof der Zarin – der Einzige, der ihr vielleicht noch helfen konnte.

«Ich komme.»

Die Zofe führte sie durch einige der prächtig eingerichteten Räume in ein kleines Vorzimmer, dort wartete Potjomkin, prächtig mit der grün-roten Uniform der Garde angetan und, wie es schien, in großartiger Laune. Als Sonja schüchtern im Türrahmen stehen blieb, ging er lächelnd auf sie zu und fasste ihre Hand, um sie zu küssen.

«Verzeiht die späte Stunde, Sonja. Ich bin hier in geheimer Mission und hoffe sehr darauf, unser Anliegen nun endlich zu allseitiger Zufriedenheit regeln zu können.»

Sie spürte seinen Kuss auf ihrem Handrücken und erschrak, denn seine Lippen waren so heiß, dass sie eine Gänsehaut bekam.

«Ich verstehe nicht», sagte sie verwirrt. «Von welchem Anliegen sprecht Ihr, Grigorij Alexandrowitsch?»

«Ich spreche von Andrej Bereschkoff.»

Er stand so dicht, dass sie die Wärme seines wuchtigen Körpers spürte. Sie legte unwillkürlich die Hand auf die Brust, denn ihr Herz schlug heftig. Verdammt – warum war dieses Kleid so eng geschnürt? Es wurde ihr regelrecht schwindelig.

«Andrej?», stammelte sie. «Hat die Zarin entschieden? Wird sie ihn nun doch mit seinem Vater zusammen freilassen?» Er legte sanft seine Hand auf die ihre, als wollte er ihrem raschen Herzschlag nachspüren, dabei berührten seine Finger jedoch leise die bloße Haut ihres Dekolletés. Sie erbebte.

«Die Zarin ist nicht abgeneigt», sagte er leise mit tiefer, weicher Stimme. «Es liegt jedoch ganz an Euch, ob der Rebellenführer Andrej Bereschkoff leben oder sterben wird.»

«An mir?»

Sein Mittelfinger strich zärtlich über ihren Hals und schob eine ihrer dichten Haarflechten beiseite.

«Meine Herrin wünscht Euch zu einem intimen Gespräch in ihren privaten Gemächern zu sehen. Wir werden ganz unter uns sein, wenn sich Andrejs Schicksal entscheidet.»

Sie runzelte die Stirn und sah ihn misstrauisch an. War das ein Trick? Wollte er sie in irgendein verschwiegenes Gemach locken, um dort mit ihr seine Spiele zu treiben?

«Ihr scheint meinen Worten nicht zu trauen, schöne Sonja», meinte er lächelnd.

«Ich verstehe nicht ganz, wovon Ihr sprecht, Grigorij Alexandrowitsch.»

Er trat ans Fenster und schob den roten Brokatvorhang beiseite.

«Schaut hinunter.»

Zögernd folgte sie seiner Aufforderung. Sie sah auf den Uferkai der Newa hinab, Fackeln leuchteten in der Dunkelheit, rötliches Licht spiegelte sich in langen Streifen auf dem schwarzen Wasser. Eine Gruppe Soldaten stand am Ufer, zwischen ihnen ein Mann, die Hände gebunden, Ketten an seinen Füßen.

«Andrej!», stieß sie hervor. «O mein Gott – es ist Andrej!»

«Allerdings», flüsterte Potjomkin, der dicht neben ihr stand. «Und Ihr, Sonja, werdet mir jetzt folgen, um sein Leben zu retten.»

Sie starrte auf den bewegungslosen Gefangenen, glaubte seine schwarzen Augen im Licht der Fackeln aufblitzen zu sehen und zitterte vor Sehnsucht nach ihm. Es war gleich, was jetzt mit ihr geschah: Entweder würde sie ihn retten oder gemeinsam mit ihm untergehen.

«Geht voraus», sagte sie leise. «Ich bin zu allem bereit.»

Andrej lauerte wie ein gehetztes Tier, das man in die Enge getrieben hatte. Er hatte erwartet, nach dem Verhör sofort wieder auf die Festung gebracht zu werden. Er hatte seine Ehre bewahrt und sein Leben verspielt – so viel war klar. Doch keine seiner Erwartungen trat ein, im Gegenteil: Man führte ihn ans Ufer des Flusses, jedoch machte niemand Anstalten, ihn in eines der Boote zu drängen. Stattdessen standen die Soldaten untätig herum, schwiegen und warteten, und es schien ihm, als seien sie bemüht, ihm die Sicht auf den Palast der Zarin nicht zu verstellen.

Es war eine klare Nacht, ein schmaler Mond stand am Himmel, und die Konturen des großen Bauwerks zeichneten sich düster vor seinen Augen ab. Einige Fenster waren erleuchtet, zwischen den Vorhängen tauchten immer wieder schattenhafte Figuren auf, Männer und Frauen, die zu ihm hinuntersahen und wieder verschwanden. Er bekam den merkwürdigen Eindruck, zur Schau gestellt zu werden, und grübelte darüber nach, was man damit bezwecken mochte.

Dann endlich kam Bewegung in die Situation. Ein scharfer Befehl war von einem der Seiteneingänge her laut geworden, man fasste ihn bei den Schultern und stieß ihn über den gepflasterten Uferkai zum Palast hinüber. Er witterte Unheil. Wollte man ihn dort irgendwo in einem dunklen Kellerloch ermorden? Schmählich erdrosseln oder erschlagen? Es wäre nicht das erste Mal, dass ein unbequemer Gefangener auf unerklärliche Weise verschwand. Die Geschichten, die über den Tod des Zaren Peter erzählt wurden, fielen ihm wieder ein. Er kam ins Schwitzen.

Wenn dem so war, dann hatte er nur zu diesem Zeitpunkt noch die Chance zu entkommen – wenn er sich erst im Inneren des Gebäudes befand, war alles zu spät. Kurz entschlossen rempelte er einen seiner Bewacher an, brachte ihn zu Fall und versuchte trotz der Ketten an den Füßen, das Flussufer zu erreichen. Doch die Anstrengung war umsonst – schon nach wenigen Sekunden hatten die Soldaten ihn wieder gefasst, hielten ihn an Armen und Beinen und zerrten ihn in den Palast hinein.

Er wehrte sich, brüllte vor Wut, stieß mit den Füßen und traf einen der Soldaten so heftig am Kopf, dass der zu Boden stürzte. Man hatte große Mühe, ihn die Treppen hinaufzuzerren. Erschrockene Diener tauchten auf und wurden mit harten Worten verscheucht. Schließlich gelang es, Andrej zu bändigen, man stieß ihn in ein Zimmer hinein und steckte ihn mit Gewalt und schwer bewacht in einen Badezuber, gab ihm saubere Kleidung und führte ihn anschließend in ein anderes Gemach, dessen Tür sofort hinter ihm verschlossen wurde.

Keuchend kniete er auf dem Boden, erschöpft von der Anstrengung und zugleich bis aufs äußerste angespannt. Man hatte ihn nicht in den Keller, sondern in einen der prächtig eingerichteten Räume des ersten Stockwerks geschafft. Warum? Langsam erhob er sich und betrachtete staunend die kostbaren gemalten Tapeten, die schweren Wandleuchter und die vergoldeten Stühle, die mit Brokatstoffen bezogen waren. Dies war nicht der Ort, einen Rebellen durch einen blutigen Mord aus dem Weg zu schaffen. Oder doch? Was, bei allen Teufeln, hatte man mit ihm vor?

Schritte waren zu hören, von dicken Teppichen gedämpft, dennoch deutlich. Die Tür auf der gegenüberliegenden Seite des Zimmers wurde geöffnet, und er sah sich vier Gardesoldaten mit gezückten Säbeln gegenüber. In ihrer Mitte stand eine dunkelgekleidete Frau mittleren Alters, die ihn mit unbeweglicher Miene betrachtete.

«Andrej Bereschkoff – Ihr befindet Euch hier auf Befehl Ihrer Majestät der Zarin Katharina der Zweiten.»

Ihre Stimme zitterte leicht, und er begriff, dass sie Angst vor ihm hatte. Die Situation war so verrückt, dass er fast lachen musste.

«Ich fühle mich geschmeichelt», gab er ironisch zurück. «Hat die Zarin beschlossen, den aufrührerischen Kosaken von jetzt an hier im Palast gefangen zu halten? Werde ich von goldenen Tellern essen und in Samt und Seide gekleidet, bevor man mich aufs Rad flicht?»

Das Gesicht der Frau drückte nicht aus, was sie dachte. Immerhin schien sie ein wenig erleichtert. Vermutlich hatte sie geglaubt, der Kosak würde ihr gleich beim ersten Wort an die Kehle fahren.

«Die Zarin wünscht Euch zu sprechen.»

Jetzt verlor Andrej die Geduld, er lachte laut und höhnisch, sodass die Frau erschrocken zusammenfuhr. Doch gleich darauf hatte sie sich wieder in der Gewalt, und sie sprach scheinbar ungerührt weiter.

«Dazu ist es nötig, dass Ihr mir Euer Versprechen gebt, Euch der Zarin gegenüber wie ein Ehrenmann zu verhalten. In diesem Fall werden Euch die Fesseln abgenommen.»

«Die Zarin will dem Wort eines Kosaken vertrauen?», lachte er.

«Die Zarin ist davon überzeugt, dass Ihr Euer Wort halten werdet.»

Er war immer noch misstrauisch – vielleicht war das alles ein klug abgekartetes Spiel, um ihn in eine Falle zu locken. Er hatte seine Ehre bewahrt – vielleicht war es genau dieser wunde Punkt, an dem man ihn nun treffen wollte? Möglicherweise rechnete die Zarin damit, dass er ihr zu Füßen fallen und um sein Leben bitten würde. Wenn sie das glaubte, dann hatte sie sich verrechnet.

«Ich schwöre, Ihrer Majestät der Zarin gegenüber den nötigen Respekt zu wahren», sagte er, und war neugierig, was geschehen würde.

Die Frau, die vermutlich eine der Hofdamen war, gab den Soldaten einen Wink, und man löste seine Fesseln. Langsam zog er die Arme nach vorn und spürte, wie das Blut wieder in ihnen pulsierte.

«Denkt daran, dass die Gardesoldaten der Zarin den Auftrag haben, Euch zu bewachen, Bereschkoff», sagte die Frau, der offensichtlich nicht wohl dabei war, ihn ohne Fesseln zu sehen. «Auch nur der kleinste Fluchtversuch ist tödlich.»

Andrej war anderer Meinung, schwieg jedoch. Mit langsamen Schritten folgte er ihr, durchquerte mehrere Räume, die allesamt kostbar ausgestattet waren, und er begriff, dass er sich in den Privatzimmern der Zarin befinden musste.

Das alles muss ein Traum sein, dachte er. Gleich werde ich aufwachen und mich neben meinem Vater in diesem verdammten Kerker wiederfinden.

Man öffnete zwei Flügeltüren, und er blieb verblüfft stehen. Ja, es war ein Traum, eine absurde Ausgeburt nächtlicher Phantasien. Vor sich erblickte er ein breites Bett, überdacht mit einem Himmel aus Brokatstoff, an dessen Ecken dicke geflochtene Schnüre die schweren Bettvorhänge hielten.

«Andrej Bereschkoff, Eure Majestät», hörte er die Stimme der Hofdame.

«Es ist gut. Ihr könnt Euch zurückziehen.»

Die Hofdame verbeugte sich, die Flügeltüren wurden hinter ihm zugeschoben, und er machte notgedrungen einen Schritt in den Raum hinein.

Neben einer kunstvoll eingelegten Kommode stand eine junge Frau in einem leichten blauen Morgenkleid, das dunkle Haar hing ihr den Rücken hinab. Ihr Lächeln war ein wenig herausfordernd, zugleich aber herzlich und einnehmend – doch spürte man dahinter den festen Willen einer Frau, die es gewohnt war, dass ihre Wünsche erfüllt wurden.

«Ich war sehr neugierig auf dich, Kosak», sagte sie. «Andrej Bereschkoff, der Aufrührer, der sich für seinen Vater ins Gefängnis sperren lässt.»

Er war überwältigt und konnte nicht sogleich antworten. Diese junge Frau sollte die gefürchtete Zarin Katharina sein? Er hatte noch niemals ein Bild von ihr gesehen, doch er hatte sich die Zarin stets als eine grausame, strenge Frau vorgestellt, eine gewissenlose Mörderin, klug, berechnend und – hässlich.

«Du hast mich beeindruckt, Bereschkoff», fuhr sie fort, denn ihr war nicht entgangen, dass Andrej keine Worte fand. «Ich schätze es, wenn ein Mann zu seinen Taten steht.»

«Dann haben wir etwas gemeinsam, Majestät», gab er zurück. «Auch ich bewundere eine Frau, die zu ihrem Wort steht.»

Ihr Lächeln wurde um eine Nuance herzlicher. Sie schien seine Ironie nicht verstehen zu wollen. Stattdessen wandte sie sich ab und ging ein paar Schritte durch das Zimmer, wobei ihr Gewand so dicht an ihm vorüberwehte, dass es fast seine Füße streifte.

«Heute Morgen hat eine bezaubernd schöne Frau mich angefleht, dein Leben zu schonen, Kosak», sagte sie, während sie sich zu ihm wandte. «Ich nehme an, du weißt, von wem ich spreche.»

Schlagartig kam er zu sich. Es konnte nur von Sonja die Rede sein. Also hatte sie es tatsächlich wahr gemacht, obgleich er es ihr streng verboten hatte. Der Zorn brandete so heftig in ihm hoch, dass er fast vergaß, wo er sich befand.

«Falls dies geschehen ist, Majestät», rief er, «dann gegen meinen Willen. Ich ersuche Euch, nicht darauf zu hören!»

Die Zarin war amüsiert. So ein ehrversessener Kerl! Und welch berauschendes Temperament. Seine schwarzen Augen blitzten, als brenne ein Feuer in seinem Inneren.

«Du möchtest also, dass ich dich hinrichten lasse?»

«Lieber sterbe ich, als dass ich um Gnade flehe!»

Sie ging einige Schritte auf ihn zu und spielte dabei scheinbar absichtslos mit einer Schleife, die ihr Gewand in der Taille verschloss.

«Bemerkenswert», sagte sie. «Dennoch bringst du mich jetzt in große Schwierigkeiten, denn ich war drauf und dran, dich und deinen Vater zu begnadigen.»

Das Blut rauschte in seinen Ohren. Verflucht – in welche Lage hatte Sonja ihn da gebracht! Er hätte sie umbringen können, diese Ungehorsame, die sich in Männerangelegenheiten einmischte.

«Ich kann eine Begnadigung, die auf diese Weise zustande gekommen ist, nicht annehmen, Majestät!»

Sie musste sich auf die Lippen beißen, um nicht laut aufzulachen. Kosakenehre! Im Grunde eine großartige Haltung – es gab mehr als genug Schmeichler bei Hof, die ihr Mäntelchen täglich nach dem Wind drehten. Dieser aber war sogar bereit, für seine Ehre zu sterben. Dumm, aber großartig.

«Das wäre ausgesprochen schade», meinte sie schmunzelnd. «Vielleicht können wir dennoch zu einer Lösung gelangen, Kosak. Wie wäre es, wenn ich dich aus eigenem Antrieb begnadigen würde? Ganz ohne den Einfluss der schönen Sonja.»

Sie stand jetzt dicht vor ihm, die Schleife war gelöst und das Gewand ein wenig auseinandergeglitten, sodass der Ansatz ihrer Brüste sichtbar war. Betäubt sog er den Duft ihrer Haut ein, der seine Sinne verwirrte. Dies alles war ein Traum, ganz sicher ein Traum. Also zählte nicht, was er tat, denn es war nicht die Wirklichkeit ...

«Wer soll das noch glauben?», murmelte er, während seine Hände ihr Gewand fassten und es langsam auseinanderzogen. Sie bog den Kopf ein wenig zurück und ließ geschehen, dass er ihren Busen entblößte. Sie hatte runde, hochstehende Brüste, die rechte Brustwarze hatte sich schon fest zusammengezogen, während die linke noch weich war.

«Wir beide wissen es, Andrej», sagte sie zärtlich und schob sich ihm entgegen. «Wie könnte ich einen Mann töten lassen, der solche Leidenschaft in mir erweckt.»

Seine Hände glitten über ihre nackten Brüste, und er spürte, dass er den Kopf verlieren würde. Verdammt, sie hatte es verdient, die rothaarige Hexe. Hinter seinem Rücken hatte sie ihn bloßgestellt – jetzt rächte er sich dafür.

«Ich werde Eurer Majestät dienen, solange ich lebe», sagte er mit tiefer weicher Stimme und spürte, wie sie bei seinen Worten erbebte. «Tut mit mir, was Ihr wollt – entscheidet über mein Leben, wie Ihr es für richtig haltet. Aber schickt mich jetzt nicht fort.»

Sie lachte zufrieden, als er auf die Knie sank, das Morgenkleid auseinanderzog und ihren Schamhügel küsste. Dann, als sie seine Zunge in ihrer Spalte heiß und begehrlich spürte, stöhnte sie tief auf und spreizte ein wenig die Beine, um ihm das Eindringen leichter zu machen.

«Du wilder Kerl», murmelte sie und fasste fest in sein lockiges Haar, um ihn dichter zu sich heranzuziehen. «Du Kosak, du. Geh tiefer – ich will dich dort spüren, wo ich ganz weich und ungeschützt bin.»

Sonja zitterte am ganzen Körper, während sie – von einem Vorhang verborgen – der Liebesszene zusah. Hinter ihr stand Potjomkin, hatte die Arme um ihre Taille gelegt und raunte ihr fast unhörbar leise Worte ins Ohr.

«Kein Wort, keine Bewegung – so wie du es mir versprochen hast. Nicht sprechen, nichts tun, nur schauen ...»

Andrej! Oh, dieser gemeine Verräter! Sie hätte alles getan, um sein Leben zu retten, hätte sich für ihn geopfert, wäre sogar für ihn gestorben – und er lehnte dummstolz die Rettung ab und betrog sie stattdessen schamlos!

Tränen flossen ihr die Wangen hinab, und sie spürte kaum, dass Potjomkin sie zärtlich fortwischte. Wie durch einen Schleier hindurch sah sie das Liebespaar. Andrej, der seinen Kopf zwischen Katharinas Beinen vergraben hatte, während seine Hände mit festem Griff ihre Pobacken umfassten. Katharina genoss sein Tun und keuchte vor Sinneslust, das leichte Morgenkleid war von ihren Schultern geglitten und ihr Körper im Licht der Wandleuchter fast völlig nackt. Sonja spürte, wie zugleich mit dem Entsetzen auch heftige Erregung in ihr aufstieg. Wie fest Andrejs Hände zupackten, wie sie sich in den weichen, runden Po hineingruben und den Körper seiner Partnerin in rhythmischen Abständen immer wieder zu sich heranzogen. Bebend glaubte sie, selbst seine heiße Zunge zwischen ihren Beinen zu spüren. Ihre

Spalte wurde feucht, und zugleich überkam sie eine brennende Sehnsucht nach seiner Berührung.

«Was tut Ihr?», hauchte sie leise, als sie Potjomkins Hände fühlte, die ihr Kleid öffneten. Er schwieg, doch gleich darauf spürte sie seine glühenden Lippen auf ihrer bloßen Schulter, während ihr Kleid zu Boden sank.

Sie wehrte sich nicht – viel zu groß war der Wunsch, sich seinen Händen auszuliefern und die gleiche Lust zu spüren, die Katharina gerade unter Andrejs Liebkosungen genoss. Fasziniert beobachtete sie, wie er sich jetzt langsam erhob und nach den Brüsten seiner Partnerin schnappte. Katharina stieß einen spitzen, genüsslichen Schrei aus, als er ihre linke Brust mit dem Mund fasste und zusätzlich seine Hände um die weiche Wölbung legte. Er saugte an dem harten Nippel, während seine Finger gleichzeitig die üppige Brust massierten, als wollte er sie melken. Sonja bebte vor Erregung, als Potjomkin ihr das Mieder öffnete, mit geschickten Händen die Schnüre herauszog und mit den Fingern über ihre Brüste strich. Fast schmerzhaft spürte sie, wie ihre Brustspitzen sich unter dem Reiz der Berührung verhärteten, und sie lehnte sich mit einem leisen Seufzer an ihn, während sie den Blick nicht von Andrej wenden konnte. Er hatte Katharinas rechte Brustspitze jetzt mit Daumen und Zeigefinger gefasst und wirbelte mit seiner Zunge über den harten Knopf. Sonja dehnte ihre Brüste Potjomkins Händen entgegen und stöhnte auf, als er unter das dünne Hemdchen fasste, das ihren Busen noch bedeckte. Gleich darauf spürte sie seine Fingerkuppen, die ihre harten Spitzen einzwängten, und heiße Lustströme schossen zwischen ihre Beine. Ein heftiger Krampf schien ihre Muschel zu befallen, ließ das Blut durch ihren Unterleib pulsieren und füllte ihre Schamlippen, bis sie prall und fest wurden. Sie musste die Zähne zusammenbeißen, um nicht laut zu stöhnen.

Andrej hatte Katharina jetzt das Gewand ganz und gar heruntergestreift, er duckte sich ein wenig, packte sie um die Taille und warf sich ihren nackten Körper über die Schulter. Sie war vollkommen überrascht, schrie erschrocken auf, und Sonja sah, wie Andrej ihre Kniekehlen umfasste und die Zappelnde zum Bett hinübertrug. Er warf sie in die Polster, lachte über ihren Schrecken und begann sich vor ihr auszuziehen. Atemlos verfolgte Sonja, wie er die dunkle Bluse abstreifte und dann den Gürtel löste. Er wandte ihr dabei den Rücken zu, zeigte das Spiel seiner kräftigen Muskeln unter der schweißglänzenden, seidigen Haut, dann entblößt er seinen festen Po, zog die Hose ganz herunter und zeigte die sehnigen Schenkel. Nie hatte Sonja sein nackter Körper so sehr gereizt wie in diesem Moment, da er ihn einer anderen Frau bot. Sie verschlang ihn mit ihren Blicken, und als er sich ein wenig hinabbeugte, sodass sie die prallen Hoden zwischen seinen Schenkeln sehen konnte, starb sie fast vor Verlangen.

Katharina hatte die Arme hinter dem Kopf verschränkt und Andrejs Tun lustvoll beobachtet, jetzt spreizte sie die Beine ein wenig und legte eine Hand über ihre Spalte. Sonja sah, wie die Hand sich langsam bewegte, und sie wusste, dass Andrej jetzt vor Begierde brannte. Er kniete sich über Katharina, stützte sich mit beiden Armen ab und stieß mit seinem harten Glied gegen ihre Hand. Der Kampf schien beiden große Lust zu bereiten, denn man hörte ihr keuchendes Atmen. Katharina flüsterte leise Koseworte, und langsam wich ihre Hand seinen harten Stößen und gab ihre Ritze seinen Angriffen preis.

«Ich komme um, wenn ich länger warten muss», hörte Sonja Potjomkin an ihrem Ohr flüstern.

Ohne zu wissen, was sie tat, löste sie den Rockbund, streifte die Röcke ab und bot sich ihm sehnsuchtsvoll an. Er hatte die Hosen geöffnet und schob seinen hartgeschwollenen Penis zwischen ihre bloßen Pobacken, ließ ihn über die harte Liebesperle gleiten und rieb ihn an ihren feuchten Schamlippen. Sie wand sich, spürte seine Hände an ihren Brüsten und fasste lustvoll die Spitze seines Glieds, die zwischen ihren Lippen hervorsah. Während sie seine Eichel mit zwei Fingern streichelte, reizte sie mit dem Daumen gleichzeitig ihren Kitzler, bis sie vor Verlangen glühte.

«Du lüsterne, kleine Hexe», raunte er ihr ins Ohr, und sie hörte seine heftigen Atemstöße. «Ich wusste doch, dass in dir eine Verführerin steckt.»

Katharina fasste jetzt ihrem Liebhaber um den Nacken und zog ihn zu sich herunter. Andrej ließ es geschehen, legte sich neben sie auf das Lager, und Sonja konnte sehen, dass sein erregter Schwanz dick und steil von seinem Unterleib abstand. Zärtlich glitten Katharinas Hände an seinem Gemächt entlang, sie setzte sich auf, beugte sich vor und umschloss die dunkle, glänzende Eichel mit ihren Lippen. Andrej hob sich ihr entgegen, stieß ihr den Penis ein wenig in den Mund hinein und ließ sich dann wieder fallen, um die Reibung zu spüren. Sonja zitterte, als Katharina sich jetzt auf die Knie erhob und Andrej bestieg. Er schloss voller Genuss die Augen, und sie sah die Zähne in seinem halbgeöffneten Mund blitzen, er stöhnte, während die liebeserfahrene Katharina sein Glied mit den Händen umschloss und es langsam in die heiße Öffnung zwischen ihren Beinen versenkte.

«Komm», hörte Sonja Potjomkins Stimme, und sie spürte, dass er sie mit sich zog. Wie betäubt folgte sie ihm, wurde gewahr, dass sie beide völlig nackt waren, sah seinen wuchtigen Brustkorb, die muskulösen Arme, den festen, kräftigen Po und begriff erst dann, was er vorhatte.

Andrejs schwarze Augen starrten sie an, als sähe er alle Teufel der Unterwelt. Katharina jedoch begrüßte sie mit strahlendem Lächeln, warf den Kopf zurück und gab sich weiter ihrer Lust hin. Potjomkin bestieg hinter Katharina das Bett, umfasste ihre bloßen Brüste, um sie zu reiben und zu kneten, während er sein Glied zwischen ihre Pobacken drückte und sich wollüstig daran rieb. Sonja sah, wie Katharina sich in heftiger Ekstase hin und her wand, hörte Andrejs Stöhnen, und eine wilde Sehnsucht überkam sie. Sie näherte sich dem Lager, kniete sich mit gespreizten Schenkeln über Andrejs Brust, setzte ihre Knie auf seine kräftigen Oberarme und bot ihre offene, feuchte Spalte seinen Lippen dar. Er hob den Kopf, packte ihre Schenkel mit den Händen und stieß seine Zunge zwischen ihre Schamlippen, um die kleine gerötete Perle mit der Zunge zu reizen. Er tat es voller Wut und Hingabe, keuchte dabei vor Lust, hob rhythmisch den Unterkörper, um immer wieder in Katharina hineinzustoßen und leckte dabei mit der heißen Zunge über Sonjas Schamlippen. Ein immer schnellerer Kreislauf der Lüste entstand, Potjomkin starrte auf Sonjas nackten Po, der sich hob und senkte, während seine Hände Katharinas Brüste massierten und er sein Glied immer heftiger an ihrer Pospalte rieb – einer steigerte die Lust des anderen, Andrej spürte, wie Katharinas Muschel zu zucken begann, während gleichzeitig heiße nasse Ströme in Sonjas Spalte anzeigten, dass sie kurz vor dem Höhepunkt stand. Als Katharina sich in wilder Ekstase aufbäumte, schrie auch Andrej in höchster Lust, und als Potjomkins Samen emporschoss, spürte auch Sonja, wie die tobenden Ströme sich in ihrer Lustgrotte vereinigten und sie mit sich fortrissen.

E s war tiefe Nacht, doch dicht am Uferkai erkannten sie eine Kutsche, die von vier Lakaien mit Fackeln angeleuchtet wurde. Die Fenster des Gefährts waren verhängt, sodass man die Insassen nicht erkennen konnte. Jetzt führte ein Diener ein Reitpferd herbei, ein kleines Tier mit zottiger Mähne, das sich gegen die Hand des Dieners sträubte und am Zügel riss. Als es sich der Kutsche näherte, begann es so heftig zu steigen, dass der Diener gezwungen war, es freizugeben, und sich mit einem behänden Sprung in Sicherheit brachte. Das Pferd bäumte sich im unsteten rötlichen Licht der Fackeln wild auf, die kleinen, harten Hufe streiften die Kutsche, und die angespannten Gäule begannen zu scheuen.

«Deine Stute!», flüsterte Sonja mit bebender Stimme. «Das ist unsere Stute, Andrej!»

Andrej schwieg. Alles, was in dieser Nacht geschehen war, schien ihm Phantasie und Traum gewesen zu sein. Er fasste Sonjas Hand, als müsste er ihre Wärme spüren, um zu wissen, dass er sich in der Wirklichkeit befand.

Potjomkin war hinter sie getreten und legte jetzt sowohl Sonja als auch Andrej eine Hand auf die Schulter.

«Ich gehe jetzt wieder hinauf, sie erwartet mich», murmelte er. «Ich wünsche euch beiden alles Glück dieser Erde.»

Ein Lakai riss den Kutschenschlag auf, und im flackernden Licht erblickten sie darin Bogdan, der im Wagen auf sie gewartet hatte.

Eine Gruppe Soldaten geleitete die Kutsche durch die nächtliche Stadt, sorgte für rasches Durchkommen, es gab keinen Aufenthalt, bis sie die Stadtgrenze erreicht hatten. Dort wendeten die Bewacher ihre Pferde, grüßten die Insassen der Kutsche zum Abschied und entließen sie in die Dunkelheit der weiten Ebene.

Schweigend saßen sie dicht beieinander. Sonja spürte Andrejs Hand, die sie nicht loslassen wollte. Noch spürte sie in sich die Nachbeben dessen, was im Schlafgemach der Zarin geschehen war, und sie spürte Wonne und Scham zugleich. Dann glitt ihr Blick zu dem großen grauhaarigen Mann hinüber, der neben Andrej in den Polstern saß, und sie bemerkte, dass er sie mit schwarzen Augen wohlwollend musterte.

«Du hast eine gute Wahl getroffen, Andrej», sagte Bogdan lächelnd zu seinem Sohn. «Deine Braut ist schön. Wir werden Kosakenhochzeit feiern, so wie es bei uns der Brauch ist.»

Andrej drückte Sonjas Hände.

«Das werden wir, Vater.»

«Ich habe den Friedensvertrag unterzeichnet», berichtete Bogdan. «Du hast gut verhandelt, mein Sohn. Die Zarin wird die Rebellion nicht weiter ahnden und ein neues Bündnis mit uns schließen.»

Sonja sah, wie Andrejs Gesicht starr wurde, und sie schmunzelte. O ja, er hatte gut verhandelt, ihr feuriger Andrej. Er hatte die Zarin vollkommen überzeugt – allerdings nicht im Konferenzzimmer, sondern im Schlafraum. Aber was zählte das schon? Es war Friede.

Eine schlanke Mondsichel war aufgestiegen und erhellte jetzt den Weg. Andrej ließ den Kutscher anhalten. Millionen kleiner Sterne standen über ihnen am schwarzen Nachthimmel.

Die Stute war der Kutsche gefolgt, drängte jetzt den Kopf an das Fenster und schnaubte. Andrej stieg aus und streichelte ihren glatten Hals und fuhr zärtlich mit der Hand über die weichen Nüstern.

«Wo möchtest du sitzen?»

«Vor dir», sagte Sonja augenzwinkernd.

Er half ihr beim Aufsteigen und schwang sich hinter ihr in den Sattel. Das Tier tänzelte, wartete auf seinen Schenkeldruck und sprengte dann feurig in die Nacht hinaus. Sonja spürte Andrejs Arme, die Wärme seines starken Körpers, und sie schmiegte sich an ihn.

«Was auch in dieser Nacht gewesen ist, Sonja», sagte er ihr ins Ohr. «Ich schwöre dir, dass du die einzige Frau bist, die ich liebe und die ich niemals gehen lassen werde.»

Er küsste ihren Nacken und löste ihr Haar mit geschickten Fingern.

«Ich bin fast gestorben vor Lust», gestand sie und spürte seinen festen, resoluten Griff um ihre Taille. «Ach, Andrej – wir werden unsere Liebe noch auf tausenderlei Arten feiern.»

Sie schmiegte sich in seine Arme und lehnte ihren Kopf an seine Schulter, während die Stute unter ihnen dahintrabte.

«Erst wirst du meine Frau werden, Sonja», gab er ernst zurück. «So wie ich es meiner Mutter gelobt habe, als wir an ihrem Grab standen. Erinnerst du dich an das verfallene Haus auf der Insel?»

Sie begriff. Das war es, was Tanja ihr nicht hatte sagen wollen. Nun hatte er es selbst getan. Zärtlich fasste sie seine Hände, die die Zügel führten, und hielt sie fest.

«Du gehörst mir», flüsterte er. «Meine süße Sklavin und meine kluge Herrin, meine zärtliche Braut und meine schamlose Teufelin. Niemals wirst du die Freiheit wiedererlangen – solange ich lebe.»

Unter dem dunklen Himmel, der sich wie eine samtige, sternenbesetzte Kuppel über ihnen wölbte, trug die Stute ihre beiden Reiter in die weite Ebene hinaus.